Née en 1910 à Saint-Laurent-le-Minier dans le Gard, **Marie-Louise Vaissière** *noircit les pages de son journal intime tout au long de sa vie d'institutrice, enregistrant anecdotes savoureuses et commentaires visionnaires sur les mœurs de son temps. De ses textes écrits à la première personne émerge ce roman où se mêlent tendresse et mélancolie :* Marie, fille de cocagne.

Marie, fille de Cocagne

Du même auteur

Aux éditions De Borée

Les Carnets d'une institutrice 1931-1948

Imprimé en U.E.
Dépôt légal : juillet 2012
ISBN : 978-2-8129-0554-4

Marie-Louise Vaissière

Marie, fille de Cocagne

De Borée
Terre de poche

Une fille de petit paysan s'arrache à son milieu, devient institutrice et se met à écrire, avec nostalgie. Racontée avec sensibilité et beaucoup de profondeur, l'histoire parcourt le XXe siècle, celui d'une génération qui a connu les guerres, vu mourir les villages et croit au progrès.

Visionnaire, à contre-courant de l'enthousiasme général, Marie-Louise Vaissière pressent que l'avancée triomphante de la machine menace la terre et les hommes.

Le récit de ces temps qui vont disparaître n'est pas une chronique villageoise de plus ; en une écriture fine et belle, il dit l'attachement au terroir et aux siens d'une femme qui ne renie pas ses humbles origines paysannes. Écrit tous les jours sur des cahiers d'écoliers, ce chant rustique résonne comme un hommage aux gens de la terre.

Claudette LAVABRE

C'est à sa nièce Claudette Lavabre, professeur retraitée de lettres-histoire en lycée professionnel, que Marie-Louise Vaissière a choisi de confier Marie, fille de cocagne, *l'œuvre de sa vie.*

Avant-propos

Cette naïve geste villageoise où les travaux, les saisons et les jeux prennent, aux yeux du souvenir, la valeur d'un témoignage sur une époque, un monde révolu, je la dédie, puisque « l'oiseau ne chante jamais si juste que dans son arbre généalogique », à mon père, à ma mère, à tous ceux de cette race de petits paysans de chez nous qui, de maigres vallées en plateaux sans douceur, de siècle en siècle, s'accrochèrent âprement à un sol difficile.

Elle est à l'image d'un cairn : pierres sur pierres entassées pour témoigner du long effort de ces terriens qui, gaspillant leur temps et leurs forces, économisant les denrées essentielles, travaillant beaucoup et gagnant peu, œuvrèrent pour l'éternité.

Sous ce cairn gisent l'esprit de ma tribu et ce naïf bonheur qui nourrissait sa sève, dans ces éléments essentiels que sont l'eau et le feu, l'air et la terre, le tendre et chaleureux environnement du nid.

Marie-Louise VAISSIÈRE

Le Serrou

TOUT PRÈS DU SERROU où nous passions chaque année les mois d'été, il y avait un énorme entassement de pierres grises et rousses que j'eusse bien voulu défaire, bloc après bloc, pour savoir enfin ce qui se cachait là-dessous et la raison qui les avait rassemblées en cet endroit. Mon père riait, une lueur d'amusement dans ses yeux bleus :

« Pas commode, petite ! Et d'ailleurs, que trouverait-on là ? Des pierres, toujours des pierres… jusqu'au centre de la terre, je suppose ! »

Cette réponse spécieuse ne laissait pas de m'étonner, de m'inquiéter aussi, d'autant plus que je savais ces causses plus troués que gruyère, avec l'abîme caché, çà et là sous nos pas, en couloirs souterrains, avens inépuisables et gours mystérieux.

Plus tard, parcourant longuement ces landes désertiques, je constatai que ces étranges cairns, ces *clapas* comme on dit ici, étaient bien plus nombreux que je le supposais alors. Ils formaient, sur les vastes plateaux érodés par le vent, toute une étrange floraison à mi-chemin de la concrétion minérale et de l'édifice humain. Les quelques fermes disséminées ici et là, trapues, cramponnées au sol, bâties de ces mêmes pierres grises et rousses, n'en différaient pas tellement. Je compris alors ce que ces frustes amas représentaient d'obstination et de foi paysannes. Chaque génération avait apporté sa contribution à l'assemblage, pierre après pierre, siècle après siècle. Depuis la nuit des temps, les fouineurs tenaces s'étaient cramponnés à ce sol ingrat, s'échinant à épierrer encore, dans l'espoir qu'un jour leurs ongles ou leurs socs pourraient s'enfoncer dans une terre meuble et grasse comme un bon beurre. Ah ! ce rêve de mirifiques récoltes ! Rêve toujours déçu ! Mais que ne peut la longue, l'inaltérable patience des besogneux ? Ils avaient l'espérance, cette confuse espérance qui vous donne la grâce de ne point voir l'inutilité de tout effort.

Et un jour, la Révolution, la grande, avait déferlé jusqu'à eux. La foi, l'espérance, de plus belle, avaient refleuri : enfin, la terre allait être avec eux, le travail qu'ils y feraient serait pour eux ! Avec une ardeur décuplée, ils avaient repris l'ingrate besogne. Eux, les vilains, courbés depuis des siècles sous d'innombrables servitudes, allaient pouvoir redresser l'échine, regarder en face, sans frémir, leurs seigneurs et maîtres. Mais ceux-ci, habiles, se réservant les meilleures terres, leur abandonnaient, sans regret, les autres. Et les Jacques, sur ces landes à présent morcelées à l'extrême, où chacun possédait maintenant son lot, épierrant encore, épierrant toujours, s'enchantèrent du rêve de pouvoir enfin manger à leur faim.

Hélas ! ils s'échinèrent longtemps à son illusoire poursuite. Ils s'endettèrent pour conserver ces droits de propriété si durement acquis, droits chaque jour un peu plus illusoires, car pour payer des dettes toujours renaissantes, ils durent concéder au fermier principal, héritier des anciens seigneurs, le droit de pacage sur leurs pauvres terres.

Le causse était bien encore à nous, ô naïfs ! Mais les herbes qui poussaient dessus étaient aliénées à d'autres. Et insensiblement, les landes épierrées avec amour retournaient, l'une après l'autre, à la jachère.

Les clapas restaient, eux, avec leurs blancheurs d'ossements, d'années en années colmatées d'herbes folles et des âcres poussières qu'apportent les tempêtes.

Seuls, quelques sotchs, dans les creux, étaient encore cultivés par de vieux obstinés. Quant aux jeunes, de génération en génération, ils se déprenaient de ces terres hostiles et ils descendaient vers les vallées où la vie, leur semblait-il, devait être plus facile. Un patrimoine patiemment constitué par de pauvres bougres, durs à la peine, harcelés par des inventions successives qui les repoussaient sur ces hauts lieux inaccessibles, retombait peu à peu à l'indivision.

Dans la nuit des temps, je les retrouve, ces hommes d'avant l'histoire, aux visages, aux corps mal dégagés de l'animalité, se réfugiant dans les grottes et les amas rocheux, taillant leurs pointes de flèches, polissant leurs haches, rêvant à des chasses fabuleuses, à de mirifiques provendes…

Je les rejoins, nos ancêtres les Celtes, à la tête ronde et aux mains industrieuses. Les mêmes qu'en Irlande ou en Bretagne, essayant de se protéger de la convoitise des envahisseurs, derrière ces falaises sourcilleuses. Les mêmes que ces naïfs adorateurs de pierres grosses ou petites dont ils firent, aux premiers âges de l'humanité, ces dolmens, ces menhirs, ces cromlechs ou tous ces cairns innombrables, humbles monuments propitiatoires à d'obscures divinités.

Grand-père, et avant lui son père, venu comme gendre chez les Serres, et les parents de ceux-ci, avaient vécu là, dans ce Serrou qui perpétuait, dans son nom, leur race. Gîte solitaire à l'orée des bois, mal protégé des vents, sommairement calfaté, mais où la liberté de vivre était totale. Liberté de vivre ou de crever de faim ? Qu'importe ! Les civilisations pastorales, dont ils étaient peut-être les ultimes rejetons, mettent ce don du ciel : la liberté, à la première place des biens de ce monde.

Un troupeau d'une trentaine de brebis vaguait, de çà de là, sur les landes incultes. Une mule, une paire de bœufs permettaient de défricher un peu, de mettre en culture les quelques combes propices à l'ensemencement. On semait là-dessus l'orge et l'avoine, et le seigle qui mieux que le froment résiste aux longues sécheresses estivales, « les herbes » et les vesces, la minette rustique et le trèfle. On s'essayait à ces cultures nouvelles : la luzerne et le sainfoin qui, hélas !

s'adaptaient mal à ces sols maigres. On semait, au printemps, les raves et les rutabagas qui défient le gel. On plantait des choux vivaces, tout cela indistinctement pour les gens et les bêtes. Des pommes de terre ? Tentatives bien hasardeuses, car il fallait compter avec les gelées tardives du printemps qui noircissent les frêles bourgeons, avec celles précoces de l'automne qui brûlent les fleurs et les tendres tubercules. Un peu de tout, dans le naïf espoir que cette polyculture familiale exorciserait le spectre de la famine.

Grand-père avait les joues fleuries de rouge, l'œil clair des Celtes et cette taille ramassée d'une race longtemps asservie, âprement cramponnée à un sol ingrat. Oui ! Je le revois encore : sa main calleuse caressant une barbichette à l'impériale dont il n'était pas peu fier, et nous narrant cette charge des cuirassés de Reichsoffen où il avait perdu, avec son œil gauche, sa liberté de soldat. Pauvre conscrit innocent ! Il avait « tiré le mauvais numéro », comme on disait alors, et plutôt deux fois qu'une ! Revenu de captivité avec l'âme d'un vaincu, infirme pour la vie, il avait épousé Julie Calvi, une brunette fraîche, jolie, fragile et dont le patronyme indiquait, sans doute, une ascendance méditerranéenne. Elle lui donna un fils : Louis, mon père ; un deuxième : Clément ; un troisième : Léon ; une fillette morte en bas âge.

La jeune femme épuisée par ces maternités rapprochées, épuisée de travail aussi, mal soignée – mais est-ce qu'on eût songé à se soigner, à se ménager seulement, dans les familles besogneuses, à cette époque ? – la jeune femme, donc, tomba malade. Et mourut. D'anémie pernicieuse ? De tuberculose ? « D'épuisement », conclut-on avec résignation. Mais est-ce que la mort d'une femme était une catastrophe ? Les paysans considéraient alors que des femmes, on en a quand on veut, et avec dot encore ! Quelque chose d'assez équivalent à des bêtes de somme qu'on n'a pas à payer et qui « rapportent ». Un cheval, une vache, un cochon vous crèvent, ça oui ! c'est un malheur, une ruine, il va falloir payer pour les remplacer. Mais une femme ?

Cependant, le veuf s'était trouvé fort désemparé. Que faire, lorsqu'on est là, avec trois enfants sur les bras ? Il fit ce que font les hommes dans l'embarras : il se chercha une nouvelle ménagère, servante-épouse et bête de somme à la fois ; il se remaria.

La tante Rosine était une vieille fille montée en graine, longue et sèche caussenarde qu'il était allé chercher ou que quelque *patelou* lui avait trouvée sur un causse voisin, à *Carnac.*

« Un vrai carnaval ! Une flamberge ! » disait ma mère. « Ah ! ça oui, une originale ! » approuvaient les voisines, c'est-à-dire une femme autoritaire, dure à soi-même et aux autres, ayant son franc-parler et d'humeur parfois fantasque. Les trois garçons restèrent quelques années sous la dure férule de la marâtre. Puis, lassés de trimer dur et de mal manger, sans espoir de salaire, ils se mirent à rêver à cet eldorado à la mode alors dans ces âpres contrées. Ils rêvèrent du « pays bas », ces régions qui paraissaient si lointaines à cette époque, par-delà la barre des Cévennes et les immenses étendues des causses, là-bas, proche de la mer, du côté du Gard et de l'Hérault.

Ceux qui y étaient descendus pour les vendanges en parlaient comme d'un pays merveilleux : un climat doux, un travail en plaine, facile et productif, sans parler de ces nouvelles ressources industrielles qui venaient de s'y révéler, avec la mise en exploitation intensive des gisements d'Alès et du Vigan.

Chaque année descendaient là-bas, la moisson finie, des légions de vendangeurs saisonniers peu exigeants et qui, pêlemêle, femmes, enfants, adultes et vieillards, dormaient dans la paille des granges, vivaient des provisions apportées de là-haut, travaillaient dur à couper les raisins, transporter les comportes, sous la férule de *monsseignes*[1] intransigeants qui ne badinaient pas avec les traînards.

C'étaient les *gavachs*, d'un comportement assez semblable à celui des Espagnols d'à présent, venus de *tras los montes* pour faire la vendange ou la cueillette du riz, dans ces mêmes régions du Languedoc-Roussillon. Moqués par les autochtones pour leur accent rocailleux et leurs manières frustes, ils vivaient en circuit fermé, un peu en marge des vignerons qui, tant le racisme et le goût de coloniser sont naturels aux esprits simples, les eussent volontiers considérer comme des ilotes.

---

1. Monsseigne : *seigneur.*

La vendange achevée, les gavachs retournaient en leur pays des causses, les vêtements et les mains incrustés de vinasse, le teint recuit, mais le gousset garni de quelques beaux écus d'argent, d'un ou deux louis d'or qui, pour eux gagne-petit, représentaient un vrai pactole.

Que de jeunes mariés avaient fait ainsi, à rien ne coûte, un mirifique voyage de noces ! À rien ne coûte, car dans ces pays rudes où ils demeuraient, là-haut, l'argent était, certes, chose rare et éblouissante. On vivait chichement des produits de la ferme et le troc fournissait les quelques denrées qu'on ne pouvait produire soi-même. Les femmes partaient au marché pour convertir leurs salades, leurs œufs, en satinette pour les tabliers, et galoches pour les enfants.

Mon père et ses deux frères écoutèrent donc l'appel du « pays bas ». Oui ! Ils en avaient assez de tirer le diable par la queue, assez de subir les brimades et les caprices de la marâtre. Sans doute aussi faisaient-ils des rêves d'inconnu ? Avaient-ils l'âme d'émigrants ? Fils d'une civilisation à demi pastorale, les changements d'air ne les effrayaient point. Et quoi qu'on pût leur offrir là-bas, ils ne doutaient pas que ce serait aussi bien que ce qu'ils avaient ici, sur les maigres terres où ils végétaient.

Seraient-ils ouvriers agricoles, apprentis viticulteurs, régisseurs de mas dans la campagne gardoise ? Et pourquoi pas salariés dans ces exploitations minières qui semblaient prendre une belle extension ? On leur avait conté tant de bien de ces régions où un gars aux bras robustes, au cœur vaillant, pouvait se faire de belles « journées ». Avoir la certitude de toucher un salaire chaque fin de semaine, chaque fin de quinzaine, n'était-ce pas une superbe assurance d'avenir, quand on sait, pour l'avoir appris dans le livre de la nature, que la dure peine paysanne n'a pas toujours son salaire ?

Là-haut, chez les gavachs, le grand-père était resté seul avec sa Rosine. Ils avaient deux maisons : l'une pour l'hiver, l'autre pour l'été, mais ne nous y trompons pas, rien à voir avec cette mode des habitations secondaires chères à nos amateurs de week-end ! Gîtes aussi rudimentaires l'un que l'autre : l'hiver, c'était la maison du village, en bas, dans la vallée, masure plutôt. Deux ou trois pauvres *casals*[1], accotés l'un à l'autre comme dans tout le quartier en pente raide, s'étayaient l'un à l'autre. Porche contre porche, voûte sur voûte, en bas étable ou cave, dessus, pièce d'habitation, séparée de la voûte supérieure par un plancher mal raboté. Chaque génération, je suppose, avait accolé sa *caselle*[2] contre celle de la précédente. Tout cela, mal de niveau, communiquant par des ouvertures rudimentaires, dans des murs épais qui semblaient n'avoir fait que vaguement connaissance avec le fil à plomb. L'ensemble, mais à des hauteurs différentes, pente de-ci, pignon de-là, recouvert de lauzes alignées à même le comble des voûtes. Cuisine aux larges dalles polies par l'usage et qui, les jours de « marin »,

1. Casal : *maison en ruine.*
2. Caselle : *abri des bergers en pierres sèches.*

devenaient moites et glissantes comme verre. On accédait là par un escalier extérieur aux marches de pierre brute sommairement dégrossies.

En bas, au niveau des écuries, était la cour, pavée de ces mêmes *frégeals*[1] rustiques, car elle servait, l'été, d'aire de battage. Dans un coin, la fosse à fumier, cette fosse où cendres, ordures, excréments animaux et humains, litières dégoutantes de purin, tous les résidus de la vie paysanne, allaient finir et se transmuer en riche compost.

Tout un ensemble humble composé sans grand art, massif, sommairement rejointé, mal éclairé par d'étroites fenêtres à petits carreaux, enfumé, mal crépi, mais combien solide, odorant comme un bauge, chaud l'hiver – les murs étaient si épais –, d'une fraîcheur de cave en été !

Grand-père et sa Rosine passaient donc l'hiver là, avec leurs bêtes en dessous, dans la pénombre des voûtes, buvant le vin de leur vigne et le lait de leurs chèvres, mangeant le pain de leur four, le fromage de leurs brebis, la chair de leur cochon et celle de ces vieilles brebis maigres et quinteuses, les *garches* qu'on sacrifiait allègrement.

Mais, avec nostalgie, ils attendaient l'appel du printemps qui les ferait, pour de longues périodes, émigrer là-haut, au Serrou.

Là, oui, ils se sentaient revivre ! Ils labouraient, semaient, moissonnaient, engrangeaient la récolte. Ils

1. Frégeal : *pavé en pierre naturelle.*

faisaient vaquer, à travers les vingt hectares de bois et de landes, une trentaine de brebis, à qui cette herbe rêche et vivifiante préparerait des agneaux drus et du lait crémeux.

Trente brebis ! Quand ces vastes pacages eussent pu en nourrir dix fois plus ! Oui, certes, si les herbes n'avaient été aliénées à d'autres dont les troupeaux venaient se pavaner sur vos terres et que vous n'aviez pas le droit de chasser. Rosine, et son mari non plus d'ailleurs, n'eût pas songé à outrepasser ses droits. Il y a, chez les humbles, le respect inconscient, ingénu, des droits acquis par d'autres, et une vieille injustice finit, à la longue, par n'en plus sembler une. Ils aimaient, sans bien savoir pourquoi, cette vie de sauvages : les grands espaces, l'air cru, et cette liberté à peine troublée par les sonnailles d'un lointain troupeau, les abois de quelque chien invisible ou le passage de quelque chasseur braconnier. Oui ! Rosine, caussenarde invétérée, se sentait ici dans son élément : vaquer de sotchs en sotchs, chevelure dépeignée, pieds nus sur le gazon feutré d'herbes sèches. Et au diable les sabots qui alourdissent les pas !

La maison du Serrou où ils gîtaient là-haut les mois d'été était, je crois bien, plus rudimentaire encore que celle de la Cresse. Comme on avait dans ce pays sans eaux vives longuement dévoré par les sécheresses estivales la peur ancestrale du feu, c'était à la pierre d'abord qu'on faisait appel pour les constructions. Un premier bâtiment pour loger les brebis, avec l'aire surélevée qui permettait d'engranger la paille au-dessus. À quelques pas de là, l'habitation d'un style identique : large voûte en berceau, coupée à mi-hauteur par un plancher rudimentaire cloué sur des troncs de sapin tout juste écornés. En bas, sur la terre battue, dormaient les bœufs, la mule. Et dessus, où on accédait par une échelle, c'était la « maison », à la fois cuisine, salle à manger, chambre, avec sa cheminée luisante de suie et sa voûte basse presque aussi patinée. Dans le fond, en arrière de l'étable, une sorte de resserre obscure avec, à demi creusée dans le roc où s'étayait la demeure, l'indispensable citerne, mal fermée par un portillon de bois brut.

Une citerne comme dans toutes les rares fermes disséminées sur les causses : une eau parcimonieuse croupissait dedans, amenée des toits de lauzes par un appareillage rustique de demi-troncs d'arbres évidés en forme de gouttières. C'est là-dedans qu'on plongeait le seau de cuivre, au bout d'une corde, pour puiser l'eau nécessaire aux gens et aux bêtes. À la fin de l'été, la sécheresse aidant, on ne retirait de ce puisard obscur qu'une eau un peu nauséeuse où surnageait parfois un mince cadavre d'oiseau entraîné là par quelque orage, ou celui gluant de quelque rat imprudent, descendu dedans, pour étancher sa soif un jour où, par négligence, on avait oublié de refermer le portillon.

Mais qu'importaient solitude, inconfort et longue sécheresse ? La femme était heureuse : seule maîtresse à bord, sans ces maudits garçons qui lui répliquaient et faisaient des singeries derrière son dos. Heureuse ?

Oui, comme nous y fûmes heureuses plus tard, nous, les petites-filles de son mari, avec la tranquille innocence de tous les bambins du monde, cet état de grâce dont, sans doute, aucun enfant, même le plus déshérité, n'est tout à fait privé.

Et pourtant ! comme ils vivaient chichement, grand-père et sa Rosine, dans ce haut pays austère, sans autre apport de l'extérieur que la chemise sur le dos, les sabots aux pieds et les indispensables ustensiles de ménage et de travail ! Lorsque les premiers frimas d'automne annonçaient la mauvaise saison, ils rassemblaient leurs hardes, fermaient la porte, et ils revenaient au village, les bœufs traînant le char alourdi des récoltes, avec derrière le troupeau de brebis que gourmandait Labric.

Alors, la tante Rosine reprenait ses habitudes d'hiver. Elle récoltait des œufs, achevait d'engraisser poulets et cochon, allait chaque matin porter à la laiterie le précieux lait de brebis dont on préparerait le fromage de roquefort. Elle fabriquait, dans les faisselles de poterie vernissée, percée de trous, ces *pérails* de lait de chèvre dont les citadins étaient friands.

Et chaque mercredi, chaque vendredi matin, elle s'en allait au marché. Dix kilomètres aller, dix kilomètres retour, bien souvent à pied. Mais était-ce, en ces temps paisibles, une si grosse affaire ? Alors Rosine, comme toutes les femmes du village, rangeait ses œufs dans le panier d'osier à deux anses, étalait dans la vaste corbeille garnie de paille fraîche ces fromageons chers aux *Millotins*[1] et, l'assujettissant sur la tête bien en équilibre sur la *capelude*[2] de chiffons cousus en bourrelet, la main sur la hanche, elle prenait la route. Et le marché fini, plutôt que de reprendre la marchandise invendue, elle ne dédaignait pas de passer de ruelle en ruelle, criant sous les fenêtres pour alerter les chalands, comme depuis des générations le faisaient les paysannes au marché.

Maigre pécule à ranger au fond de la poche ménagée sous la jupe, dans le jupon d'indienne ! La journée toute entière y passait. Mais est-ce qu'on avait, alors, le désir, le besoin de ménager son temps, ce temps qui est un don gratuit de Dieu et qu'on peut gaspiller comme on l'entend ? Épargner les denrées essentielles, oui, et combien ! Mais son temps et sa peine, le paysan sait d'une science obscure que, dans l'ordre naturel, toute peine ne trouve pas toujours son salaire.

Certes, Rosine eût pu, à l'aller ou au retour, emprunter le « courrier » qui, au trot de ses chevaux, acheminait deux fois par semaine les ruraux vers la ville. Mais c'était là dépense abusive, et puis Rosine était astucieuse. Pas assez riche pour posséder une jardinière piaffante comme certains qui la dépassaient en route, elle en hélait sans vergogne le conducteur, et revendiquait d'un ton péremptoire une place à ses côtés sur le banc de molesquine noire.

---

1. Millotin : *nom donné aux habitants de Millau.*
2. Capelude : *petit coussin rond que les femmes mettaient sur la tête pour porter une charge.*

Hommes en blouse bleue, le corps acide des sueurs mal lavées, femmes en noir comme des veuves perpétuelles dont les visages ont depuis longtemps désappris le sourire, depuis tant de générations où le travail les courbe sur la glèbe et asservit les esprits et les corps, ils la regardaient, étonnés :

« Hé ! dites ! Vous pouvez bien me prendre, vous ? »

Et l'homme ou la femme ainsi mis en demeure se poussait un peu et lui faisait une place à ses côtés. Rosine installait derrière panier et corbeille, se carrait à la bonne place et regardait tendrement ses chaussures qu'ainsi elle ménageait, se félicitant de son astuce.

« Hooh ! » criait le conducteur, en tirant sur les rênes. Et sous le coup de fouet enveloppant la bête, l'équipage s'ébranlait à nouveau.

Eh oui ! Rosine, trop pauvre pour en posséder un semblable, se sentait, leur donnant mauvaise conscience, un droit sur ces gens plus aisés qu'elle : le droit, au nom de l'Évangile, que se reconnaissaient les mal nantis de prélever cette dîme sur ceux qui, par chance ou audace, les ont devancés sur l'échelle sociale.

Car, parmi ces humbles communautés rurales, il y avait plusieurs degrés dans la pauvreté. Au bas de l'échelle, ceux qui ne possédaient rien, à peine la masure où ils gîtaient, pas même le bout de jardin qu'ils cultivaient et qui, guère mieux que les mendiants de passage, vivaient d'aumônes et de dons en échange de quelques travaux, comme journaliers ou fermiers semi-indigents. Quant aux pauvres de passage, encore nombreux à cette époque, c'étaient des parasites acceptés, honorés presque, au nom de la fraternité humaine : on nous les représentait comme une incarnation de Dieu. Que d'histoires narrées au catéchisme où Jésus, vêtu en pauvre anonyme, frappe à la porte du riche et suivant qu'il est bien ou mal reçu, couvre de bienfaits ou de malédictions la maison qu'ainsi, il a choisie ! Alors, on se tenait sur ses gardes : on accueillait, sans hargne, ces visiteurs d'un soir. Une façon comme une autre de se mettre en paix avec sa conscience. Ils grattaient humblement à la porte, marmonnant des prières : la charité, pour l'amour de Dieu ; un peu de pain, s'il vous plaît. On les invitait pour la soupe, on mettait dans leur sac un gros quignon de pain et s'il se faisait tard, on leur ouvrait la porte du fenil, en leur supprimant, pour plus de sécurité, briquet et allumettes. Certaines maisons du village étaient bien connues de ces errants qui y avaient, en permanence, leur pailler ouvert où, côte à côte avec les chiens de la maison, ils abandonnaient leurs haillons et leurs puces en surnombre.

Au-dessus, c'était la nuée de ces petits propriétaires, anciens serfs que la Révolution avait rendus maîtres de chaque lopin de terre, ici et là, dans la vallée, de quelque carré de pinède, de quelque lande aux herbes vendues à d'autres, là-haut, sur le causse.

Enfin, à l'échelon au-dessus, étaient les riches, du moins ceux que nous étions enclins à considérer comme tels : ceux-là possédaient, à côté de leur maison de maître, la masure où ils logeaient leurs fermiers et où couchaient les ouvriers saisonniers : petits bergers retirés de l'école pour les mois d'été, ou jeunes hommes soucieux de se gagner un petit pécule bien à eux.

Ces « riches », s'ils trimaient souvent aussi dur que les autres, possédaient toutefois les plus belles terres, celles du fond, alluvionnaires, de sol léger, ces *rivierals*, facilement arrosables, ces canebières où, naguère, on cultivait le chanvre et qui, à présent, donnaient les plus grasses récoltes et ces beaux légumes qu'on allait, les jours de marché, vendre aux citadins. Respectables et respectés, ils avaient leur banc à l'église et le nom de leur famille inscrit dans un cartouche au bas des vitraux qu'ils avaient contribué à acheter. Mais le signe le plus évident de leur réussite sociale était cette fierté à posséder un cheval, deux chevaux, deux belles *egues*, en place de mules. Et les jours de marché ou de foire, ils les attelaient glorieusement à un break genre anglais, ou à une jardinière haute sur roues et frais vernie, tandis que la majorité de leurs concitoyens se coltinait leurs récoltes à dos d'homme ou à bât, sur leurs mules, dans ces étroits chemins creux qui s'insinuaient entre les terres et que bouleversaient les ravinements des orages.

Mais les uns et les autres, avec une fervente obstination, que leurs terres soient riches ou maigres, les tournaient et retournaient avec, en tête, le vieux rêve jamais bien satisfait de fabuleuses récoltes.

Cette part de hasard, ce jeu qu'on joue avec les saisons, les caprices du temps, les gels inattendus, la grêle, les longues sécheresses estivales et les inondations catastrophiques, cette bataille perpétuelle avec une nature toujours rétive et jamais domptée, sans doute est-ce cela qui fit, depuis toujours, l'honneur et la misère de la condition paysanne, mais qui, demain, dans une agriculture planifiée, paraîtra aussi anachronique et aussi dépassé que la vie précaire de nos lointains ancêtres dans leurs grottes mésolithiques.

Pourquoi iriez-vous parler à ces perpétuels parieurs des gains fabuleux de la loterie nationale ou du tiercé ? Ils n'ont pas besoin, eux, de cet adjuvant dérisoire : ils sont, par nature et par nécessité, des joueurs. Et lorsqu'un soir d'été, le paysan interroge, l'œil rêveur, la forme des nuages ou la direction des vents, c'est une traite sur l'avenir qu'ainsi il tire. Quel temps fera-t-il demain ? Quelles promesses de semailles aisées, de moissons abondantes, de fructifications miraculeuses ? Il sait, sans bien se le formuler, que vivre c'est ça : être en accord avec la nature et les éléments, se laisser porter par eux, leur faire obscurément confiance, s'accrocher aussi, tomber parfois, se relever, recommencer sans cesse, se fier au rythme des saisons, entasser des réserves pour les temps maigres de l'hiver, éclater en radieuse prodigalité de fleurs, de chants et de danses, le printemps revenu.

Pauvres et riches, avec un puéril entêtement, plantaient sur les terres maigres des pentes, sur les *chestres*[1]

1. Chestre : *lieu inculte.*

avec, dans notre dos, l'haleine fraîche de la cave entrouverte. Nous regardions à nos pieds, là-bas, tout au fond, s'enfoncer dans la nuit la douce vallée où le Tarn luisait encore un moment, comme une verte et fluide couleuvre. La chèvre, insouciante, déambulait sur le clapas voisin et même sur le toit, parmi les lauzes qu'elle entraînait, à la recherche de quelque herbe rare. Et sans doute étions-nous tous heureux, malgré les soucis d'argent et de problématiques récoltes, accordés avec l'air et le ciel, dans cette rémission d'une belle fin de jour.

Rosine, si j'en reviens à cette tante Rosine qui fit, aux derniers temps de son existence, le chagrin de ma mère, était, je l'ai déjà dit, une femme rude. Et comme toutes les femmes de sa condition, à son époque, elle avait un complet désintérêt de sa maison. Voyons ! Est-ce que ça rapporte de s'attarder aux soins du ménage ? Planter des fleurs ? L'idée ne lui en serait même pas venue : seul le pied de basilic, sur la murette de la cour, trouvait grâce à ses yeux ; il était utile, lui ; ses branches séchées parfumeraient cet hiver la charcuterie familiale. Pour le reste, Rosine trouvait plus naturel de suivre son homme dans les champs, à la Pomarède, à Cabanelles et là-haut, au Serrou, la saison chaude venue. Quand on avait un jour ou deux de loisir, on préparait les *biaças*[1] du dîner, et comme le faisaient celui-ci et celui-là, on partait couper du bois sur le causse. Pendant que son mari abattait à la grande

1. Biaça : *besace.*

hache arbre après arbre, elle, avec son *destralou*[1], élaguait les troncs résineux et en rassemblait les branches, pour former ces lourds fagots de *gargnes* piquantes qui, liées d'une branche flexible d'amélanchier, seraient apportées aux boulangers d'Aguessac ou de Millau pour le chauffage de leurs fours.

Accotés sur une de ces innombrables caillasses à allure de terriers, ils allumaient, s'il faisait froid, un bon feu de ces mêmes gargnes épineuses et, silencieux, ils grillaient sur la braise le morceau de saucisse, la tranche de lard qui, étendus sur le pain, tout rissolants de leur graisse fondue, leur étaient substantielle nourriture.

Qu'eussent-ils pu se dire ? Ils songeaient seulement. Ils songeaient aux quelques sous que leur donnerait, pour leur peine, le boulanger du bourg. Ils songeaient à quelque procès en cours, car le paysan jaloux de son bien fut, de tout temps, procédurier. Ils songeaient à quelque bête malade, à la lauze emportée par le vent qu'il faudrait bien remplacer, à cette terre, là-bas, dans les champs de la vallée, qu'encore une fois, corbeille après corbeille, on devrait à nouveau remonter en haut de la pente. Le dos se meurtrissant aux pierres du clapas, ils songeaient à ce labour qu'encore un coup il allait falloir épierrer. Ah ! ces clapas ! Ici et là, partout ! Ces énormes entassements pour nous rafraîchir la mémoire et nous rappeler qu'il en restait encore à

1. Destralou : *petite hache.*

rassembler de ces pierres incisives qui mettaient à mal pioches et socs !

Ils songeaient : « Si encore on avait des enfants pour nous aider à la besogne ! » Car c'était alors le lot des enfants, les soirs d'été, que d'épierrer les champs, comme c'était le lot de leur père et mère de remonter, à dos d'homme, de terrasse en terrasse, cette précieuse terre, toujours prompte à glisser. Travail de Danaïdes ! Ô pauvre Sisyphe, poussant son éternel rocher ! Car, à chaque nouvel orage, la terre dévalait à nouveau dans les fonds, comme à chaque nouveau labour apparaissaient de neuves pierres imprévues, rondes ou aiguës, hostiles, malfaisantes.

« Ici, notre meilleure récolte est celle des pierres », bouffonnait grand-père, un éclair de malice dans son œil unique. Et cela mettait sa bru dans de sombres colères.

« Ah ! grommelait-elle, il voudrait que je fasse comme sa Rosine. Mais moi, je ne serai pas une bête de somme, je ne me laisserai pas mettre le pied dessus ! »

Grand-père, en semaine, se lavait avec parcimonie. Pouvait-on gaspiller une eau précieuse, si rare en été, si pénible à transporter ? Toutefois, c'était un homme coquet. Le dimanche matin, il se décrassait avec soin, rasait ses joues à grand badigeon de mousse de savon, en ayant bien soin de conserver, sous le menton, cette barbiche à l'impériale dont il était si fier. Puis il endossait la chemise blanche empesée, serrée au col d'un cordon noir, et passait le costume *novial*[1]. Pardessus, pour le protéger, la tête engagée dans l'ouverture ronde, il enfilait sa belle blouse de toile de lin, brodée à l'encolure et aux poignets d'une fine guirlande, au point d'épine. Cette blouse courte et amplement froncée, large de manches, d'un beau bleu profond, c'était alors le seul luxe vestimentaire des paysans, comme la messe du dimanche était, pour ces gens frustes, la seule fête hebdomadaire, une occasion de se reposer, de se décrasser, de se parer un peu. Qui sait si des législateurs sagaces n'avaient pas, aux premiers temps du christianisme, alors que sévissait encore l'esclavage, instauré justement ce jour du Seigneur pour permettre aux besogneux, harcelés sans cesse, de reprendre un peu haleine ?

Nous regardions le grand-père partir à la messe, tout rond dans sa « blouse » bleue. Ah ! cette blouse ! Comme elle nous paraissait cocasse et démodée, à nous qui arrivions du « pays bas » ! Ma mère ne manquait pas de plaisanter son beau-père à son sujet. Il répliquait : « Elle est solide, allez, elle durera autant que moi, et Louis, après ma mort, sera bien content de la mettre à son tour ! »

Nous faisions la grimace.

« Mais ce n'est plus la mode, pépé, notre père ne mettra jamais ça, il n'en a jamais porté, de blouse ! »

Effectivement, le grand-père disparu, la belle blouse fut décousue, lessivée, et dans son ampleur, ma mère

1. Novial : *qui se met pour le mariage.*

se tailla trois ou quatre tabliers de ménagère dont elle nous vanta longtemps les mérites.

Quant à Rosine, quoique je ne l'aie guère vue qu'alitée, elle avait, semble-t-il, plus de fantaisie dans son habillement. Si, pour la messe dominicale, elle restait fidèle comme ses contemporaines à la longue robe noire acquise pour son mariage, suivant la tradition paysanne qui voulait qu'on se vouât au noir le jour de ses noces, il y avait toujours, dans son accoutrement, quelque détail un peu saugrenu qui pouvait bien la faire passer pour une originale.

C'était, sous l'ample jupe, un long jupon d'indienne à grands volants que sa main relevait pour y prendre, dans une poche secrète, le mouchoir ou la monnaie qu'elle lui confiait. C'était un caraco aux moirures somptueuses et aux lourdes broderies de jais. C'était surtout ces capotes à ruchés et à coques de ruban, qu'elle ramenait clandestinement de chez la modiste de la ville qui les lui faisait sur mesure et que son mari n'acceptait qu'en ronchonnant, honteux d'une pareille prodigalité. Et lorsque les jours de fête carillonnée, elle passait par là-dessus ses « ors », on eût dit, je présume, une sorte d'idole barbare.

Je me souviens surtout d'une paire de longues pendeloques en or massif, avec grappe de raisin au bout de sa feuille, qui faisait mon admiration. Les « ors » étaient, à cette époque, le grand luxe paysan, considérés plutôt comme un placement que comme une parure. Défiant la mode, inusables, on se les transmettait de génération en génération, avec quelques louis d'or chichement économisés par de pauvres bougres qui se privaient volontiers afin de les garder intacts. Ces « ors », le jeune promis allait, quelques jours avant la noce, les acheter à sa belle. Ajoutés à ceux portés par héritage des deux côtés, cela faisait parfois un joli magot qui dormait sagement dans un tiroir du « cabinet ». Et malgré la pauvreté chronique, on n'eût pour rien au monde songé à les négocier. La religion de l'or, métal sacré, était, je crois, bien générale à cette époque dans les milieux rustiques.

Le paysan épris de réel, de tangible, regarde, avec toujours un peu de méfiance, ces bouts de papier plus ou moins chiffonnés ou salis qu'on nomme billets de banque. Aussi, dans les transactions importantes, réclamait-il avec entêtement d'être payé en espèces sonnantes : pistoles, écus et louis d'or, comme s'il voyait là une assurance contre les guerres, les famines, les maladies et les louches combinaisons financières de gouvernements malhonnêtes.

Et on thésaurisait, comme au bon vieux temps des avares de Molière. Je me souviens avoir surpris mon grand-père, perché malaisément sur le montant de bois de son lit – et les lits étaient hauts sur pieds à cette époque – pour atteindre, là-haut, dans un trou indistinct d'une voûte mal jointe, les deux ou trois louis d'or, les trois ou quatre écus parcimonieusement rassemblés, et qu'il pensait, les cachant si haut, soustraire ainsi à la convoitise des gens.

Thésauriser, c'était, semblait-il, autant qu'une passion mathématique, ce plaisir d'ajouter une unité, encore une unité, jusqu'à l'infini, le besoin touchant de reporter, sur un avenir indéterminé, les espoirs, les projets, les ambitions d'un pauvre aujourd'hui.

Comme l'octogénaire qui plantait, tout à son rêve de beaux ombrages pour ses arrière-neveux, l'avare, ivre d'éternité, avide de jouissance absolue, se refuse allègrement à celles, étroites, que pourrait lui procurer l'argent présentement dépassé. Tel le dévot qui souffre, se prive, se mortifie, en extase devant un autel rutilant de richesses, avec l'assurance que cette accumulation de mérites lui vaudra une radieuse éternité. Nous avons, avec la foi, perdu cette aspiration à l'éternel. Du même coup, nous avons perdu cette dévotion à l'or qui en était le symbole tangible.

Et puis, cette inclination n'était-elle pas le reflet d'une époque qui vivait dans une constante incertitude ? Ne fallait-il pas mettre de « l'argent de côté », songeant à la mauvaise récolte, toujours possible, à l'accident imprévisible, à la maladie, aux infirmités de la vieillesse, songeant surtout à cette horrible perspective de l'hôpital, cauchemar des pauvres vieux démunis ?

Et les pauvres bougres, en prévision de ces malheurs futurs et contre lesquels une société négligente omettait de les protéger, entassaient, entassaient, dans le pot de grès ou le vieux bas de laine, les quelques pièces qui, leur semblait-il, étaient une assurance contre le mauvais sort… Jusqu'à ce que le magot oublié par l'agonisant dans quelque invraisemblable cachette, n'ayant jamais servi, soit, cent ans après, découvert par des maçons éblouis, soudain rendus rêveurs par ce symbole rutilant des fastes du bon vieux temps.

Le bon vieux temps ! Qui, aujourd'hui, consentirait à le vivre tel que le subissaient les petites gens d'alors ? Surtout les femmes ! C'étaient elles qui en faisaient presque toujours les frais. La femme était la bête de somme, acquise à bon compte dans ces petites exploitations agricoles vivant en circuit fermé. Pendant les guerres, les hommes mobilisés, elles prenaient héroïquement leur suite, maniant pioche et faux, chargeant leur dos de la pesante machine à sulfater, charroyant, labourant, moissonnant, tendues vers un seul but, dociles au génie de leur espèce : essayer de sauver, dans un monde en proie à la démence des hommes, ce qui pouvait encore être sauvé.

Il était arrivé à Rosine, comme à pas mal de femmes de sa génération, comme le feraient à leur tour tant de femmes de la génération suivante, de s'atteler à la charrue pour suppléer la mule malade ou la jument réquisitionnée. Les hommes sont si enclins à musarder ! Alors elle accompagnait le sien au champ, à la vigne, au causse. Elle le soutenait, l'encourageait à la besogne, décidait pour lui, donnait des ordres.

Elle savait, mieux que lui, porter en savant équilibre sur la tête, les deux mains sur les hanches, l'immense *cubertin*[1] d'herbe ou l'énorme faix de branches sous lequel elle disparaissait.

---

1. Cubertin : *fardeau.*

Mais aussi, qu'on ne vienne pas lui parler de rideaux frais lavés ou de carrelages enluminés : c'était là, de toute évidence, luxe de riches, occupation de dames oisives ; tout un autre univers ! Superflu ! Presque inconvenant ! Est-ce que ça donne à manger, tout ça ?

Courbée sur sa vie besogneuse, Rosine, cependant, avait, avec ses « ors » inutiles, sa part de rêve, seule coquetterie de cette ménagère sans douceur : les cuivres de sa cuisine. Par eux, elle prétendait s'égaler aux plus riches. Qui sait ? Goût ancestral des paysans, bergers nomades ou gitans marteleurs de chaudrons pour ce qui brille et sonne clair et ne se brise : le bronze, le cuivre, l'étain.

Les chaudrons, s'ils restaient nécessairement noirs à l'extérieur, puisqu'on les montait chaque jour sur le feu, devaient, à l'intérieur, être minutieusement astiqués. Et toute ménagère digne de ce nom était fière d'en avoir un lot de rechange qui paradait sur une haute étagère, dans la cuisine sombre : ils étaient les soleils de ces gîtes enfumés.

Je revois encore notre évier : une lourde pierre évidée en cuvette, avec un trou dans le fond pour l'écoulement dans la ruelle de derrière. De chaque côté, sur une marche taillée dans l'épaisseur du mur, les seaux de cuivre, les *couïrettes*[1] et, suspendues à des clous, là, une « bassine » à eau, sorte de *pousador*[2] à long manche, ici, à plus long manche encore, la bassinoire

1. Couïrette : *petit chaudron en cuivre.*
2. Pousador : *casserole à long manche pour puiser l'eau dans le seau.*

en cuivre elle aussi, damasquinée avec art, qu'en hiver on remplissait de braises pour réchauffer les lits.

Les veilles de Pâques ou de fêtes votives, c'était grand branle-bas dans les cuisines villageoises. Chaque ménagère avait à cœur, à grand renfort de cendres, de sable fin, de sel, de vinaigre ou de vitriol... et « d'huile de coude » surtout, de rendre ces panoplies barbares les plus resplendissantes possible. Et du coup, on astiquait aussi les brocs, les mesures et cuillères d'étain, remettant du buis frais pour les faire valoir sur les étagères de la crédence.

Rosine

ROSINE N'EUT PAS D'ENFANT. Et ce fut une chance pour le couple. Épuisée par une vie dure et besogneuse, atteinte par le climat excessif du plateau, mal soignée et négligeant de le faire, à bout de souffle, elle s'alita, laissant son homme tout désemparé. La maîtresse femme avait fait de lui un bonhomme sans velléités ni initiatives. Il se sentait vieillir : son vieux catarrhe négligé s'aggravait d'un hiver à l'autre. Et à présent, comment s'occuper de la malheureuse quand le travail des champs vous requiert ? Alors, il écrivit à Louis, son aîné, marié depuis peu dans ce lointain « pays bas », là-bas, du côté du Vigan, et lui demanda de venir à son aide.

Ce fut, pour moi, le premier grand bouleversement de mon enfance, celui où la jeune plante sent s'arracher des racines déjà solides et dont la rupture la laissera toujours un peu meurtrie.

Mon père, là-bas, avait, comme ses frères, tenu pendant longtemps l'emploi de bouvier, conducteur d'attelages qui faisait le charroi des mines. Ma mère, dans des hangars ouverts à tous vents, triait des minerais : blende, pechblende, pyrite, cuivre, argent, à petits coups de marteau sur la roche apportée. Puis, après leur mariage, il avait trouvé un emploi plus sédentaire et qui leur agréait mieux : celui de *régisseur-ramonet*[1] dans une exploitation viticole.

Nous habitions au village un logement coquet fourni par les propriétaires. Et si mon père passait sa journée aux vignes, taillant, labourant, sulfatant, ma mère se trouvait toute heureuse de pouvoir rester chez elle et faire un peu « la dame ».

Elle était la quinzième enfant d'une famille de travailleurs. Son père avait mené durant longtemps des chantiers ambulants, sur les voies de chemin de fer en récente construction, en Lozère, en Aveyron, dans le Gard. Les parents morts, pour ne pas être à la charge de ses aînés, elle avait dû, de bonne heure, songer à travailler : ouvrière à la mine tout d'abord, puis dévideuse de cocons dans une filature de soie. Elle nous contait l'élevage des vers à soie, leur sommeil dans le cocon, et comment on étouffait le bombyx dans sa prison soyeuse pour, à même l'eau bouillante, dévider le fil ténu qui tisserait rubans et bas. Elle nous narrait les longues journées devant les bacs fumants, et le froid aux pieds sur les dalles humides, et les doigts crevassés par l'eau bouillante. Beaucoup de travail pour un bien maigre salaire.

1. Régisseur-ramonet : *métayer.*

Elle nous contait, pensive, un peu désabusée, une de ces grèves qui, en cette fin du XIXe siècle, semblaient annoncer le réveil d'un peuple asservi... et les derniers sursauts d'agonie du capitalisme. Je la revois encore, sur cette photo pâlie où tout un humble harem de pauvres filles en fichu entourait sagement un contremaître au sourire avantageux sous sa moustache conquérante. Menue, les cheveux haut relevés en chignon, les mains timides tortillant les franges du fichu, l'air étonné de ceux qui, pour la première fois, posent devant un photographe... Alors, un jour, ce troupeau de brebis dociles avait cru pouvoir se muer en une meute hurlante de loups.

« Nous souffrions de l'inconfort de l'atelier ouvert à tous les vents, des longues stations debout, de la pause trop courte à midi... Nous avions pris conscience que c'était trop de temps, trop de peine, pour quelques sous de salaire. On nous incitait à revendiquer, à refuser cette exploitation honteuse... On nous montrait les belles dames de ces messieurs, les patrons : robes soyeuses à faux-culs agressifs, fines bottines et capotes fleuries. On nous disait : vous êtes le bétail que l'on exploite, pour qu'elles aient la seule peine de dépenser l'argent que vous faites gagner à leurs maris. Et... des “putes”, souvent entrées par fraude chez les bourgeois, “faisant la peau” avant, continuant à le faire après, au cours d'orgies dégoûtantes. Des hommes sont venus, ils nous ont fait des discours : moins de travail ! De meilleurs salaires ! Faites la grève, ils seront les premiers ennuyés !

« Et pourquoi n'aurions-nous pas essayé ? Plus de travail pour les ouvriers, plus de gain pour les patrons : cela paraissait logique, irréfutable. Un jour, dix jours de grève. Nous avons défilé dans les rues, chanté *L'Internationale.* Puis on a commencé à acheter à crédit, puis mangé du pain sec. Les patrons refusaient de céder, ils se moquaient plutôt de nous, de nos pauvres velléités de révolte... Jusqu'au jour où ceux-là même qui nous avaient poussés à la grève sont allés implorer la reprise du travail. Si avantage il y eût, sans doute furent-ils les seuls à le savoir, à en profiter. Mais nous, pauvres fileuses, il fallut se remettre au boulot comme avant ! Avec, nous semblait-il, sur les lèvres des contremaîtres, un sourire plus narquois ou plus conquérant ! Et deux ou trois filles de plus, parmi nos camarades, se mirent à "faire la peau", jugeant sans doute que c'était plus avantageux.

« Ah, soupirait ma mère, évoquant cet épisode de sa jeunesse d'ouvrière, les pauvres gens seront toujours tondus. Ils ne sont pas assez forts, assez unis... ou assez malins ! »

Et pourtant, toutes les fois où sa conscience jugeait la justice bafouée, elle prenait feu, comme jadis, en contradiction avec ce que la vie lui avait appris, ne comprenant pas la résignation atavique de tous ces villageois attachés à leur misère, toujours prêts à adorer les puissants du jour, ne comprenant pas qu'on pût jamais renoncer à cette contestation pathétique, le vieux cri de révolte de l'homme contre son destin.

Un jour, lasse de cette situation précaire, ses parents morts, ses frères et sœurs mariés et dispersés, la benjamine, désemparée, s'était laissé tenter par le mirage de Paris. Elle était partie comme bonne à tout faire chez un couple de Parisiens. Mais elle avait vite compris que ce travail subalterne n'était guère plus avantageux et, sans grand enthousiasme comme sans grande illusion, elle était revenue au pays pour épouser, à trente ans, mon père descendu du pays des « gavots ».

À présent, avec le mince salaire de son mari, les produits du jardin, deçà delà, quelques cadeaux en nature des propriétaires, elle nous faisait vivre honnêtement. On l'appelait « Madame », elle était maîtresse en son logis, elle avait des enfants... Que souhaiter d'autre ? Agile de ses doigts, ingénieuse, elle nous vêtissait à peu de frais. Et luxe suprême que sa belle-famille, là-haut, chez les *gabatchs*[1], eût jugé exorbitant, elle avait, à ma naissance, demandé à mon parrain, l'oncle Clément, de lui faire cadeau... d'une voiture ! Ce landau, haut sur ses roues cerclées de fer gainé de molesquine noire, après m'y être bien pavanée, venait de passer au jeune frère André. Je me souviens de ce caprice mémorable que suscita l'utilisation d'un aussi somptueux véhicule. Sans doute n'avais-je guère plus de quatre ans : sur les chemins de ce plat pays, de la maison au jardin, du jardin au lavoir, nous nous promenions... Ce soir-là, de retour du jardin, ma

1. Gabatch : *injure adressée à un rustre malappris qui vient du nom des habitants du pays de Gabales en Lozère.*

mère, embarrassée du panier de légumes, moi traînant dans ses jupes, laissa la conduite du landau où dormait le petit frère à la voisine complaisante qui nous accompagnait. Oh ! je me sentis lésée dans mon instinct de propriété : la voiture était à moi, le petit frère était à moi, et nul autre que ma mère n'avait le droit d'y toucher ! Alors, avec une insistance saugrenue, je me mis à ressasser, revendiquer presque : « Maman, mène la voiture au jardin ! Maman, mène la voiture au jardin ! » D'abord, ces dames, occupées à bavarder, ne prirent pas garde à ce bredouillement presque incompréhensible. Puis ma mère, agacée, ensuite attentive, écouta une fois, deux fois, dix fois le monotone vagissement... Tout à coup, ayant enfin compris, exaspérée par mon insistance, elle me saisit à bras-le-corps et m'administra une fessée retentissante dont je devais me souvenir longtemps. Et pourtant, dans ma cervelle d'enfant, je jugeais ma revendication juste : la voisine accaparait « ma » voiture, « mon » petit frère. Elle paraissait jouir, sans remords, de son rapt. L'ordre naturel des choses venait d'être violé, et je pensais qu'il serait rétabli si ma mère, obtempérant à ma demande, reprenait en main bébé et voiture, les ramenait à leur point de départ, afin que, suivant son habitude, elle les reprenne sans aide jusqu'à la maison. Ainsi, décidait la puérile cervelle, serait rétablie la plénitude de notre droit de propriété. La fessée m'avait laissée haletante et toute saisie. Ces dames continuèrent leur bavardage, la voisine continua à pousser. Je compris, pour la première fois, que la force et le droit sont bien souvent antinomiques et « la raison du plus fort » demeurant la meilleure, je renonçai à revendiquer.

Hélas ! ce merveilleux petit frère dont j'étais si animalement jalouse, quelque temps après, contracta la rougeole. Moi aussi, d'ailleurs, ainsi que Fernande tout nouvellement née ! Toutes deux, avec une féminine obstination, nous résistâmes vaillamment. Le pauvret, lui, sur sa rougeole mal guérie, contracta une broncho-pneumonie qui l'emporta. Je conservai de lui un vague souvenir et me consolai en pouponnant la dernière-née.

Ma mère avait donc réussi à maintenir à Lecques, puis à Salinelles où nous avions déménagé, ses habitudes de « dame ». C'était d'ailleurs, dans ce « pays bas » qui se jugeait à juste titre plus évolué, la coutume généralement admise. Les femmes s'occupaient à leur ménage et ne consentaient à aller dans les vignes que pour le ramassage des sarments. Le reste du temps, elles cueillaient des herbes pour leurs lapins, nourrissaient trois poules et quatre canards et faisaient rendre à leurs jardins tout ce qu'ils pouvaient donner en choux, carottes, salades et pommes de terre. Et même, ô merveilles, de mirifiques citrouilles ! Et même, ô délices, de succulents melons ! « Ah ! cocagne ! » comme s'exclamaient les frères de mon père. Oui, on était bien, ici, dans un pays de cocagne. De temps à autre, un oncle, une tante, quelque cousin, le parrain de l'une, la marraine de l'autre, venaient nous rendre visite. C'étaient des jours de liesse. Ils amenaient dans leurs bagages cette chose rarissime :

un gâteau de pâtissier, une poupée, un ballon, un jeu de dominos… Et, miracle ! parfois, une ou deux de ces grenades prestigieuses cueillies dans les vergers de ce pays ensoleillé. Nous mettions à l'épreuve la patience des visiteurs en nous disputant leurs genoux et en leur réclamant d'interminables histoires.

Nous avions pour les dimanches, ma sœur et moi, de résistantes robes de piqué blanc, cousues, lessivées avec amour par notre mère. Nos blonds cheveux tombaient en douces vagues sur nos épaules. Nous avions l'air de sortir tout droit d'un roman de la comtesse de Ségur. La vie coulait, humble, simple, facile. Ma mère ne regrettait plus ses patrons parisiens qui, pour se l'attacher plus longtemps, lui avaient promis monts et merveilles si elle consentait à ne point se marier.

Certes, la guerre était venue, mais mon père, de bronches fragiles, avait été, après quelques mois d'active, versé dans le service auxiliaire. Une chance en somme, puisque le climat sec aidant, il pouvait continuer à travailler près de nous. Hélas ! voilà que, dans cette douce ambiance leur arrivait la terrible nouvelle : grand-père, là-haut, au pays des gavatchs, sa femme alitée, condamnée à brève échéance, ce grand-père que je ne connaissais pas nous appelait à son secours.

Pauvre mère ! Elle renâcla, pleura, essaya d'atermoyer, et finalement se résigna. On emballa meubles et linge et on quitta ce pays fabuleux.

Quant à nous, les bambines, la perspective de monter dans le train – c'était notre second voyage en chemin de fer – nous remplissait d'un naïf enthousiasme.

Nous n'imaginions pas plus loin. Plus tard, bien plus tard seulement, je compris qu'ainsi que le disait avec mélancolie notre mère, « nous avions mangé notre pain blanc le premier ».

Je nous revois, Fernande et moi, plantées au bas de la calade et attendant que nos parents, là-haut dans la nouvelle demeure, aient procédé aux premiers aménagements.

Dans nos robes de piqué blanc que le long séjour en wagon avait passablement charbonnées, nous étions là, raides, effarées, regardées avec curiosité et respect par Marinou, la fille des voisins. Ah ! certes ! Marinou, intimidée par ces deux étrangères, ne devait rien avoir vu de plus joli que nous. Pensez donc ! Des filles en robes blanches, venues de ce pays merveilleux où poussent melons et grenades. Elle, comme tous les enfants d'ici et comme nous le ferions bientôt sans doute nous aussi, était en blouse de satinette noire, un article classique et résistant. Le dimanche seulement, on vous mettait la dernière achetée, raide, brillante et comme empesée. Et lorsqu'elle n'était pas assez fraîche pour les honneurs de la messe, on avait la faculté de l'user en semaine, sur les bancs de l'école.

Moi, j'étais là, me laissant sottement admirer, un peu gênée toutefois, devant cette grande fille qui m'observait. Soudain, je me sens une terrible envie de me moucher. Et que faire ? Mon nez coule, une longue chandelle commence à pendre. Oh ! vanité ! J'ai bien une belle robe blanche, mais point de mouchoir. Je me tortille, rougis, pâlis de confusion. Alors Marinou, compatissante et protectrice, me dit : « Voulez-vous que je vous prête mon *moucadou* ? » J'accepte avec gratitude et sur le même ton compassé : « Je vous remercie bien. » Car nous étions comme deux dames en visite se vouvoyant cérémonieusement. Mais ce mouchoir partagé en une circonstance délicate scella notre amitié villageoise.

Alix, sa mère, trouvait quelque revenu supplémentaire à prendre en nourrice de jeunes enfants de la ville dont les mères ne voulaient ou ne pouvaient s'occuper. C'était de tradition dans certaines maisons du village : dès que la mère avait accouché, elle se cherchait, à la ville, quelque nourrisson qui partagerait avec le sien le lait maternel et, plus tard, à l'heure du sevrage, les mêmes indigestes panades. Le sein maternel était, à cette époque, considéré comme la source primordiale de vie pour le bébé et on eût regardé comme une mère indigne celle qui, par légèreté ou coquetterie, y eût suppléé par des biberons. Ainsi vivaient, dans certains foyers ruraux, deux, trois frères nourriciers par générations successives et qui s'aimaient comme des frères véritables. Ces petits citadins transplantés, s'ils apprenaient plus de gros mots que de fines manières, s'ils avaient souvent le nez crotté et les genoux couronnés, arboraient cependant de bonnes grosses joues rouges et de petits ventres bien rebondis. Et, un jour, au milieu des larmes des uns et des autres, ils étaient rendus à leur vraie famille où ils se sentaient, longtemps, un peu comme des étrangers.

Marinou avait, à cette époque, un demi petit frère de souche espagnole que nous regardions avec effarement. Nous n'eussions pas été plus étonnés devant un Hottentot ou un Zoulou. Un Espagnol ! Pensez un peu ! C'était, pour nos cervelles d'enfants, le comble de l'exotisme. Nous l'écoutions balbutier ses premiers mots et, hochant la tête d'un air entendu : « Ça se connaît, *vaï,* qu'il est espagnol ; il dit *poumo* au lieu de pomme, il dit *pan* au lieu de *pô*[1] ! »

1. Pô : *pain.*

Les noces

NOCES DANS LE QUARTIER. On voyait revenir de l'église les mariés, l'un et l'autre vêtus de noir comme il était de coutume dans les campagnes. Pourquoi, pensaient les paysannes, ce luxe dispendieux d'une robe et d'un voile blancs, puisque, au jour de leur mariage, elles épousaient le noir ? Deuils d'un côté, deuils de l'autre, prévisibles pour l'avenir. La mariée riait bêtement, suspendue au bras de son époux aussi godiche qu'elle. Derrière venaient le cortège des invités et la nuée des enfants qui voltigeaient autour, escomptant une ultime distribution de dragées. Je me souviens : nous allions attendre la noce, à la sortie de l'église. Sans fausse honte, dans un hourvari de cris et d'acclamations, nous nous précipitions à la poursuite des dragées que, d'un geste généreux, lançaient le marié et les garçons d'honneur. On se culbutait à qui mieux mieux, les garçons vous bourraient de coups, vous jetaient par terre, vous piétinaient. Et on se relevait, les vêtements poussiéreux, à la main quelques dragées souillées mais conquises de haute lutte et qui ne nous en paraissaient que meilleures. Le cortège s'était arrêté devant la croix. Est-ce que je me souviens, ou est-ce qu'on me l'a raconté ? Rosine, astucieuse, toujours à l'affût d'une dîme à prélever sur les heureux de ce monde, avait installé là une table dépliée, dessus sa plus belle nappe, posé verres et bouteilles. Elle offrait la « goutte » en signe de bienvenue pour le jeune couple, espérant que ce beau geste lui vaudrait en échange quelque générosité. Sa goutte ? Quelqu'une de ces boissons familiales que confectionnaient les ménagères avec les produits du cru, vin de noix, vin cuit, malaga, quina, verveine, liqueur d'orange ou de lait aigre, carthagène, tout cela doux, amer, sirupeux, un peu trouble, corsé d'eau-de-vie du cru.

Le repas était servi sous le vaste hangar transformé pour un jour en salle de banquet, interminable comme il se doit, coupé de chansons et de lourdes plaisanteries, avec parfois, en invité d'honneur, le patelou, ce marieur campagnard à qui, en remerciement de ses services, les épousés reconnaissants avaient offert une belle veste luisante de son alpaga neuf. Puis, au dessert, on avait prié une fillette de dire son « compliment ». C'était un petit discours de bienvenue où Dieu et ses saints étaient appelés à la rescousse et que la jeune lectrice déchiffrait sur le beau papier bordé de dentelle, en ânonnant un peu, toute émue d'être mise en vedette. Elle eut droit aux applaudissements, aux embrassades et surtout à un gros cornet de dragées avec, caché au fond, un bel écu d'argent, tout pareil à ceux que tout à l'heure on avait offerts aux clercs et aux demoiselles du chœur de chant. La nuit venue, on était encore à table. Et comme on s'y trouvait bien, affalé sur sa chaise, le ventre plein, les yeux embués par les vapeurs du vin et des « gouttes » ! Mais il fallait tout de même se lever, descendre le chemin pour, en bas, sur la placette, devant la croix, assister au traditionnel *radal*. Les jeunes gens du quartier avaient préparé un bûcher et ils n'attendaient qu'une chose : que les mariés, un chandelier à la main, vinssent allumer ce feu symbolique. Les badauds, déjà, faisaient cercle autour, impatients de voir sauter la mariée.

Tout ce cérémonial n'était une surprise pour personne, le radal étant aussi bien geste de bienvenue pour le conjoint venu de l'extérieur, que témoignage d'estime pour celui qui l'accueillait dans son foyer. Pour rien au monde on n'eût voulu être oublié, et on eût plutôt payé d'avance pour être sûr d'y avoir droit. D'ailleurs, on avait déjà prévu qu'au repas du soir seraient invités ces jeunes dévoués ainsi que le chef de chaque famille du voisinage. Comme, d'autre part, les commères du quartier avaient été mises à contribution pour la préparation de la table, la vaisselle ou la présentation des plats, c'était, en somme, une bonne portion du village qui participait à cette fête rustique. De même que la matrone de quelque maison proche, en grand secret, avait préparé sa plus belle chambre pour servir de refuge aux tourtereaux pressés d'inaugurer leur vie conjugale. Pauvres mariés ! Ils étaient, neuf fois sur dix, débusqués au petit jour, contraints de recevoir, devant le lit de leurs ébats, les noceurs éméchés qui leur apportaient, en grande cérémonie, la soupe au fromage, atrocement poivrée, servie bouffonnement dans un grand pot de chambre garanti neuf.

Et les jours suivants, sur plus d'une table, figuraient les « arlequins », reliefs disparates de ce repas fabuleux où avaient été assemblés des monceaux de viande et de volailles.

Rosine ne put longtemps être, comme elle aimait, l'ordonnatrice de ses frairies villageoises. On était, à cette époque, mal armé contre les maladies infectieuses. Savait-on seulement ce que signifiait réellement le mot de contagion ? Pour tout viatique, en temps d'épidémie, nos mères nous faisaient trimballer, sur la poitrine, un petit sachet garni de camphre. Et avec l'aide de Dieu, vogue la galère ! La tuberculose, à la ville et tout autant à la campagne, faisait de terribles ravages. Cela commençait par ces « pâles couleurs » des jeunes filles que l'on combattait vaillamment en leur faisant ingurgiter de l'eau où avaient macéré des clous rouillés. Et la tante Rosine, comme sans doute celle qui l'avait précédée, se mourait lentement de consomption. Squelettique, elle toussait à fendre l'âme, enfouie sous les vastes rideaux d'indienne dans le lit installé au fond de la cuisine. Ma mère se mit en devoir de la soigner du mieux qu'elle pouvait, mais les rebuffades, les caprices de la vieille femme, rendue acariâtre par la maladie, lassaient sa bonne volonté. Rosine geignait dans l'ombre, suffoquait, appelait sans relâche, pour qu'on lui relève son oreiller, qu'on lui passe le pot ou un bol de tisane.

« Fermez-moi les rideaux, que je dorme un peu », commandait-elle. Et cinq minutes après, elle criait qu'elle étouffait là-dedans. Ma mère s'impatientait. Fernande, un bébé de deux ans, se plantait devant le lit, et inconsciemment malicieuse, imitait de sa voix d'oiseau les halètements quinteux de la malade. Celle-ci, comprenant la singerie, vouait au diable la coquine qui s'échappait en éclatant de rire. Moi, déjà grandette, ayant atteint « l'âge de raison » comme on disait au catéchisme puisque j'allais sur mes sept ans, je trouvais de mauvais goût cette hilarité enfantine. Aussi étais-je la préférée de Rosine qui, au moment de mourir, insista pour me léguer ses belles pendeloques d'or. Je me rappelle encore cette face décharnée, dans l'ombre des lourds rideaux lustrés de fumée, sous la grande *flessade*[1] de laine *burelle*[2]. La toux et la fièvre peignaient ses pommettes d'un rose fragile. Les yeux, au creux des orbites, brasillaient, épiant ce qui se passait dans cette cuisine dont on disposait sans son gré. Sa main amaigrie tenait avec peine le bol contre lequel l'alliance tintait.

« Une vraie sorcière », gémissait ma mère, agacée de sentir toujours de la table au lit, du lit à la cheminée, fixés sur elle, ces yeux de cauchemar. La malade supportait mal de se voir jour après jour dépossédée de

---

1. Flessade : *toile de sac de trois mètres carrés environ pour porter le foin aux brebis dans la bergerie.*
2. Burelle : *tacheté de noir ou complètement noir.*

ses prérogatives de maîtresse de maison et elle en voulait à celle qui, venue de son « pays bas », prétendait instaurer, ici, un ordre nouveau.

Car, hélas ! il y avait tant à faire dans cette cuisine depuis longtemps à l'abandon. Les cuivres étaient ternis, dévorés par places de vert-de-gris, les petits carreaux de la fenêtre, enfumés, constellés de chiures de mouches, le dallage incrusté de boue et de fumier séché, les poutres noires de suie, du linge douteux, traînant ici et là. Et la cheminée donc, ce lieu sacré de toutes les demeures paysannes. Sous la vaste hotte de pierre qui tenait toute la largeur d'un mur, pendaient des stalactites noires. Quant au cendrier, sur le côté, ce renforcement où l'on conservait précieusement les cendres de bois en prévision des futures lessives, mon Dieu ! il était plein à ras bord. Il débordait jusqu'au milieu de la cuisine.

Ma mère était dégoûtée, effrayée par l'immensité de la tâche qui l'attendait. Est-ce qu'elle pourrait arriver à faire de cette fruste tanière quelque chose d'aussi avenant que le logis récemment abandonné ?

Ah ! comme elle en regrettait le sol brillant de tomettes rouges et la belle cheminée carrelée de rouge elle aussi, avec, dans l'épaisseur du mur, le potager où sur la braise de sarments on faisait mijoter de savoureux fricots !

Ici, quoi qu'elle fît, tout avait un goût amer de fumée résineuse. Tout était sale, branlant, sommairement installé, insuffisant. Et comme le patois de ces gens d'ici était lourd et bizarre et tout ponctué de *maquarel !*

medamn ! puto ! et *couillasse !* qui la faisaient, chaque fois, sursauter, elle se mettait à en vouloir à son mari de l'avoir transplantée chez des êtres aussi frustes. Chaque jour qui passait aiguisait sa rancune et ses regrets.

Pourtant, la besogne ne pouvait attendre. Mon père allait aux champs avec le grand-père. Quant à elle, tout en soignant la marâtre, elle para au plus pressé : gratter le sol, vider le cendrier, laver les vitres, essayer de badigeonner au lait de chaux les murs qui n'en avaient jamais tant vu. La malade, sous ses rideaux, marmonnait sans arrêt, maugréant contre ces bouleversements qui ne lui agréaient pas.

Au-dehors, dans le vaste monde, la guerre de 14-18, celle qu'on devait inscrire dans nos livres d'histoire sous le nom de « Grande Guerre », continuait cahin-caha. Nous étions en 1917. L'oncle Léon, fait prisonnier par les Allemands, nous envoyait, de son lointain stalag, des cartes imprimées où, sous le vague des formules réglementaires, nous comprenions bien qu'il ne mangeait pas toujours à sa faim. L'oncle Clément, artilleur quelque part sur le front d'Italie ou de Salonique, m'expédiait, à moi dont j'étais la filleule, de jolies cartes postales enluminées où, en une orthographe fantaisiste qui avait chaque fois le don de réjouir ma mère, il nous narrait les heurs et malheurs des batailles. Quant à mon père, si par chance, après avoir passé quelque temps en service auxiliaire, il avait été réformé pour bronchite chronique, il devait trimer dur et affronter, plus souvent qu'il ne l'aurait voulu, les rigueurs du temps. De saison en saison allaient s'aggraver bronchite et emphysème, comme se multipliaient les restrictions des temps de guerre.

L'argent manqua pour renouveler le troupeau de brebis. Les bêtes vieillies et stériles étaient devenues ces squelettes ambulants, ces garches quinteuses que le boucher vous achetait pour moins que rien. Et les bœufs, à bout de souffle eux aussi, n'allait-il pas falloir songer à les remplacer à leur tour ?

Un jour, pourtant, il sembla à ma mère qu'enfin elle respirait mieux : la tante Rosine était morte. Chacun dans la maison, le grand-père lui-même, s'était senti soulagé. Puisque de toute façon elle était condamnée. Puisqu'elle était un poids mort dans la maison, une charge inutile, pis encore une intruse.

Aussitôt ma mère songea à faire disparaître ce lit maudit qui, dans la cuisine, offusquait ses regards. Quelle idée ont les gens d'installer leurs lits dans les cuisines ? Lits importants, surélevés, comme ils l'étaient à cette époque où le repos comme l'amour devaient se conquérir à la force des mollets. Depuis, l'ère des loisirs et de la facilité est venue : tables basses, lits à même le sol où on peut culbuter d'une chiquenaude. Comme les Romains de la décadence, nous passerons notre vie à ce niveau inférieur. Sera-ce le bonheur ? Quoi qu'il en soit, ma mère n'eut de cesse qu'elle l'eût, ce lit, déménagé dans le *cambrou* voûté où le grand-père s'était sommairement installé. La lourde couverture de bure, les vastes rideaux d'indienne, les gros draps de chanvre gris furent mis à tremper dans un vaste cuveau de lessive. Elle vida la paillasse de sa vieille paille, elle brossa, gratta les bois de lit. Horreur ! Entre les planches disjointes, des colonies de punaises avaient fait leur gîte. On ne connaissait pas, à cette époque, le bienfait destructeur du D.T.T. Alors, elle se débrouilla avec les moyens du bord : elle versa du pétrole dans les interstices et y mit le feu. Nous assistions, horrifiées, à cet autodafé. Les sales bêtes, ici et là, brûlaient en grésillant. Hélas ! l'espèce en est tenace ! Une seule, réchappée de la crémation, infecta les murs troués, et je vois encore ma mère, les larmes aux yeux, grattant le vieux crépi, bouchant les trous, badigeonnant à la chaux purificatrice ces murs maudits. Mais longtemps encore, à chaque printemps, la sale engeance faisait reparler d'elle. Et un jour, la pauvre femme anéantie laissa tomber des bras découragés : son lit à elle, son beau lit tout neuf d'encore jeune épousée, était à son tour, dans la chambre à côté, visité par les envahisseuses.

Se résigner ? La résignation était, pour les humbles victimes de toutes ces fatalités que l'argent malgré tout édulcore, une vertu hautement nécessaire. On acceptait sans murmure la guerre, la pauvreté, la maladie, la mort ; c'était là, semblait-il, le lot des choses inévitables. Même la mort d'un petit enfant innocent, même la mort d'une mère de famille. La religion vous consolait, en vous expliquant qu'ils étaient plus heureux là où ils s'en étaient allés et qu'un jour, sans aucun doute, vous les retrouveriez. La misère ? Il fallait bien, se persuadaient les mal lotis, qu'il y eût des riches et des pauvres. Cela avait toujours été ainsi et cela continuerait encore : une fatalité dans l'ordre des choses, comme les gelées de printemps ou les tempêtes d'automne. Et d'ailleurs, pensaient sans complexe les riches, qu'est-ce qu'ils feraient, les pauvres, s'ils ne nous avaient pas ?

Eux, ils se sentaient la conscience en paix : ils donnaient souvent et avec ostentation aux quêtes du curé. Ils étaient « donateurs-bienfaiteurs » de l'église qu'ils pourvoyaient en chandeliers d'argent et en vitraux multicolores. Ils donnaient aux mendiants de passage et même, malgré la peur ancestrale du feu, consentaient parfois à les héberger pour la nuit. Ils offraient lors des naissances dans les familles besogneuses, leurs nappes usagées pour y tailler des langes. Ils donnaient aux enfants qui leur avaient rendu quelque service de larges tartines de confiture. Pouvait-on exiger qu'ils fissent encore davantage ? Qu'ils se dépouillent de tout, jusqu'à devenir des pauvres à leur tour ? Non, expliquaient-ils avec le naïf pharisaïsme des âmes pures, cela ferait si peu à partager entre tous, que les miséreux continueraient à l'être.

Est-ce que ces graves problèmes-là me préoccupaient beaucoup, alors ? Évidemment non. Ma mère, elle, y réfléchissait âprement. Déjà, elle sentait s'attiser en elle cette flamme dure de la contestation, la vieille tradition républicaine de sa famille, le goût de la révolte et ce besoin de remettre en cause les idées docilement acceptées autour d'elle et dont elle décelait le ferment d'injustice.

Hélas ! cet esprit de revendication, ce furent d'abord son beau-père, son mari qui en firent les frais. Lorsque surtout, ils lui eurent fait comprendre qu'il lui faudrait bien se résoudre à adopter les mœurs de ce pays devenu le sien, prendre part, comme les femmes d'ici, aux travaux des champs, négliger les soins du ménage et...

L'injustice serait-elle donc éternelle ? Si pour l'étayer, on l'appuie sur une nouvelle injustice ? Si pour la combattre, on lui emprunte, bon gré mal gré, ses propres armes ? Ma mère remâchait silencieusement ces amères pensées. Pourtant, son cœur ne l'incitait-il pas à la soumission, au dévouement ? Lorsqu'elle voyait son mari accablé par une crise d'asthme, haletant, les yeux exorbités par la gêne respiratoire, elle comprenait clairement où était son devoir : le soigner, le soutenir, le suppléer à la tâche.

Durant de longs jours, installé dans son lit, le buste soutenu par une pile d'oreillers, toussant et crachant, ah ! certes ! il n'était pas question de l'inviter à partir affronter les rigueurs de l'hiver. Et la crise passée, les beaux jours revenus, ils s'en allaient côte à côte travailler dans les champs. Si encore il n'y avait eu que la maladie ! Les restrictions dues à la guerre se multipliaient, se généralisaient : peu de sucre, de café ou de savon, peu d'étoffes pour les vêtements, des chaussures rares et chères. Et si peu d'argent dans l'escarcelle pour se les procurer ! Il est vrai que, pour les paysans de ce premier quart de siècle, les restrictions étaient bien moins contraignantes que ce qu'elles furent au cours de la Seconde Guerre mondiale. On vivait encore dans ces milieux ruraux presque en circuit fermé : on donnait sa farine au boulanger pour avoir du pain, on pressait les noix au moulin communal pour la provision d'huile, et le beurre, ma foi, denrée presque exotique dans ces pays, on s'en passait fort bien, puisqu'on avait mis en réserve un pot de graisse douce. Quant au savon, eh bien ! comme de temps immémorial, on continuerait à faire la lessive aux cendres. Ma mère, peu à peu, s'adapta à ces nouvelles manières de faire. Comme les femmes d'ici, mais dont le drôle d'accent faisait rire sous cape les commères. Et, comme elles, elle se lança dans la *bugade*[1].

Ce fut, la première fois, un vrai branle-bas dans la maison ! La vieille tante, clouée au lit depuis longtemps, avait laissé son linge à l'abandon : ici et là, on retrouvait des draps souillés, des chemises en piètre état. Dans le « cabinet » de Rosine était empilé son trousseau dont pas mal de pièces n'étaient même pas achevées : immenses nappes de chanvre mal roui, draps raides comme des planches, chemises de toile de lin minutieusement cousues à la main, jupons imposants et longs pantalons à volants brodés, le tout marqué aux plis par la fumée. Ma mère décida de rassembler tout cela. Quelques années plus tard, l'abondance revenue, on l'eût brûlé en bloc ou on eût procédé à une sérieuse désinfection. Elle, conseillée par les voisines, se lança dans une monumentale

1. Bugade : *linge lavé ou à laver.*

bugade. Elle décrassa consciencieusement, rangea le tout dans de vastes cuveaux bugadiers percés en bas d'un trou. Pendant un jour, deux jours, elle trima à la besogne dans un coin de la cour où, sur un vaste feu, bouillait et rebouillait la grande *couïre*[1] remplie d'eau et de cendres.

Quelle affaire ! Est-ce qu'elle en viendrait jamais à bout ? Dès que l'eau était à point, elle la versait, épaissie de ses cendres, à grandes casserolées fumantes, sur la grosse toile réservée à cet usage. Le *lessif* filtrait à travers les épaisseurs du linge, et ressortait en bas par le trou débondé. Cette eau jaunâtre, savonneuse au toucher, était remise à bouillir et on recommençait l'opération jusqu'à ce qu'elle ressortît à peu près claire.

« Vous pourrez bientôt arrêter, dit la voisine, encore une claire et ce sera fini ! »

Mais la journée s'achevait. Les cuveaux furent abandonnés jusqu'au lendemain. Alors, le linge refroidi, égoutté, tordu, était posé dans les corbeilles en attendant d'être emporté au Tarn, pour y être rincé, séché sur place.

Ah ! ces lessives au bord du Tarn ! Elles sont restées un des plus radieux souvenirs de nos enfances villageoises.

Le Tarn ! C'était notre mer, nos Amériques, nos Canaries, nos îles fortunées, notre grande évasion estivale. Petits plaisirs si grands, quand le cœur les voit tels. Quelle fête, lorsque notre mère, observant le

1. Couïre : *chaudron en cuivre.*

temps au beau fixe, annonçait : « Je vais me mettre à la grande lessive. » Et si surtout, calculant bien, elle faisait coïncider le rinçage avec notre congé du jeudi ! Alors, ce matin-là, le linge encore tiède sorti des bugadiers, on attelait les bœufs, on rangeait les corbeilles dégoulinantes sur le char, on accrochait aux ridelles le casse-croûte de midi dans ces longues *biasses* de toile de chanvre et nous partions, tous derrière, pour cette fête de plein air. Parfois, c'était mon père en personne qui conduisait l'attelage, pour ensuite retourner à son travail ; parfois il nous laissait la libre disposition des bêtes et ajoutait au chargement un sac de foin pour elles.

Quelques voisines, à charge de revanche, joignaient leurs corbeilles aux nôtres et venaient rincer de compagnie avec nous. Mais nous, les enfants, pensions d'abord à batifoler sur les galets de l'immense plage toute blanche des derniers orages qui l'avaient lavée. Bientôt, ne pouvant résister à la tentation de l'eau vive, nous nous déchaussions et, après mille recommandations des mères effarées de possibles imprudences, nous trempions nos pieds dans le courant. Nous allions le long des rives, glissions sur les galets limoneux, nous accrochant de justesse aux tiges souples des *abicasses*[1]. Nous essayions de capturer des poissons minuscules plus fins que des aiguilles, ou bien soulevant quelque pierre, hop ! nous débusquions des écrevisses.

1. Abicasse : *osier sauvage.*

Parfois, si le temps était particulièrement chaud, notre mère venait nous déshabiller derrière les touffes de saules, et nous ayant, pour la décence, revêtues de quelque tablier hors d'usage, nous savonnait de la tête aux pieds. Les femmes d'ici hochaient la tête, jugeant cette initiative fort inconvenante : « Vous allez les *sanglacer*, ces filles. L'eau est trop froide dans nos pays ! » Ma mère riait, savonnait de plus belle et ajoutait, frondeuse : « Vous verrez ça, tout à l'heure. Moi aussi, j'y passerai ! »

Pendant que nous *pescouillions*[1] à grands éclaboussements, les lavandières tordaient, tapaient, rinçaient, tapaient encore la lessive. Lorsque des années plus tard, en Espagne ou au Portugal, j'entendis nos Parisiens s'exclamer, attendris devant les lavandières toutes pareilles, penchées sur les *rios* d'été aux vastes grèves, je songeai qu'il n'y avait pas là de quoi tant s'étonner. J'avais, dans mon enfance, connu chez nous, dans notre France, pareil folklore ; j'avais, le cœur sonnant de joie, participé à cette frairie de l'été.

Aujourd'hui, dans sa cuisine H.L.M. encombrée de gadgets coûteux et de toutes ces « machines de bonheur » inventées par une technique délirante, la ménagère écoute, le visage un peu crispé, sa machine à laver cent pour cent automatique malaxer, à bruit d'usine, son linge poids plume. S'en trouve-t-elle plus satisfaite ? L'esprit un peu plus dégagé ? Un peu moins lasse, sans doute, en fin de journée. Mais le bonheur !

1. Pescouiller : *tremper les pieds dans l'eau.*

Pour nous, petits et grands, elle était, cette lessive estivale, une fête radieuse où le corps et l'esprit étaient comblés. Le soleil hérissait l'eau rapide de furtives écailles d'argent, la brise était fraîche, les oiseaux se chamaillaient dans les hauts peupliers de la berge. Les galets larges et plats filaient au ras de l'eau, en ricochets tentés par des mains inexpertes. Et les mères, prises par l'ambiance, chantaient ou chahutaient, en lançant, en plein courant, les draps immenses qui formaient d'énormes bulles avant de s'enfoncer. Je les vois encore, agenouillées sur le sac bourré de paille, penchées sur la vaste dalle où elles actionnaient leurs battoirs.

Ah ! ces battoirs ! Ils figuraient alors dans la panoplie ménagère des objets de première nécessité. Il y avait les bons et les mauvais, ceux que l'on tenait bien en main, de bois compact et lourd, ceux trop légers, taillés dans le mauvais sens et qui inexplicablement se fendaient en deux. Elles en discutaient gravement entre elles, les élevant haut, à bout de bras, pour plus d'élan. Et parfois, l'un d'eux ou un savon, laissé imprudemment trop près du bord, léché par le courant, s'échappait à vau-l'eau. Une des lavandières, se décidant à aller à sa poursuite, se jetait en plein courant, et les longues jupes s'imbibaient. C'étaient des cris, des rires, des exclamations effrayées. On nous appelait à la rescousse, et les petits imprudents qui n'attendaient que ça se jetaient dans l'eau rapide au risque d'être entraînés.

« Revenez ! Revenez ! » criaient les mères poules affolées à juste titre. « *Raïl*[1] pour le battoir ! Je ne veux pas que vous vous noyiez ! »

Un peu étourdie par ces jeux inhabituels, j'allais près de ma mère et je lui offrais de l'aider dans sa besogne. Elle arrangeait à ses côtés une pierre plate et me confiait un lot de mouchoirs que je tordais, retordais, avec application. Ou bien les femmes nous proposaient : « Et si maintenant, vous vous occupiez à la laine, vous autres ? » Les toisons, mises à tremper la veille dans le lessif tiède, étaient là, en attente dans les corbeilles. Les boucles laineuses, blanches ou burelles encore colmatées de crottin et de suint, piquées de houppes de bardane et de chardons, emmêlées d'aiguilles de pin, étaient mises à tremper par gros tas en plein courant, dans les corbeilles arrimées au fond avec de grosses pierres. Nous allions là-dedans, danser d'un pied sur l'autre, sautant, foulant, malaxant, pour désagréger les saletés. Tous, garçons et filles, nous nous acquittions avec ardeur de cette tâche, un peu de vertige en tête, mais si fiers de nous rendre utiles. La même ardeur que nous mettions ensuite à l'étendage.

Pièce après pièce, le linge était exposé au grand soleil d'été, à même la grève, des galets ronds les maintenant aux quatre coins. Et le plus humble torchon devenait, là, glorieux étendard ! Nos mères, assises à l'ombre, suggéraient : « Si vous alliez retourner les draps pour

1. Raïl : *littéralement, rayon de soleil, mais expression signifiant également « pourquoi pas ! », « à la bonne heure ! »*

qu'ils achèvent de sécher ? » Ou bien, d'une main experte, elles éparpillaient sur leur lessive des gouttes d'eau afin de parachever l'action purificatrice des rayons solaires.

Pendant que se poursuivait le séchage, ce moment que nous guettions avec impatience, l'heure de manger. L'angélus de midi avait sonné depuis longtemps, nous avions bien droit de nous restaurer.

Les femmes tiraient des musettes, des corbeillons installés à la fraîche, une monumentale salade, un vaste ragoût encore tiède dans la cocotte de fonte, des œufs durs, des tranches de jambon ou quelques quartiers de volaille, de la confiture, du fromage, d'énormes quignons de pain. Et nous mangions de tout, nous bâfrions, vrais *freta-napa*[1] sans complexe, l'appétit aiguisé par l'effort et le bain.

Ah ! cette joie de déguster de bonnes, de belles nourritures, d'aller à la source voisine remplir la bouteille d'eau fraîche où nous buvions à même le goulot, en revenant !

L'eau de source ! Qui, aujourd'hui, peut encore se vanter d'en avoir savouré les purs délices ? Il m'arrive encore à présent, passant par la Pomarède, de m'arrêter devant l'humble source qui, imperturbable, continue son babil d'oiseau au bout du conduit colmaté d'argile et de mousse, de me pencher et d'y boire, au creux de la main, un peu de son eau glacée, cette eau mère distillée dans les profondeurs du plateau et

1. Freta-napa : *affamé, vieille fille maniaque, celle qui essuie sans cesse la nappe.*

qui, recueillie dans la fontaine creusée à cet effet, était prête à recevoir les écrevisses que nous lui confiions ou à remplir les arrosoirs de la jardinière.

L'eau de source ! Que peut-elle avoir de semblable avec cette eau anonyme, dénaturée par un long parcours d'obscures tuyauteries, tiède l'été, agressive l'hiver, fadasse, additionnée d'ingrédients chimiques ? Qui connaît encore la joie essentielle de boire à même la source ?

Pourtant, vous diront les gens raisonnables, cette eau dénaturée, stérilisée par le chlore, est au moins, elle, une eau potable. Elle ne vous porte plus ces maux innombrables qui, dans nos villages, à flanc de causse, créaient une forte mortalité...

L'eau ! Ce fut pendant longtemps le souci majeur de ce pays où, hormis la présence de quelque rare source, chacun buvait l'eau de son puits ou de sa citerne. Chaque foyer avait dans sa cave, dans sa cour ou dans son jardin, un puits dans lequel, au bout d'une chaîne grinçante, le seau allait prendre l'eau nécessaire aux bêtes et aux gens. Ces puits aboutissaient tous à la même nappe souterraine qui, hélas ! était aussi le collecteur des eaux de ruissellement du quartier et des divers égouts. Et comme les fumiers servaient tous traditionnellement au soulagement des humains, la typhoïde régnait à l'état endémique. On mourait à quinze ans, à vingt ans de la terrible fièvre et cela, comme les méfaits de la tuberculose, paraissait aux paysans fatalistes l'effet d'une inéluctable nécessité.

Quelle révolution, le jour où une municipalité progressiste décida d'aller chercher l'eau, à un niveau élevé, dans ces hautes Fontanelles où, supposait-on, elle était non polluée ! Par une savante et coûteuse tuyauterie, elle fut amenée jusqu'à des bornes-fontaines, dans chaque quartier du village.

Les gens évolués : le maire, le curé, l'instituteur, le médecin, les femmes aussi, heureuses de voir leur peine allégée, tous applaudirent... Les autres, réticents, parlèrent de gaspillage.

Oh ! ce n'était pas encore, comme à la ville, l'eau à toute heure sur l'évier. Mais enfin, on n'aurait plus cette manœuvre périlleuse du seau dégringolant par-dessus la margelle, culbutant, remontant à moitié vide et parfois, à l'ultime minute, se décrochant dans un faux mouvement qui le faisait sombrer au fond :

« Et va donc ! Va vite, petite, te mettre en quête d'un *cercopoutz*[1] ! »

Ah ! oui, les ménagères, devant ces fontaines coulant à plein tuyau, se réjouissaient. Chacune, malicieuse, se jugeait plus favorisée que sa voisine :

« Oh ! moi, vous savez, je n'ai guère que cent mètres à faire !

– Et moi, ça descend tout le temps jusque chez nous ! »

Elles envisageaient de ne plus rincer leur linge à cette « Font des Ânes » toute grouillante de têtards et

---

1. Cercopoutz : *cherche-puits, outil à quatre crochets au bout d'une corde utilisé quand le seau était tombé au fond du puits.*

de perfides sangsues ou à ce ravin débordant d'eau glacée après les pluies.

La corvée d'eau faite – et que de fois j'ai vu ma mère trébucher sur les dalles glissantes du vieil escalier disjoint, les deux mains encombrées de ses deux seaux trop lourds ! –, on installait de chaque côté de l'évier la provision quotidienne du ménage, et accrochée au rebord du seau, la longue « bassine » de cuivre avec laquelle on puisait dedans. Plutôt que de prendre un verre, nous buvions à même cette grande louche, et notre mère grondait un peu, alléguant que ce n'était guère propre, satisfaite au fond de savoir un verre préservé de nos mains maladroites.

Mais si, grâce à cette heureuse innovation, la typhoïde disparut, avec, en un suprême effort, cette grippe espagnole des derniers temps de guerre, devaient pourtant subsister longtemps encore ces goitres que certaines filles voyaient apparaître sur leur gorge et que d'aucunes traînaient comme un sac grotesque toute leur vie.

Ces goitres, ils fascinaient nos yeux d'enfants. Étaient-ils l'expression d'une longue misère physiologique où avaient vécu des générations de petits paysans cramponnés à un sol peu fertile ? Ou bien le résultat de cette mystérieuse action tellurique dont, aujourd'hui encore, on sait si peu de chose et qui fait que chaque sol façonne les êtres à son image ? Trop grande teneur des eaux en calcaire ? Manque, par contre, de quelque élément essentiel, l'iode, ou de quelqu'une de ces vitamines dont on parlerait tant, quelques années plus tard, dans l'alimentation, en un pays plus riche en concrétions minérales qu'en gras humus ? Mais qu'elle fût calcaire ou pas, dans l'ensemble, le village était très fier de son eau nouvelle. Nous faisions des comparaisons apitoyées avec ces pauvres caussenards dont les citernes étaient, chaque année, sèches au gros de l'été.

Jusqu'au jour où le drame reparut : les Fontanelles n'étaient plus suffisantes pour les besoins d'eau du village. Et d'autant plus que la facilité les avait encore accrus, ces besoins. À présent, les ménagères usaient et abusaient de cette belle eau pure ! Et nous, les enfants, ne nous gênions pas non plus : camouflés dans la niche qui protégeait la fontaine, nous attendions le passage des copains pour, d'un jet bien dirigé, le robinet ouvert à plein, les arroser copieusement. Les pères grondaient, les mères s'inquiétaient :

« Vous verrez que bientôt, l'eau tarira ! »

Alors un matin, c'étaient des lamentations devant le robinet inutile.

Les hommes triomphaient :

« Ça devait arriver ! À présent, elles lavent pour un oui et pour un non ! Et même le carreau de leur cuisine ! Et puis pour rincer, elles ouvrent tout grand sur leur linge, s'en vont et… oublient de revenir ! Oui, hier, l'eau dégoulinait jusqu'au fond du chemin. »

Et les femmes, piquées au vif, répliquaient avec acrimonie :

« Ah ! si vous croyez qu'on va se gêner, nous, quand on sait que ceux des quartiers bas se servent les premiers et qu'ils ont toute l'eau qu'ils veulent, eux ! Ça coule tant que ça peut, là-bas ! Jour et nuit ! Jusque dans les jardins ! Ensuite, nous, au quartier haut, on doit s'en passer ! » Après ces commentaires virulents, elles s'en retournaient hargneuses, leurs seaux vides. Allait-il falloir s'approvisionner à nouveau dans les vieux puits abandonnés ?

Que faire ? Elles laissaient leur linge sale s'accumuler, escomptant l'orage providentiel qui ferait couler le ravin à ras bords. Rincer le linge au ravin était un pauvre ersatz de la grande lessive estivale. Plus d'une fois, le temps était maussade et l'eau glacée dans la faille nouvellement érodée par le ruissellement.

Ma mère allait voir où était le lit de ce torrent intermittent. Elle aménageait dedans une large conque sur fond de sable où elle pourrait faire barboter son linge. Elle me demandait parfois de l'aider à porter la lourde corbeille et nous descendions précautionneusement, une pause, encore une autre, le long du chemin inégal que la récente averse venait de raviner. Je laissais ma mère à sa besogne et remontais en musardant. Chaque fois, j'étais émerveillée par tout ce qu'avait mis à jour, tout ce qu'avait apporté cette brusque érosion. Dans les rigoles encore ruisselantes, les cailloux dérochés brillaient comme des agates. Et quels trésors étonnants on pouvait ramasser ! Éclats multicolores de verres, de faïences brisées, vieux clous rouillés, fruits meurtris et pétales de fleurs, insectes naufragés et ces cristaux de quartz, plus radieux que diamants. Telle une pie voleuse, j'emportais tout cela dans le fond de ma poche, afin de l'inventorier à loisir. Mais ma mère, voyant la poche lourde, jetait ce butin au fumier. À quoi bon protester ? La prochaine averse renouvellerait mon butin.

Ah ! douces, inconscientes rêveries de l'enfance, bonheurs imprévus et faciles, illusions jamais lassées, quêtes sans cesse renouvelées !

Les cairns des causses

SOUS LES CAIRNS DE NOS CAUSSES, comme sous ces oblongs clapas des pentes, gisaient sans doute, pareillement enfouis pour toujours, des trésors aussi mirifiques. Quel bouleversement géologique pourrait les mettre à jour de nouveau ?

Jour après jour, année après année, pierre après pierre, ainsi va la vie, recouvrant de ses sédiments inéluctables ce noyau merveilleux, cette gemme occulte où dort la réponse à tant de questions insolubles.

Encore une fois, j'interrogeais mon père qui, me semblait-il, devait savoir le mystère :

« Dis, papa, si on tirait ces cailloux, tous jusqu'au dernier, que trouverait-on dessous ? Et pourquoi les a-t-on entassés ainsi, ici et là plutôt qu'ailleurs ? Et qui les a ainsi rassemblés ? »

Lui, haussait les épaules, trouvant oiseuses ces interrogations. Plus tard, les livres m'apprirent que certains de ces tumulus avaient une valeur quasi magique. Signaux de ralliement ou de reconnaissance sur ces vastes plateaux où il est si facile de s'égarer, monuments tout à la fois religieux et funéraires, puisque la coutume primitive voulait qu'on cachât les restes des défunts sous des amoncellements de sable ou de pierres, ils étaient des lieux sacrés plus frustes certes que les orgueilleuses pyramides d'Égypte ou les glorieux temples du soleil des Incas, mais tout humbles, tout informes qu'ils fussent, ils témoignaient quand même de la longue espérance humaine et de ce désir confus de pérennité qui sommeille en chacun de nous.

Et pourtant ! Ces pierres, toujours présentes, comme elles étaient têtues, hostiles, presque agressives. Pierres rongées d'oxydes des causses, somptueuses concrétions de calcite des grottes, rocailles aux formes insolites, sur lesquelles s'accrochent à présent les indistinctes rêveries citadines, pierres lisses et dures de notre calade que le voisin facétieux nommait la rue « bombe cul », dalles larges des aires et frégeals des cuisines, suant l'humidité les jours de marin, lauzes grises des couverts et ces beaux galets des bords du Tarn que leur alliance avec l'eau avait rendus si lisses, si doux à la main, que de cairns énormes escaladant le ciel on pourrait édifier avec vos foisonnements ! Et comme vous l'avez bien façonnée, à votre image, cette race frugale, trimant dur, se satisfaisant de peu, lèvres et poings serrés sur son effort, espérant toujours, espérant quand même !

La guerre, cependant, d'année en année, de tranchée en tranchée, se traînait, interminable. Ici, l'argent était rare, les denrées primordiales aussi. Mais le paysan, s'il forme toujours les troupes de choc de toutes les armées du monde, a cependant alors cette chance de produire et de détenir les biens essentiels.

Alors, ma mère, avec notre farine rapportée du moulin, comme elle voyait que l'on se mettait à le faire autour d'elle, décida d'apprendre à fabriquer notre pain. C'était tellement plus simple, expliquaient mon père et le grand-père, plutôt que de la confier au boulanger du bourg pour qu'il vous la rende en grosses miches rondes, jamais assez lourdes au gré des fournisseurs.

Il y avait, à l'extrémité de notre demeure, dans une sorte de caselle en voûte à demi abandonnée, un four. Eh bien ! on cuirait notre pain là-dedans ! Du pain pour toute la semaine, voire pour quinze jours, puisque, disait-on, « le pain dur tient l'*oustal ségur*[1] ».

Ah ! certes, ce n'était pas là une mince affaire pour la novice qu'était ma mère : il y fallait tout à la fois force et souplesse, et cette mystérieuse intuition paysanne qui, si souvent, tient lieu de savoir. On devait veiller à la tiédeur de l'eau, à la qualité de l'air, de la farine et du bois de chauffe…

La veille, on mettait à « revenir », dans un grand plat, la boule de levain conservée de la dernière fournée, pâte grise et aigre qu'on repétrissait d'eau et de farine, avant de l'intégrer à la nouvelle préparation. Il fallait savoir rouler, malaxer, lisser, empoigner la pâte à plein

1. Oustal ségur : *maison sûre, maison de riche.*

bras, dans la vieille *masch*[1], la soulever, la laisser claquer en retombant dans ce pétrin en forme de cercueil.

Ma mère, femme toute menue et aux poignets d'oiseau, ne pouvait suffire à cette tâche de boxeur et mon père, s'il n'était pas immobilisé sur ses oreillers par une crise d'asthme, l'aidait de son mieux.

Et ensuite, dans les paillasses confectionnées par le grand-père, ma mère posait, sur le torchon enfariné de son, les pâtons qui, emmaillotés tendrement comme des bébés fragiles, alignés l'un près de l'autre devant le feu de la cuisine, allaient se mettre à lever peu à peu.

Alors, le pétrissage terminé, vite au fournil pour le chauffage du four ! C'était une petite construction voûtée en briques réfractaires qui ouvrait sa grosse bouche ogivale à hauteur d'homme. Et là-dedans, à grandes fourchées, mon père expédiait fagots de pin et bûches résineuses. Puis quand au fond la voûte rayonnait d'un éclat blanc insoutenable, on interrompait la chauffe, pour tirer prestement de grandes pelletées de braises rayonnantes qu'on « étouffait », afin d'avoir la *charbonnille* si utile au potager de la cuisine. Avec le plus de soin possible, on ratissait les cendres qui tapissaient la sole brûlante. Mais comme il fallait agir vite, il en restait toujours de cette fine poussière et nous faisions la grimace quand, mastiquant notre pain, quelques grains noirs nous crissaient sous la dent :

---

1. Masch : *pétrin.*

« Peuh ! disait mon père, ça n'a jamais tué personne ! »

Au garde-à-vous à ses côtés, ma mère attendait le signal. Alors, sur la large pelle enfarinée, d'un geste vif, elle retournait la paillasse, le pâton s'étalait, elle le déchirait de deux coups de couteau en forme de croix. Et ayant, de ce geste religieux, sanctifié notre pain quotidien, hop ! dans le four. Il fallait faire vite, savoir viser juste là-dedans, les yeux brûlés par la réverbération. Il fallait avoir cette adresse du poignet qui lançait la pâte molle juste à sa place. Et nous étions tous marris, et mon père donc, lorsque, ô maladresse, deux miches plus ou moins tordues dans l'envol s'étaient « embrassées » à la cuisson. Pour terminer, les *boulangeurs* ajoutaient à la bouche du four de drôles de petits pains : les *toucadous*, qu'on sortirait les premiers pour vérifier la cuisson et dont la pâte, toujours un peu gluante, ravissait nos palais enfantins, ou bien à l'automne, des pains-coings ronds, joufflus, charnus, craquants dessus, mous et brûlants à l'intérieur et qui, ces soirs-là, étaient, pour les enfants, un goûter de luxe.

Alors, vite, le four rempli, mon père appuyait sur l'ouverture de la porte de fer. Il ajustait le grand loquet et colmatait les bords, minutieusement, avec des cendres mouillées ou, ce qui me remplissait chaque fois d'un étonnement dégoûté, d'une pâte jaune, faite de bouses molles fraîchement ramassées à l'étable. J'entends les exclamations horrifiées des gosses d'aujourd'hui : « Orrh ! des bouses de vaches ! » C'était, pourtant, ce qui pouvait le mieux remplacer l'argile dans ces régions caussenardes presque uniformément calcaires. Après tout, les tribus pastorales des déserts d'Asie procédèrent presque de même, en faisant bouillir leur marmite sur des feux de crottes séchées…

Mais la plus belle des fournées était, sans conteste, celle qu'on préparait la veille de la fête votive. Cette fois, ce n'était pas une, mais deux, mais trois fournées qui étaient nécessaires : celle du pain d'abord, celle des fouaces ensuite, et des tartes, gâteaux et plats divers. Les voisines dépourvues de four venaient en procession apporter leurs propres préparations. Notre mère, ces soirs-là, se sentait l'âme d'une hôtesse, d'un chef de clan, et toute la maison embaumait le beurre chaud et la fleur d'oranger.

Les femmes mettaient leur orgueil à exhiber des fouaces plus croustillantes, plus levées, mieux dorées que celles de leurs concurrentes. Ce jour-là, elles sacrifiaient allègrement leurs provisions de sucre, de beurre et d'œufs. De bouche à oreille, elles se passaient des secrets de fabrication. L'œil goguenard, elles se gaussaient en catimini de celle-ci ou de celle-là qui lésinait sur les ingrédients et qui prétendait réussir belle marchandise avec rien, « *très pascados em un uóu*[1] ». Hélas ! parfois, malgré cette surenchère, toutes ces merveilles sorties du four montraient inexplicablement triste figure : plates, vilainement étalées, la pâte lourde et indigeste, ou brunies par un coup de feu trop

1. Trois pascades avec un œuf.

vif. Alors les femmes, un peu déçues mais nullement découragées, s'ingéniaient à farder leur production, à grand renfort de badigeons d'œufs battus, de fleur d'oranger et de saupoudrages de sucre fin. Car nos mères savaient qu'il en eût fallu bien davantage pour rebuter nos appétits. Bien ou mal réussies, les tartes aux prunes, les *flaunes*[1] à la recuite, les fouaces seraient triomphalement dévorées, sans oublier surtout d'en réserver un morceau pour chaque parent ou ami en visite à la fête et qui, de retour chez soi, en régalerait sa famille. Ah ! ce four familial ! Il tenait, dans la maison, une place quasi mythique. Et puisqu'on n'avait pas de fourneau cuisinière, il recevait, en fin de cuisson, les plats savants que, sans lui, on n'eût pu réussir.

Le jour du pain, ma mère, et derrière elle ses voisins, apportaient, une fois les miches défournées, des plats mystérieux qui, mijotant lentement, seraient juste prêts pour le repas du soir ou pour celui du lendemain : la daube dans son *toupi*[2] de terre, les choux et tomates farcies, les pommes et poires étalées sur d'immenses plaques de tôle… et surtout, ah ! surtout, les *farçuns* !

Le farçun, un chef-d'œuvre de cuisine rustique dont nous avons perdu le secret : il fallait faire le tour de la maison, du jardin et des champs pour en rassembler les multiples ingrédients. Il entrait, dans sa

1. Flaune : *tarte au flan du Millavois fait avec de la recuite de brebis.*
2. Toupi : *pot de terre.*

composition, des herbes diverses hachées finement, pas trop cependant, surtout pas de bouillie ! Des épinards, des feuilles de bette et au printemps, pour la bonne bouche, des « rouelles », ces jeunes et tendres pieds de coquelicots en forme de rosettes qu'on allait cueillir à la vigne. On malaxait toute cette verdure avec du jambon haché, un reste de pot de fricandeau, de la farine, du pain longuement imbibé de lait, des œufs et du beurre ou de la graisse douce. Tout cela, étalé dans le grand plat de terre et décoré de roses tranches de lard, était prestement enfourné.

Nous qui avons dans notre enfance savouré cette merveille culinaire, nous en gardons un peu la nostalgie. Ah ! cette croûte grésillante de graisse chaude et de lardons frits ! Ah ! cette pâte moelleuse dessous ! Et quel parfum !

Nostalgie ? Celle de modes de vie à peu près disparus, celle aussi de nos solides appétits d'alors. Aujourd'hui, nous mâchons sans conviction d'insipides nourritures : pas trop de sel pour le cœur, pas trop de gras pour le foie, ni trop de glucides, lipides, protéines. Ah ! grandeur et servitude des sciences diététiques ! Et encore, digérons-nous malaisément !

Les facilités de la technique nous achemineront, je suppose, vers des mets encore moins excitants : fades conserves, comprimés et pâtes en tube. Et on se posera peut-être alors cette question : « Pourquoi encore cette hérésie : manger, quand nos innombrables machines prétendent nous dispenser de tout effort musculaire, lorsque nos maisons, nos vêtements climatisés rendent inutiles les bonnes vieilles nourritures à effet énergétique ou calorique ? »

Ces modes de vie dont j'essaie de sauver de l'oubli le souvenir tant qu'il est encore temps, ces modes culinaires d'une époque révolue paraîtront bientôt aussi désuets, aussi exotiques que le sont, pour nous, les mœurs des Papous ou des hominiens de l'âge de pierre.

Nostalgie du bon vieux temps ? Radotages, penseront, en haussant les épaules, les jeunes d'à présent. Allons ! allons ! Y a-t-il grand-chose à regretter ?

Mais si ce bon vieux temps fut souvent synonyme de souci et de peine, il me laisse toutefois le beau souvenir d'un climat de cordialité et d'entraide. La nécessité, la médiocrité des moyens vous rendaient attentifs aux autres.

On prenait plaisir à se rendre service et l'esprit tribal colmatait cette communauté de familles trop démunies pour pouvoir se suffire à elles-mêmes.

« Vous n'avez pas de four ? Mais venez donc cuire au nôtre ! »

« Vos poules ne pondent pas encore ? Prenez ces œufs en attendant ! »

« Ah ! prêtez-moi votre plat long ! Avancez-moi un verre de farine, une tasse de riz ! »

« Tiens, petite ! Prends ce panier de pommes que le vent a fait tomber. »

Riches ou pauvres, on était toujours débiteurs les uns des autres et la solidarité humaine prenait ainsi son sens le plus concret.

Celui qui avait un cheval s'offrait à labourer la vigne de celui qui en était démuni et ce dernier rendait le travail ainsi fourni avec la force de ses bras. On répugnait à faire entrer dans ces transactions élémentaires la notion d'argent. Malgré l'individualisme naturel du paysan attaché à ses biens, on sentait confusément que toute une civilisation rurale serait condamnée le jour où chacun prétendrait posséder en propre ses instruments aratoires, ses machines.

Eh oui ! ces communautés rurales constituent bien quelque chose d'assez semblable à la tribu. On y est plus ou moins cousins, avec des patronymes qui rappellent les mots-clés, les totems des civilisations paysannes : des Froment et des Pailhas et des Castan, des Fabre et des Lubac et des Raynal, le loup et le renard, le blé et la paille et la châtaigne, le forgeron, le cordonnier et le charron. On répugnait à essaimer d'un village à l'autre et la jeunesse d'ici était plus ou moins en lutte chronique avec celle des environs. Comme au temps des fabliaux, on s'affublait de surnoms cocasses, de quartier à quartier, de village à village, autant par malice que par goût du mystère et d'un langage ésotérique seulement compris de ceux de la tribu : les « Coucho-Saoumos » contre les « Russes » et les « Soulheillats » contre les « Corses ». Les garçons partaient en expéditions punitives, lorsque les gars du pays d'en face semblaient vouloir convoiter les filles de chez eux. Et surtout, ils se sentaient la hargne de jeunes coqs en colère lorsque, les soirs de fête votive, les « Millotins », venus sur leurs bicyclettes flambant neuves, faisaient danser leurs filles et que celles-ci, troublées par le mirage citadin, semblaient les regarder d'un œil trop doux...

Le grand-père au Serrou

CETTE FOIS, GRAND-PÈRE était bien décidé : il partirait seul sur le causse. Les jeunes ne voulaient pas l'accompagner. Tant pis ! la récolte ne pouvait attendre davantage. Alors le vieux avait attelé ses bœufs ; il avait chargé les provisions indispensables : le pain, le lard, les pommes de terre. Il trouverait, là-haut, les choux et les raves semés au printemps. Il faucherait l'herbe de quelques pacages et commencerait la moisson. Nous le reverrions peut-être le dimanche où il viendrait se réapprovisionner en pain frais et en… tabac à priser. Car le papé aimait priser et cela nous étonnait toujours un peu de voir le bonhomme fourrer dans ses narines, délicatement, des pincées de poudre brune prise dans une petite tabatière en forme de soulier. Drôle d'habitude ! Il reniflait, reniflait longuement. Et tout à coup, l'explosion se produisait. Il se mettait à éternuer spasmodiquement avec un bruit de trompette, son grand mouchoir rouge déployé sous le nez.

« Cela dégage le cerveau », expliquait-il dans un clin d'œil malicieux.

Mais ma mère, à qui incombait la tâche de laver ces maudits mouchoirs tout maculés de brun, prisait mal, elle, la plaisanterie. Comme s'il n'y avait pas d'autre façon de dépenser son argent ! Et nous aussi, nous pensions bien un peu comme elle lorsqu'il nous chargeait d'aller au bureau de tabac acheter un cornet de cet ingrédient : nous eussions mieux aimé troquer la pièce de deux sous contre un cornet de bonbons.

Grand-père parti, ma mère respirait mieux. Et lui donc ! Il aimait vivre là-haut, dans la solitude du Serrou, seul maître à bord, loin des jeunes qui prétendaient corriger ses vieilles habitudes, loin de nous, les enfants, qui l'importunions par nos jeux et nos caprices. Et puis, seul sur son causse, au milieu de ses clapas et de ses landes, il avait tout loisir de se livrer à ce que ma mère nommait « ses expériences ». Il allait rôder autour de l'aven et, le long d'une corde nouée sur le tronc d'un pin incliné vers l'abîme, il s'essayait à descendre dans ce puits ténébreux. Une torche résineuse à la main, il se glissait dans la faille d'une grotte, pour savoir quelles merveilles, quels trésors oubliés se cachaient là-dedans.

Ou bien, investigation plus dangereuse encore, il cueillait des champignons et mettait à l'essai quelque espèce inconnue.

« Oh ! ne craignez rien ! Je suis prudent, un ou deux seulement, largement cuits à l'eau, avec un écu d'argent. Si je vois que la pièce ne noircit pas, je fricasse dans la poêle, avec du lard. »

Parfois, il avouait avoir eu une sacrée colique. Aussitôt guéri, il reprenait ses expérimentations.

Mon père hochait la tête, ma mère haussait les épaules :

« Ma parole ! on croirait qu'on le laisse crever de faim. Vous verrez qu'à la fin, il trouvera ce qu'il cherche : ou bien il *cabussera*[1] dans un de ces gouffres, ou bien il restera là tout tordu de coliques, sur son lit. Et personne pour venir à son secours ! Moi, je suis lasse de le lui répéter. Ah ! ce n'est pas ici qu'on lui laisserait faire ses manigances. »

Moi, à écouter ces récriminations, je restais pensive, un peu effrayée. Je comprenais mal cette inutile témérité. Je sentais un frisson me couler dans le dos à la pensée de trouver le pépé tout tordu, noir comme une bûche à demi consumée ou, horreur, mort empoisonné ! Je me souviens : un jour, ma mère sortit de la chambre du grand-père, l'air préoccupé. Elle me dit d'une drôle de voix :

« Tiens ! va lui porter un bol de tisane. »

J'ouvre la porte et je reste là, le pied en suspens, les yeux ronds, tremblante de saisissement. Que lui arrivait-il ?

Il était juché sur son lit, un de ces hauts lits d'autrefois où, semblait-il, on ne pouvait accéder qu'avec un marchepied.

1. Cabusser : *faire un plongeon.*

Juché ? Non, ce n'est pas tout à fait ça. Tout habillé, renversé en travers, les jambes s'appuyant au matelas et le corps qui pendait vertical, la tête appuyée sur le sol, entre les bras repliés. Quelle extravagante gymnastique ! Il vagissait vaguement... Je poussai un cri :

« Maman ! Maman ! Papé qui tombe du lit ! Vite ! Vite ! Il va mourir ! »

Mais le vieux, le visage cramoisi, me regardait de là-dessous, me semblait-il, d'un air goguenard.

Sa bru s'était approchée :

« Quand vous aurez fini de faire le polichinelle ! Vous ne voyez pas que vous faites peur à la petite ? »

Et en riant, elle m'expliquait :

« Tu vois, c'est encore une de ses inventions. Il avait mal au ventre et en se tenant ainsi, la tête en bas, il paraît que ça lui passe. Ça dénoue les boyaux qu'il dit... Ah ! il a encore la chance que ce ne soit pas le miserere ! Là, rien à faire ! Un *cinglal*[1] de mal au ventre et te voilà mort, les tripes pleines de pus. »

Je frissonnai : le miserere ! Les vieilles femmes en parlaient comme d'une des sept plaies d'Égypte, l'appendice, je suppose qu'on ne savait pas encore opérer.

Son acrobatie achevée, le grand-père se retournait de pied en cap pour boire sa tisane. Je ne sais trop quel pouvait être l'effet de cette hasardeuse thérapeutique, mais je me souviens que parfois, lorsque nous nous plaignions d'avoir mal au ventre, par curiosité amusée autant que par conviction, notre mère, à

1. Cinglal : *mal au ventre.*

l'une ou à l'autre, faisait le coup du grand-père. Elle nous soulevait dans ses bras, et hop ! sans nous donner le temps de protester, elle nous tenait ainsi quelques secondes, haletantes, les pieds en l'air. Alors retrouvant ensuite notre équilibre, encore interloquées, il nous semblait qu'en effet ça allait mieux.

La semaine passée là-haut, face au grand ciel solitaire, grand-père reparaissait, la barbe hirsute, les rides incrustées de la poussière rouge du causse.

« Je vous parie ce que vous voudrez, disait ma mère, qu'il ne se lave pas de huit jours ! »

Lui, il était tout faraud. Il exhibait fièrement de sa musette un fromage de brebis, cadeau du berger de Puechmargue, ou bien quelque sauvagine prise au piège, ou mieux encore, tout un panier de champignons !

« Ne craignez rien, allez ! Ce sont de ceux que vous aimez, les *rougieirous* ! »

Des rougieirous, ces lactaires délicieux ! Nous étions peut-être les seuls, dans tout le pays, à ne pas les regarder avec suspicion. Ma mère en vantait la saveur légèrement poivrée et, pour une fois, était bien d'accord avec son beau-père. Elle incitait les voisins à les apprécier mais, eux, méfiants, n'admettaient que ces deux variétés de luxe : les oreillettes et les morilles, les autres étaient tout juste bons… pour les goujats !

Grand-père nous narrait ses occupations de solitaire, là-haut, sur le plateau. Il avait achevé de faucher, commencé la moisson. Il avait entrepris la confection d'une paillasse, une de ces corbeilles rondes, faite de tortillons de paille de seigle savamment cousus de fins rubans d'écorce de ronce. Oui, il nous la descendrait la semaine prochaine. Cette vie en marge me paraissait un conte. Il avait, un matin, rencontré un sanglier. La grosse bête venait, la nuit, se goinfrer dans le champ de raves et la gourmandise l'avait fait se retarder. Une belle frousse, allez ! Encore heureux qu'il ne soit pas blessé. « Ah ! si je pouvais m'acheter un fusil ! »

Ou bien un beau grand lièvre s'était fait prendre aux « fers », juste le lendemain de son arrivée là-haut. Quelle chance ! Il avait eu de la viande pour toute la semaine. « Ah ! délicieuse, vous savez ! »

Ma mère grondait :

« Vous auriez mieux fait de l'apporter ici. Je l'aurais vendu un bon prix !

– Pardi ! ripostait l'autre goguenard, et l'argent ? Est-ce que je l'aurais vu, moi ? D'ailleurs, avec la chaleur qu'il faisait, il aurait senti mauvais, votre lièvre, une charogne ! Tant valait que j'en profite ! »

Le vieux se tapait sur le ventre, l'air satisfait.

Donc, il avait commencé la moisson. Et de nuit encore ! Ça facilite la besogne alors qu'il fait si chaud de jour. Il avait attendu que la pleine lune se lève, et il était parti dans la belle nuit rayonnante, sa grande faucille à la main.

« Ah ! qu'on était bien, commentait-il. Il me semblait que mon *boulant*[1] coupait tout seul. Y avait que les sangliers et moi à ne pas dormir. »

---

1. Boulant : *grande faucille qui servait à moissonner.*

Et dans ma cervelle d'enfant, passait l'évocation de cette immense solitude, sous le ciel pâle de la nuit de juillet.

Les caussenards, le dimanche

On les voyait descendre le dimanche matin, tous ces caussenards un peu farouches. La messe étant pour tous obligation sacrée, ils partaient de la ferme au petit jour, à pied par des chemins invraisemblables, des raccourcis pierreux qui coupaient droit la pente du plateau.

Ils arrivaient, le sac ou le panier garni de lapins ou de grives piégées, de paquets de genièvre, de fromages blancs, d'œufs frais qu'ils négociaient avec leurs parents ou amis du village. La messe terminée, ils remontaient avec un barral de vin et les indispensables denrées d'épicerie. Pas question de s'attarder : là-haut, les bêtes attendaient qu'on les sorte, qu'on les traie. Et la pâtée des cochons ? Et la provende des poules ? Est-ce qu'un paysan, un berger surtout, a le droit de prendre congé, même le dimanche ?

Leurs enfants, les gros travaux de l'été achevés, venaient à l'automne prendre rang à nos côtés sur les bancs de l'école. Certains étaient en pension dans quelque famille amie. Quant aux autres, eh bien ! ils descendaient chaque matin pour remonter le soir. Nous les regardions, ahuris, apparaître les jours glacés de la mauvaise saison, dans le dos leur sac d'écolier, à la main la couïrette de lait de brebis qu'ils devaient livrer à la laiterie du village.

Ma mère s'insurgeait contre des coutumes aussi barbares :

« Pauvres gosses ! Les mener ainsi, à la dure ! Et les charger de la sorte ! »

C'était en effet assez inhumain. Mais ils étaient à rude école, celle qui trempe les esprits et les corps, celle de la ténacité, de l'endurance et du courage, celle-là même qui maçonne la solidité paysanne. Et les petits caussenards arboraient des joues joyeusement enluminées, des mollets solides et de bons gros poings. S'ils apprenaient tout juste à lire et à écrire, ils ne se jugeaient pas tellement à plaindre, eux. Et ils n'eussent pas, je crois bien, changer leur sort contre le nôtre. Car là-haut, ils connaissaient de tels plaisirs ! Chanter à pleins poumons, en gardant d'immenses troupeaux qui, certes, se fussent gardés tout seuls, poser avec art ces *tindelles*[1] où venaient se faire prendre les grives trop gourmandes, exciter les chiens contre les sangliers dans les drailles inaccessibles…

« Mais la neige, interrogions-nous anxieusement, vous pourriez vous y perdre, mourir de froid et…

1. Tindelle : *piège à grives fait d'une lauze sur les causses.*

– La neige ! Peuh ! on vient plus à l'école alors, tandis que vous autres… »

Eh oui, nous, les enfants du village, nous étions abonnés à l'école en toute saison ou presque, et nous les enviions un peu, ces sauvageons, de n'avoir qu'une sorte d'école vacancière…

L'école

L'ÉCOLE ? LA QUESTION, à l'époque où nous arrivâmes à la Cresse, avait été facile à régler. Pas d'hésitation possible : les garçons allaient là-haut, à la laïque, les filles en bas, à l'école privée chez les sœurs. Pauvres bonnes sœurs ! Elles gardaient un obscur ressentiment d'avoir été mises en demeure de « se défroquer » pour pouvoir continuer à enseigner. Et tout le pays encore ému des luttes épiques du temps des lois Combes, leur donnait raison. Pour moi, je trouvais normal de les voir aller et venir, vêtues de ces longues et amples jupes noires qui les situaient dans un monde intermédiaire entre nos mères et les anges du ciel.

J'étais une petite fille sérieuse et réfléchie. « J'apprenais bien. » La sœur était très satisfaite de moi et si je fis connaissance avec sa longue baguette, ce fut une seule fois et encore par inadvertance, le coup de semonce ayant été mal dirigé pour un avertissement qui ne m'était pas destiné. Sur le moment, je le ressentis comme une cuisante injustice et la sœur, me voyant interloquée, au bord des larmes, reconnut sa méprise et s'en excusa.

J'ingurgitais avec appétit tout ce qu'on me présentait : l'alphabet et l'écriture, la table de multiplication et le catéchisme. J'apprenais mes prières avec plaisir. Je me débrouillais très bien dans le maquis des indulgences plénières ou partielles, des péchés originels et capitaux et mortels et véniels. Quant à l'histoire sainte, j'étais imbattable sur tous ces événements fabuleux au sujet desquels Calixtou, le curé, nous faisait d'extravagants et parfois salaces commentaires : Adam et Ève se reconnaissant nus, Abel et Caïn, Abraham et Jacob, Moïse, dans son berceau aquatique… Et Joseph, en butte aux agaceries de la femme de Putiphan. Et Ruth, jeune épouse d'un vieil homme fatigué. Et Salomon, jugeant l'épée à la main… et Sodome et Gomorrhe… Tout cela prenait, dans mon esprit d'enfant, une existence réelle aussi proche que celle des gens rencontrés chaque jour. Et certes, j'en eusse remontré aux pères de l'Église, quant aux preuves indubitables de l'existence de Dieu et aux finesses de la casuistique.

Et les cantiques donc ! Les « Voici l'agneau si doux, le vrai pain des anges… » et « Venez, divin Messie ! » qui vous faisaient l'âme lisse d'une colombe. Je dévorais ces feuillets pieux, « les paillettes », je crois, donnés en récompense au catéchisme. Il y avait là-dedans des maximes pieuses, des miracles et des martyres, de mièvres poèmes qui enchantaient un cœur innocent : anges en visite, archanges et séraphins en célestes orchestres, pluies de roses de sainte Thérèse, parfum suave des plaies du Seigneur... Je portais avec ferveur autour du cou, ainsi que mes camarades, un scapulaire : deux petits morceaux de drap brodés d'un cœur rouge ou d'une croix et qui pendaient sur la poitrine et le dos, au bout d'un long cordon. Après un certain temps, c'était chiffonné, effiloché, sali. Ma mère haussait les épaules et malgré nos « oh ! » scandalisés, jetait au feu ces amulettes. D'office, nous faisions partie de je ne sais combien de pieuses confréries, celle de la Sainte-Enfance en particulier. Le curé nous expliquait qu'il fallait aider les missionnaires partis au cœur noir de l'Afrique à arracher les négrillons des griffes du paganisme. Docilement, nous portions notre piécette ou ces papiers brillants de chocolat qui, par je ne sais quel miracle, rachèteraient, paraît-il, les malheureux petits Chinois que des parents dénaturés donnaient à manger aux cochons. Un frisson nous courait dans le dos à écouter, tombant d'une bouche respectable, ces horribles histoires d'un malthusianisme primitif. « Pauvres petits Chinois ! » Nous eussions volé père et mère, nous eussions consenti à crever d'indigestion pour pouvoir récupérer encore un papier de chocolat, encore un autre.

Et Poulain et Meunier voyaient doubler la consommation de leurs produits, et nos mères se trouvaient sans défense quand, pour la plus grande gloire de Dieu... et la survie des Chinois, nous réclamions pour notre goûter encore une barre de chocolat. Somme toute, cette Sainte-Enfance contribuait au bonheur de tous !

Le chant des cloches faisait passer un air de fête au-dessus du village et certes, on n'eût pas alors songé à se plaindre de leur quotidienne application. Nous déposions des bouquets de fleurs au pied des croix des carrefours. Et même le cimetière, avec ses herbes folles, ses inscriptions à demi effacées sur les tombes et ses deux urnes funéraires drapées de noir, campées tels des oiseaux de mauvais augure de chaque côté du portail où, dans les noirs cyprès, se perchaient des âmes invisibles.

Agenouillée sur le banc de bois dur, l'estomac à jeun, dans la fraîcheur de cave de l'église, la messe de 6 heures du matin me plongeait dans une sorte de grâce céleste, un brouillard laiteux où je me sentais flotter et me dissoudre. Parfois, me relevant, les genoux ankylosés, je voyais comme une neige papilloter devant mes yeux, et tout à coup je vacillais, et pour cause, au bord de l'évanouissement. Et je n'étais pas la seule : c'était à la fois angoissant et délicieux...

Toute l'existence villageoise était réglée par les coutumes religieuses qui vous enfermaient dans une sorte de carcan dont on ne se sentait ni l'envie ni le besoin de s'évader, tant le goût d'une discipline sociale est naturel aux humains.

De l'angélus de l'aube à l'angélus du soir, la journée était coupée en deux par celui de midi qui, mieux qu'une sirène d'usine, arrêtait la besogne. Dimanche était férié, tout entier réservé au Seigneur, et on jetait un regard de réprobation sur celui qui, ce jour-là, partait quand même à son labour ou à sa moisson... Dieu, là-haut, devait s'apprêter à le foudroyer !

Dimanche, jour de fête où, en dehors des soins indispensables aux bêtes, on devait avoir tout loisir de se faire propre et beau, jour de bombance aussi où les ménagères se sentaient autorisées à mettre les petits plats dans les grands. En revanche, vendredi était strict, jour de jeûne et d'abstinence, un jour « maigre » où la morue grillée ou en brandade figurait au menu, presque obligatoirement. Jour de jeûne ? Pourquoi pas ? N'était-ce pas une utile thérapeutique, pour des organismes soumis au lourd régime quotidien du saindoux-patates-pain ? Pas de viande non plus ce jour-là ! Est-ce que l'on en avait guère plus, sauf le cochon salé, le reste du temps ?

Mais le législateur avisé qui, dans la nuit des temps, avait édicté ces règles-là, savait sans doute ce qu'il faisait : obliger les gens, et les riches encore plus que les pauvres, à se désintoxiquer, et aussi surtout à ménager des denrées qui certes n'étaient pas alors pléthoriques. Et comme d'autre part il était toujours possible d'acheter le droit de « faire gras » !... L'hiver finissant, le mardi gras fini, étant allés, le lendemain, quêter notre portion de cendres sur le front pour faire peau neuve avec l'approche du printemps et aussi, je suppose, parce que les réserves s'étaient passablement amenuisées, on s'installait durant quarante jours dans le carême, soumis un jour sur deux au régime indigeste des *pascades*[1] mate-faim.

Mais aussi, quelle explosion de joie le jour où éclataient les cloches de la Résurrection ! Elles s'étaient tues, ces cloches, pour nous rappeler la longue agonie du Christ, depuis le jeudi saint où les femmes s'en étaient allées communier, en longues, humbles cohortes, le glorieux matin de Pâques étant réservé exclusivement à la communion des hommes. Le jeudi soir, nous allions « visiter » devant le reposoir. Le monde, semblait-il, était en attente d'un fabuleux événement. Froid et grisaille, l'hiver lançait ses dernières ruades. Et les cloches, en deuil, s'en étaient allées à Rome. Les garçons, pour suppléer leur absence, passaient de quartier en quartier, agitant clochettes et crécelles, annonçant à son de trompe : le premier de l'office ! Le second de l'office !...

Nous frissonnions à écouter ce tintamarre inhabituel où, nous semblait-il, le diable mettait son ultime rage. Mais c'était surtout cet étrange « office des ténèbres » qui nous remplissait d'émoi. Un silence, tout à coup, se faisait dans l'église, à l'heure où, sur le Golgotha, Jésus, en agonie sur la croix, le soleil occulté, le monde avait failli basculer dans le néant. Alors partait, du fond de l'église, du haut des tribunes, un invraisemblable charivari. Ah ! oui, le malin s'en donnait à cœur joie : sonnailles, crécelles, trompes de corne se déchaînaient. Un vent de panique passait sur les têtes

1. Pascade : *omelette à la farine (déjeuner des domestiques le vendredi).*

prostrées qu'une terreur sacrée paraissait envahir. Des petits enfants affolés se mettaient à hurler. Et le curé, demeuré sans voix, je suppose dépassé par l'événement, se jurait à chaque fois d'interdire à l'avenir d'aussi païennes manifestations. Le samedi saint, les cloches revenues sur le coup de midi annonçaient la fin des temps de pénitence. Ma mère, comme toutes les ménagères, attendait le dernier coup de l'angélus pour avoir la permission de nous donner un peu de cette viande d'autant plus convoitée que nous avions plus assidûment « fait maigre ». Quant au lendemain, ce dimanche pascal, ce devait être à tous égards une journée triomphale.

Pâques ! Qu'il arrivât en avance ou en retard sur le calendrier, de toute évidence l'hiver finissait ce jour-là. Et qu'il eût désarmé ou pas, on « étrennait » les chaussures neuves, les robes légères : d'un seul coup, on avait sauté dans l'été.

Je me revois encore, montant gaillardement jusqu'au chœur de l'église où Calixtou nous rassemblait tous les dimanches. Mes bottines neuves craquaient et il me semblait que chacun, à mon passage, devait s'émouvoir devant ce bruit délicieux. De belles bottines noires, à boutons, toutes pareilles à celles des demoiselles : Marinou, Louisa ou Léocadie… Un objet de luxe, s'il en fut ! Et le signe indiscutable d'une promotion sociale certaine. Ah ! certes, j'avais eu un mal de chien à les enfiler, ces bottines neuves, et ma mère avait dû venir en renfort pour, avec une des épingles de son chignon, faire passer les boutons dans leurs étroites boutonnières. Et même… – mais je me serais bien gardée de l'avouer ! – je crois bien qu'elles me gênaient un peu ici et là, à la cheville, au talon, n'étant pas encore habituées à moi. Pour rien au monde je ne me serais plainte : ça allait de soi, voyons, que des chaussures neuves devaient faire mal.

De retour des vêpres, ma mère nous enlevait la robe neuve, les belles bottines et s'il faisait beau, nous allions avec elle garder la chèvre.

Mais cette exaltation de Pâques n'était rien à côté des féeries de la crèche. Noël ! Les surprises que l'Enfant Jésus préparait aux enfants sages remplissaient nos jeunes têtes de rêves mirifiques et la confection de cette crèche nous tenait plusieurs jours en haleine. Les saintes filles du village, les *biates* comme on disait, venaient aider la sœur du curé dans cet ouvrage délicat. On déroulait le papier-rocher qu'on façonnait en forme de grotte, on installait sur un petit pliant garni de paille un gros bébé joufflu de porcelaine. On rangeait autour de lui, suivant des préséances immuables, la Vierge et Joseph, l'âne et le bœuf, les mages et leurs présents, les bergers et leurs agneaux. L'Enfant Jésus était bien plus gros que ses père et mère et toute leur ménagerie, il avait les doigts de la main gauche cassés et sa perruque de filasse blonde semblait un peu branlante sur son front, mais Dieu ! qu'il était beau et que son sourire semblait prometteur !

Quelles prières ferventes nous lui adressions pour le convaincre de notre droit aux cadeaux les plus faramineux ! De chaque côté de cette étable fabuleuse, on plantait de vrais petits sapins que les garçons étaient allés couper sur les pentes, et où des brins d'ouate figuraient la neige ; une étoile de strass sommait le tout. Sur le devant de ce bel étalage, bien en vue, bien à la portée de nos mains d'enfants, l'ange nous regardait, un grand ange au sourire malicieux, tenant dans ses mains une tirelire. Nous glissions nos offrandes dans la fente et, à chaque fois, l'ange, satisfait, inclinait la tête pour dire merci. Oh ! merveille ! Nous ne nous lassions pas – « Un sou, maman ! Encore un ! » – de déclencher le mystérieux mécanisme et les mères, prises au jeu, haussaient dans leurs bras leur petit dernier, pour le faire procéder, lui-même, à cette manœuvre miraculeuse.

Alors, l'âme attendrie, nous attendions cette nuit de Noël, cette nuit des merveilles. L'église était immense et glacée, radieuse de tous ses cierges allumés. Nous chantions de doux cantiques : « Les anges, dans nos campagnes… » « Gloria, gloria... « Venez, divin Messie… » et « Il est né, le divin enfant », parfois quelque vieux chant, en patois du folklore rouergat. Mais le moment sublime, celui qui nous tenait tous en haleine, petits et grands, était cette heure de minuit où, dans un silence recueilli, une grande voix s'élèverait des tribunes, déversant, sur les têtes médusées les vagues du *Minuit Chrétiens* qui feraient passer dans les âmes le frisson du sacré.

C'était ample et généreux, sans doute inculte, mais qu'importe ! La voix du vieux Montjaux ou de quelque autre chantre bénévole. Et chaque année, suivant que les relations entre le curé et les chantres étaient plus ou moins bonnes, les paris étaient ouverts : « Il chantera » ou « Il refuse de chanter » le *Minuit Chrétiens.* Et on se sentait un peu frustré si l'épisode manquait à la cérémonie.

Ensuite, l'estomac creux, l'âme tout éblouie de la présence divine, par des chemins sonnants de gel ou poudrés de neige, sous un ciel clouté d'insolites étoiles, nous rentrions à la maison pour réveillonner.

Oui, la maison, la cuisine plutôt, nous attendait, avec le réveillon mussé dans son nid de cendres chaudes, devant les bûches encore braisillantes. Ah ! ce réveillon ! Comme il avait été amoureusement préparé, surveillé, tout au long de la soirée. Les « grands », seuls, y avaient droit, ceux qui étaient allés à la messe nocturne, les tout jeunes dormant depuis longtemps d'un sommeil illuminé de rêves fabuleux. Une daube le plus souvent, le rituel *couffidou*[1] tiède tout parfumé d'herbes aromatiques, moelleux à point, amplement gras aussi, nous redonnait chaleur et force, ou bien quelque morceau de saucisse grillée à bout de fourchette sur les braises ranimées… ou plus simplement quelque onctueux chocolat au lait.

Nous faisions cercle autour du feu, l'assiette ou le bol sur les genoux. Et ma foi, le roi, devant ses festins les plus pantagruéliques, n'était pas notre cousin… La maîtresse bûche, énorme, griffue, verruqueuse, gardée

1. Couffidou : *daube.*

tout l'hiver, achevait de se déliter dans l'âtre, rouge dessous, creusée de cavernes et duvetée par-dessus. Nous l'observions avec respect et curiosité. Elle aussi faisait partie des fastes de Noël. Est-ce que, cette année, le coucou, enfermé paraît-il dedans, n'allait pas s'envoler dans un radieux cri de victoire ? Car on nous contait l'histoire de cette bûche enchantée où, vers la fin de l'été, avait élu domicile un astucieux coucou et qui, bien à l'abri, attendait l'arrivée du printemps où il pourrait s'envoler. De certaines bûches, un peu ensorcelées sans doute, s'échappait parfois, et justement dans cette nuit de Noël où le temps bascule pour reprendre sa marche ascendante, un coucou éveillé, je pense, par les pépiements des flammes et celui des enfants, assistants inhabituels de cette veillée exceptionnelle.

Pauvre coucou berné qui croyait un peu tôt au printemps, nous étions bien décidés à t'emprisonner dans nos mains nues et à t'offrir un abri dans la cage déserte ! Mais jamais je n'eus la chance de le voir apparaître !

Alors, jeunes et vieux, le ventre bien calé, l'estomac sans complexes digestifs, on allait se coucher entre couette et édredon, dans le lit où veillait un moine encore tiède de la braise dont on l'avait garni. Et nos âmes d'enfants entraient d'un seul coup au jardin des merveilles, jusqu'au matin blême où, des galoches décrottées avec soin, des souliers bien cirés, alignés au garde-à-vous devant la cheminée, s'échapperaient sans doute quelque friandise, quelque cadeau insolite.

L'épicerie de la Damette

LA FAMILLE À PRÉSENT BIEN ENRACINÉE dans le village du grand-père, j'allais donc à l'école des religieuses, une main dans la main de Marinou, ma voisine et aînée, l'autre tenant celle de ma petite sœur. Margot, toujours en retard sur l'horaire – la pauvre, elle habitait si loin et elle avait tant à faire – courait derrière nous en clopinant. Et au passage, les garçons nous lorgnaient sournoisement, l'esprit occupé à la préparation de quelque prochaine farce. Parfois, l'orage de la nuit avait rempli le ravin d'une eau bavarde et bondissante : ah ! le chemin était coupé et nous eussions bien volontiers fait demi-tour. Notre père venait jeter sur la faille une longue planche et nous passions là-dessus, l'un derrière l'autre, le cœur en émoi, la tête bourdonnante d'un léger vertige. Quelle expédition pour nous, ces matins-là ! Nous nous accordions la permission d'arriver en retard à l'école, et je suppose que nous devions faire figure de héros aux yeux de ceux des autres quartiers. Les prières étaient déjà achevées et la maîtresse se contentait de hausser les épaules sans insister davantage. Et ma foi, pour le plaisir de l'aventure, nous aurions souhaité qu'il plût toutes les nuits.

À 11 heures, nous faisions parfois, à mi-chemin en revenant, une halte chez la « Damette ».

Dans sa boutique minuscule, mal éclairée par une fenêtre à petits carreaux, la Damette était la seule épicière et, sans doute, la seule commerçante du pays. C'était une petite bonne femme à la taille courte et aux membres menus. Bien au chaud, bien à l'ombre, elle régnait sur tout un assortiment de sacs et de casiers débordants de légumes. Ah ! oui, elle pouvait, certes, prétendre à ce titre de « dame » que lui donnaient les villageois facétieux, tandis que son homme Zidore vaquait avec l'âne aux travaux des champs.

Nous n'avions garde d'oublier cette visite à l'épicerie qui, pour nos yeux d'enfants, représentait une vraie caverne d'Ali Baba.

Notre mère, le matin, avait dit :

« En montant, tu me porteras un kilo de sel ou de sucre… ou un paquet de macaronis. »

Nous entrions : la Damette était occupée à bavarder avec quelque cliente. Je n'osais les interrompre. J'observais les grands casiers remplis de riz, de haricots, de lentilles, le pousador à demi fiché dedans. Je lorgnais les bocaux de verre où luisaient des bonbons multicolores. Je contemplais, la salive à la bouche, les étagères où s'empilaient les paquets de biscuits secs.

Et la balance donc, cette belle balance, aux plateaux de cuivre étincelants ! Des odeurs de morue sèche, de café fraîchement torréfié, de harengs en baril, de pétrole suintant, de vanille en bâton se mêlaient bizarrement… Je rêvais…

Alors la Damette finissait par s'apercevoir de ma présence :

« Qu'est-ce qu'il te faut, drôle ? »

Je restais bouche bée, ne me souvenant plus. Les deux femmes éclataient de rire en me regardant.

« Donnez-lui donc deux sous de graines de *bren*[1], suggérait la cliente facétieuse, je crois bien qu'ils en manquent à la maison ! »

La Damette pouffait, faisait les gros yeux puis, compatissante, commençait l'énumération :

« Du poivre ? Du sel ? Du sucre ? Du café ? Des lentilles ? Des haricots ? Du riz ? Des macaronis ?

– Oui ! C'est ça ! Des macaronis, j'hésitais un peu, et puis un paquet de petits-beurre.

– Ah ! je vois, nène ! Tu as une maman gourmande ! »

Elle pesait, mettait les paquets dans mes bras puis, généreuse, ouvrant un bocal :

« Tenez ! un bonbon pour chacune ! »

Nous partions, Fernande et moi, enchantées de l'aubaine. Hélas ! le bonbon minuscule avait vite, dans nos bouches goulues, perdu sa couleur et son nom ! Fernande, pensive, m'interrogeait, pleine de bonne foi :

---

1. Bren : *son.*

« Mais maman, elle t'avait pas dit des petits-beurre. »

Avec cynisme, je rétorquais :

« Ça fait rien, va, on les mangera bien quand même ! »

Mais, arrivées à la maison, notre mère grondait :

« Qui t'avait dit de porter des gâteaux ? Si tu crois qu'on est assez riches pour manger des biscuits à tire-larigot ! Des biscotins, encore, je ne dis pas, c'est dur, difficile à croquer et puis pas trop chers, ceux-là ! Mais des petits-beurre ! »

Moi, je n'aimais pas ces maudits biscotins de Bédarieux. Mais des petits-beurre ! Des gaufrettes craquantes ! Ah ! je caressais d'un regard humide ce paquet fabuleux. Qui sait ? Maman attendrie allait peut-être l'ouvrir, nous donner un biscuit à chacune ? Mais non ! Elle s'en emparait, morose, et allait le cacher tout en haut du buffet, dans un endroit qu'elle jugeait sans doute inaccessible.

Elle nous dévisageait :

« Vous en aurez tout à l'heure, si vous êtes sages ! »

Et en effet, le soir même ou le lendemain, magnanime, elle ouvrait le paquet et procédait à une distribution. Mais va te faire fiche ! C'est là que le supplice recommençait : un biscuit, un seul, juste pour vous mettre en appétit ! Elle était inhumaine, notre mère !

Je notais l'endroit où elle replaçait le trésor entamé. Un paquet ouvert, pensez donc, c'est comme un tonneau percé : ça se vide tout seul pour ainsi dire. Et lorsque je me trouvais seule, à la cuisine, avec un affreux égoïsme – mais n'eût-il pas été imprudent de mettre la petite dans la combine ? –, j'allais, juchée sur une chaise, extirper un biscuit, puis un autre et un autre encore que je croquais sans remords.

Jusqu'au jour où ce qui était aisément prévisible se produisait : ma mère ne trouvait qu'un emballage vide. Elle se récriait, interrogeait. J'étais rusée, je protestais cyniquement de mon ignorance : le chat sans doute, ou quelque rat.

Fernande, le cœur pur, se défendait, jurant de son innocence. Et notre mère partie vaquer à quelque autre besogne, peu soucieuse, je suppose, de tirer l'affaire au clair, la petite m'interrogeait à mi-voix, intriguée de cette disparition :

« Dis, tu crois que c'est le chat qui les a mangés ? »

Gourmande, ah ! certes oui je l'étais ! Mais je devais, un jour, recevoir, et du fait d'un pauvre innocent de chat, la punition de cette gourmandise.

Le fait se passa, il me semble, bien avant notre venue à la Cresse, car je n'étais guère plus haute que trois pommes et mes yeux n'atteignaient pas encore au niveau du buffet. Ce soir-là, ma mère, par là-haut dessus, nous préparait les tartines du goûter. Je distinguais mal en quoi cela consistait : de la confiture ou ce délice de beurre saupoudré de chocolat râpé ? J'en voyais tomber d'indistinctes bribes sur le buffet. Je sautais d'impatience sur mes petites jambes. Je tends ma menotte, pour essayer de ratisser par là-haut quelque miette du festin. Soudain, j'accroche quelque chose de mou : beurre ou confiture ? Sans plus attendre, je porte mes doigts à la bouche : horreur ! C'était amer, âcre, nauséabond. Je crache, dégoûtée.

« Mon Dieu ! qu'est-ce qui se passe ? » Elle regarde autour d'elle, elle comprend son malheur : le petit chat, affamé lui aussi, était grimpé sur le buffet pour participer comme nous à la confection des tartines. Le pauvret, il avait la colique ! Il avait « fait » sous lui, et moi, dans ma précipitation, d'un doigt aveugle, j'avais récolté ça ! Ma mère envoya d'un geste dégoûté le malheureux par-dessus bord, me fit rincer la bouche, laver les mains, essuya les dégâts. Et me donnant enfin la tartine tant convoitée, elle tira la morale de l'histoire :

« Bien fait pour toi ! Ça t'apprendra à être moins gourmande une autre fois ! »

Le boucher et la peau de veau farcie

DONC, NOUS N'AVIONS GARDE D'OUBLIER la halte chez la Damette. Le buste pris dans un corsage fleuri, un tablier de satinette sur sa jupe noire, toujours à l'affût des dernières nouveautés de la ville, le front et les tempes ornés de guiches frisottées, elle allait et venait, de sa cuisine à sa boutique. Entre deux clientes, elle s'affairait à sa machine à coudre. Et sans doute était-elle une des rares dans le village à posséder pareille mécanique. Chaque jeune mariée, à cette époque, rêvait avant toute chose à l'acquisition d'une machine à coudre, et ma mère voyait là le signe d'une indéniable élévation sociale. Elle y songea des années durant, mais il y avait tant d'autres besoins plus urgents à satisfaire ! Alors, elle préparait ses travaux de couture, les faufilait avec soin et demandait à la Damette de bien vouloir les lui piquer. Celle-ci, serviable, se faisait un plaisir d'accéder à sa demande et, parfois, ma mère la rejoignait dans sa cuisine pour la confection de merveilleux chefs-d'œuvre. C'est ainsi que de leur collaboration naquirent deux de nos robes d'été. À moins qu'on doive en attribuer la création à la cordonnière, couturière à ses heures elle aussi. Ah ! les deux merveilles ! Je ne me souviens ni de l'étoffe, ni de la façon dont on l'avait ajustée. Mais je sais bien qu'elles étaient un savant composé de dentelles, festons, petits plis, nœuds de ruban et boutons de nacre ! Et en prévision de la croissance annuelle des deux usagères, on avait, dans le fond, au-dessus de l'ourlet, aménagé deux ou trois *haussets*[1] qu'on déferait au fur et à mesure.

Je nous vois raides et sérieuses, promenant nos belles robes à la procession de la Fête-Dieu. La veille, ma mère avait passé mes cheveux à l'eau sucrée et les avait nattés très serrés. À présent, défaits, un peu poisseux, annelés, ils tombaient sur mes épaules en vagues blondes et brillantes, un peu à la manière de ceux des vierges florentines. J'avançais, plus fière de moi qu'un ostensoir ambulant. Dieu ! que je me sentais belle ! Fernande, qui avait le cheveu plus court, plus ingrat aussi, avait dû se contenter d'un gros chou de ruban au sommet de la tête. Elle trottinait gentiment à mes côtés et je lui donnais une main fraternelle. Mais nous étions trop petites – ou trop humbles – pour contribuer vraiment aux fastes de la journée et j'enviais celles qui, un peu plus grandes que moi, avaient droit, elles, au corbeillon garni de dentelles et débordant de pétales de roses qu'elles jetaient de leurs poings enfantins, à

1. Hausset : *petite toison de laine.*

chaque arrêt du « bon Dieu » offert un instant à l'adoration des fidèles.

Pour ces processions estivales, c'étaient dans les jardins des razzias de roses et de lys et on avançait, le long des chemins poussiéreux, dans une haleine de fleurs et de fumée d'encens. Chacun des quartiers passait à tour de rôle pour l'édification de ces chapelles en plein air, et chacun avait à cœur de faire mieux que son concurrent. Les femmes, ce matin-là, ne pensaient guère à rien d'autre.

Elles avaient envoyé leurs hommes au bois pour couper les sapins qui encadraient le reposoir. Et nous, à Maillosque, nous nous sentions un peu supérieurs à tous les autres, nous qui avions une belle croix de fer forgé sur un haut piédestal de pierre taillée et, surtout, luxe enviable, don du commandant en retraite et témoignage de sa réussite, une haute statue du Sacré-Cœur, rose, azur et or, conservée pieusement dans une chambre haute de la maison Conduché. Ce matin-là, elle était descendue avec mille précautions avec, dans sa niche ornée de roses en papier, et installée en grande pompe devant la croix, au centre de la « chapelle ». De fines nappes blanches, des surtouts de dentelles sur transparent rouge, cachaient les marches de pierre du piédestal. Et là-dessus, on alignait chandeliers de cuivre et vases de fleurs. Hélas ! l'émulation aidant, chaque ménagère avait à cœur de porter ses plus beaux vases et ses fleurs les plus éclatantes et les potées de géraniums et les chandeliers les plus rutilants et les ex-voto les plus singuliers. Cette pléthore de biens n'était pas sans amener de délicates questions de préséance, chacun intriguant pour que ses vases fussent placés en meilleure vue. La plus grande gloire de Dieu ? Je crois bien qu'il était surtout question de gloriole personnelle, mais enfin, le cœur y était et Dieu, dans sa mansuétude, n'avait pas à s'en offusquer !

Les cierges attendaient le moment d'être allumés. À demi camouflées derrière les sapins, deux maîtresses de cérémonie guettaient l'approche de la procession. Et lorsqu'elles la jugeaient imminente, crac ! une allumette et le reposoir se mettait à rayonner. Nous, les enfants, nous avions, la veille, tout en « gardant », cueilli des brassées de genêts, de coquelicots, de marguerites dont, au dernier moment, on ne savait trop que faire. Alors, en grandes jonchées, on en balisait le chemin fraîchement balayé. Parfum des roses et des lys, odeur plus douceâtre de nos cheveux pommadés, fumées d'encens, rutilance des cierges, ah ! certes, Salomon, dans toute sa gloire, n'eût pas de temple plus prestigieux !

Dans l'air chaud de juin, les cloches s'en donnaient à cœur joie. La procession montait à petits pas au chant des cantiques, au cliquetis des encensoirs balancés à bout de bras par les petits clercs en longues aubes de dentelle, une calotte rouge sur leur crâne tondu. De temps à autre, le curé, vêtu de tous ses ors, mine royale sous le dais porté par quatre notables, s'arrêtait, se retournait, enveloppait ses ouailles d'un regard impérieux et offrait à bout de bras, à l'adoration de son bon peuple, l'ostensoir plus rayonnant qu'un soleil. Les hommes se figeaient, inclinant la tête, les femmes s'agenouillaient dans la poussière. Les vapeurs de l'encens mettaient dans nos narines une drôle d'ivresse et les petites filles plus sérieuses que des anges lançaient à pleines mains leurs pétales de fleurs. Les cantiques reprenaient : « Nous voulons Dieu, dans nos églises… au nom du Sacré-Cœur. Nous voulons Dieu, dans nos écoles… au nom du Sacré-Cœur. » La procession se remettait en marche. Et nul mécréant, nul travailleur du dimanche n'eût osé troubler, par son passage intempestif, cette promenade des dieux. Parfois, là-haut, les femmes préposées au service des cierges s'impatientaient et surveillaient le ciel, s'inquiétaient un peu : le vent s'était levé, des nuages menaçants envahissaient l'horizon. « Mon Dieu ! faites que l'orage attende encore un peu ! » Et cette procession qui n'en finissait pas d'arriver ! Et d'autant plus que, en cours de route, une halte supplémentaire était prévue dont on aurait bien voulu se passer. Les dames Raynal qu'on ne pouvait pour rien au monde contrarier avaient, elles aussi, dans leur remise, installé leur propre reposoir. Midi était depuis longtemps sonné, lorsque la procession enfin raccompagnée à l'église, on pouvait retourner chez soi.

Nous nous déshabillions pour ménager nos belles robes et nous nous asseyions à table sans rechigner. Fastes de ce repas dominical où nous avions droit à la viande de boucherie ! Chaque samedi, le boucher du village voisin menait sa carriole sur la place, à l'ombre du platane, et les ménagères venaient s'approvisionner en viande pour le lendemain. Certaines, à la saison, prenaient un gigot d'agneau, mets de luxe ou, plus démocratiquement, la *fichoulette*, foie, cœur et poumons qu'elles accommoderaient en fricassée. Ou bien c'étaient les côtelettes de mouton que les hommes gourmands se faisaient réserver pour leur casse-croûte de chasse et qu'ils grilleraient, là-haut, à bout de fourchette, sur un feu de plein air. D'autres prenaient un morceau de bœuf, non pas du beefsteak, à peu près ignoré dans nos campagnes, mais ce couffidou où gras et maigre, longuement mijotés dans le pot de terre mussé parmi les braises, prenaient, avec le vin et les épices, un goût délicieux. Ma mère, elle, prenait de la tranche de veau qu'elle nous servait poêlée. Mais souvent hélas ! comme il y avait pénurie d'argent à la maison et trop de bouches grandes ouvertes, elle se faisait réserver d'un samedi à l'autre une « peau ». Ah ! de ces « peaux », il n'y en avait pas pour toutes les clientes ! C'était un large morceau de poitrine de veau, plus souvent de mouton ou de vieille brebis qui, farci et cousu avec art, donnerait, mis à cuire dans la grande marmite suspendue à la crémaillère, non seulement un excellent bouillon, mais aussi le plat de résistance.

La peau farcie ! La ménagère creusait là-dedans à bout de son poing ferme une vaste poche filandreuse où elle insérait, à grandes cuillères, une immense farce faite de pain ramolli, de restes de jambon ou de couennes cuits à la soupe, d'épinards, d'œufs, d'ail et de persil, tout cela malaxé, épaissi de farine, méconnaissable. Une heure, deux heures de cuisson, trois peut-être. Et on ajoutait au moment opportun carottes, poireaux, céleri et oignon piqué de clous de girofle qui parfumeraient le bouillon. Et l'heure de se mettre à table arrivée, il n'y avait plus qu'à déguster…

Humbles nourritures préparées avec science et un parcimonieux discernement. Nous ne rêvions pas, alors, de canard à l'orange ou de truite aux amandes. Le poulet lui-même, ce vulgaire poulet si déconsidéré aujourd'hui, était alors, pour nous, une denrée de luxe. Et si ma mère en élevait quelques-uns, raisonnable, elle les vendait pour, avec l'argent, nous procurer des ribambelles de « peaux farcies »… que nous dévorions avec appétit !

S'il en restait un peu le dimanche soir, eh bien ! c'était encore plus savoureux le lendemain, froid, coupé en tranches ou bien mis à rissoler dans la poêle ! Hélas ! il n'en restait pas souvent pour le lundi ! Et avec la cruelle inconscience de notre âge, nous ne voyions pas l'air soucieux de notre mère qui, devant le plat bien récuré, s'interrogeait pensivement :

« Qu'est-ce que je vais pouvoir encore mettre demain ?

– Des pommes de terre rôties ! » suggérions-nous.

Après tout, elle pouvait, un jour sur deux, nous rassasier avec une très grande poêlée de patates cuites vivement, moitié huile, moitié lard – nous ne rechignions jamais devant ce plat démocratique –, ou bien avec la soupe, cette grasse soupe paysanne où les « truffes » et autres légumes corsés de lard ou de saindoux un peu rance cuisaient à gros bouillons dans l'*oule*[1] noire.

Mais là, il y avait quelques difficultés. Passe encore quand c'était la soupe aux choux ! Mais la soupe aux raves, là ! alors ! Et pas moyen de couper à la corvée. La nausée au bord des lèvres, nous avalions sans broncher notre assiettée, un peu moins remplie ce jour-là que d'habitude. Maudites raves ! Fernande, en sa qualité de benjamine, laissait une couronne de leurs morceaux livides tout autour de son assiettée. Ma mère feignait de ne rien voir. Moi, je jugeais méchamment que la petite abusait un peu et je jubilais quand mon père, haussant le ton, entrait dans le débat. La gosse fondait en larmes et, par sympathie ou fraternelle solidarité, je me mettais à pleurnicher aussi. Et pourtant, sur le chapitre de la soupe, je ne me montrais pas trop difficile. Toute petite, ç'avait été mon plat de résistance et ma mère contait que, tout bébé, j'avais refusé le lait. Alors qu'eussiez-vous fait à sa place ? Elle me mitonna de grosses panades à l'ail ou des bouillons passés : je mangeais ma *soupette* à midi, je la mangeais à 4 heures, tenue au chaud dans les cendres, je la mangeais le soir.

Heureusement, se consolait ma mère en nous voyant chipoter dans notre assiettée, heureusement qu'elles aiment les œufs. Elle se levait et allait nous faire frire un œuf dans la poêle. Ou bien, quand le repas du soir lui paraissait vraiment un peu trop juste,

---

1. Oule : *marmite en fonte pour faire la soupe.*

elle confectionnait à l'usage de tous une monumentale pascade.

La pascade, ce mets, je suppose, des périodes pascales, pour être savoureux à point, doit être, semble-t-il, préparée, partagée, dégustée en famille. J'ai, depuis, essayé d'en confectionner pour mon compte, par nostalgie de celles de jadis. J'y mélange lait et œufs et farine, sans parcimonie : ma pascade est, à chaque fois, sèche, dure, insipide. Mais celle de mon enfance ! Peut-être était-elle si moelleuse et croustillante à la fois parce qu'elle cuisait au lard dont les brins frits s'incrustaient dans sa pâte grésillante. Quand la grosse galette était bien prise d'un côté, hop ! d'un coup de main preste, ma mère la faisait sauter haut et la recevait, retournée et intacte, dans la poêle. Et chaque fois, cette manœuvre habile nous ravissait. Et nous la regardions bouche bée lorsqu'elle nous contait l'aventure de cette ménagère bien plus adroite encore qui, ayant lancé sa pascade un peu trop haut dans la cheminée, n'avait plus eu que la ressource d'aller vite la recueillir, volant au-dessus des toits, par la fenêtre ouverte.

Mon père, lui, riait à ces mirifiques narrations, surtout les jours où, en période d'œufs rares, la pascade n'apparaissait sur la table ni si jaune ni si moelleuse qu'à l'ordinaire :

« *Très pascados en un uóu* », persiflait-il à l'adresse de sa femme qui n'en pouvait mais…

Alors, notre portion de pascade avalée, il ne nous restait plus qu'à aller, l'estomac alourdi, dormir d'un sommeil un peu laborieux…

Les mouches

Beaux soirs d'été ! Un acacia, là-haut, devant les caves, envoyait par-dessus les maisons les effluves mielleux de ses grappes fleuries. Et pourtant, l'air surchauffé de 4 heures de l'après-midi prenait dans les ruelles des relents plus équivoques : odeur puissante, à la bouche d'une écurie entrouverte, de ces œufs fraîchement pondus du crottin d'un cheval ; odeur plus fine des bouses de vaches, larges et vertes, mollement aplaties dans la poussière du chemin et où les poules prenaient un malin plaisir à gratter et se rouler ; haleine épaisse des porcheries et des bergeries que les troupeaux quittent. Devant la haute façade de la maison du Pastrou stagnait un épais fumet d'urine surie au soleil. Le Pastrou, chaque nuit, a l'habitude de pisser par la fenêtre et, au-dessous de l'appui, une longue traînée de salpêtre, comme une lèpre rongeant le vieux crépi, témoigne de ses épanchements nocturnes. Dans notre « double », cette étroite impasse derrière la maison, les égouts de l'évier fermentent et composent un terreau gras où se gobergent de longs et roses lombrics. Ce terreau, ma mère, au printemps, allait le prendre et, le mélangeant à du fumier, en fabriquait un riche compost qui, dans les vieux seaux, les marmites trouées, nourriraient, l'été venu, de luxuriantes potées de reines-marguerites ou de balsamines. Nous apprenions ainsi que du fumier naissent les roses, que rien n'est inutile, cette loi essentielle de la vie qui veut que rien ne se perde et que tout se renouvelle.

Odeurs puissantes, grasses, animales, chaleureuses et qui, certes, valent bien celles de nos essences et fuels actuels. Est-ce que nous les percevions seulement ? Est-ce que nos narines paysannes s'en trouvaient offusquées ? Et puis qu'importe ! Passées les dernières maisons du quartier, l'air vierge des landes, celui, plus vif, qui descendait du causse, un air parfumé d'acacias et de tilleuls en fleurs, de thym, de lavande et d'herbes sauvages, étaient si plaisants à respirer !

Ce soir-là, comme tous les soirs du long été, nous sommes montés, après l'école, garder nos bêtes le long du ravin ombreux, tout là-haut, dans les laïsses, à la limite du plateau, dans ces pacages malaisés que, je ne sais pourquoi, on nommait « la plaine ». Margot traînait derrière elle un petit troupeau de brebis et nous, deux chèvres impertinentes : la mère et sa fille. Parfois, dans l'étroit sentier rocailleux, nous croisions une *lioujo*, un de ces longs traîneaux plats tiré par une mule et qui, grinçant de toutes ses ferrures sur les cailloux, descendait un chargement de bois pris à quelque pente inaccessible. Nous levions la tête et regardions un moment, sur un long câble aérien tendu entre deux treuils, un fagot qui, là-haut, glissant sur ses poulies, nous paraissait doué du pouvoir magique des tapis volants. Ah ! ce n'était pas une mince affaire pour nos petites jambes que d'accéder jusqu'à cette ultime faille du plateau où l'herbe était drue et savoureuse.

Certes, nous eussions préféré rester à l'ombre du hangar, jouer dans la poussière avec des tessons d'assiettes et des couvercles de boîtes à cirage promus à l'honneur de dînettes, ou bien nouant les deux courroies restées pendantes aux brancards d'une charrette, improviser d'originales balançoires. Les enfants peu riches de jouets, comme nous l'étions, savent faire preuve d'imagination créatrice et d'invention, car rien ne rend si ingénieux que la nécessité.

Nous retrouvions ces formules magiques, ces devinettes, ces comptines, qui remplissent les petites filles d'une science étrange, proche parente de la sorcellerie.

« Vingt cent mille ânes dans un pré et cent vingt dans l'autre, combien d'ânes en tout ? » interrogeait une astucieuse. Et la réponse : « Un seul ! » escomptée d'avance, nous ravissait à chaque coup.

« Si vous l'avez, ne me le prêtez pas ; si vous ne l'avez pas, prêtez-le-moi… ? » « Je sais ! Le battoir ! »

Ou bien nous répétions ces litanies extravagantes qui roulaient dans notre bouche, comme des cailloux dans celle de Démosthène :

« Gros gras grain d'orge, quand te dégrogragraindorgeriseras-tu ? Je me dégrogragraindorgeriserai, quand tous les… » Cependant, de babillages puérils en cueillettes inutiles, la pente était gravie sans trop de peine.

Ah ! nos filles d'à présent, strictement culottées comme des cavalières et chaussées *ad hoc,* considéreraient cette escalade comme une performance sportive ! Elles redescendraient de là-haut essoufflées et ravies, dans le regard une fierté d'alpinistes, évoquant sans rire le mal des montagnes. Nous, mon Dieu ? Nous ne nous posions pas ces glorieux dilemmes. Nos galoches cloutées ou nos pantoufles taillées et cousues par nos mères dans le drap de vieilles vestes paternelles dérapaient sur les cailloux du sentier, la sueur mouillait notre dos, mais comme les bêtes broutaient deçà delà tout en montant, il n'y avait pas à se presser.

« Surtout, n'oubliez pas de mettre vos chapeaux », avaient, avant le départ, recommandé les mères prévoyantes, car le couvre-chef était l'accessoire indispensable à tous, petits et grands, durant les mois d'été, et on n'en était pas encore à cette époque où hommes et femmes seraient fiers d'exhiber un hâle garanti nature !

Arrivées là-haut, nous nous asseyions dans l'ombre de quelque pin, nous confectionnions d'interminables colliers, enfilant les graines rouges de busseroles et d'églantiers, nous nous parions l'une l'autre de longues guirlandes de clématites plumeuses : nous étions la mariée et sa suite. Sur la rêche pelouse, au grand émoi des bêtes, nous faisions de fantastiques tonneaux et cabrioles ou jouions à cache-cache parmi les genévriers.

Parfois, dans ces hauts pacages : « les fonts » ou « la plaine », nous retrouvions les « grandes » : Marilou, Louisa, Berthe ou Léocadie qui, parties plus tôt que nous puisqu'elles n'allaient pas à l'école, gardaient elles aussi de paisibles troupeaux. Elles nous apprenaient à tresser, avec des faveurs, de minuscules paniers en brins de lavande.

Leur présence à nos côtés, dans ces lieux sauvages, nous rassurait et, installées près d'elles, nous écoutions les histoires qu'elles se contaient en tricotant. Ces demoiselles au chignon artistiquement noué, le front et les tempes garnis de frisettes, nous remplissaient d'admiration, et surtout ces ouvrages délicats qui sortaient de leurs doigts actifs. Elles confectionnaient, au crochet ou à l'aiguille, des carrés ou des bandes en fil d'Écosse ou en coton qui, ensuite rassemblés et cousus avec soin, formeraient de beaux dessus-de-lit en dentelle blanche.

« Apprends-moi ! » disais-je à Léocadie. Elle riait : « Mais il te faudrait une pelote de fil et un crochet, et puis tu ne serais pas assez patiente... »

Effectivement, c'étaient là des travaux de longue haleine. Sans doute le dessus-de-lit ne serait fin prêt que dans trois ou quatre ans pour faire partie du trousseau de la jeune mariée. Mais est-ce qu'on avait à mesurer son temps ? Et comme cela occupait joliment les doigts, ces doigts que les filles d'alors n'eussent pour rien au monde voulu laisser oisifs ! Et somme toute, elles préféraient ce travail de bergères et le loisir qu'il impliquait, à celui de faneuse ou de moissonneuse sous l'implacable soleil de juillet. Elles trouvaient là une occupation de demoiselles qui les faisait les sœurs de ces filles des familles bourgeoises chez qui elles partaient parfois « servir » à la ville. Beaux chefs-d'œuvre de dentelle retrouvés un peu jaunis dans de vieilles armoires de nos greniers et que les minettes d'aujourd'hui exhument avec tendresse et orgueil, pour les remettre à la place d'honneur, sur leurs divans, puisque, voyons, B.B., l'illustre Brigitte, batifole sur un tout semblable dans son dernier film.

Nous essayions de comprendre les histoires que se racontaient ces demoiselles avec des sous-entendus et des mines malicieuses, ou bien nous leur demandions de nous apprendre une nouvelle chanson. Oui, la dernière, celle qu'elles avaient rapportée de la foire du 6 mai où on voit des chanteurs ambulants, une poignée de feuilles à la main, un cercle de jeunes autour d'eux, diffuser, à grand renfort d'accordéon, la récente rengaine. Oui ! *Nuit de Chine* ou *La Petite Tonkinoise* ou, sur l'air du *Trompette en bois*, ce scandaleux *Curé de Bombon* dont les malheurs rabelaisiens les faisaient pouffer de rire. Nos tendres cœurs de tourterelles réclamaient aussi les autres, les complaintes d'hier et de toujours, celles que chantait aussi ma mère : *Les Blés d'or*, *La Voix des chênes* et la plus belle de toutes : *L'Étoile d'amour*.

Les garçons, occupés à vigneronner sur la pente d'en face, nous entendant, répliquaient par des airs plus rustiques, plus agressifs aussi : *Belle Rose du printemps, La Yoyette* ou ce « J'ai fait l'amour, cinq ou six mois, dans la ville de Rennes » que chantait le Pastrou, toujours entre deux vins. Alors, c'étaient, d'un bord à l'autre du ravin, des duos endiablés, coupés d'invectives sonores et malsonnantes et qui, parfois, se terminaient par quelque expédition punitive dont les grandes faisaient les frais. Je me souviens encore de ce soir où nous vîmes surgir trois ou quatre longs diables excités qui, se précipitant comme des loups, armés d'un gourdin, firent subir à l'une des fanfaronnes un traitement sans douceur. Nous nous étions égaillées dans les genévriers, comme de tendres brebis affolées ; la victime, blessée au plus intime, honteuse, pleurait tristement ; les autres, la consolant de leur mieux, nous firent promettre de n'en rien dire à nos mères. Ah ! comme nous chantions, chantions à gorge déployée, sans nous lasser, pendant des heures. Les alouettes, là-haut, droit dans le ciel, nous renvoyaient de joyeux tirelis. Oh ! les mélodies n'étaient peut-être pas très justes, ayant été transmises oralement et souvent retenues de mémoire ; les paroles, elles aussi, avaient parfois subi de cocasses transformations, ça déraillait souvent. Qu'importe ! Le cœur y était et nos poitrines se dilataient de joie en les lançant dans l'espace. Chaque été, quelque nouvel air enrichissait la collection et notre soirée de bergères était trop courte pour les essayer toutes.

Alors, l'étoile du berger éclosant, là-bas, au-dessus de Salacroup, l'ombre doucement tombait dans la vallée. Les chiens, sentant l'heure venue, s'agitaient, tournaient autour des bêtes pour les rassembler. Nous ramassions le sac vide du goûter, nouions autour du cou l'inutile cache-nez, enfoncions un peu plus le chapeau de paille sur nos cheveux et redescendions vers le village.

« Au moins, pensez à ramasser un fagot pour les lapins ! » avaient recommandé nos mères : nous n'avions garde d'y manquer. Ce « fagot », nous le composions avec amour tout en revenant : nous choisissions les plus belles branches fleuries des amélanchiers ou ces genêts à feuillage menu et à papillons, d'un jaune profond, que nous nommions *gaillous.* Les grandes nous montraient comment lier la jonchée avec une tige flexible savamment tordue et, le faix sous le bras, nous dégringolions ces pentes abruptes, sans même prendre la peine de suivre le sentier de l'aller. Les chèvres, prises au jeu, cabriolaient à notre suite le long des drailles sèches et, dans un grand tintamarre de pierraille entraînée, nous aboutissions au fond, dans ce ravin humide dont l'ombreuse fraîcheur toujours nous surprenait. Et, tout étonnées, après le glorieux soleil des hauteurs, nous constations qu'ici, c'était déjà la nuit.

Nos mères, devant la porte, déjà devaient s'alarmer.

« Mais qu'est-ce qu'elles peuvent bien faire encore, là-haut ? »

« Elles auront encore perdu quelques brebis ! »

Eh oui, hélas ! c'était souvent le cas, ou bien nos troupeaux s'étaient mélangés à quelque autre des causses. Occupées de chansons et de fariboles, nous avions oublié au moment du départ de dénombrer nos bêtes. Et Margot, pauvrette, avec son compte changeant de brebis de *bassives*[1], d'agneaux et de chèvres, payait souvent le prix de nos folâtreries. Sa mère prenait un air sévère :

« Tu iras toute seule la prochaine fois !

Ensemble, vous ne pensez qu'à vous amuser ! Bien heureux que je ne t'y renvoie pas de suite les chercher ! »

Margot passait une nuit tumultueuse, agitée de larmes de remords, de lourdes rancunes et de visions de loups dévorants. Et le lendemain, elle partait marrie récupérer là-haut sa brebis oubliée qui, elle, avait, je suppose, passé une nuit délicieuse à se bourrer d'herbe fraîche et de liberté.

Mais c'était bien un autre drame lorsque, dans les regains à l'herbe trop grasse – luzerne ou sainfoin –, on avait fait « gonfler » une brebis. Pourtant, chaque fois, nos mères nous mettaient en garde :

« Surveillez-les bien ! Ne les laissez pas aller dans tout le champ rafler les seules pousses tendres, tenez-les dans le même coin... Ne… ! »

Va te faire fiche ! Nous avions vite fait d'oublier les précieuses consignes. Certes, nous observions bien, de temps à autre, la panse de ces idiotes. Et, tout à coup, c'était la catastrophe visible à l'œil nu : le ventre comme un ballon. La brebis, gonflée des gaz de

1. Bassive : *brebis de deux ans.*

fermentation, la mâchoire béante, les yeux ronds, nous regardait d'un drôle d'air. Est-ce qu'on allait la voir s'envoler, comme une de ces baudruches de la foire ? Éclater ? Mourir ? Alors, affolées, nous appelions à l'aide, au secours, comme si nous était apparu le loup en personne ; si nul n'était en vue, nous ramenions le troupeau patiemment, en ayant garde de ne pas bousculer la malade. Le premier homme rencontré essayait de nous venir en aide.

Il retournait la bête sur le dos, massait doucement la panse distendue, passait les doigts entre les mâchoires crispées pour aider à l'évacuation des gaz… Ou bien, sortant de sa poche cet indispensable couteau que se doit de posséder tout paysan, il envisageait les grands moyens : pratiquer au bon endroit de l'abdomen une mince ouverture libératrice. C'était là, pour nos cervelles d'enfants, une vraie tragédie. Dans le quartier, on se chuchotait sans indulgence : « Vous savez, elle a encore gonflé ses brebis ! »

Pauvre Margot ! C'était souvent elle qui était visée. Je la plaignais sincèrement. Elle avait la tête un peu dure et oubliait vite conseils et consignes. À l'école, malgré son exemplaire docilité, ni le calcul ni l'orthographe ne pouvaient pénétrer dans sa caboche. Sans oser le dire, je pensais : « Peut-être qu'elle ne sait pas bien les compter, ses bêtes ; alors il lui en manque toujours quelqu'une ! » Et je m'efforçais de l'aider de mon mieux. Mais je suppose plutôt que nous avions toutes une bonne part dans ses déconvenues : nous étions des enfants et comme tous les gosses du monde, en dépit de la maturité précoce des petits paysans, nos jeunes têtes s'intéressaient plus aux chants et aux jeux qu'aux choses sérieuses.

Mais enfin, bien ou mal terminée, notre soirée en plein air avait au moins un avantage : nous étions rompues de fatigue et, à table, la dernière bouchée avalée, nos yeux se fermaient d'eux-mêmes avant que le marchand de sable ait été signalé. « Allez ! en route, mauvaise troupe ! Ouste ! Au lit ! commandait ma mère. Faites votre prière et dormez ! » Nous dormions, avant même d'avoir balbutié les premiers mots de cette obligatoire prière. La voisine, sévère, jugeait que ma mère en prenait à son aise avec son devoir :

« La prière, ça doit se dire debout, en famille, comme le bénédicité autour de la table ou avant de quitter la cuisine pour aller dormir ! »

Et plus d'une fois, ayant eu à faire le soir une commission chez elle, je me trouvais en entrant bien marrie de les voir là, tous immobiles, devant leur chaise retournée, répondant pieusement aux formules traditionnelles récitées par la maîtresse de maison. Celle-ci, un instant dérangée par ma venue, me désignait du regard une place libre et à l'exemple des autres, je faisais les répons, toute confuse et jurant bien qu'on ne m'y reprendrait plus.

Quant à nous, un peu *hugonaous* sans complexe ni remords déchirants, nous escamotions neuf fois sur dix la pieuse formalité.

Mais à peine dans mon lit, ce lit niché sous l'escalier du grenier et où, sous le matelas, la paille faisait un drôle de bruit dans sa paillasse, à peine submergée par le sommeil, j'étais réveillée par des gémissements. Fernande, dans son petit lit-cage au pied de celui de nos parents, avait des cauchemars. Je me tirais avec peine de mes brumes et, assise sur mon lit, j'écoutais avec terreur la bambine qui, les yeux hagards, les mains en avant pour repousser les monstres, soliloquait avec l'innommable.

Ma mère allumait la petite lampe Pigeon. Oh ! ce joli nom pour une lampe à qui, effectivement, je trouvais la grâce flexible d'une colombe ! Elle prenait la bambine dans ses bras, la secouait, la rassurait. Elle allait prendre une liqueur d'aspic, à l'odeur piquante, lui en frottait les tempes, les lèvres.

« Éveille-toi ! Regarde ! Je suis là ! Il n'y a rien ! Tu rêves. » « Le loup ! Le loup ! » vagissait la pauvrette. Peu à peu, cependant, elle se détendait, ses cris s'arrêtaient et, tout d'une masse, elle retombait dans son sommeil.

Le lendemain, elle ne se souvenait de rien. Je la regardais avec suspicion, l'interrogeais longuement, voulant à tout prix, avec un puéril sadisme, lui faire retrouver l'horrible souvenir de cette incursion derrière le miroir.

Elle balbutiait sans bien savoir :

« Des loups, des serpents, des diables avec des fourches. »

Notre mère, elle, hochait la tête d'un air entendu :

« Encore les vers ! Il va falloir que je lui donne du vermifuge. » Et du même coup, elle m'en administrait aussi une bonne dose. Du Chiarini, un liquide à goût de vinaigre et de lavande, ou bien une drôle de poudre rose qu'il fallait avaler, hop ! mal dissoute dans une cuillerée de café.

Les vers ! Ils étaient, à cette époque, la cause indiscutable de tous les malaises enfantins. Et les grandes personnes, elles aussi, avouaient gravement en être les victimes : « Oui ! Vous me croirez si vous voulez, les vers me sont montés à la gorge. Et là, dans le cou, ils se tortillaient, ils grattaient, grattaient ! »

Lorsqu'au réveil, à respirer notre haleine, ma mère sentait une drôle d'odeur d'acétone, lorsque notre langue lui paraissait un peu trop blanche, zou ! elle incriminait les vers, et en avant pour la purge ! Et allez donc ! Vermifuge et huile de foie de morue !

Je pense, aujourd'hui, que les pauvres femmes ignorantes des règles les plus élémentaires de ce qu'on nommerait plus tard la diététique, préoccupées avant tout de nous donner à manger à notre faim, nous bourraient le soir en toute innocence de nourritures trop chaleureuses : soupes au lard, pommes de terre, pascades, farçuns et châtaignes que nous avalions sans rechigner et qui, ensuite, occasionnaient des digestions laborieuses et de précoces engorgements du foie.

Mais c'était si commode de dire : « Les vers ! » sans s'interroger plus avant.

Et lorsqu'un matin, Margot eut ses « convulsions », encore un coup, on accuse les vers. Et si, depuis, elle avait la tête comme une coque vide, c'était encore la faute des vers.

Le docteur Olié, vieux et bourru, fort de son savoir et d'une longue expérience, haussait les épaules, lui, et toutefois, ne s'interrogeait pas davantage. Il ne croyait pas aux méfaits des vers. Et d'ailleurs, aurait-il prescrit des remèdes plus efficaces ? Et l'aurait-on seulement suivi ? La Sécurité sociale n'existait pas encore, le recours au médecin, au pharmacien, était bien trop onéreux pour les pauvres gens. Sauf dans les cas graves et du même coup désespérés, on se soignait avec les moyens du bord et la malice paysanne n'insinuait-elle pas qu'on pouvait se soigner aussi bien sans avoir recours à eux ? Et va donc pour les médications fantaisistes : graisse de blaireau et bouillon de vipère !

Ma mère n'appréciait guère le sourire sceptique du docteur Olié :

« Il veut pas y croire, lui, aux vers ! Pourtant, je les ai bien vus, moi, qui se tortillaient sur le fumier quand je suis allée y vider le pot ce matin ! »

Ah ! ce fumier s'étalant en permanence dans un coin de la cour, là, juste en face de nos fenêtres ! Elle s'était bien insurgée les premiers temps, en le voyant si près : « Au pays bas, expliquait-elle, on est quand même un peu plus civilisé. » Chaque maison avait sa petite cabine dissimulée dans un coin du jardin, tandis qu'ici, on devait faire « ses besoins » sur le fumier. Les hommes, eux, résolvaient le problème en allant, au petit matin, « fumer une souche de leur vigne », comme ils disaient. Mais nous, les enfants, comment faire ? Nous allions, accroupis, nous soulager sur le tas odorant, et notre mère venait ensuite tasser par-dessus une fourchée de fumier. Aussitôt, poules et canards accouraient pour gratter sur le tout. Je me souviens, à ce propos, du jour où mon père, ayant décidé d'enlever le contenu de la fosse pour engraisser un champ, nous montra, blottis là-dedans, cinq ou six œufs de... coq. Des œufs de coq ? Nous savions fichtre bien que les coqs ne pondent pas. La coque membraneuse déchirée laissait voir à l'intérieur, en place de jaune et de blanc, de drôles de bestioles : serpent ou lézard je suppose. Un asile pour les lézards et les serpents, passe encore ! Mais les mouches ! Elles pullulaient sur ce riche élément, s'y engraissaient, s'y multipliaient sans vergogne. Et chaque été c'était pour ma mère le même tourment : leurs noires légions venaient prendre la cuisine d'assaut.

« Tirez donc la porte, fermez la fenêtre ! » En vain. On eût dit qu'un esprit malin s'acharnait à les rouvrir derrière vous. Elle cousit dans la toile de vieux sacs de longs rideaux qu'elle suspendit aux ouvertures, rêvant au jour où elle aurait assez d'argent pour commander des moustiquaires. Elle installa, sur la table, une bouteille piège qui, paraît-il, devait les attraper ; dans une assiette, elle versa une noire poudre perfide dont les émanations devaient les asphyxier ; elle accrocha au plafond, d'une poutre à l'autre, de longues bandes gluantes pour les empoisser. Dès que le repas de midi était achevé, elle nous munissait de torchons et, à grands coups, au milieu des « Ch ! Ch ! » véhéments, nous chassions les importunes. Le temps de se retourner et elles étaient de nouveau là !

Découragée, la pauvre femme soupirait :

« Ah ! si seulement on avait des volets ! Les mouches détestent l'ombre, alors elles partiraient ! »

Et pourtant, le progrès venait lentement. Un jour, elle les eut, ses moustiquaires, ses volets ; un jour, il n'y eut plus de fumier dans les cours.

Et les villageois allèrent à la ville acheter au prix fort ces engrais dont on leur vantait le pouvoir enrichissant et qui, il faut bien l'avouer, desséchés, concassés et désodorisés, venaient en droite ligne des champs d'épandage des égouts de Marseille. Puisqu'il faut bien que, sous une forme ou une autre, la nature retrouve son dû.

Les cauchemars et les songes de l'enfance

CETTE FOIS, C'EST MOI qui me plaignais de cauchemars : car j'avais les miens, et aussi angoissants que ceux de Fernande. Bizarre sensation plus viscérale que visuelle. Des formes indistinctes naissaient de moi – dans ma tête ou dans mon ventre ? –, s'élargissaient en horribles remous. Visage issu de mon visage, me regardant par mes propres yeux, me dévorant par ma bouche même. Une vague confuse me submergeait et, par ondes grandissantes, m'engloutissait. Étrange sensation d'être soi et une autre, dedans et dehors à la fois, ouverte, dilatée aux limites du monde, anéantie. Mauvais naufrage d'où j'émergeais, haletante et peut-être ravie. Et si enfin, en un suprême effort, je parvenais à ouvrir les yeux, c'était pour voir, au-dessus de ma tête, le plancher tanguer, partir à la dérive, se rapprocher, plafond descendant jusqu'à moi, pour me faire perdre le souffle et m'étouffer.

Mais je ne criais ni ne pleurais ; j'étais déjà assez grande pour savoir que ces jeux pernicieux n'étaient rien que les fantasmes d'un mauvais songe. Le cœur plus calme, je les regardais peu à peu s'effacer dans la nuit. Parfois, trop vite happée par le sommeil, je trébuchais à nouveau, enlisée dans ces cercles mous qui tournaient sous mes paupières, naissaient diaboliquement l'un de l'autre et me déglutissaient.

Ou bien le sommeil se refusait à revenir. Alors, dans la pénombre d'une chambre sans volets, je regardais, au-dessus de ma tête, les dessins étranges du vieux plancher aux poutres mal équarries : un peuple aussi fabuleux que celui de mes rêves s'animait là-dessus : fantômes, loups aberrants, dragons et chimères dont le lendemain, au réveil, je peuplais les récits que j'inventais pour ma petite sœur.

Car un de mes grands plaisirs était de raconter à la bambine mes rêves de la nuit. Elle les écoutait bouche bée, pleine de bonne foi, sans se douter que neuf fois sur dix, je fabulais, greffant sur la mince trame d'un rêve médiocre tout un tas d'épisodes plus dramatiques, plus extravagants les uns que les autres. Si je ne me souvenais de rien, eh bien ! j'inventais de A à Z le prétendu rêve, et la petite qui savait mal encore différencier les fantômes nocturnes des réalités de la veille s'enchantait à m'entendre, et je m'enchantais moi-même en le lui narrant. J'en vins ainsi à mettre au point des sortes de rêves feuilletons dont je lui relatais chaque matin un nouvel épisode, suite plus ou moins plausible de celui de la veille.

« Som ! som ! Veni ! veni ! » disait la vieille berceuse que roucoulaient les mères à leurs enfançons. Malgré la perspective de cauchemars pénibles, je m'enfonçais avidement dans ce domaine merveilleux du songe, sorte d'Éden où on avait accès à de mystérieuses jouissances équivoques.

Et lorsque je me sentais sur le point de perdre pied, je lâchais tout, sûre que, sur l'autre rive, m'attendaient des événements fabuleux : ce hiatus entre soir et matin était empli pour moi d'un inconnu dont j'avais tout à la fois peur et envie.

Puis au réveil, les yeux encore barbouillés de rêve, je m'interrogeais : « Quelle autre surprise le monde avait préparée pour moi dans le sillage de la nuit ? Qui sait ? Des fleurs à foison sur mon lit, dans la cour, sur les toits, partout, dans les champs, les chemins. » Hélas ! le printemps ne vient pas ainsi, comme la fortune, en dormant. Le soleil brillait certes, fidèle au rendez-vous un oiseau frileux pépiait sur les sarments gris de la treille. Quant aux fleurs, il fallait avoir la foi d'un enfant pour les découvrir : quelques primevères dans l'ombre d'un ravin, une pâquerette, trois violettes à l'abri d'une haie ou, surprise, une première corolle blanche et rose sur l'écorce nue d'un amandier.

Ou bien, sur mes paupières encore closes, c'était une proche, blafarde, insistante lueur. Autour de la maison mal éveillée, un cotonneux silence : la neige, la craintive, s'était installée sur le monde pendant la nuit, transfigurant un paysage familier…

Plus tard, ayant pris conscience de la pathétique brièveté de la vie, je me mis à redouter cette inutile interruption de conscience qui vole aux humains la moitié de leur temps.

J'essayais de retarder l'heure de plonger dans ce gouffre et, songeant à mes évanouissements du petit matin sur les bancs de l'église dont je ressortais pâlie, les oreilles remplies de cloches bondissantes, je me demandais si, un jour, je serais assez forte pour pouvoir émerger de ce royaume nocturne où les mains des puissances infernales m'agripperaient pour toujours. Ah ! s'il n'y avait eu la perspective de ce vagabondage délicieux parmi les rêves ! Mais surtout, il y avait ce mystérieux besoin qui vous ferme les yeux, oblitère votre esprit, avant même que vous ayez songé à résister.

Notre mère s'effarait bien un peu de nous voir, Fernande et moi, si durement happées par les anges de la nuit. Mais vite elle se rassurait, y voyait comme une sorte de singularité glorieuse : « On a toujours été un peu comme ça dans ma famille ! » expliquait-elle. Et la voilà lancée dans de mirobolantes narrations où des somnambules vaguaient sur les toits – « Au moins, qu'on se garde bien de les toucher, ils se jetteraient dans le vide ! » –, faisaient leur ménage, leur cuisine, tout en continuant de dormir. Cela nous paraissait prodigieux !

Elle racontait la surprise de cette jeune femme qui, nouvellement mariée à notre cousin Camille, se sentit, la deuxième nuit de leur vie commune, soulevée de son lit, entortillée dans les draps, emportée par un homme aux yeux hagards qu'elle ne reconnaissait pas, déposée un instant au rez-de-chaussée, puis recouchée dans son lit où le mari somnambule se remit à dormir du sommeil du juste jusqu'au matin où il jura ne se souvenir de rien.

Les veillées paysannes

ENCORE UNE FOIS, grand-père annonçait qu'il partait pour le causse « faire du bois ». C'était un jour d'automne déjà humide et froid ; de grandes écharpes de brumes traînaient sur la vallée. Il suggéra qu'il aurait bien besoin de quelqu'un pour l'aider à préparer les fagots. Mon père était malade, haletant d'emphysème sur ses oreillers. Sans bonne grâce, ma mère allégua qu'elle devait rester pour le soigner. Elle était lasse, excédée, injuste. Elle marmonna :

« Il voudrait te mettre le pied dessus ! Moi, j'en ai assez d'être la servante de tous ! Et qu'il aille se faire fiche, avec son causse ! Comme s'il n'y avait pas assez à faire ici : le jardin ! les vignes ! La Pomarède ! Cabanelles !

– Plaiti ? » interrogea le vieux qui avait mal entendu.

Il hochait la tête : est-ce que Louise et Marie et Germaine n'accompagnaient pas leurs hommes au causse ?

« Et puis, ajouta-t-il perfidement, avec quoi vous vous chaufferiez cet hiver, si vous n'aviez pas… ? »

Il descendit lier ses bœufs au grand joug si poli qu'on l'aurait cru verni, passa l'attelle dans le timon du char, suspendit aux ridelles les longues biasses de toile remplies de provisions. Une tape d'amitié sur la croupe des grosses bêtes, ah ! ah ! L'aiguillon en main, le voilà derrière l'attelage :

« Vous auriez pu au moins prendre des draps, lui cria sa bru de la fenêtre, vous vivez là-haut comme un sauvage !

– Des draps ! Peuh ! on dort aussi bien sur la paille, et puis vous n'aurez pas la peine de les laver… *A diou sias* ! fit-il, en guise de salut. Tu viens, petite ! » me cria-t-il avant de disparaître au contour.

Mais la lueur faraude dans son œil bleu me disait bien qu'il plaisantait : là-haut, en cette froide saison, il n'y avait plus de place pour les enfants. Et d'autant plus que c'était un travail de force qui l'y attendait. À l'entour de la bicoque, il abattrait pins, genévriers et grands buis coriaces. Il ébrancherait les troncs, préparerait les énormes fagots. Il procèderait au chargement du char, souvent avec du bois préparé à l'avance et déjà sec, alignant avec minutie les longues bûches entre les ridelles, avec par-dessus les gros fagots de branches résineuses.

« Faire du bois ! Mais on y a double bénéfice », nous répétait-il. Et surtout par temps froid ! Car on se chauffait en ramassant du petit bois, et autant de moins à dépenser au coin du feu.

C'est pour cela qu'il eût aimé entraîner tout son monde avec lui. Quel bon combustible sans bourse délier ! « Le meilleur, pensait-il, de tout le quartier. » Avec parfois la perspective d'un peu d'argent gagné si on portait une charretée ou deux chez le boulanger à qui il en fallait tant ! Mais allez faire comprendre ça aux jeunes d'à présent : « Beaucoup gagner et pas beaucoup travailler », voilà leur devise !

Parfois, avec son pic, il partait à la recherche des *pourrits*. Ces souches d'anciens pins coupés pourrissaient lentement dans le sol ; venait un jour où elles s'extrayaient comme des chicots. C'était là l'ultime degré d'utilisation des biens de la terre. Et si l'on pouvait vendre les *cannes*[1] de bûches aux citadins, si on fournissait le boulanger en hautes charretées de gargnes, les pourrits, là, vraiment, ça ne pouvait pas se vendre. Alors, on les mettait en réserve dans quelque coin de la cave et l'hiver, lorsque le feu avait pris, on en entassait deux ou trois sur la braise vive. Ça tenait le feu pendant plusieurs heures en brûlant lentement sans grande flamme, mais avec pas mal de fumée âcre et de poussière ; une sorte de feu de tourbe en somme.

Ou bien le bonhomme, ayant trouvé des branches particulièrement résineuses, en enlevait de longs éclats tout gluants de sève et il les apportait fièrement dans un sac. Alors, le soir, il les allumait à la braise, et fichés çà et là dans la cheminée, ils composaient un luminaire rustique. C'était la *tèse* des pays résiniers.

---

1. Canne : *ancienne mesure qui vaut deux mètres.*

Certains soirs d'hiver, entrecroisées avec art sur la chambrière haut pendue à la crémaillère, ces torches grésillaient en longues et lourdes flammèches. Nous étions ravies, nous croyant revenues aux premiers âges de l'humanité. La lueur était tout juste suffisante pour éclairer l'ouvrage des tricoteuses et les doigts des hommes, occupés à confectionner paniers et paillasses.

« Hein ! la bonne idée ! commentait le grand-père satisfait de son invention. Et quelle économie de pétrole ça vous fait faire ! Une veillée à rien ne coûte ! » Ma mère hochait la tête, peu convaincue.

Veillées paysannes dont il ne restera bientôt guère plus qu'un souvenir folklorique. La cohésion de la famille, bon gré, mal gré, se cimentait là, autour de l'âtre, devant ce feu unique. Et l'amitié entre voisins, donc !

Nous étions rangés en demi-cercle sous la vaste hotte de pierre. Grand-père avait droit à ce grand fauteuil paillé du coin de droite. Nous, les enfants, nous nous serrions sur un petit banc, dans le coin de gauche. Mais il fallait de l'espace pour l'osier ou la paille que le vieux avait décidé de tresser, parfois en compagnie de mon père.

« Il vous faut toute la place, à vous autres ! » grondait ma mère.

Mais le grand-père, qui se savait chez lui, ne tenait aucun compte de ses remarques. Nous, intéressés, nous regardions naître peu à peu le bel ouvrage. Il courbait en arc de cercle les longues tiges flexibles, les ajustait avec des liens d'écorce et façonnait ainsi une sorte de cage à claire-voie. Puis, avec de fines branchettes, il tressait son panier. Le sol de la cuisine se jonchait de brindilles et de raclures d'écorce. Encore un coup, ma mère s'impatientait, surtout si les voisines étaient venues lui tenir compagnie : « Cette cuisine, on dirait une écurie ! »

« Je ne peux pourtant pas travailler dehors ! Et vous serez bien contente, allez, d'avoir des paniers neufs pour la vendange, l'an prochain ! »

Nous demandions au pépé de nous en faire un petit, tout petit, ou bien une corbeille comme berceau pour nos poupées. Alors il préparait une minuscule carcasse, nous mettait en mains une poignée de brindilles et nous encourageant : « Zou ! essayez, faites comme moi ! » Mais souvent une besogne plus urgente nous attendait : il fallait casser noix et amandes. Les cerneaux seraient portés au pressoir communal pour en extraire l'huile et les *amandons* vendus au pâtissier de la ville qui en donnerait un bon prix. Quant aux coques brisées, on les jetait par poignées sur le feu où elles flambaient avec de clairs crépitements. À moins que ma mère en réservât quelques-unes pour, dans l'eau mise à bouillir dans le petit pot, faire quelque tisane émolliente.

Elle, parmi ces chantiers disparates, s'essayait à raccommoder, à tricoter bas et chaussettes. Elle recevait une gifle par-ci, une gifle par-là, des longues tiges balancées par les vanniers. Alors de guerre lasse, elle réclamait une pelletée de braise pour son chauffe-pieds et s'installait à table devant une lampe à pétrole.

Le sens et la nécessité de l'économie, le goût et le besoin du travail en commun après la solitude des champs, besoin grégaire de communication et communion tribale devant le feu, ce facteur primordial qui, à travers les siècles, a cimenté les civilisations paysannes, voulaient qu'on s'invitât entre voisins : une seule lampe, un seul feu suffiraient pour tous ; là se communiqueraient les nouvelles, là se transmettraient dictons et rites millénaires et contes rustiques.

Mais si le vent n'était pas favorable ou si le bois avait été mal coupé, cette maudite cheminée fumait lamentablement. Nos yeux piquaient, nos genoux se marbraient de rouge, tandis que notre dos frissonnait aux vents coulis passant par les portes laissées entrouvertes pour corriger un tirage défectueux.

Parfois, en fin d'automne, la maîtresse de maison, par politesse envers ses invités, suggérait aux enfants :

« Et si vous alliez nous chercher une poire ? »

Les fruits d'automne : poires duchesse et poires d'hiver, pommes, raisins et sorbes tout ratatinés attendaient là-haut, dans le « plancher », alignés sur un lit de paille. Les fruits étaient glanés, mais quel délice dans nos bouches desséchées par le feu ! Ou bien nous dégustions une potée de poire mise à cuire devant le feu, moitié eau, moitié vin, avec un peu de sucre pour adoucir l'âcreté des fruits verts.

Cependant, octobre nous réservait une autre occupation : éplucher les châtaignes pour le lendemain.

Ah ! belles châtaignes ! Quel mets délicieux ! Certes, on eût pu les fourrer telles quelles dans le pot. Cuites, encore brûlantes, nous en bourrions nos poches d'écolières et, subrepticement, entre deux lignes d'écriture, les sucions « têtes » par un mince trou coupé avec les dents à même l'écorce. Mais de l'avis général, elles étaient bien meilleures épluchées. Ma mère les portait sur la table bien égouttées à la fin du repas. C'était doux, farineux, un peu fade. Et ça nous faisait un petit ventre bien replet. Nous ne nous lassions pas de ce mets rustique. Et quelles fêtes les soirs où notre mère consentait à nous faire la grillée ! Ah ! certes, c'était là tout un événement.

« Si vous voulez une grillée, petites, vous irez, à votre retour de l'école, me couper des branches de buis au Bouscayou. »

Et nous ne nous le faisions pas dire deux fois. À notre arrivée à la Cresse, maman avait trouvé parmi les ustensiles de cuisine une poêle au manche interminable. Posée sur la « servante », on la maintenait malaisément à l'horizontale par une chaîne à lourd contrepoids. On pouvait ainsi « tenir la queue de la poêle » sans se brûler, mais quelle poigne il fallait ! Aussi ma mère avait jugé plus pratique de la remplacer pour l'usage quotidien par la sienne, plus aisément maniable. Et l'ancienne, après avoir été percée de trous, servait à présent pour la grillée. Le soir, la soupe avalée, nous nous installions devant le feu ; on jetait une à une dans la poêle les châtaignes préalablement fendues au couteau pour leur éviter l'éclatement.

Dessous, nous glissions sur la braise les branches de buis frais coupées. Cela crépitait, fumait, fumait, avec une odeur âcre de verdure assassinée. Mais il fallait cette atmosphère de fuligineuse et chaude moiteur pour faire « suer » les châtaignes. La fumée envahissait la cuisine : nous larmoyions vaillamment tout en continuant à alimenter le feu. Dans la poêle remuée, sans arrêt les fruits sautaient, leur peau noircie éclatant par endroits. Alors, quand maman jugeait que les fruits avaient été assez éprouvés par ce traitement, elle activait le feu, secouait, secouait, et les écorces tombaient par lambeaux, laissant apparaître une chair dorée. C'était l'instant le plus attendu : qui, à présent, aurait l'honneur de « couver » les châtaignes ? D'ordinaire, ce rôle de « couveuse » m'était attribué, à moi, l'aînée. Maman retournait la poêlée brûlante dans un torchon, au fond d'une paillasse. Elle empaquetait tout ça bien serré, le frottait un moment entre ses paumes et m'invitait à m'asseoir sur ce trône improvisé. Sous mes fesses d'enfant, une douce chaleur se dégageait. Les châtaignes, serrées à l'étouffée dans leur paillasse, comme des poussins sous leur mère, achevaient là leur cuisson. Et impatiente, la peau échauffée, je dansais d'une fesse sur l'autre sur mon butin. Fernande, qui me surveillait d'un œil un peu jaloux, s'insurgeait sournoisement : « Maman, je l'ai entendue, elle a pété sur les châtaignes ! » Tout le monde s'esclaffait. Ma mère, mi-sceptique, mi-crédule, me faisait les gros yeux. Bientôt, devant nos jeunes convoitises, elle donnait le signal du pillage. La paillasse posée sur la table, le torchon écarté, nous puisions dedans. Chacun achevait de décortiquer les châtaignes tièdes, dorées, croustillantes. J'étais maligne : pendant que les autres, en ayant épluché une, se mettaient à la déguster dévotement, moi, à toute vitesse, je pelais, pelais et lorsqu'il ne restait plus rien dans la paillasse, je jubilais devant mon magot presque intact. Mais c'est alors que les contestations recommençaient : Fernande, ayant achevé sa part, jugeait que la mienne, ah ! oui ! était exorbitante et que je devais lui en céder quelqu'une. Mon père, ma mère intervenaient en sa faveur, avec toujours ce même argument qui me paraissait le comble de l'injustice : « Elle est petite, voyons ! » Et je m'inclinais avec mauvaise grâce, jugeant en mon for intérieur que la bambine, encore une fois, était la préférée.

La photo de famille

Ce matin-là, je fus, dans le petit jour brumeux, tirée du sommeil par des exclamations étonnées. Pourtant, grand-père était absent, parti « sur le trimard », comme disait sa bru, là-haut, sur le causse. Et on ne l'attendait pas encore, surtout pas à cette heure matinale. Et pourtant, c'était bien sa voix que j'entendais, geignarde, anxieuse. Je me levai et, pieds nus, courus jusqu'à la porte de la cuisine. Eh oui ! Il était bien là, affalé sur une chaise, l'air hagard ! Mes parents l'interrogeaient : d'où venait-il, en cette fin de nuit ? Et ne pouvait-il pas, si l'envie l'avait pris de retourner, choisir une heure plus raisonnable ? Hier soir ou… ? Tout désemparé, il expliquait :

« Je suis bien parti hier soir du Serrou, mais je ne sais pas ce qui s'est passé… Je me suis perdu et…

– Perdu ! Allons donc ! Lui qui connaissait le causse comme le fond de sa poche !

– Eh oui ! Ça n'est pas la première fois que ça arrive, à moi ou à d'autres ! »

Alors, ayant bu un bol de café, il nous narra son aventure où le malin devait avoir son mot à dire. Oui, il s'était bien mis en route hier soir.

« Mais tout de même ! » Voilà que la brume envahit tout. À une croisée de chemins, sans doute s'était-il trompé de *carral*[1]. À partir de là, il ne comprenait plus rien à ce qui s'était passé. Sans doute avait-il tourné en rond des heures durant, allant de clapas en pinède, de pinède en sotch, sans rencontrer âme qui vive. Aussi incapable de retourner vers le Serrou que de retrouver la faille par où s'amorce le chemin de descente au village.

« J'étais comme dans un rêve, murmurait le vieil homme. Du blanc, du noir et des arbres et des rochers, et ces maudits *neples*[2] qui s'accrochaient partout, et la nuit de plus en plus épaisse ! » Tout à coup, horreur ! Il avait eu le souffle coupé : il se trouvait à l'extrême bord de la falaise à pic. « Un pas de plus et je sautais dans le vide. Sous moi, des épaisseurs cotonneuses avec deux ou trois lumières qui clignotaient. Je me demandais si c'étaient celles de la Cresse ou de Millau ou de Peyreleau. Appeler ? Qui aurait pu m'entendre ? » Enfin, comme la brume semblait se déchirer, il avait pu reconnaître les lieux : il était à l'autre extrémité du plateau. Deux ou trois heures de marche pour arriver.

Dans son regard brillait comme une lueur de folie. Je frissonnais : que s'était-il donc passé ? Est-ce qu'une

1. Carral : *chemin de terre.*
2. Neple : *brouillard.*

trêve[1] ou quelque *drac*[2] malicieux l'avait mené sur ces chemins insolites ?

On le réconforta, il se chauffa, déjeuna avec appétit, mais répugna depuis lors à évoquer son étrange aventure.

Un photographe ambulant était de passage, ce jour-là, dans le quartier. Un de ces camelots à bagout intarissable qui savaient si bien vous faire prendre des vessies pour des lanternes. « Et *patin et coufin*[3] », disait ma mère, singeant leurs laborieuses démonstrations. La pauvre ! Elle s'y laissait prendre, plus souvent qu'à son tour, commandant des serviettes… en papier ! des couteaux… sans tranchant ! Celui-ci a proposé de nous photographier. Ah ! non ! Déjà, il y a un mois à peine, elle s'était laissé enjôler par un de ses pareils : la famille au grand complet figée au garde-à-vous, et le grand-père à la barbe fleurie, sa médaille militaire accrochée au revers, et la chienne Bergère allongée à nos pieds. « Non, mon bon monsieur », elle n'était pas assez riche pour récidiver. L'autre insiste : « Nous pouvons aussi vous procurer des agrandissements, n'importe quelle photo ancienne, même en mauvais état : un être cher dont vous voudriez garder le souvenir… »

Le cœur de la pauvre femme s'est ému. Elle songe à son petit André, son seul garçon, beau comme le jour, mort à trois ans des suites d'une mauvaise rougeole.

---

1. Trêve : *fée.*
2. Drac : *diable.*
3. Expression intraduisible : « après tout pourquoi pas ! », « embrouille », « mauvaise explication ».

Cette mort était, dans le cœur maternel, comme une écharde. Maudite rougeole ! À elle aussi, comme elle avait été cruelle, bien des années avant !

Lorsque, petite fille, elle s'était éveillée de la sale maladie, ses yeux gorgés de pus voyaient malaisément et la prunelle de l'un d'eux s'était révélée irrémédiablement atteinte. Malgré des traitements à la « pierre infernale » et autres inventions aussi désastreuses qui prétendaient effacer la tache, elle était restée avec un iris trouble et une pupille abîmée. Et voilà que trente ans après, son pauvre petit en était mort, lui ! Et les seuls souvenirs qu'elle conservait du bambin étaient, à côté d'une mèche de cheveux épinglée sous le globe du porte-couronne, une petite photo où il souriait timidement, appuyé au genou de sa mère, moi, sérieuse, de l'autre côté, le bébé, Fernande, assis dans son giron, la tête appuyée sur le corsage de dentelle noire.

Comment résister à la suggestion du tentateur ?

Elle va chercher la vieille image déjà pâlie :

« Vous voyez ce petit, là, qui s'appuie contre moi, son bras est à moitié caché par les plis de ma jupe ? Est-ce que vous pourriez... ? »

Le loustic promit tout ce qu'on voulait.

Et quinze jours plus tard, une grande feuille roulée arriva contre remboursement à notre adresse. Ah ! l'agrandissement !

Hélas ! quelle déception ! C'était bien son pauvre André, mais avec les traits flous d'un fantôme et sans rien qui indiquât un bras du côté gauche. Une sorte de petit manchot ! Elle se récria, s'indigna, essuya une larme et, comme elle avait payé et ouvert le paquet, elle se jugea sans recours contre l'imposteur.

Alors, désenchantée, comprenant que rien ne saurait rendre la vie au disparu, elle roula l'immense feuille et la plaça dans l'armoire, derrière une pile de draps. Comme un remords. Et parfois, au cours d'un rangement, elle l'exhumait, déroulait l'image de l'enfant mort, pensivement. Nous regardions, avec le sentiment d'un spectacle interdit. Fernande, sans malice, interrogeait : « Dis, maman, il avait pas de bras, le petit frère ? » La pauvre mère ne savait s'il fallait sourire ou pleurer de la naïve réflexion. Et moi, je finissais par douter aussi. Je me souvenais que, plus d'une fois, évoquant devant les voisines le souvenir du petit disparu, elle racontait :

« Le pauvre ! Il avait les articulations fragiles. Si je lui passais un peu trop brusquement les manches de sa brassière, hop ! voilà son bras qui se mettait à pendre, démis. La première fois, je m'étais affolée, mais ce n'était pas grave, il suffisait de relever le bras doucement et sans douleur, ça le remettait en place… »

Alors, dans les songes obscurs de ma tête d'enfant, j'imaginais le gosse ayant une fois pour toutes perdu son bras, comme il paraissait sur l'image, et comme je faisais parfois, par maladresse ou malice enfantine, sur nos poupons de celluloïd.

Noël en temps de guerre

TOUJOURS LA GUERRE, cette guerre qui n'en finissait pas de finir. Et sans doute étions-nous au plus creux, au plus noir de la vague. Noël approchait, mais comment ma mère aurait-elle pu l'envisager avec optimisme ? Les réserves s'amenuisaient, l'argent se faisait rare. Sans que je comprenne bien pourquoi, je voyais parfois ses yeux s'emplir de larmes ; je l'entendais, pour des vétilles, accabler son beau-père, son mari, d'obscurs reproches. Pauvre père ! Il n'en pouvait plus : cloué au lit par un emphysème de plus en plus chronique, on l'entendait tousser, haleter sur ses oreillers.

Et pourtant, Noël ! Fête de l'espérance ! Nous savions bien ce que ce mot a de prestigieux pour des imaginations puériles. Jour où on voit ses désirs se réaliser. Et que pouvions-nous désirer d'autre qu'une poupée ? Oui, une poupée chacune, à la belle tête de porcelaine et, pourquoi pas, dont les paupières se fermeraient ? Ou bien un de ces poupons roses en celluloïd, aussi gros que de vrais bébés, comme on en voyait dessinés sur les catalogues. Devant un désir aussi péremptoirement exprimé, notre mère hochait la tête, mal convaincue : « On verra si le petit Jésus pense que vous avez été assez sages… »

Le matin de Noël, dans nos galoches posées au bord des cendres, il n'y eut pas grand-chose. Si, pourtant ; un minuscule sabot en chocolat avec dedans, posé sur des copeaux, un aussi minuscule Jésus en pâte de guimauve. Par malchance, le mien, en tombant sans doute de trop haut dans la cheminée, était tout en morceaux dans son emballage de papier blanc mal replié. D'un regard sans indulgence, nous interrogions notre mère :

« Et la poupée alors ? »

Un peu embarrassée, mais la voix prometteuse, elle suggéra :

« Regarde bien dedans, peut-être qu'au fond... »

Je commençais à douter sérieusement. Et puis si, au bout, tout au bout de la chaussure, j'extrayais une feuille un peu froissée, luisante et raide, ajustée au milieu par de la colle, comme si on avait jugé bon de mettre une rallonge. Et sur ce papier, ah ! mon Dieu ! en une écriture appliquée, somptueuse, divine, un message du céleste visiteur. Oui ! À mon nom, pour moi seule, moi qui savais déjà lire, une lettre.

Le cœur battant, soulevée d'espérance, je déchiffrai : « Puisque tu as été sage et comme je n'ai plus de poupée dans mes réserves, je t'enverrai bientôt un petit frère en chair et en os. Sois toujours docile et obéissante, dis bien tes prières… et tu verras. » Et c'était signé : Jésus, au ciel.

J'étais émerveillée : est-ce qu'il était besoin de s'interroger davantage ? L'écriture de ma mère ? Celle plutôt de sa jeune voisine ? Allons donc ! L'idée d'une tricherie ne m'effleura même pas. La tête pleine d'histoires apprises au catéchisme où Jésus apparaît, fait des miracles et guérit les malades et ressuscite les morts et marche sur les flots, je trouvai tout naturel qu'à moi aussi, il eût voulu se manifester. À moi, oui ! Et à moi seule. Je regardai cette pauvre Fernande avec commisération. Ce n'est pas à elle que pareille distinction arriverait. Voyons, elle était si petite. Est-ce qu'elle savait lire, seulement ?

J'enfermai avec soin la précieuse missive au fond de la boîte aux trésors, parmi les papiers de chocolat et les images pieuses. Je suçai pensivement un morceau du sabot démantibulé… et j'attendis.

Vaille que vaille, les mois d'hiver passaient. J'oubliais déjà la promesse de Noël. Et voilà que par un matin glacé du début mars, la « graine de brès » que voulait toujours nous vendre une facétieuse épicière venait de fructifier et au-delà de toute espérance : deux petits jumeaux firent leur entrée dans la maison. La veille, en vitesse, on nous avait expédiées dormir chez Margot, afin que nous n'assistions pas à l'événement. Consternation chez les matrones : on avait commandé un seul bébé, il en arrivait deux ! C'était la guerre, toujours la guerre, les restrictions toujours plus lourdes à supporter : le trousseau avait été confectionné dans du vieux linge par marraine qui, de dix-sept ans l'aînée de ma mère, la considérait un peu comme sa fille. Un trousseau, oui, mais est-ce qu'on avait songé à en préparer deux ?

Mes parents étaient atterrés devant la catastrophe : la guerre, la maladie et maintenant, deux bouches de plus à nourrir.

Les bébés, d'aussi pauvre apparence que des lapins écorchés, plissés, saucissonnés dans leurs *mailloles*[1], geignaient tristement dans la grande corbeille installée près du feu. Les matrones, sages-femmes improvisées, s'affairaient de la chambre où songeait une accouchée soucieuse à cette cheminée que nous ne voulions pas abandonner.

Fernande et moi, nous montions la garde autour du rustique moïse, étonnées, au comble de la joie : nous allions avoir un bébé, chacune, à pouponner. Mlle Athénie du château vint en personne voir les bessons. Elle portait des langes de supplément et une grande nappe de fine toile usagée certes, mais où on pourrait tailler des draps d'enfant. Hélas ! les deux enfançons, sans doute mal réchauffés dans cette cuisine traversée de vents coulis, nés, je suppose, prématurés, gémirent encore un jour, encore un autre, puis ils moururent. Et dans l'autel secret que les mères portent au fond du cœur, les deux petites larves vagissantes prirent place à côté du beau garçonnet, mort à trois ans.

---

1. Maillole : *lange.*

Ma mère, accablée par ce coup du destin mais n'ayant pas de temps pour les mignardises, se releva de couches. Et les joues pâlies, les yeux meurtris, elle rangea dans leur carton les linges inutiles pour reprendre, bientôt, ses occupations ménagères.

Mon père, lui, soulagé un peu, beaucoup, dans son cœur d'homme, continua de haleter et de tousser.

Quant à nous, les filles, ce fut une vraie déception : ainsi, plus de vrai poupon à bercer. Et pourtant, jugions-nous, les choses étaient si bien calculées ! Ah ! pourquoi faut-il que les enfants meurent ? Nous regardions d'un œil désabusé nos vieilles poupées de carton pressé, souvenirs de quelque oncle en visite. Elles étaient sales, lépreuses, le nez rongé, les doigts mutilés. Comme elles nous dégoûtaient à présent ! Alors maman, une après-midi de loisir, s'ingénia à nous en fabriquer de nouvelles : un sac d'étoffe bourré de son pour le corps, quatre petits boudins pour les membres et une tête de chiffons où elle broda, aux fils de couleur, deux yeux, un nez, une bouche. Nous regardions, sans indulgence ces faces plates et niaises.

« Et les oreilles, maman ? Et les cheveux ? » Elle cousit sur les crânes trois flocons de laine qui, ma foi, un bonnet tricoté enfoncé par-dessus, pouvaient faire figure de chevelure. Nous donnâmes à nos marottes le nom des deux jumeaux : l'un François, l'autre Louis.

Mais bien plus tard, lorsqu'on lui parlait d'enfants élevés en couveuse, la pauvre femme soupirait avec mélancolie :

« Elles me les ont laissé périr de froid. Oh ! sans s'en rendre compte ! On leur avait bien mis des briques et des bouteilles d'eau chaude, mais dans cette cuisine à courants d'air, malgré le feu, ils se sont sanglacés. Aujourd'hui, je suis sûre qu'on aurait pu me les sauver… »

Oh ! mère ! La nature sait peut-être mieux ce qui est bon pour l'ordre universel, mieux que nous pourrions le souhaiter nous-mêmes. Dans les dures époques, elle incite à procréer beaucoup, mais elle tue aussi beaucoup par une étrange loi de compensation dont nous saisissons mal le mystérieux, sans doute sage mécanisme. Somme toute, que valait-il mieux pour les tristes bébés ? Mourir à deux jours, ou vingt ans après, dévorés par cette nouvelle guerre, cette nouvelle « der des ders » qui, dans le ventre de celle qui n'en finissait pas de finir, commençait déjà sa noire gestation ? Et que vaut-il mieux pour vous, mères douloureuses aux entrailles prolifiques, aux mains ensevelisseuses ?

Notre cuisine formait, avec la chambre adjacente, l'essentiel du logis. La cuisine ! Elle était le cœur des demeures paysannes : par un symbolisme instinctif, ne la nommions-nous pas « la maison » ? Là on vivait, on mangeait, on se chauffait, on s'y rassemblait pour la veillée, parfois même on y dormait dans des lits à alcôve. Nous y accédions de la cour par un vieil escalier aux marches disjointes. Pas de terrasse, cet étroit *balett*[1] que nous enviions à la maison d'en face. Pas

1. Balett : *passage en général couvert devant la porte d'entrée.*

de balcon non plus, tel celui que nous avions à Lecques, dans ce « pays bas » dont nous conservions la nostalgie. Un peu en retrait, une loge obscure que ma mère projeta de transformer en souillarde. « Une souillarde, disait-elle, c'est bien pratique ; on y installe le cuveau de la bouillie du cochon, le sac de son, les chaudrons, les paniers de légumes. » Elle trouva même le moyen d'y hisser une vieille crédence désaffectée dont les étagères, garnies de buis frais, supportaient assiettes et plats ; la barre d'appui retenait dans ses encoches cuillères et fourchettes bien alignées et, à des clous, suspendaient les tasses à café. Car, des pays d'antan, ma mère avait conservé une délicatesse, une coquetterie de bourgeoise que ses voisines jugeaient ici un peu déplacées : elle ne pouvait boire son café, même ce triste café, que dans une tasse et non point dans le verre comme le faisaient les gens d'ici. Sa patronne lui ayant offert pour son mariage le service complet de porcelaine, c'était toute une cérémonie quand elle offrait le café aux amies dans de belles tasses décorées de bouquets de violettes.

Quant à la chambre, une croisée à petits carreaux jetait une lumière pauvre sur le lit de ma mère et sa grande couverture blanche tricotée à la main. Ce lit, il avait fallu le pousser jusque sous la hotte d'une ancienne cheminée et, allongé dessus, on pouvait voir des lambeaux de ciel par l'ouverture sommairement rebouchée. La grande armoire s'appuyait au fond contre le mur et on avait dû en supprimer la haute corniche galbée pour pouvoir la glisser sous les poutres du plafond.

Caché sous l'escalier de bois, mon petit lit, et contre l'armoire, le lit-cage où dormait Fernande. Deux bébés de plus, où diantre aurait-on pu les loger ? Derrière la table de nuit, on avait glissé une de ces hautes pendules campagnardes dont le balancier de cuivre a, durant des siècles, rythmé les travaux et les jours.

Et voilà que Fernande et moi, nous la découvrions tout à coup, immobile. De la main, nous essayions de lui rendre son élan perdu.

« Allez, elle est trop vieille ! » expliquaient les grandes personnes.

Un jour, Fernande, juchée sur la table de nuit, essaya de voir ce qui se passait au niveau du cadran. Elle ôta la poussière, délogea quelque araignée désinvolte. Elle trouva dans un coin une manivelle, la fixa tant bien que mal. Je la regardais faire, sidérée, observant que, durant la manœuvre, les deux gros poids de fonte montaient lentement dans le coffre. Elle fit pivoter au hasard les deux aiguilles endormies :

« Pousse le balancier ! » commanda-t-elle.

Et tout à coup, miracle ! La pendule, tic-tac, tic-tac, se remettait à respirer. Nous étions là devant, bouche bée, le souffle suspendu, les yeux ravis. Je me sentais pleine de respect pour cette sœur cadette aux doigts de fée qui savait redonner vie aux objets. Et la bonne vieille pendule, sans doute encouragée, peut-être médusée par nos mains d'enfants, consentit à animer la maison pendant pas mal d'années encore.

La guerre est finie

Eh oui ! La guerre s'installait dans cet état chronique où on se demande si elle a jamais eu un commencement, si elle aura jamais une fin. Jour après jour, on s'en était accommodé et nos mères, je pense, ne s'interrogeaient plus guère à son sujet.

Mais voilà qu'un matin de novembre 1918, comme 11 heures achevaient de sonner, les cloches, dans l'air gris du village, se mirent brusquement en branle ; et sur les villages voisins, d'autres cloches en écho leur répondaient, longuement, à perdre haleine, comme si elles devenaient folles. Les gens se regardaient étonnés, n'osant croire l'incroyable : que se passait-il ? Et tout à coup, les femmes, prenant conscience du miracle, s'étaient jetées dans les bras les unes des autres. Nous en faisions de même sans bien comprendre… L'armistice ! Oui ! C'est fini ! La guerre est finie ! On ne se battra plus ! On ne se tuera plus ! Et nos mères se regardaient avec une lueur d'ivresse dans les yeux.

Elles allaient revoir leurs maris, leurs frères, leurs fils. Nous allions retrouver nos papas !

Mon cœur palpitait étrangement. Je sentais que se déroulait quelque chose de formidable, un événement historique. Alors, entraînée par cette frénésie collective, je pris Margot dans mes bras et sautant, dansant, virevoltant, je l'embrassai.

Hélas ! Margot s'était mise à pleurer. D'une pauvre voix fêlée, elle balbutiait : « Moi, mon papa, je ne le reverrai plus… plus jamais : il est mort à la guerre. »

Et larmes contre larmes, visage contre visage, nous restions là, figées, conscientes tout à coup de cette absurdité, de cette cruauté du destin qui prend les pères, les roule, les malaxe sous ses dures meules et vous les rend infirmes, invalides ou cadavres anonymes abandonnés au loin, ce mauvais sort qui, d'une guerre à l'autre, laisse les mères sans leurs fils, les enfants sans leurs pères et les jeunes filles sans fiancés.

Nos mères, elles, étaient tout entières à la joie du présent : pouvoir s'acheter sans restriction sucre, savon et café ; pouvoir dormir, respirer plus librement… Elles se remémoraient leurs vieilles craintes, désormais sans objet : ces nouvelles « du front » qui se faisaient si longuement attendre, ces « lettres » qui annonçaient une blessure, la disparition d'un copain, d'un cousin, ces terribles dépêches apportées presque honteusement, officialisant la « mort au champ d'honneur » d'un mari, d'un fils, d'un frère…

« Le champ d'honneur », ce champ mythique, j'avais plus d'une fois entendu ma mère en dénoncer la malfaisance : « Honneur des uns, avec la peau des autres ! » ironisait-elle. « L'honneur, ah ! on s'en passerait bien, nous, les pauvres bougres ! Est-ce que, seulement, on nous a demandé notre avis ? Alors, qu'ils y aillent, eux, puisqu'ils aiment ça ! » Sans doute était-ce là des imprécations sacrilèges car je voyais mon père, gêné, lui toucher le coude, et l'un ou l'autre de ses interlocuteurs chuchoter scandalisé : « Taisez-vous, ça n'est pas des choses à dire ! Des guerres, il y en a toujours eu et il y en aura toujours. » Ou plus perfidement : « D'ailleurs, vous autres, vous n'êtes pas les plus à plaindre. »

Mais enfin, la guerre terminée, leurs larmes séchées, les veuves prenaient tout à coup conscience de leur importance : on envisageait de leur payer une pension, de faire de leurs gosses orphelins « des pupilles de la nation ». Et les invalides ? On calculait en haut lieu le prix qu'on pourrait leur payer un bras, une jambe abandonnés sur « le champ d'honneur ». La patrie reconnaissante semblait vouloir ouvrir les vannes de son pactole : « Les Boches paieront ! »

Comme tout redevenait simple et facile ! Ah ! oui, on allait pouvoir se remettre à rêver !

Mais ce sucre, ce savon, ce café auxquels plus prosaïquement rêvaient nos mères, elles se rendirent vite compte que ce n'était pas si simple que ça : il fallait des monceaux d'argent pour se les procurer et, en attendant que s'ouvrît le pactole promis, on continua à baptiser « café » les grains d'orge grillés, et « sucre » les pastilles de saccharine.

Notre mère nous tailla des capes dans de vieilles capotes rapportées par mon oncle et elle apprit à coudre des pantoufles, en piquant de longues aiguillées de fil au chinois, dans des épaisseurs découpées dans ce même drap.

Elle qui n'était guère douée pour les travaux des champs essaya de s'intéresser plus assidûment au jardinage. À la Pomarède, une belle petite source gazouillait à longueur d'année, remplissant un bassin rustique : on pouvait arroser à l'entour avec son eau glacée. Au printemps, mon père retournait le jardin à la pioche et, sur la terre ameublie, son épouse préparait semis et plantations. Mais ses planches manquaient souvent de rigueur géométrique, et souvent aussi la tentation d'avoir de belles fleurs l'incitait à de singuliers mariages : les reines-marguerites empiétant sur les laitues ; les lilas et les rosiers-mousse insinuant leurs rejets jusqu'au milieu des haricots verts.

Mon père riait, se gaussant d'une aussi fantaisiste jardinière et, souvent aussi, ne se gênant pas pour extirper sans pitié quelque plante abusive. Alors, nullement découragée, elle transportait lilas et rosiers « petit-mai » et yuccas trop envahissants quelque part, là-haut, en bordure de la vigne, entre deux clapas, au revers d'une murette, en bordure des bois où ils avaient vite fait de se perdre dans la brousse originelle, parmi les ronces, les buis et les chiendents.

Le soir, revenant de l'école, nous trouvions sur la table un mot de maman : « Je suis au jardin, votre goûter est dans le tiroir. Venez me rejoindre. »

C'était le printemps : des monceaux de violettes tapissaient les prés dans les pentes bien exposées. Depuis un mois déjà, plus peut-être, les femmes chaque dimanche après-midi allaient dans les champs, les vignes, les prés, à la recherche des mâches sauvages, des pissenlits et autres herbes gorgées de vitamines qu'elles transformaient en salades. Nous, suivant une science ancestrale, choisissions parmi l'herbe une feuille mince et rêche qui, prise entre deux pouces, devait se transformer en sifflet. La réussite, assez rare il est vrai, nous ravissait. Mais grand-père, lui, était bien plus savant que nous : il savait en faire de si sonores avec les jeunes tiges de sureau !

Au jardin, nous piétinions un peu à tort et à travers. Alors notre mère nous entraînait : « Venez plutôt m'aider à ramasser de l'herbe pour les lapins. » Car, devant la cherté croissante de la viande de boucherie, elle avait décidé d'intensifier ses petits élevages : des lapins qui grandissaient à rien ne coûte, nourris d'herbes rapportées des champs et de feuilles de cerisiers frais coupées aux arbres, et des couvées de poussins et de canetons qu'elle vendait pour la plupart aussitôt nés.

Oh, la merveille de ces éclosions printanières !

Les lapereaux se cachaient, petites larves aveugles, sous le duvet que leur mère héroïque s'était arrachée des flancs pour en confectionner une boule soyeuse, dans le coin le plus obscur de sa cage.

La poule couveuse était, elle, installée quelque part, là-haut, dans l'ombre du grenier. On l'entendait parfois, au-dessus de nos têtes, gratter les planches pour picorer les graines que ma mère lui portait chaque matin. La glousse était hargneuse, dévouée à sa tâche, refusant parfois de quitter ce nid où dormait l'espoir de sa race. Si, ayant suivi notre mère, nous essayions de voir les choses de plus près, elle agitait ses ailes et, d'un bec agressif, nous interdisait l'approche de ses œufs. Les derniers jours, quand s'annonçait la date que ma mère avait cochée sur le calendrier des Postes, elle prenait doucement les coquilles, les observait avec soin, les auscultait. Oh ! miracle ! Dans l'œuf tout chaud qu'elle approchait de notre oreille, on entendait un *picotis.* Le poussin, impatient, à l'étroit là-dedans, demandait à sortir. Et le soir même, un, deux, dix *pouletous* apparaissaient sous les ailes de la couveuse, encore englués d'humide et de brins de coquilles, mais déjà l'œil vif et le bec quémandeur. Ma mère prenait les petites boules *pépiant,* les entortillait tendrement dans un vieux tricot de laine au fond d'une paillasse, et s'en allait les mettre au chaud près de la cheminée ou sous l'édredon. Parfois, un poussin plus faible ou plus malhabile avait du mal à se dépiauter. Délicatement elle l'aidait, enlevait bribe à bribe les lambeaux de coquille et faisait boire au petit dernier quelques gouttes de vin sucré. Bientôt, on rendait à la glousse sa nichée impatiente et nous ne nous lassions pas de la regarder se pavanant dans la cour, fière et un peu inquiète, picorant, appelant au partage de minuscules provendes. Ma mère hachait des herbes, des feuilles d'orties, des œufs durs, du pain imbibé de lait et de son et leur offrait cette pâtée que nous n'étions pas loin de juger délicieuse. Parfois, c'étaient des canetons qui naissaient de la mère poule : bec jaune et plat, œil noir, drôlement bourlingueurs sur leurs pattes palmées et malicieux et désobéissants en diable, au grand désespoir de leur mère adoptive qui comprenait mal d'où leur venait cette indépendance d'esprit.

Dans la treille qui, d'année en année, prenait possession de la façade bien exposée au midi, on percevait, depuis quelques jours, un insolite va-et-vient d'oiseaux.

« Des chardonnerets ! pronostiqua mon père qui s'y connaissait. Je crois bien qu'ils sont occupés à nicher... »

Alors, nous nous mîmes à faire un beau rêve : prendre les petits, les enfermer dans une cage et les élever.

Ma mère, qui avait pour principe de ne pas attenter à l'ordre naturel des choses, se rebella tout d'abord. Puis voyant nos yeux suppliants, elle se laissa attendrir :

« Tu verras, maman, c'est nous qui les soignerons : on ira leur chercher du mouron et du chènevis, comme fait Marilou pour ses serins. Et des feuilles de salade et des noix pour s'aiguiser le bec. Tu verras, ils ne coûteront rien à nourrir et ils chanteront si bien les mignons ! »

Mon père, lui aussi, se laissa convaincre : dans une vieille cage empruntée à la voisine, il déposa le nid cueilli sur sa branche avec les quatre petits qui piaillaient dedans, nus, aveugles, informes. Il suspendit la cage sous la fenêtre, parmi les sarments de la treille. Et on assista bientôt à un spectacle étonnant : tantôt le père, tantôt la mère des chardonnerets s'approchait craintif, surveillant les alentours d'un œil anxieux et hop ! à travers les barreaux, bourrait de grosses larves à bec que-veux-tu leur progéniture affamée. Les petits grossissaient : d'en haut, chaque jour, nous nous tordions le cou pour essayer d'apercevoir la merveille.

« Ne vous montrez pas trop ! conseillait maman, soucieuse. Les parents pourraient les abandonner ou bien, par dépit, les empoisonner ! »

Cette perspective me faisait frémir : empoisonner ses enfants plutôt que de les voir aux mains de l'ennemi ! Un jour, enfin, les trois oiselets survivants parurent forts et bien à point. Leurs parents semblaient se désintéresser d'eux. Ma mère renouvela la provision de chènevis, remplit d'eau une vieille tasse qui devait à la fois servir d'abreuvoir et de baignoire et suspendit la cage à côté de la porte. J'allais, montée sur une chaise, faire le ménage de ce logis aérien et renouveler les provisions d'eau et de graines : chaque fois, je m'extasiais sur la gentillesse de mes prisonniers. L'un d'eux hardiment se balançait sur une barre mobile, l'autre s'essayait à gazouiller pour moi, me semblait-il, tandis que leur frère s'ébrouait dans sa tasse. Un matin, hélas ! je trouvai la porte ouverte, la cage vide. Un affreux remords me saisit : n'avais-je pas été un peu négligente, ces derniers jours ?

J'interrogeai ma mère du regard :

« Tant pis pour toi ! Tu avais sans doute mal refermé la porte… Les oiseaux se sont envolés. »

Elle ne paraissait guère soucieuse ; moqueuse, plutôt. Je la soupçonnai, comme dans l'histoire rapportée dans mon livre de lecture, d'avoir délibérément rendu la liberté aux oiseaux.

Un jour, la femme à qui elle avait promis la couvée vint prendre livraison de douze canetons nouveau-nés. Je les voyais avec regret disparaître l'un après l'autre dans le grand panier d'osier noir. Ils étaient si gentils, si naïfs, tout dorés, tout duveteux. Je mettais mauvaise grâce à aider les deux femmes à les attraper.

Enfin, les bestioles payées et l'acheteuse repartie, ma mère s'en retourna à sa lessive. Mais le soir, au moment de rentrer ses volailles pour la nuit, elle s'étonna :

« Mais enfin, ces canards, il y en avait bien quinze ce matin ? Douze que j'ai vendus, il m'en reste trois. Et regarde : je n'en trouve que deux. La garce ! Ah ! la garce ! Elle en a payé douze et elle est partie avec treize ! On m'avait bien dit de me méfier ! Mais ça ne se passera pas comme ça ! Je m'en vais chez elle lui demander une explication. »

À son retour, jubilante, un caneton piaillant au fond de sa poche, elle contait l'aventure à tout le quartier :

« J'arrive au portail, ils étaient encore dans la cour, là, en plein milieu, autour d'un plat de pâtée. Je compte, je recompte. Pas de doute ! Ils étaient bien treize ! Je rentre. À mon air, elle a compris et elle est devenue toute rouge.

« “Dites, par hasard, vous vous seriez pas trompée tout à l’heure, en les prenant, vous en auriez pas amené un de plus ? Moi, il m’en manque un justement !”

« Ah ! l’imbécile ! Elle bredouillait, bredouillait, sans trouver d’explication. Si au moins, elle avait dit qu’elle ne s’en était pas encore aperçu ! Mais non ! Savez-vous ce qu’elle a trouvé en fin de compte : “La douzaine, on la donne en plus, d’habitude !”

« Vous me l’auriez demandé, je me serais peut-être laissé faire, mais puisque c’est comme ça, je vais le reprendre ! »

La femme suppliait, honteuse : « Ne dites rien ! Ne dites rien ! Écoutez, on pourrait arranger ça ! Je le garde et je donnerai l’argent pour les âmes du purgatoire… »

Mais ma mère, devant une si cauteleuse duplicité, ne l’entendait pas de cette oreille :

« Les âmes du purgatoire, je m’en f… ! Elles ont pas besoin d’argent, elles, pas plus que de canards. Et si elles y sont, au purgatoire, “vos âmes”, c’est sans doute qu’elles ne l’ont pas volé ! Oui ! des gens qui font du tort au pauvre monde, eh bien ! vous savez, moi, c’est en enfer que je les mettrais !… En enfer ! Pas au purgatoire ! »

Elle s’excitait en parlant devant les voisines hilares : « Et patin et coufin ! C’est comme ça, les gens riches : ça s’enrichit, en rapinant un peu par-ci, un peu par-là. Et puis, ça s’attendrit sur les âmes du purgatoire ! Ah ! je lui ai servi ce que j’avais sur le cœur ! Et si ça lui plaît pas, tant pis pour elle ! Arrive qui plante, je suis matelot… »

J'étais toujours étonnée – et les voisines donc ! –, un peu gênée aussi par ces formules cocasses qui sortaient de sa bouche : « Arrive qui plante », « Et patin et coufin »… et ces obscures allusions à celles qui « faisaient la peau ». Mais c'était surtout lorsqu'elle tentait de s'exprimer dans le patois d'ici, elle qui avait déjà eu bien du mal à glaner au « pays bas » quelques expressions de la langue d'oc. Les femmes éclataient de rire devant la cocasserie de son accent :

« On dit dé pô et non pas du pan, une fouace et non de la fougasse. »

Plus tard, devenue une écolière experte en grammaire et conjugaison, j'admirais comment, s'exprimant en dialecte occitan, elle savait employer de somptueux imparfaits du subjonctif : « *Caldrio que me pourtassias.* » Ce qui, en bon français, eût donné le redondant : « Il faudrait que vous me portassiez. » Pourquoi ne trouvait-elle pas une formule plus simple ? Le génie aristocratique de la langue d'oc s'y refusait sans doute.

La cousine Émilienne

Ce dimanche-là, la cousine Émilienne, en visite chez nous, consentit à nous accompagner à la messe. « Voyons ! lui avait dit la tante malicieuse, c'est la seule distraction dans le pays. » Moi, pour l'occasion, j'avais obtenu de rester avec elles au fond de l'église, alors que d'ordinaire on nous faisait obligation, à nous les enfants, de monter là-haut dans le chœur, jusqu'aux petits bancs réservés à notre usage.

Les paroissiens plus aisés que nous payaient, une fois l'an, leur abonnement pour une place fixe, dans les grands bancs vernis : « Ils avaient, comme on dit, un rang à tenir ! »

Chez nous, disait ma mère, il manquait toujours dix-neuf sous pour faire un franc. Alors, elle s'installait au fond sur une chaise volante et payait son petit sou à la chaisière. Devant nous, la vieille Louise, au dernier banc, disait ses *Pater*. On voyait sa mâchoire mastiquer les prières à toute vitesse, tandis que ses doigts véloces grignotaient les grains de chapelet de buis noir.

Une mécanique bien réglée ! De temps à autre, sa tête se tournait vers nous, et son œil curieux de poule quêteuse notait ce qui se passait dans son dos. Louise faisait la joie du pays par cet art qu'elle avait de transformer en toute bonne foi un annamite en dynamite, la couleur écarlate en « carlate ». Sans oublier « le pétrol », « la létricité » et « l'aplatane ». « Lis ta messe ! » soufflait ma mère, me voyant plus occupée à suivre le manège de la vieille femme que les péripéties de l'office. Mais son conseil manquait de conviction. Eh ! que ne le soufflait-elle pas d'abord à la curieuse ! Je vis maman toucher du coude ma jeune cousine, lui chuchoter à l'oreille et celle-ci, les joues gonflées, avait bien du mal à ne pas s'esclaffer.

Émilienne ! Ah ! comme je la trouvais jolie ! Son frais visage était encadré de deux bandeaux ondulés au petit fer et noués sur la nuque en un chignon doré. Elle nous venait de la ville, du Maroc même, si je me souviens bien, et le corsage transparent qui moulait son buste rond me paraissait la chose la plus élégante du monde. Comme elle était la marraine de Fernande, elle lui avait apporté une poupée et, pour moi, un album à colorier. À mes côtés, les coudes appuyés sur le dossier de sa chaise retournée, le regard attentif sous la charlotte de dentelle blanche, elle observait le curé qui, là-haut, dans sa chaire, venait d'apparaître. Elle en oubliait même de se rasseoir, peu coutumière de ce genre de cérémonie. Ah ! oui, elle était bien de la famille : pas très dévote, la donzelle. Ni livre ni chapelet entre les doigts et pas une fois je n'avais vu ses lèvres esquisser un mouvement de prière.

Un vrai sujet de scandale, devait penser Louise qui, encore une fois, lui lançait un regard sans aménité. Calixtou, là-haut, à grands envols de manches, d'une voix tonitruante, commentait l'Évangile du jour, donnait ses consignes pour la semaine, conseillait, ordonnait, admonestait ses paroissiens : ah ! oui, on ne donnait pas assez à la quête ! « Des sous ! Des petits sous ! Je finirai par vous les jeter à la figure ! » Et puis, on oubliait le denier du culte et on s'entêtait à travailler le dimanche, et on ne payait pas assez généreusement l'autorisation de « faire gras » le vendredi. Et ces pauvres âmes du purgatoire ? Est-ce qu'on pensait à donner des messes pour les sortir de leur fâcheuse situation ? Et ces jeunes qui s'avisaient d'aller compromettre leur salut éternel dans des bals plus ou moins clandestins ? Et ces hommes qui, à la veillée, gaspillaient leur argent en jouant aux cartes à grand renfort de jurons sacrilèges ? Et ces filles qui… ?

Enfer et damnation ! Il me semblait que les éclairs de colère sortant de ses yeux se dirigeaient vers nous, là-bas au fond de l'église, ce clan des tièdes, des récalcitrants, des mauvais esprits. Eh oui ! c'était bien à nous qu'il en avait ! Ah ! mauvais chrétiens ! Affreuses paroissiennes qui laissent les bancs inoccupés et s'installent au fond, sur des chaises tout près de la porte, afin de s'envoler plus vite, la messe à peine finie !

Les hommes, dans la travée parallèle à la nôtre, nous regardaient, se regardaient, réfrénant mal une envie de rire. Quant à la cousine sans complexe, elle aussi s'amusait follement. Ma mère, d'un coup de coude, essaya de la rappeler à plus de sérieux.

Le lendemain, Émilienne repartit chez ses parents. Oh ! le beau corsage de guipure blanche qui voilait mal sa gorge ronde et ses bras blancs.

Ah ! maudit corsage ! Le village entier eut droit, le dimanche suivant, à la colère théâtrale qu'il suscita chez Calixtou. Durant huit jours, il avait, je suppose, remâché son mécontentement. Le revoilà en chaire, décidé aux excommunications majeures :

« Oui ! nous voyons des femmes, des jeunes filles, qui essayent d'amener chez nous les modes scandaleuses de la ville ! Qui sont, dans leur tenue, un vivant défi à la décence. De ces femmes qui, par leur seule présence, damneraient le plus saint des hommes. En vérité, mes frères ! Et pas plus loin que dimanche dernier !... Mes sœurs rougissaient encore en y pensant : des femmes parant leur chair nue de gaze transparente, comme on fait à ces quartiers de viande pendus à l'étal du boucher pour les défendre des mouches... Pouah ! »

Louise, à sa place habituelle, déglutissait machinalement ses *Pater*, tout en écoutant l'admonestation. Elle se retournait, se retournait vers ma mère, comme si elle jugeait que cela la concernait expressément. À la sortie, celle-ci eut une colère aussi véhémente que celle du prêtre là-haut dans sa chaire :

« Oui ! je l'ai bien compris, allez ! C'était bien de nous qu'il voulait parler ! D'Émilienne et de son corsage transparent. Eh bien ! si ça lui plaît pas ou si ça doit lui donner de mauvaises pensées ou de mauvais rêves, a qu'à pas regarder, cet homme ! »

Et à l'adresse de Louise qui trottinait derrière elle, un peu penaude de l'algarade :

« Mieux vaut une fille au corsage clair et à l'âme pure que celle-ci et celle-là qui mâchent du fiel avec leurs prières, disent du mal des uns et des autres et ne se gênent pas pour voler les pauvres gens, au nom des âmes du purgatoire… Et ces bigotes, avec leurs jupons jusqu'aux pieds et une âme noire, noire là-dedans ! »

Mais les jours suivants, ma mère, prise de doutes sur la décence de sa propre tenue, décida de teindre en bleu marine son corsage de macramé blanc, fermé à ras de cou et à longues manches. Hélas ! la blouse sortit de ce bain purificateur toute fripée et d'un bleu si provoquant qu'elle eut du mal à s'en consoler.

Émilienne, notre scandaleuse, revint nous voir l'année suivante. Elle nous arrivait directement du Maroc où elle avait suivi sa famille de riches colons chez lesquels elle servait. Nous la regardions auréolée du prestige de ce pays fabuleux si lointain, là-bas, au-delà des mers.

Toujours aussi délurée, la donzelle ! Elle nous rapportait, avec malice, sa réponse à un homme qui, dans la rue, la suivait de trop près :

« Oh ! mademoiselle, quels jolis mollets vous avez ! »

Et elle, se retournant :

« Ah ! vous trouvez, monsieur ? Apprenez que les mollets sont le miroir des ânes ! »

Miroir ! Dieu sait pourtant, à cette époque, les femmes n'exposaient qu'avec parcimonie ces appâts-là ! Longues jupes sur longs jupons, longs jupons sur vastes pantalons à volants, que pouvaient-elles offrir à la convoitise des regards masculins ? Et les garçons se croyaient parvenus au comble de l'audace quand, sous la triple cuirasse, ils avaient pu tâter d'une main conquérante le genou, « cette mystérieuse parabelle » de la jeune fille assise à leurs côtés et qui, la pauvre, irait se confesser de ces sollicitations impudiques.

Quant à notre Émilienne, elle était fière, la coquine, de ses mollets ronds et de ses bras potelés entr'aperçus sous la manche de guipure. Cette fois-ci, pour faire plaisir à sa tante, elle consentit à passer par-dessus une longue veste en laine tricotée. Du pays des Arabes, elle nous avait, cette fois, rapporté deux objets de luxe, deux sacs à main en maroquin comme il se doit, gravé de motifs géométriques. Juliette, qui n'avait rien vu de si beau, nous enviait ces « sacramens » comme elle disait drôlement. Et nous, toutes faraudes, nous paradions avec. Celui de Fernande, assez semblable à une musette de chasseur, était muni d'une longue courroie, et Émilienne voulut le placer elle-même sur la petite. Quant à moi, avec mes cinq ans de plus, j'avais eu droit au modèle pour demoiselle, une pochette à serrer sous le bras. L'une à sa droite, l'autre à sa gauche, nous fîmes, encadrant la cousine, une entrée remarquée. Mais le dimanche suivant, lorsque, la messe dite, la pauvre Fernande sortit en trottinant derrière moi, aussitôt sur la place, la meute des garçons se jeta à ses trousses, visant spécialement la bambine dont le sac marocain, soulevé par la fuite, bringuebalait dans son dos. « Le *précétou* ! Le *précétou* ! » braillaient les garnements.

De ce jour, ma sœur, dégoûtée à jamais des nouveautés exotiques, refusa de se laisser harnacher du beau sac en forme de musette, répugnant à faire figure de… percepteur, la bête noire des paysans !

Mais la gosse avait d'autres préventions qui, à moi « la grande », me faisaient hausser les épaules avec mépris. Ainsi, sans parler de son horreur de la soupe de raves, elle répugnait à porter des bas de laine. Chaque année, en prévision des rigueurs hivernales, notre mère nous tricotait, avec des écheveaux échangés contre quelque toison dans une filature des environs, de robustes bas de laine qu'on assujettissait à hauteur des genoux par de non moins robustes jarretières. Laine blanche ou laine burelle, il s'en tricotait aussi pour les hommes, immenses « douillettes » qui n'avaient de douillet que le nom, et des chaussettes aussi épaisses que des bas. Mais les bas ! Fernande les regardait approcher avec appréhension. Elle se disait de peau délicate et sans doute y avait-il là un réel phénomène d'allergie. Alors, devant ses continuelles pleurnicheries, ma mère s'ingéniait à chercher une solution au problème. Elle crut l'avoir trouvée en nous achetant de longs caleçons de coton blanc qui éviteraient le contact de la laine sur nos tendres épidermes et, du même coup, seraient une protection supplémentaire contre le froid.

Mais moi, devant ces accessoires saugrenus, pour ne pas avoir la honte de me voir affublée de ces caleçons garçonniers, je préférais supporter sans rien dire la rude friction des gros bas. Et même, sans pitié pour la mignonne, je ricanais à la vue de son insolite accoutrement.

Une école sans Dieu

FILLES ET GARÇONS ! J'eus bientôt conscience qu'une autre ségrégation allait se greffer sur celle rituelle qui dresse, depuis que le monde est monde, « pisseuses » contre « canons ». Depuis quelques mois, sans que nous nous en rendions compte, le drame cheminait souterrainement. Mon père avait la fibre républicaine. Et ma mère donc ! ayant été élevé dans ce « pays bas » ouvert aux hérésies religieuses et politiques par des parents « rouges » bon teint, eux aussi ! Ni l'un ni l'autre ne se faisaient guère d'illusions sur la sincérité des rites d'un catholicisme exagérément formaliste, comme ils le voyaient se pratiquer autour d'eux.

Mais enfin, respectant le proverbe qui énonce : « Au pays où tu iras, fais comme tu verras », ma mère nous envoyait régulièrement à la messe et, dans la mesure du possible, nous y accompagnait. Les bonnes sœurs de l'école, le curé à l'église faisaient le reste… Hélas ! malgré toutes ces preuves de bonne volonté, comme il y avait peu de « rouges » dans le pays, nous étions catalogués dans cette minorité condamnable.

Un jour, il fallut bien en donner une preuve éclatante. Comme l'été finissait, après je ne sais quelles obscures, quelles laborieuses tractations, la nouvelle éclata : on allait ouvrir une classe de filles, là-haut à la laïque, parallèlement à celle des garçons. Le local existait déjà, avec dessus un logement pour l'institutrice jamais encore utilisé... Horreur et damnation ! Les filles dans une école sans Dieu ! Presque côte à côte avec les garçons ! Quelles ignominies allaient se perpétrer là-dedans ? Les bonnes sœurs, les pauvres biates, les saintes mères de famille en frémissaient d'avance. Mes parents, eux, se réjouissaient. D'ailleurs, expliquait ma mère, au « pays bas », il n'y en avait qu'une école, celle de la République, et ça marchait fort bien comme ça. Tous les enfants s'y retrouvaient sur les mêmes bancs : les catholiques, les protestants, les pentecôtistes... et tous les autres. Eh oui ! je m'en souvenais vaguement de cette école de là-bas, une garderie plutôt, car on était en pleine guerre, et les maîtres ayant été mobilisés, une pauvre maîtresse dépassée par les événements s'efforçait de faire régner l'ordre, installée entre les deux classes : les grands d'un côté qui travaillaient, les petits de l'autre qui, désœuvrés, glissaient sournoisement à quatre pattes d'un banc à l'autre.

Et me revenait aussi le souvenir de mes dimanches de ce temps-là. Ah ! oui, la religion de ma mère, dans ce pays huguonaous, devait être assez éclectique. Le jour du Seigneur, ou bien elle me confiait à Alice, la fille de notre propriétaire, qui me menait avec elle au temple, ou bien c'était Pascaline, notre voisine, qui se chargeait de moi et me prenait avec elle à sa messe. Quant à ma mère, deux autres enfants en bas âge sur les bras, elle se dispensait sans remords de la pieuse formalité.

« *Raïl,* pour la messe ! Dieu saura bien reconnaître les siens ! » énonçait-elle l'âme en paix.

Ici, à la Cresse comme dans toute la région, il n'y avait qu'une seule maison de Dieu : l'église. Pas de choix : ou bien on était catholique, ou bien promis à la damnation éternelle dans le camp des réprouvés. Est-ce que nous allions être rejetés de ce côté-là ? Le curé, apprenant la création de cette école concurrente de la sienne, monta en chaire, brandit les foudres célestes, menaçant publiquement les réfractaires d'excommunication.

Mais les républicains, eux, haussaient les épaules et se réjouissaient ouvertement.

« Eh oui, expliquait le solide bon sens de mon père, on serait bien bêtes de payer, quand on nous offre une école qui ne nous coûtera rien, dans un local tout neuf qui n'a jamais servi, avec au-dessus, le logement de l'institutrice… Et quelle institutrice ! Une vraie, elle, qui a étudié pour ça ! Deux cours de récréation bien séparées par un haut mur, qu'est-ce qu'on risque ? »

Les « rouges » se congratulaient, faisaient le compte de leurs filles, afin que le total des transfuges donnât un chiffre respectable : deux ici et trois là, encore deux chez A... et une chez B... et bientôt, quatre chez C... Et celui-ci ou celui-là qui suivront peut-être le mouvement. Et ceux qui n'apprennent rien en bas avec les sœurs, peut-être que là-haut ? Ce fut une terrible levée de boucliers dans le village. Les bien-pensants montraient, avec une hypocrite componction, la porte de l'église encore toute balafrée des coups de hache qu'on lui avait portés l'année du fameux inventaire, lors de la loi de séparation de l'Église et de l'État.

« Ces pauvres sœurs ! gémissaient les bonnes âmes. Les avoir obligées à se défroquer, à se mettre en civil pour conserver le droit d'enseigner ! Et maintenant, on manigance pour leur ôter leur gagne-pain ! »

Et le camp adverse de ricaner :

« Penses-tu ! Elles ne demandaient pas mieux ! C'est comme les curés... Vous croyez qu'ils pleureraient s'ils étaient obligés d'abandonner leur soutane ? »

Et les sous-entendus salaces de se donner libre cours.

Un vent d'émeute soufflait dans les ruelles. Le curé, l'un après l'autre, convoqua les récalcitrants. Il expliqua, conseilla, menaça :

« Je serai obligé de vous excommunier, réfléchissez-y bien : plus le droit de rentrer dans l'église, plus de communion et, si vous êtes en danger de mort, je vous refuserai le secours de la religion... Les derniers sacrements... ! »

Quant à leurs femmes, il procéda à un habile travail de sape dans l'ombre du confessionnal. Beaucoup de ces tendres brebis, pour qui l'église représentait leur droit au rêve et au délassement, frémissaient déjà à la pensée d'être mises au ban de la société. Il les supplia de convaincre leurs hommes par tous les moyens, même celui que préconisa jadis Lysistrata ! Oui ! Tous les moyens ! « Vous me comprenez », chuchotaient entre elles les épouses scandalisées.

Mais enfin, il pourrait peut-être envisager pour elles quelque accommodement. Si elles promettaient de faire tout leur possible pour convaincre leur époux, si, surtout, elles acceptaient de désavouer publiquement l'hérésie pédagogique de leur seigneur et maître, peut-être consentirait-il à ne pas les rejeter, elles, du giron de l'Église.

Jour après jour, une guerre larvée s'installait dans le village avec, parfois, des échos dramatiques ou des coups de gueule amusants. On attendait avec impatience cette rentrée des classes qui s'annonçait différente des autres. Les paris étaient ouverts. Encore un coup, on faisait le compte des rebelles : quatre et trois et deux et une et encore quatre, vous verrez que ça fera une quinzaine d'élèves…

Hélas ! le matin du 1er octobre, comme c'était prévisible, il y eut des défections. Un peu honteux, les défaillants se justifiaient comme ils le pouvaient :

« Eh oui ! mes filles devaient bien y aller, mais la tante religieuse nous a écrit, hier, pour nous dire qu'elle ne nous pardonnerait pas ça… Qu'elle déshériterait l'aînée, sa filleule, justement… »

Mon père, lui, fort de l'unanimité familiale, triomphait :

« Ah ! les durs ! On peut les compter à présent ! »

Et lorsque ces « durs » et les autres se rencontraient, c'étaient des échanges de regards provocateurs.

Vaille que vaille, l'école fonctionna pourtant... Quant à nous, les enfants... Du jour au lendemain, la malice enfantine aidant, les petits anges que nous étions jusqu'alors furent catalogués « filles du démon ».

Il me semblait que déjà, dans ma chaussure, pointait le pied fourchu de Belzébuth !

Lorsque nos anciennes compagnes de l'école libre passaient devant notre « laïque » au moment de la sortie, et les coquines galopaient pour se trouver là au bon moment, nous entendions derrière notre dos des rires, des « hou ! hou ! » scandalisés. « Hou ! hou ! les filles du diable ! *Gripet*[1] ! Gripet ! » On se montrait du doigt nos mines défaites et nos livres damnés et nos pauvres tabliers !

À l'église, Calixtou décida d'officialiser cette ségrégation enfantine. Maudites nous étions, on allait nous traiter en pestiférées. Est-ce que les saintes mères de famille pourraient supporter que nous nous asseyions côte à côte, sur le même banc, avec les petites du bon Dieu ?

Il fit installer pour nous, réprouvées, dans une des chapelles latérales, deux ou trois bancs où il nous parqua, honteuses, quasi invisibles au regard des paroissiens honnêtes et, pour notre part, ne voyant pas grand-chose des offices.

1. Gripet : *le diable.*

Si au moins les garçons de la classe d'à côté, laïques de fait comme nous, puisqu'il n'y avait pas d'école privée de garçons, avaient pris notre défense ! Mais non ! Eux aussi tenaient leur partie dans la *vox populi*. Puisque, de toute façon, nous étions engagées sur le chemin de la damnation, pourquoi se gêner avec nous ? Des réprouvées, voyons, est-ce que nous avions droit à leur sympathie, à leur respect ?

Ils nous guettaient, eux aussi, embusqués contre la porte de leur classe contigüe à la nôtre et, se liguant avec « les biates », nous insultaient et nous prenaient en course.

Margot, jugeant que sa meilleure défense était dans la fuite, prenait ses jambes à son cou. Ils se jetaient derrière elle, comme une meute affamée, hurlant à qui mieux mieux : « L'automobile ! L'automobile ! »

Quant à moi, serrant dans mon poing la main de la petite sœur qui ralentissait ma course, je rusais en empruntant quelque chemin détourné, ou bien j'essayais de riposter, de défendre l'honneur de la tribu. Aux injures des polissons, je répondais par d'autres que je jugeais aussi vigoureuses. Heureux encore si la bande libérée de l'école avant nous ne s'était pas embusquée dans l'ombre propice du vieux four communal pour, à notre passage, surgir et nous assaillir avec des mines, des cris de Sioux, un poignard de bois brimbalant à leur ceinture ou brandi haut levé par des mains menaçantes ! « Drôles de *pistoulets* », énonçaient nos mères lorsque nous leur racontions nos démêlés.

« Pistoulet ! » Ce terme nous faisait pouffer de rire, nous les filles. Les petits frères se baladaient, maladroits, la barboteuse humide, battant leurs fesses rougeaudes, un « pistoulet » que nous lorgnions d'un œil hypocrite, pendouillant mollement entre leurs jambes torses. Devenus plus grands – et les générations mâles d'aujourd'hui continuent la tradition –, les garçons voyaient, dans ce terme offensif de « pistoulet », le signe même de leur virilité. Avec deux bouts de bois cloués en croix l'un sur l'autre, ils figuraient un sabre qu'ils laissaient pendre sur l'aine, en un symbole ingénument phallique, de même qu'aujourd'hui ils brandissent un pistolet-revolver postiche aussi énorme qu'il se peut, quand ils n'applaudissent pas à son emploi réel pour des démonstrations moins fictives dans leurs jeux de westerns, films policiers et autres hold-up.

Sans complexes, les hommes derrière leur charrette pissaient pensivement tout en suivant l'attelage, ne prenant même pas la peine de se chercher l'abri d'un pan de mur. Les garçons ingénument exhibitionnistes nous conviaient à arbitrer des concours de jets d'eau : « Hep ! regardez ! Qui c'est qui pisse le plus haut ? »

Les vieilles femmes elles-mêmes, qui allaient sans pantalons, pas plus complexées que leurs hommes, s'arrêtaient sur le chemin, pinçaient entre leurs doigts l'épaisseur de la longue jupe froncée, la soulevaient, écartaient les jambes et, sans plus d'histoires, sans s'accroupir, se soulageaient en une longue cataracte qui nous remplissait, fillettes conviées depuis toujours à la décence par les bonnes sœurs, d'un étonnement dégoûté.

Ma mère, elle non plus, ne prisait guère ce sans-gêne malséant des villageois qu'elle flétrissait d'expressions imagées : « grossier comme un pain d'orge », « aimable comme une porte de prison », « plein comme une *ouïre*[1] », et quoi encore ?

Pour moi, je commençais à me sentir mal à l'aise dans ma peau. Comme la vie peut être difficile ! Et que la marge est large entre ce que l'on devrait faire et ce que l'on fait en réalité !

Mais les garçons, avec la malignité de leur âge, prenaient un trouble plaisir à nous tourmenter. Ils peuplaient cet antre du four communal de fantômes vaguement lubriques. Et souvent, les soirs d'hiver, nous faisions d'invraisemblables détours pour n'avoir pas à passer devant.

Eh oui ! En bloc, les garçons étaient devenus nos ennemis. Leurs sœurs, les saintes-nitouches, allaient pour la plupart à l'école d'en bas, et ils entendaient à la table familiale les commentaires virulents que faisaient leur parents sur le compte des nôtres. Déjà, ils étaient pris par leur camp, celui des bien-pensants, cette « majorité » toujours heureuse de proclamer son droit puisqu'elle a le nombre, toujours encline à mépriser, brimer, coloniser plus faible que soi !

Ah ! ma mère pouvait toujours faire appel à sa « conscience » qui, disait-elle, ne lui reprochait rien.

1. Ouïre : *outre servant à charrier le vin, ou sac de la cabrette (instrument de musique).*

Que pèsent les raisons de la conscience devant la coutume et les raisons du plus fort ?

Obscurément, je regrettais un peu ce camp perdu. J'avais pleuré à la pensée de quitter cette « sœur » qui était si gentille pour moi et je ne comprenais pas la nécessité d'un tel acharnement. La sœur, avivant ma peine, faisait dire qu'elle me regrettait : une petite si sage, si travailleuse et qui savait si bien ses prières ! Ah ! c'était vraiment dommage qu'elle eût de tels parents !

À l'école d'en haut, je trouvai une Mme Landès haute, sèche, sévère et qui menait tambour battant élèves, mari et fille.

Nos mères – et nous donc ! – se sentaient prises devant elle d'un grand respect : une institutrice ! Une vraie qui avait étudié longtemps pour le devenir !

Elles se congratulaient :

« Elle est capable, allez ! Vous allez voir : nos filles auront vite fait de dépasser celles d'en bas. Pensez-vous ! Les sœurs perdent tout leur temps à la prière, au catéchisme. Ici, ce n'est pas pareil : l'instruction d'abord, et du calcul et des dictées et de l'histoire et de la géographie ! Même la “Science”, même la “Morale” ! Oui, les gens ne veulent pas le croire ! »

Eh oui ! les bonnes gens avaient du mal à le croire ! Jusqu'alors et de toute éternité semblait-il, les règles de la morale étaient étroitement incluses dans le catéchisme et on n'eût même pas osé concevoir qu'elles pouvaient donner lieu à une étude autonome. Les commandements de Dieu et de l'Église, voyons !

Tes père et mère honoreras,
Le bien d'autrui, tu ne prendras,
L'œuvre de la chair, ne désireras.

Pour moi, cette morale laïque – somme toute fort semblable à l'ancienne – se matérialisait en formules magiques imprimées comme en lettres de feu sur des banderoles affichées en haut des murs, tout autour de la classe. C'étaient nos tables de la loi :

Fais ce que dois, advienne que pourra...
Qui vole un œuf, vole un bœuf...
Un menteur est pire qu'un voleur...

Et celle-ci, plus mystérieuse encore :

Science sans conscience n'est que ruine de l'âme.

Et celle-là qui prétendait révolutionner des coutumes ancestrales :

L'ivrognerie rend l'homme semblable à la bête.

Ah ! cette formule imagée nous laissait rêveuses : nous voyions de pauvres hommes grognonnant, aboyant, marchant à quatre pattes sur le chemin des caves ; nous découvrions ce fléau dont on ne nous avait guère parlé chez les sœurs : l'alcoolisme.

Et Mme Landès, avec une longue persévérance – et sans doute avait-elle de bonnes raisons à cela, ou de sévères consignes –, s'ingéniait à nous donner le dégoût de l'alcool et de ceux qui s'y adonnaient.

Nous surveillions d'un œil critique le verre de vin que notre père portait à sa bouche pour jauger la quantité de poison qu'ainsi il ingurgitait. Jusque-là, notre mère, parfois, les soirs d'été, quand nous arrivions rouges et ruisselantes de sueur, nous préparait un verre de vin sucré largement étendu d'eau, et nous faisait tremper du pain dedans. C'était un goûter facile et rafraîchissant, dont nous appréciions la douceur acidulée. Et ma foi, nous eussions volontiers fait *saussole*[1] tous les soirs. À partir de ce moment, je refusai obstinément ce plaisir dangereux, premier pas vers l'enfer éthylique.

« Non, maman, jamais plus ! Le vin contient de l'alcool et l'alcool est un poison », répétai-je avec l'imperturbable assurance d'un perroquet.

L'alcool ! Oui ! La dame de l'école était certes en droit de l'incriminer. Chacun, ici, possédait une vigne, deux vignes qu'il cultivait avec un amour obstiné, en dépit du sol ingrat et des gelées précoces. Chacun consommait sa récolte : vin aigrelet et certes plutôt faiblard, mais nocif tout de même, d'autant plus que les hommes ne se faisaient pas faute de compenser la qualité par la quantité, à coup de larges rasades dans les vieux « quarts » rapportés de la guerre, à l'ombre fraîche de leurs caves.

Nos mères évoquaient ces soiffards invétérés et il y avait bien, dans chaque quartier du village comme dans tous les hameaux environnants, trois ou quatre

---

1. Saussole : *limoneux.*

de ces joyeux lurons à la trogne enluminée, forts en gueule, attendrissants et que nous nous mîmes à affubler du vocable savant d'alcooliques.

Le Pastrou et Sézou, le Négouciant et sa Négouciande, par ici ; ailleurs, Noé, le bien nommé, et Louis et Robert, bons bougres à la démarche zigzagante, qui faisaient la joie des galopins et le scandale des gens sobres. Ils se plantaient devant vous, posaient, la bouche pâteuse, des questions incompréhensibles, et nous nous écartions à leur passage, d'autant plus que leurs fils et leurs filles étaient nos compagnons de catéchisme et de jeux, au demeurant honnêtes, serviables, portant fièrement le dais dans les chemins des processions et entonnant le *Minuit Chrétiens* la nuit de Noël.

Le curé lui-même, tout pénétré de leur importance sociale, n'eût pour rien au monde osé leur faire quelque remontrance : ne consommait-il pas chaque matin, pour sa messe, leur meilleur vin d'*œillats* ?

Mais nous, fraîchement instruites par une « dame » laïque et si savante, nous ne tenions pas compte de ces accommodements. Ils avaient beau lancer d'une voix éraillée :

J'ai fait l'amour, cinq ou six mois
Dans la ville de Nantes.

Ou cette *Belle rose*, cette *Yoyette*, empruntées au folklore local, nous les regardions, effarées, songeant aux malheurs qui allaient fondre sur eux et sur ceux de leur race.

Et les enfants naissaient un peu rachitiques, la tête un peu trop grosse ou un peu trop vide, les jambes arquées ou claudicantes, sujets aux… convulsions, aux… glandes ou… à la teigne.

La teigne ? C'était alors la maladie commune à bien des nourrissons. Une sorte d'impétigo tenace ou d'eczéma à croûtes blanchâtres fleurissait le visage, le crâne des pauvres petits. Ça mollissait, séchait, s'écaillait, tombait, récidivait. Le malheureux se grattait jusqu'au sang, on devait lui lier les bras sous le maillot qui saucissonnait alors les bébés, du cou aux orteils, dans les tours et savants détours d'une interminable maillole.

Maudite maillole ! Ma mère, venue de son « pays bas » à mœurs moins frustes, s'en était indignée dans les débuts. Quels « gavachs » ! Mais les matrones qui, à l'occasion, suppléaient la sage-femme alertée trop tard, lui en démontrèrent les bienfaits : l'enfant a chaud là-dedans et par les hivers rigoureux de par ici, dans des maisons mal calfeutrées, c'était, ma foi, à considérer ; et puis, il ne peut ni se gratter les croûtes de teigne, ni prendre la mauvaise habitude de sucer son pouce ; et enfin, s'il a fait dans son drap, ça ne s'éparpille pas dans tout le berceau. On me donnait quelquefois à tenir un moment l'un ou l'autre de ces bébés-saucissons. Il restait dans mes bras, raide comme un cigare, le regard vague et, à l'endroit des fesses, c'était mou, chaud et humide, et cela me tirait des exclamations dégoûtées.

« Ça porte bonheur, vaï ! » expliquaient les femmes. Donc les enfants, maillolés ou non, nourris au lait maternel ou à celui de la chèvre, souvent sevrés trop tard, léchés par-ci par le chien, griffés par-là par la chatte, connaissaient pour la plupart les affres de cette vilaine teigne. Avec le fatalisme coutumier aux paysans, on en acceptait volontiers les ennuis. Et même, on n'eût pas été éloigné d'y voir une sorte de don du ciel. « Allez ! ça n'arrive qu'aux plus vigoureux, vous consolaient les commères, ou bien c'est qu'il se fait trop ! »

Toutefois, si le mal paraissait vouloir se cramponner trop longtemps, on essayait d'étranges médications qu'on vous assurait radicales :

« Donnez-lui donc une couenne de lard à sucer, ça leur fait du bien, et puis ils peuvent s'user les gencives dessus quand leurs dents pointent. »

Le bébé pleurnichait, suçait sa couenne âprement salée et, ma foi, finissait par y prendre goût !

Un jour, en désespoir de cause, on envisageait le suprême remède : le transport du petit malade jusqu'à quelque « dévotion » locale réputée pour la guérison des « teigneux ». Il y avait, dans les environs et souvent dans des endroits quasiment inaccessibles, des grottes-ermitages, des chapelles solitaires, des oratoires rustiques et des sources consacrées à tel ou tel saint bénéfique. L'un guérissait la teigne, l'autre les maux d'yeux ou les écoulements d'oreilles, l'autre les convulsions ou les méfaits des vers. Et, ma foi, comme de temps à autre le mal cédait après cette intervention, on était tout disposé à crier au miracle. Comme d'autre part les mères n'avaient pas souvent l'occasion de voyager, elles en prenaient prétexte pour faire atteler le cheval et, le bébé dans leur giron, partir en pèlerinage.

Pour sa part, ma mère n'était guère convaincue de l'efficacité de tels déplacements, pas plus qu'elle ne croyait à ces pratiques secrètes qu'opéraient certaines bonnes femmes un peu sorcières pour vous guérir de bobos divers. Se brûlait-on ? On allait sur-le-champ trouver Marthe ou Lucia qui examinait le mal, faisait quelque signe cabalistique en forme de croix, marmonnait quelque formule incompréhensible, posait sur la cloque un peu de sa salive et vous renvoyait confiant et déjà guéri.

« Le tout, c'est d'y croire, énonçaient-elles, d'avoir confiance ! »

Les hommes, eux, prétendaient qu'un jet de leur urine sur un doigt mâché par le marteau ou écrasé sous une pierre était la plus sûre des interventions. Et je me souviens avoir vu ma mère, elle-même, appliquer le même principe en lavant les dartres de notre visage avec un coin de torchon mouillé d'un peu de notre urine enfantine, ce qui nous tirait des exclamations dégoûtées. Comme on vous envoyait gravement vers le puits pour y lancer deux ou trois pois chiches, le visage détourné, afin, assurait-on, que disparaissent les verrues qui défiguraient vos mains. Coutumes ancestrales dont le sens s'est depuis longtemps perdu ? Grossière routine ? Qui sait ? Cette urine bénéfique contenait peut-être certains anticorps mystérieusement efficaces… De même, lorsque pour guérir des maux d'yeux, on allait trouver une mère nourrice qui, dégrafant son corsage, vous envoyait, de son sein penché, un long jet de lait sur les prunelles malades. Le paysan proche de la terre a de tout temps, fort d'une science obscure, été convaincu que la nature met souvent le remède à côté du mal, et même mieux, que le mal porte en lui le remède.

« Feu contre feu », disaient les mères, en approchant de la flamme la menotte qui venait de se brûler. On faisait, au printemps, de savants ramassages d'herbes sauvages que l'on conservait séchées, en prévision des maux d'hiver : coucous, violettes, sauges et feuilles de noyer. On mettait à macérer des pétales de lys dans l'eau-de-vie en prévision des coupures et, dans beaucoup de maisons, on voyait sécher au soleil le corps d'une vipère débarrassé de sa peau : les tronçons racornis, infusés en bouillon, donneraient une potion efficace contre les maux de ventre.

Mais rien ne remplissait de plus d'horreur les mères anxieuses que la pensée des deux grandes calamités de l'époque : la rage et le croup ! Pour la rage, c'était presque rétrospectif depuis que Pasteur avait trouvé son merveilleux remède. J'entends encore les aïeules évoquer ces pauvres gens mordus par des chiens enragés qui, la bouche baveuse et les yeux révulsés, ne pouvaient s'empêcher de mordre, eux aussi, pris d'une sorte de frénésie démoniaque, jusqu'à ce qu'on se fût résigné à les étouffer entre deux matelas. « Oui, *fantons*[1] ! Les étouffer comme des bêtes venimeuses ! »

Mais la diphtérie ! Elle faisait encore l'effet d'une des sept plaies d'Égypte. Chaque fois qu'au réveil, les matins d'hiver, ma mère nous entendait parler d'une voix enrouée, son sang ne faisait qu'un tour : « Le croup ! »

Et aussitôt, cataplasmes et tisanes d'entrer en action. L'une ou l'autre, parfois les deux à la fois, nous rauquions, toussions, rauquions, avec une ardeur diabolique, et je me demande si, même, nous ne le faisions pas un peu exprès : « Je ne peux pas parler, je ne peux pas avaler », hoquetaient les coquines. Et la pauvre femme, affolée, imaginant le pire, ne savait où donner de la tête. Alors, à bout d'interventions inefficaces, elle venait prendre un de nos bas, le remplissait de cendres chaudes et nous emmaillotait le cou dedans. Et sous l'effet de cette médication rustique, nous retrouvions par miracle nos voix et une furieuse envie de nous rendormir et d'oublier l'école et ses soucis.

Ma mère ressortait sur la pointe des pieds et se réjouissait :

« Ah ! oui ! Bien plus efficace que sirops et cataplasmes de farine de lin ! »

Dieu sait pourtant que, dans l'art des cataplasmes, elle était passée experte.

L'hiver s'annonçant, c'était chaque fois le même drame. Encore un coup, mon père avait pris froid.

1. Fanton : *petit enfant.*

Encore une fois, nous entendions sa respiration sifflante et ses halètements douloureux. La chambre, la maison tout entière s'emplissait d'une ténébreuse, d'une funèbre odeur : adossé à ses oreillers, la tête cachée sous une serviette, il respirait des fumigations de poudre Legras. Le docteur Olié faisait son apparition dans la demeure : il appuyait son gros crâne chauve contre le torse du malade. Il écoutait, diagnostiquait une récidive de la bronchite et ordonnait les toujours sempiternels remèdes : potion, cataplasmes, ventouses.

« Et la poudre Legras ? interrogeait ma mère.

– Si vous voulez », répondait l'autre sans grande conviction. On lui portait sur la table une cuvette remplie d'eau, du savon, une serviette. Il se lavait les mains, empochait les honoraires et repartait.

Nous, nous sortions des recoins où nous nous étions embusquées, terrorisées à l'idée que l'envie pourrait bien lui prendre de nous tripoter aussi et de nous prescrire quelque médication périlleuse : un lavement par exemple !

Ma mère remettait tout en place et allait prendre six verres sur la crédence, allumait une bougie et, enflammant des bouts de papier, venait poser des ventouses sur le dos ou la poitrine du malade haletant. Un quart d'heure après, elle retirait les verres qui faisaient entendre, en se décollant, de drôles de cloc. Devant les gros renflements violacés, ma mère, en connaisseuse, appréciait : « Elles ont fait de l'effet, vaï ! Si tu voyais ! » Mon père prenait un sourire mélancolique, sachant bien que son soulagement serait de courte durée.

Quant aux autres médications, c'étaient à peu près toujours les mêmes : sirops et tisanes, lavements et vermifuges… et cette horrible huile de foie de morue censément inventée pour nous fortifier et qu'on nous faisait ingurgiter de force en nous pinçant le nez, sans ménagement.

De gros rougeauds au sang trop lourd portaient sur la peau d'étranges pansements : les vésicatoires cantharidés, chargés d'expulser du corps les mauvaises humeurs ou bien, en proie à une attaque, on leur appliquait sur la nuque d'affreuses sangsues. Sales bêtes ! Elles se gonflaient de sang impur et on les enlevait alors, lourdes et repues, se tortillant mollement comme de noirs petits serpents. Parfois, on en découvrait dans l'eau des sources et notre mère, pour nous inciter à ne pas boire à même le robinet de la fontaine, nous rapportait de terribles histoires de sangsues avalées par inadvertance et qui, dans le ventre de leurs victimes, se repaissaient de leur substance, jusqu'à ce que mort s'ensuive.

Mon père, lui, entre ventouses et poudre Legras, s'installait dans la maladie. Un jour, il substitua à la poudre des cigarettes anti-asthmatiques. Ah ! on en trouvait partout de ces sales mégots ! Et lui qui n'avait pu prendre le vice acquis par les poilus dans l'inaction des tranchées dut, bon gré mal gré, se mettre à fumer ! Mais est-ce que cela pouvait l'empêcher de suffoquer… tousser… cracher ?

On commençait, ici et là, à parler de tuberculose, microbes, contagion. Mes parents s'interrogeaient, anxieux, mal éclairés par les diagnostics du vieux docteur. Comme on annonçait l'ouverture d'un dispensaire antituberculeux, mon père se décida à aller y demander une consultation. Il revint rassuré : « Non, pas de phtisie ! » avait dit le spécialiste. C'était bien une bronchite chronique, compliquée d'emphysème. On l'avait doté de conseils gratuits et inutiles, et surtout d'un beau crachoir de porcelaine blanche qui, dès lors, signe indubitable du progrès, trôna sur la table de nuit.

Mais le pauvre homme, de crise en crise, traînait du lit à la table, de la table au feu, espérant les beaux jours où, le soleil aidant, il verrait ses souffrances s'atténuer.

Aux repas, ma mère poussait la table tout près du feu pour qu'il eût moins froid. Mais l'eau était glacée… et le vin donc ! Alors, l'épouse ingénieuse mettait dans la braise brûlante le manche de la longue pelle à feu et, lorsque le fer commençait à rougir, elle le plongeait brusquement dans le verre de vin : cela grésillait, se couvrait d'une écume rosâtre, une odeur de rouille et d'alcool vous montait aux narines, et mon père avalait ce breuvage tiédi, fortifiant paraît-il, mais complètement dénaturé.

Les rogations

Assise sur la murette du chemin, regardant sans bien le voir un minuscule *répétit*[1] qui entrait et sortait dans les failles du vieux mur où, sans doute, il nichait, j'écoutais la Portalière narrer une de ces interminables histoires dont elle avait le secret. Devant nous, la haute façade où un cadran solaire un peu décrépit témoignait encore des fastes d'une ancienne maison bourgeoise – un notaire habitait là, jadis, nous assurait-on. Tout près, en bordure du chemin, le jardinet où fleurs et légumes faisaient à peu près bon ménage. On y puisait l'eau du puits par un appareil rustique à balancier : un tronc d'arbre mal équarri fixé en son milieu, la corde à un bout, une grosse pierre de l'autre en contrepoids.

Pour la vieille femme férue de respectabilité, la religion était la première, l'essentielle vertu sociale et

1. Répétit : *roitelet.*

humaine. Hors de l'Église point de salut et, en toute bonne foi, elle décrétait, péremptoire :

« C'est un brave homme, il va tous les dimanches à la messe. Si seulement il faisait ses Pâques ! »

Certes, ce n'est pas elle que l'on aurait pu convaincre des mérites d'une morale laïque. Un peu femme de ménage, un peu dame de compagnie chez les dames Raynal, elle allait rendre de fréquentes visites au quartier voisin, dans leur immense maison à balcon, tourelle, salon, pigeonnier et chenil. Elle prenait, à les regarder vivre, des délicatesses de bourgeoise et des tournures de phrases qui détonnaient dans sa bouche : « Nous allâmes au jardin et nous cueillîmes des groseilles dont je leur fis d'excellentes confitures… »

Nous, les enfants, pouffions dans nos mains à écouter ce langage désuet, sachant d'instinct qu'on n'emploie plus guère le passé dit simple ailleurs que dans les exercices de conjugaison. Mais allez donc faire comprendre ça à la Portalière ! Elle trébuchait bien un peu dans ces terminaisons insolites, mais prenait un tel plaisir à ces délicates façons de s'exprimer ! Quant à ses histoires ! Si on voyait à peu près où elles avaient commencé, on ne savait jamais dans quelles incidences imprévues elles s'en iraient s'enliser. La chronique villageoise y passait en entier, et celle des ancêtres chez ceux-ci ou ceux-là. Et sans doute était-elle une conteuse née, car on peut supposer que ce sont ces incidences, en apparence inutiles, qui donnent au récit sa saveur et son intérêt.

Mais si nous nous gaussions sans indulgence des passés simples abusifs de Marie de Portalier, les femmes du quartier ne se gênaient pas, elles, pour rire du patois exotique de ma mère et de ses imparfaits du subjonctif aussi étonnants. Au début, la pauvre avait eu bien du mal à comprendre le fruste parler des gens d'ici. Peu à peu, elle s'efforça d'intégrer sa langue d'oc au patois rouergat et même, horreur ! finit par lancer comme les autres, prise par l'ambiance, des « *puto de fillo* » et « *puto de fuoc* » qui faisaient frémir nos chastes petites oreilles.

Il n'y avait pas que Marie à tenir la pratique religieuse pour vertu de base de toute moralité : dans ces milieux restés obstinément conservateurs, la religion catholique, apostolique et romaine tenait lieu de code moral et d'armature sociale, avec parfois, résurgences de temps très anciens, des coutumes à demi païennes qui témoignaient de l'intimité de l'homme paysan avec la terre qui le nourrit. À la Chandeleur, on allait faire bénir sa provision de luminaires sacrés : ces cierges bénits qu'on allumait au moment des orages pour se préserver de la foudre et qui servaient de veilleuse au chevet des morts ; aux alentours des Rameaux, un grand chaudron d'eau bénite était mis au fond de l'église à la disposition des fidèles ; les bénitiers, à la tête des lits, se remplissaient à nouveau d'eau lustrale et on en conservait un flacon au profond des armoires. La branche neuve de laurier ou de buis, l'eau et le feu, venaient figurer, dans les demeures, les trois fonctions vitales de notre mère la Terre.

Les travaux et les jours étaient rythmés par les trois sonneries quotidiennes de l'angélus, et les jours de repos et de liesse étaient tous à contexte religieux : Noël, Pâques, la Pentecôte, l'Assomption et la Toussaint. Et jusqu'à la fête votive qu'on avait placée sous le patronage de saint Baudile, patron du pays ! Ah ! cette fête votive ! Calixtou lutta vaillamment pour qu'elle ne dégénérât pas en frairies païennes, avec saouleries et dévergondages. Chaque année, le dimanche précédent, du haut de sa chaire, il mettait en garde les jeunes, surtout ses chères enfants de Marie, contre les dangers du bal public. Il prédisait d'une voix tonitruante de prophète le péché mortel et la damnation éternelle. Alors, les tendres brebis, expertes en reposoirs et chants suaves, craignant l'excommunication, n'osaient, ce dimanche-là, descendre jusqu'à cette place embellie de girandoles, toute sonore du bruit des pétards et de rengaines d'accordéon.

Les jours de fête ! Mon Dieu ! Les hommes n'étaient pas loin de juger qu'ils en avaient plus que leur compte, surtout lorsque venait l'époque des gros travaux et que l'orage menaçant les envoyait ramasser les récoltes. Alors, le cœur mal à l'aise, sous le regard réprobateur de leurs femmes, ils laissaient à celles-ci et aux gosses le soin de les représenter aux multiples adorations-rogations-prières du mois de Marie. Et qu'on ne les invite pas, en plus, à chômer comme ceux de la ville, pour le premier de l'an ou le 14 Juillet !

« Mais tout de même, les rogations ! insistaient leurs épouses, de bien utiles processions ! » Ces matins-là, lorsqu'un printemps aigrelet tournait et retournait dans sa besace gelées tardives et grêles intempestives, il était bon d'apaiser les « trois cavaliers » et les « saints de glace ». Alors Calixtou, en grande pompe, s'en allait, suivi de ses ouailles, jusqu'aux croix symboliques des carrefours d'où il bénissait les champs et leurs futures récoltes. Ces croix de pierre, certaines d'un âge vénérable, étaient sans doute la survivance de ces temps très anciens où il avait fallu circonscrire le territoire de chaque paroisse, et surtout le protéger des influences occultes des dieux païens. Le jour des Rameaux, chacun ramenait de l'église la branche bénie qu'on diviserait en brindilles : deux brins croisés derrière le bénitier des chambres, un autre dans chaque étable, chaque écurie, pour préserver hommes et bêtes des maladies et catastrophes.

Ah ! cette fête des Rameaux, comme elle réjouissait nos cœurs d'enfants. Nous partions vers l'église, ployant sous la charge de la branche alourdie de sucreries et de *gimblettes*[1]. La surenchère aidant, c'était, pour certains avides de gloriole, l'occasion d'une véritable débauche de papillotes scintillantes. En revanche, dans ces pays méridionaux, on ne connaissait pas encore la coutume venue des pays nordiques de l'arbre de Noël dispensateur de joujoux.

Oui, les hommes appréciaient peu toutes ces occasions de flânerie et de gaspillage. Ils n'osaient rien dire, toutefois, quand on leur en démontrait la nécessité

1. Gimblette : *petit gâteau.*

religieuse. Et s'ils consentaient, à la veillée, à jouer avec nous aux dominos, au loto ou aux cartes, c'était, leur semblait-il, désœuvrement un peu diabolique.

Nos mères parlaient à voix scandalisée, comme s'il s'agissait d'hommes perdus, de celui-ci et de celui-là qui jouaient pour de l'argent aux cartes, oui ! pour de l'argent, dans telle ou telle maison qu'elles n'étaient pas loin de considérer comme des lieux de débauche. Mauvaise habitude prise dans l'inaction des tranchées, comme ce besoin de fumer, cause de dépenses inconsidérées.

Des gouvernements astucieux n'avaient pas encore inventé les tentations de la loterie nationale ou du tiercé, invitations officielles au gaspillage. Eussent-elles existé, je suppose que les paysans d'alors les auraient ignorées, ménagers d'un argent péniblement gagné et pour lequel on ne voyait qu'un digne emploi : arrondir le domaine.

Oui, le paysan n'a nul besoin de ces jeux de hasard : sa loterie à lui, c'est de miser sur le temps qui vient, sur la prochaine récolte.

Souvent déçus, hélas ! et même si une année, ils se trouvaient gagnants, les hommes en profitaient pour payer quelque dette ancienne, pour procéder à quelque aménagement : une bête à remplacer, un hangar ou une étable à installer, à la grande déception de leurs épouses qui, elles, rêvaient depuis longtemps à quelque embellissement dans leur demeure.

Un voisin mécréant

NOTRE VOISIN CLÉMENT faisait, dans le quartier, figure d'esprit fort. Je suppose qu'il avait été l'un des artisans de cette laïcisation de l'école des filles, cause de tant d'avanies. Un beau parleur… un de ces esprits un peu éclairés que les bonnes femmes considèrent avec un respect un peu scandalisé. Il lisait le petit journal ou un de ces journaux que le curé, dans ses prônes fulminants, vouait aux flammes de l'enfer. Peut-être avait-il même dans quelque coin secret de sa bibliothèque, l'un de ces traités maudits : le *Petit Albert*, le *Grand Albert*, je suppose, livres de démonologie dont nos mères parlaient à mots couverts comme de la pire abomination.

Pis encore, Clément anticlérical militant ne « faisait pas ses Pâques ». Et le dimanche, lorsque de longues théories d'hommes et de femmes fraîchement fourbis se dirigeaient vers l'église à l'injonction de la cloche, lui, avec une fierté mal dissimulée, s'en allait vers ses champs. Ils étaient quelques-uns comme lui, minorité irréductible que Calixtou considérait comme ses ennemis personnels.

Un jour, comme nous revenions de la messe dominicale, une rumeur horrifiée courut de bouche à oreille dans le quartier : Clément venait d'être ramassé, inerte, sur le chemin de sa vigne. Une « attaque » ! Foudroyé ! Pour ainsi dire la punition divine ! Et sur le lieu même du crime !

On ramène le mécréant, la bouche baveuse et vagissante, le corps à demi paralysé. Les commères jacassaient à qui mieux mieux autour de son lit, conseillant les remèdes en usage en pareil cas : sangsues sur la nuque et saignées libératrices. Le médecin appelé hocha la tête et se déclara impuissant. Et le malheureux resta de longues années cloué sur son lit, la tête lucide et la parole bredouillante, mais toujours aussi intraitable dans ses rapports avec la divinité.

Les saintes femmes, scandalisées par cette longue persévérance dans le péché, n'étaient pas loin de voir en lui le type même de ces libres penseurs ennemis de toute religion, qui sait, peut-être un de ces francs-maçons coutumiers de rites honteux, et quoi encore !

Les vers à soie

Ma mère, ce soir-là, nous a dit : « Venez avec moi à la vigne, vous m'aiderez à ramasser de l'herbe pour les lapins ! » Elle avait au bras un panier d'osier avec, au fond, un sac et de vieux couteaux. Nous cueillions les herbes que les premières pluies d'automne avaient suscitées entre les souches : des pissenlits vivaces, des liserons interminables et ces *lacheïrous,* tendres laiterons dont la sève laiteuse brunissait nos doigts. Là-haut, en bordure du clapas, mon père ébranchait le frêne. Il ferait, avec ses longs rejets feuillus, les fagots qui, l'hiver, serviraient de pâture sèche à la chèvre condamnée à l'obscur de l'étable. Mais nous nous lassions vite d'une besogne dont nous appréciions mal la nécessité.

Alors, nous partions faire une visite au sorbier. Le vent de la nuit, les premiers frimas de l'automne en avaient, alentour, fait tomber les sorbes. On en voyait de deux sortes de ces fruits modestes : ceux qui, verts et roses, étaient si jolis à voir mais qui, dans la bouche, avaient une âcre, astringente saveur, et les autres, sorbes méprisables, brunes, molles, blettes et comme pourries et qui, malgré leur triste aspect, se révélaient délicieuses : une pulpe fondante, douce dans la bouche, avec au milieu de drôles de pépins à arêtes qu'il fallait bien se décider à cracher. Nous consentions, sous les fermes conseils de notre mère, à remplir le panier de ces sorbes agressives qui, mûries sur la paille du grenier, deviendraient un jour comestibles.

Il ne reste plus aucun sorbier dans le pays. Qui encore consentirait à ramasser dans l'herbe humide ces fruits rustiques ? Comme il ne restera bientôt plus un seul noyer, un seul mûrier. Ces mûriers, pourtant d'âge vénérable – n'apprenions-nous pas à l'école qu'ils dataient du temps d'Henri IV ? –, étaient de beaux gros arbres qui, ébranchés à chaque automne pour la pâture hivernale des brebis, faisaient chaque printemps rejaillir de leurs troncs délabrés, noueux, évidés, de longues et lisses branches aux feuilles grasses d'indestructible sève. Lorsqu'il venait nous voir du « pays bas » où, la guerre finie, il avait continué à travailler, l'oncle Clément nous portait parfois, parmi trois ou quatre grenades – ces fruits des Hespérides – et un petit sac d'olives à confire dans le lessif, une enveloppe garnie de « graines » de vers à soie.

Ma mère, elle, savait comment traiter ces « graines ». Elle avait tant de fois, dans sa jeunesse au pays des magnanarelles, assisté à ce miracle de l'éclosion des larves du bombyx. Alors elle enfermait la frêle semence dans une boîte plate qu'elle sustentait, un jour, deux jours, à la douce chaleur de sa poitrine. Et bientôt, nous étions en possession de minuscules chenilles qu'il fallait nourrir aussitôt. Et justement, c'étaient les feuilles de mûrier qui leur convenaient. Chaque matin, nous donnions aux bestioles installées dans un grand carton leur ration de verdure. Et le lendemain, nous nous extasiions : tout ce monceau de verdure avait disparu, et les larves apparaissaient à chaque fois plus grasses, plus dodues. Un jour, ma mère, à qui un vieil instinct faisait prévoir l'imminente métamorphose, installa dans un coin quelques brindilles à l'intention des vers à soie qui s'enfermaient peu à peu dans de beaux cocons doux au toucher que nous nous refusions à voir ébouillanter, sachant que dormait dedans le papillon qui, pour s'évader, percerait son berceau de soie.

Les pupilles de la nation

Les pommettes rougies par l'air vif, les mains calfatées de résine, les deux hommes revenaient du causse. Une fois encore, ils avaient renouvelé la provision de bois que ma mère, sans hésitations ni remords, transformerait dans la cheminée en hauts brasiers étincelants.

C'était là, souvent, sujet de récriminations dans le ménage. Elle se plaignait que les bûches brûlaient mal, donnant plus de fumée que de chaleur, du bois *réboursier*[1] sans doute, pris dans de mauvais tènements, sur les avers. Et on incriminait la saison, le jour, la lune, et quoi encore ? Ses hommes lui ripostaient aigrement : elle ne savait pas l'employer, leur bois ! Elle n'avait jamais su construire un vrai feu. Et puis, elle en usait sans ménagement… Il allait falloir en préparer d'autre, encore et toujours.

---

1. Réboursier : *arriéré.*

Ils avaient, là-haut dans les maigres pinèdes jouxtant le Serrou, des chantiers ouverts à longueur d'année : on abattait à la hache, on sciait canne après canne, on empilait les bûches, on liait des fagots. Et comme au temps du Petit Poucet, ils eussent volontiers amené avec eux femme et enfants.

Les bûcherons ahanaient sur les souches rétives, enfonçaient leurs maigres forces d'hommes jusqu'aux racines et la joie de l'effort victorieux leur faisait oublier les rafales glacées qui cinglaient leur dos.

Mais se battre avec l'arbre vivant, sélectionner, entasser les belles branches gluantes de sève n'étaient rien à côté du morne travail sur les *brûlades.* Dans les plantations calcinées par les incendies des étés précédents et où ils avaient permission de bûcheronner, ils œuvraient tristement, songeant à cette fatalité qui, chaque année, inexorable, détruit les pinèdes inflammables. Ils revenaient de là, les visages noircis de suie, les vêtements déchirés et charbonnés. Hélas ! le bois qu'ils ramenaient ne donnait qu'un médiocre combustible abhorré des ménagères !

Parfois, extirpant une souche pourrie, ils exhumaient des fragments de vastes urnes, frustes de facture, toutes noires à l'intérieur et où, disait-on, les Romains conquérants ou leurs colonisés locaux préparaient résine et goudron...

Alerte donc ! Le travail des hommes était, maintenant, à peu près terminé. Les bœufs, le front courbé, attendaient qu'on les dételât. Alerte ! pour tous les enfants du quartier. C'était nous, à présent, que l'on mettait à contribution. Fagots d'abord, rondins ensuite, le chargement était déposé au bas de la calade et nous étions requis, moitié poussant, moitié tirant, pour coltiner les énormes fagots jusqu'en haut de cette pente raide où mon père les rangeait sous la voûte du hangar. Nous faisions ça de bon cœur, et jamais l'idée ne nous fût venue de refuser ce service ou de renâcler à la besogne.

« L'oisiveté est la mère de tous les vices », proclamait la dame de l'école et certes, à cette époque, ni les grands ni les petits ne connaissaient la délectation morose des longues oisivetés.

Nos galoches cloutées dérapaient sur les pavés lisses de cette maudite rue « bombe cul » et, parfois, quelque copain facétieux, suivant derrière, mettait sournoisement le pied sur les branches traînantes, nous immobilisant tout à coup.

Voilà que mon père s'arrête, s'assied sur le billot de bois où l'on tronçonnait à la hache de longues branches. Il s'affale, la bouche ouverte, les yeux hagards. Il halète. Encore une fois, c'est, imminente, la crise d'asthme. Ma mère le dévisage tristement : est-ce que ça durerait longtemps, ce travail de forçat ? La maladie ? La misère ? M. Binel, notre maire du village qui habite tout en haut du quartier, passe. Il s'arrête, le regarde. Il a la mine toute réjouie : « Oui, pour vous, une bonne nouvelle ! » Il explique à mon père : « Vous allez être convoqué devant une commission médicale. Et peut-être le gouvernement vous accordera-t-il une pension comme malade de guerre.

Tenez, voilà tous les papiers : il n'y a qu'à les remplir, les signer, les renvoyer. »

Ma mère s'essuya les mains au revers de son tablier, étudia longuement les notices, hocha la tête :

« Ah ! si vous pouviez dire vrai ! Il y a si longtemps qu'on en parle ! Et puis, est-ce qu'ils voudront reconnaître que l'aggravation du mal a été occasionnée par le service militaire ? »

M. Binel avait dit vrai : de commission médicale en centre de réforme, de livret militaire en certificats, la maladie de mon père fut reconnue comme ayant été causée, ou du moins aggravée par la guerre. Du même coup, on allait lui octroyer une pension.

Ma mère se réjouit pour son maigre budget. Pensez un peu ! Une somme qui tomberait régulièrement... les enfants reconnus en haut lieu « pupilles de la nation », avec tous les avantages que cela comporterait, il y avait de quoi vous mettre un peu de baume au cœur. Quant à mon père, il eut l'impression qu'il respirait mieux : enfin ! n'avoir pas trop à se soucier d'aléatoires récoltes, pouvoir sans remords rester au lit des journées entières !

Certes, il n'avait plus guère la possibilité de faire valoir les biens de la famille et le pépé, la vieillesse venant, ne pouvait plus offrir beaucoup d'aide... Les terres, celles du causse en premier, retourneraient peu à peu à la jachère.

« Et puis après, disait ma mère, encourageante, on fera ce qu'on pourra, quand il fera beau et que tu seras bien... »

Pauvre mère ! Elle n'avait pas encore compris que le travail exige une vigilance de tous les instants : les semailles, la récolte ne peuvent attendre, elles !

La mère de Margot, celle de Louisa et de Léocadie et celle-ci et cette autre, allaient comme épouses, comme mères de disparus, toucher des pensions de guerre. On les regardait avec respect, comme si leur était échue quelque haute distinction. Dans les villages, les prisonniers revenaient peu à peu. On établissait la triste liste des « morts pour la patrie », et on envisageait d'élever un monument à leur mémoire.

Ce projet fut, évidemment, l'occasion d'aigres controverses entre les deux camps. Où allait-on pouvoir l'ériger, ce monument ?

« Mais à l'église, c'est évident ! affirmait le curé, convaincu de la prééminence du pouvoir religieux.

– Que non pas ! proposaient les autres. Au cimetière, voyons !

– Vous n'y pensez pas ! Avec les morts ! Pour un monument de gloire et de victoire !

– Eh bien ! sur la place ! suggéraient les rouges. Sur la place publique, puisque c'est un monument public, bien à la vue de tous ceux qui vont à la messe et ceux qui n'y vont pas. Ah ! les curés ! Il faut qu'ils s'accaparent tout : les morts et les victoires ! »

Ce fut, finalement, cette dernière suggestion qui l'emporta, non sans quelques grincements de dents et quelques coups bas de dernière heure. Souscriptions publiques et subventions diverses, le monument de gloire, tous frais payés, se réduisit, comme dans beaucoup de villages de France, à une sorte d'obélisque miniature surmonté d'une croix victorieuse qui fut fiché sur la place de l'église, non loin du bassin et de la statue de Jeanne d'Arc, face à la grande croix de pierre.

Encore heureux qu'on n'ait pas été assez riches pour se payer quelque guerrier cul-de-jatte ou quelque glorieuse pleureuse en longs voiles de deuil ! On grava en lettres dorées sur une des faces la liste des « morts pour la patrie », réservant les trois autres – sait-on jamais –, pour les futures listes des possibles « der des ders ». Une grille peinte en noir et argent fut fixée tout autour, et on laissa aux veuves le loisir de planter à l'intérieur, dans la mince bande de terre, yuccas et chrysanthèmes.

La vie continua.

La promesse d'un petit frère

LE VIEUX CASÉMIR ÉTAIT MALADE. Gravement, disait-on. Tout à l'heure, nous avions croisé Calixtou dans la ruelle. Accompagné d'un enfant de chœur agitant sa sonnette, il venait lui porter le « bon Dieu » à domicile. Et sur son passage, les femmes s'immobilisaient, le front baissé, les lèvres marmonnant quelque prière.

Le malade, lui, était resté tout saisi, voyant pénétrer dans sa chambre le funèbre visiteur : « Est-ce que je vais mourir ? »

On l'avait rassuré par de pieux mensonges : « Une communion dans le lit, est-ce que ça a jamais fait mourir personne ? Et même une extrême-onction ! Ça opérait parfois des guérisons miraculeuses tout au contraire ! »

Mais Casémir ne se sentait qu'à demi rassuré. Il le fut moins encore quand apparut le médecin qui, gravement, l'ausculta, le tourna, retourna et ressortit en hochant la tête. Le lendemain, le malade était aux marges du néant. Le curé revint, portant l'extrême-onction, ce billet de passage pour l'autre monde. De la fenêtre à balett, les voisines s'interrogeaient, se transmettaient nouvelles et pronostics.

« Le curé, passe encore ! Un miracle est toujours possible ! Mais le médecin ! Lui, il a dit que ça n'était pas la peine de le rappeler… la fin, quoi ! »

Louise, la veuve prochaine, ne se faisait guère d'illusions non plus : oui, plus de doutes, son homme allait mourir. Il ne la reconnaissait plus, elle, sa femme, sa compagne de tous les instants, qui fut si longtemps attelée au même joug que lui, elle qui le suivait partout et à la vigne et au labour et à ce lointain causse où, côte à côte, ils bûcheronnaient.

Ma mère, consciente de ses devoirs de voisine, alla offrir ses services : si on voulait qu'elle veillât le malade… ?

« Non, dirent les femmes de la maison, nous sommes assez pour le moment. Après, peut-être ! »

Au petit jour, le tintement du glas annonça la triste nouvelle : Casémir avait trépassé sans avoir repris connaissance. Et d'heure en heure, ce glas lugubre allait, durant un jour, deux peut-être, verser sur les toits et les cœurs sa tristesse de circonstance.

« C'est Casémir qui a passé l'arme à gauche ! expliquait Max aux passants, toujours enclin à bouffonner. Allez ! c'est une belle mort ! La conscience en paix, sans trop souffrir ni faire souffrir son entourage ! »

Louise, désemparée, prit le visage éploré des veuves douloureuses. Et les rites funéraires commencèrent.

Déjà, avant même que le mort fût refroidi, les hommes du voisinage avaient été alertés pour procéder à la dernière toilette : on avait peigné, lavé le défunt, on l'avait revêtu de la chemise blanche du costume novial. Il reposait à présent, blême et noir, sur le lit recouvert de la couverture de parade, un chapelet à grains noirs inséré entre ses doigts croisés. J'eus la permission d'accompagner ma mère à la « visite ».

Dans la chambre aux volets tirés, le miroir de la cheminée avait été voilé d'un linge, comme si on eût craint que ne s'y mirât et s'y retînt prisonnière l'âme encore en peine. Sur la table de nuit recouverte elle aussi d'une serviette blanche, le cierge de la Chandeleur pleurait de grosses larmes tièdes et, à côté, dans le verre d'eau bénite, trempait une branche de laurier ; derrière, un petit crucifix de bois noir.

Ma mère avait pris rang ; elle attendait que la Portalière ait achevé d'asperger la forme immobile puis, ayant murmuré d'indistinctes prières, soit venue s'installer contre le dossier d'une chaise retournée pour prendre un moment la garde et continuer ses patenôtres. L'atmosphère était étouffante : ce volet clos, ce grésillement de la cire, ces va-et-vient feutrés, ces chuchotements… Et cette odeur ! Cette odeur surtout ! On ne savait trop de quoi : naphtaline, camphre ou lavande brûlée… Ou bien était-ce que déjà... ?

La tête me tournait, il me semblait que j'avais envie de vomir, mais je n'aurais pas donné ma place pour un empire. Je m'efforçais de retrouver les paroles du

De profundis, mais mon esprit vagabondait malgré moi sur une piste funèbre : l'odeur des morts ! Nous nous livrions, enfants, à une fantaisie macabre : nous frottions notre bras du plat de la main, longuement, puis reniflant, nous énoncions : « Ça sent le mort ! »

Nous étions à présent revenues dans la pièce d'à côté, laissant la place à d'autres visiteuses. Devant le feu où mijotait la bouillie du cochon – les bêtes, voyons, ça n'attend pas –, on s'embrassait, se congratulait, et les femmes de la famille sanglotaient à petits coups, avec parfois de grands gémissements pathétiques et des invocations au disparu, en une sorte de vocero funéraire qui narrait les mérites du défunt et les circonstances de sa mort.

Ce soir-là, ce fut chez nous, les plus proches voisins, qu'eut lieu la confection de la couronne. Nous n'étions pas peu fières, Fernande et moi, de ces prérogatives. Sur un vaste cercle arraché à quelque tonneau hors d'usage, les femmes agençaient de gros paquets de lierre que nous leur passions, l'un après l'autre : du beau lierre vivace, bien luisant, orné des grappes de ses boules noires. Cela formait un large manchon circulaire empaqueté de ficelles, ma foi ! d'un bel effet et d'un poids fort respectable. On piqua deçà delà des roses de papier rouge, puisqu'en cette fin d'hiver il n'y avait plus de fleurs dans les jardins. Quatre ganses sur les deux diamètres et la lourde machine fut acheminée à la maison mortuaire.

Quant au menuisier, il apporterait tout à l'heure la caisse qu'il achevait de confectionner et pour laquelle il était venu « prendre les mesures ». Il aiderait à y caler le mort et, la bière fermée et solidement vissée, on poserait dessus cette couronne traditionnelle, hommage des voisins du quartier.

Durant la journée, deux visiteuses bénévoles étaient passées de maison en maison pour annoncer le décès, l'heure des obsèques et désigner les porteurs de drap et autres participants nécessaires.

« Ah ! soupiraient-elles, pour un homme, ça n'est pas facile ! Ils ont toujours quelque travail urgent pour ce jour-là, qui les incite à dire non. Et pourtant ! allez ! c'est un prêté pour un rendu. Aujourd'hui, lui ; demain, c'est moi ou vous. Et s'il n'y avait que les draps à faire trimballer, mais on a besoin encore de quatre porteurs pour la bière et un break et son cheval et le conducteur pour le transport et des garçons pour suivre, par-derrière, avec les couronnes ! »

Un cérémonial traditionnel mobilisait ainsi, bon gré mal gré, la majorité de la population.

Ma mère, avec son franc-parler, ne pouvait s'empêcher de faire d'acerbes réflexions sur toute cette pompe funèbre qui, selon elle, n'était que vanité : « tout ce fourbi » pour un pauvre bougre qui n'en demandait pas tant !

Mais Louise qui, elle, toute sa vie, avait cotisé à ceci, payé pour cela, afin qu'on eût, dans sa famille, de beaux enterrements, ne l'aurait pas entendu de cette oreille.

Le drap de la bonne mort… Et les vastes draperies ornant le chœur de l'église… Et la chasuble scintillante du curé... Et les somptuosités d'une messe chantée ! Croix et couronnes !

« Ah ! non, commentait ma mère. Tous égaux devant la mort. Une seule classe pour les enterrements. Et gratis ! Pourquoi pas ?

– On n'est pas des bêtes après tout ! Vous voudriez pas qu'on l'enterre comme une bête ? »

Mal convaincue, sentant toutefois obscurément que l'art, même funéraire, est sans doute une prérogative humaine, elle bougonnait :

« Je sais bien ! Je sais bien ! Mais est-ce qu'on ne pourrait pas simplifier un peu ? De l'orgueil, de l'orgueil tout ça, je vous dis ! »

Orgueil ou non, le pauvre Casémir eut un beau cortège et sa veuve, à voir les choses si bien faites, en avait le cœur tout gonflé de satisfaction.

Édouard avait étrillé avec soin son cheval – peut-être avait-il, à lui aussi, ciré les sabots ! Le break justement était flambant neuf, d'un beau vert acide, mais qu'importe ! Le cercueil reposait dessus, voilé du grand drap noir brodé d'argent. Édouard tenait la bride, pénétré lui aussi de l'importance de son rôle dans la tragédie, rasé de frais, la démarche imperturbable, ce qui n'était pas toujours le cas. Derrière ondulaient les « draps » tenus aux quatre coins par des mains viriles, puis de jeunes garçons avec, à bout de bras, la lourde couronne de lierre tanguant entre ses quatre ganses... et les porteurs de crucifix et de couronnes de perles et...

Pas de fleurs naturelles, même en été : on jugeait, avec bon sens, que c'eût été là hommage frivole, en tout cas souvenir trop périssable.

Le curé et ses clercs et ses chantres, pleins de componction. Derrière, les « affligés », hommes en noir, avec au revers ou à la manche, une large bande de drap noir maladroitement épinglée ; femmes gémissantes dans des vêtements mal ajustés, empruntés pour la circonstance, le visage enfermé comme dans une guérite sous les vastes voiles noirs retombant du chapeau de crêpe. Tantôt l'une, tantôt l'autre, consciente tout à coup de son rôle éminent, élevait la voix dans un lamento où se mêlaient sanglots et évocations lyriques du disparu. Chacune avait à son côté, pour la soutenir et la guider dans sa marche, une voisine compatissante ou une amie de choix qui, chuchotante, s'efforçait de l'apaiser.

Et maintenant, le cercueil, descendu à la porte de l'église, était acheminé par quatre porteurs bénévoles jusqu'au catafalque, devant l'autel où, déjà soucieux de ne pas perdre de temps, le prêtre disait sa triste messe tandis que du clocher, là-haut, s'égrenait un glas intarissable.

Encadrant leur mort, hommes à droite, femmes à gauche, les « affligés » s'enfonçaient dans leur tristesse. Louise marmonnait ses prières, vite, vite, afin que son homme en eût une bonne ration. Mais de temps à autre, en un mouvement mécanique, sa tête pivotait et un œil vif, furtivement, vérifiait si, derrière, ne manquait ni ami ni connaissance.

Un silence : le prêtre a quitté l'autel un crucifix à la main ; son clergeon le suit, porteur d'une sébile. C'est le moment de « l'offrande ». On s'agite un peu ici et là, dans les bancs, on fouille discrètement sa poche ou son sac. Les assistants, deuil en tête, à la file, tous les hommes d'abord, les femmes ensuite, s'en vont baiser le crucifix en un geste d'allégeance et de respect, tandis que leur main droite dépose une pièce dans la sébile. Ainsi, tandis que s'emplissait l'escarcelle du prêtre, les « affligés » voyaient défiler devant eux toute l'assistance et pouvaient faire le compte des fidèles et des absents.

Cette pieuse coutume, encore un coup, hérissait l'esprit de ma mère prompt à la contestation :

« Ils donnent rien pour rien, les curés ! Tu veux baiser la relique, eh bien ! paie, croquant ! »

Et les croquants, dociles, s'exécutaient. Elle aussi d'ailleurs, que cette contradiction n'émouvait guère car, expliquait-elle en guise d'excuse :

« *Al païs en t'anaras, faras coumo veïras*[1]. »

Futiles ou non, parfois mal explicables, ces coutumes ressortissaient d'un folklore local aujourd'hui bien simplifié. Elles répondaient obscurément à un besoin de cérémonial, à certaines aspirations artistiques, sans lesquelles un clan social, même très fruste, ne saurait subsister. Et elles avaient surtout le pouvoir de créer, de cimenter une communauté que les difficultés matérielles et l'âpreté des tâches quotidiennes

1. Au pays où tu iras, tu feras comme tu verras.

auraient sans cela dissoute. Aussi les femmes, conservatrices par nature de l'esprit de la tribu, voyaient-elles d'un œil sévère celui qui prétendait les mépriser ou s'en dispenser.

Cependant, en un latin ésotérique dont ni les petits ni les grands ne saisissaient le moindre mot, mais qui faisait passer sur nos têtes baissées le frisson du sacré, nous, les enfants, prêtions nos voix aux choristes bénévoles pour les *De profundis* et *Dies irae.*

Voilà qu'à nouveau revient le prêtre, deux clergeons à sa suite, l'un tenant l'encensoir qu'il fait fumer en le balançant, l'autre un aspergeoir dans son seau d'orfèvrerie. Gravement, le curé tourne autour du cercueil. Il dit les dernières prières, asperge, encense, va, vient, retourne et virevolte, dans une sorte de ballet silencieux. Alors remontent, du fond de l'église, les quatre convoyeurs qui enlèvent la bière et, à bout de bras, vont la reporter sur la jardinière qui attend dehors.

En route à présent pour le cimetière. Le père de Marinou, toujours obligeant, a bien voulu encore une fois faire office de fossoyeur. Il est là qui attend, respectueux, le chapeau à la main, appuyé sur sa pelle devant la fosse ouverte. Et le mort, au bout des cordes tendues, descend peu à peu retrouver la terre maternelle dont il fut, entre mille, une humble efflorescence.

Dernière prière du curé, dernière pelletée de terre, derniers sanglots des « affligés » devant lesquels défilent interminablement les assistants remplis de componction.

Ce cimetière, nous, les enfants, le considérions, après l'église, comme le plus bel endroit du village, le plus chargé de mystère aussi. Croix de bois des plus humbles, certaines plantées de guingois, croix de pierre sculptée des autres, larges dalles des concessions de la famille Raynal dont le mausolée, en forme de chapelle, nous remplissait d'une respectueuse admiration, tout cela, mal aligné, griffé de ronces, mangé d'orties et de chiendent orné de cœurs émaillés, de couronnes de perles et d'ex-voto divers, dans ce lieu clos, aux quatre coins duquel végétaient de maigres cyprès, les villageois venaient prendre conscience de leurs vagues aspirations à la beauté, à la pensée, à une confuse espérance dans l'éternité.

Des rosiers-mousse, des chrysanthèmes, des roses de Noël plantés à même la terre des tombes suçaient leur sève dans le ventre des morts. On marchait en silence, dans les sentiers dévorés de mauvaises herbes, l'âme pénétrée de ce trouble mystérieux de l'outre-tombe où dormaient ceux qu'on avait connus. Et le coin des mécréants donc ! celui devant lequel nous ne passions pas sans angoisse, cet endroit qu'il avait bien fallu préserver à l'usage de ceux qui refuseraient les secours de la religion, ces réprouvés qu'on ne pouvait tout de même pas exclure d'un lieu de repos fait à l'usage de tous. Cela va sans dire qu'il était vide, ce coin maudit, livré aux ronces et aux détritus. Qui, parmi ces villageois sans malice, même les esprits forts, aurait le courage d'en briguer avant de mourir la première place ? Et ceux qui, morts subitement, étaient partis sans les derniers sacrements ? Et ceux qui, en état de péché mortel, succombant à un désespoir sacrilège, s'étaient suicidés ? On trouvait toujours un subtil accommodement pour ne point les exclure de la communauté des vivants et des morts et ne pas les reléguer dans cette géhenne.

Nous regardions aussi avec un peu d'appréhension le coin des enfants nouveau-nés, morts sans baptême, prématurés, maigres fœtus, pauvres choses falotes condamnées aux limbes éternels, mises en terre presque clandestinement et dont les fosses oubliées disaient assez l'insouciance des vivants, tandis qu'un peu plus loin, en terre sainte, elles, de belles couronnes blanches ornées d'angelots de porcelaine perpétuaient la douleur de parents inconsolables. Nous les lorgnions avec envie, ces guirlandes de perles et leurs minuscules poupées roses. Volontiers, nous en eussions chipé quelqu'une si la pensée du sacrilège ne nous avait arrêtés à temps. Alors, de retour à la maison, nous allions dans les jardins, en compensation, offrir des tombes somptueuses à quelque oiseau mort ou à quelque chaton bien-aimé.

Les petits jumeaux reposaient là, dans ce coin des enfants, tout juste « ondoyés », serrés front contre front dans une caissette de bois ajustée par mon père. Et sur le tertre encore frais, ma mère venait, chaque Toussaint, déposer un léger bouquet de chrysanthèmes blancs.

Pour moi, j'avais eu une grosse déception à leur mort. Ma soif maternelle s'était trouvée frustrée, et j'avais beau essayer de convertir Fernande en bébé vagissant, cela ne faisait pas l'affaire, ni de l'une ni de l'autre, car la petite se rebellait vite à devoir toujours se plier à ce rôle passif.

Les poupées ? Oh ! certes, nous n'en manquions pas vraiment ! Il y avait celles, grossièrement attifées d'une jupe de cretonne fleurie, piquée par une épingle dans leur ventre de son, que nous apportaient oncles et tantes en visite. Il y avait celles que, de guerre lasse, nous fabriquait notre mère avec des chiffons sommairement cousus. Mais cela ne me satisfaisait point. Ma marraine Léontine, une fois que nous étions allés la voir au Vernhet, m'avait laissé entrevoir, attendrie, une belle relique qu'elle gardait tel un trésor caché dans son armoire. C'était une grande, une merveilleuse poupée, aux membres articulés, à la tête de fine porcelaine, les yeux dormants, la chevelure de soie blonde, couchée pieusement dans une boîte ouatinée. Toute neuve ! Me fixant de ses grands yeux bleus, toute prête, me semblait-il, à m'élire pour sa mère. Depuis, je rêvais d'en posséder une pareille. Pourquoi pas celle-là après tout ? Est-ce que ma tante était encore en âge de jouer à la poupée ? Alors ma mère m'expliqua le mystère de cette belle endormie dans l'armoire :

« Comprends-moi, ta marraine la garde en souvenir de sa petite fille morte : c'est un cadeau que je lui avais apporté de Paris. Pauvre petite, elle avait attrapé un mauvais mal ! Et tu peux croire que je n'avais pas regardé à la dépense : la plus belle des Galeries

Lafayette ! Hélas ! ça n'a pas empêché la pauvre petite de mourir de la fièvre typhoïde et, trois mois après, l'une après l'autre, ses deux autres sœurs : la pauvre Angèle, belle comme le jour, et Constancette, la dernière. Mon Dieu ! trois filles disparues en trois mois ! C'était terrible, ta tante a failli en mourir. Voilà ! Cette poupée, c'est tout ce qui lui reste de ses filles ! »

Mais moi, dans mon naïf égoïsme d'enfant, je comprenais mal ce fétichisme maternel : allons, ça ne remplaçait pas trois filles bien vivantes ! Elle ne servait plus à rien, là, abandonnée dans son lit d'ouate, tout au fond de l'armoire ! Et puis, est-ce qu'elle n'était pas un peu à moi, cette blonde princesse acquise avec l'argent de ma mère ?

Alors celle-ci, une fois de plus, me raisonna par toujours la même promesse :

« Patiente un peu, va, on t'achètera un petit frère ! »

J'allais alors sur mes dix ans et le coup de l'achat des petits frères commençait à me laisser sceptique.

Lorsque, à l'épicerie, la Damette faisait son habituelle plaisanterie sur la « grano de brès », je souriais, mi-savante mi-niaise, comprenant bien confusément que cette graine de berceau devait s'acheter ailleurs que dans les épiceries. Comme je pinçais les lèvres, l'oreille aux aguets, chaque fois que dans la conversation de nos mères, pourtant très discrètes sur ce chapitre, passaient les mots de grossesse, accouchement, sage-femme et fausse couche !

Et voilà que décidément, au fil des jours, on évoquait à la maison l'arrivée d'un bébé. Les voisines, sans pitié, plaisantaient notre mère, lui tâtaient le ventre et, facétieuses, pronostiquaient : « Deux au moins encore une fois, vous verrez ! » et chantonnaient :

Haousso toun mantal, Rouquetouno, Rouquetouno
Haousso toun mantal, Rouquetouno, un paou pus naou.

La pauvrette ! Elle se défendait faiblement, le cœur serré à la pensée d'une possible récidive. Moi, sournoisement, je surveillais son *damantal*[1] qui, je le voyais bien, se soulevait chaque jour un peu plus. Sans trop bien discerner les responsabilités de mon père dans cette affaire, je lui en voulais obscurément. Pourquoi fallait-il que les mamans devinssent difformes pour donner l'être à un bébé ? J'eusse volontiers, à présent que j'étais en âge de réfléchir, renoncé au beau cadeau promis.

Cependant, un soir que nous rentrions à la maison, notre mère, affalée sur une chaise, nous dit d'une voix anxieuse :

« Prenez ce litre de lait, vous irez passer la soirée chez Margot et vous y coucherez. Je serai peut-être obligée de partir tout à l'heure… »

J'avais compris ! Je dis d'un air entendu à Fernande qui, déjà, frétillait d'aise :

« Tu vas voir que demain, on aura un petit frère ! »

1. Damantal : *tablier.*

Et en effet, le matin, Hélène nous réveilla dans ce lit à alcôve où, dans l'épaisseur du mur, avait été aménagée une loge pour un berceau :

« Partez vite à la maison, vous avez une petite sœur ! »

Nous étions ravies, un peu déçues pourtant. On nous avait promis un petit frère, nous en attendions deux comme la fois précédente, un pour chacune afin qu'il n'y ait pas de jaloux.

Tout bien réfléchi, je me dis que les petits frères, ça mourait trop facilement et qu'une fille, on avait une chance de la voir plus coriace.

Mon Dieu ! Comme, dans son berceau, elle était menue, cette petite sœur ! Une figure pas plus grosse que le poing, rougeaude et ridée comme il se doit, des mains comme des pattes d'oiseau, une vraie poupée !

Je sentis flamber dans mon cœur une immense, une chaude passion. Une poupée ! Allons donc ! C'était bien toute autre chose ! Ma mère, dans son lit, la jambe cassée, comme à chacune de ses expéditions nocturnes, nous regardait d'un œil dolent.

« Vous êtes contentes, n'est-ce pas ?

– Dis, maman, tu nous la prêteras bien un peu ?

– Oui, mais à toi seulement, qui es la plus grande et la plus raisonnable ! »

Cette délégation de pouvoir me gonfla d'orgueil et je me retournai fièrement vers Fernande, dépitée.

Il fut décidé qu'on lui donnerait le prénom de Lucienne et jamais, certes, je n'aurais imaginé de nom plus somptueux, plus lumineux…

Le surlendemain, quand nous nous réveillâmes, notre mère était déjà debout, vaquant aux soins du ménage. J'inspectai son ventre qui, sous le tablier, était redevenu, me semblait-il, mince et plat. Quant à sa jambe, elle n'avait pas du tout l'air d'avoir été cassée.

Mi-figue mi-raisin, j'interrogeai avec une feinte compassion :

« Alors ta jambe, elle ne te fait plus mal ? »

Elle eut un sourire de demi-connivence :

« Oh ! tu sais, les mamans ne peuvent pas se soigner bien longtemps quand un bébé arrive dans une maison.

– Ne t'en fais pas, va, moi, je te la garderai ! »

Cependant Fernande, friande de merveilles une fois de plus, se faisait narrer les péripéties de cette arrivée nocturne : le train, là-haut, à Quézaguet, qui apportait le colis, mère se précipitant pour le recevoir, et crac !… Aïe ! Aïe ! elle avait glissé sur le marchepied, et voilà la jambe cassée !

« Et la boîte, maman, dis, où elle est la boîte ? »

Alors, notre mère, nullement embarrassée, montrait en effet un long carton empli de minuscules chemises et que, ma foi, je n'avais jamais vu à la maison.

Alors, malgré ma neuve science, je me prenais à douter un peu : pourquoi, après tout, ne commanderait-on pas les bébés en les choisissant sur un de ces beaux catalogues envoyés par de grands magasins de Paris et dont les pages multicolores me faisaient longuement rêver ?

Ah ! certes, oui, j'étais bien décidée à la garder avec vigilance, cette pouponne ! Ah ! oui, je saurai bien l'empêcher de mourir, elle !

Effectivement, la nénette criait de bon cœur, tétait avec avidité le sein maternel. J'avais la douce impression que, déjà, elle me reconnaissait, m'élisait pour sa seconde maman. Tous les jours, à la sortie de l'école, je prenais mes jambes à mon cou pour être plus vite auprès d'elle. J'allais sur la pointe des pieds monter la garde près du vieux berceau suspendu à un cadre mobile qui permettait le balancement ; je la regardais dormir ; je contemplais le petit visage qui, me semblait-il, s'essayait à me sourire. À table, vite je me levais si, dans la chambre à côté, je croyais avoir entendu s'agiter le bébé. Assise à ses côtés, je lui improvisais d'interminables chansons qui devaient avoir le pouvoir de l'endormir. Sa petite main enfermée dans la mienne, je me réchauffais le cœur à cette chaleur d'oiseau. Et la nuit, dans le lit que je partageais avec Fernande, je me sentais fondre de tendresse et les larmes, tout à coup, me remplissaient les yeux à l'idée que la petite pourrait mourir.

Et lorsque, devant les récriminations de ma sœur qui, du haut de ses cinq ans, prétendait elle aussi avoir des droits sur la nouvelle venue, ma mère posait un instant le bébé sur ses genoux. Je regardais alors ma cadette avec rancune, prête à griffer, à mordre, à défendre mon bien. Non ! Il était à moi, ce poupon, à moi seule exclusivement !

« T'en fais pas, disait ma mère, voyant mon visage se contracter, viendra un jour, va, où tu la lui abandonneras de bon cœur. »

Et en effet, lorsque l'année suivante, la bambine s'essaya à marcher, fit ses premiers caprices, me gratifia de ses premières griffures et refusa d'être ma chose, je commençai à juger qu'elle était bien un peu, beaucoup, encombrante. Elle trottinait derrière moi comme un chaton après sa mère, et moi qui avais projeté d'aller sauter à la corde ou courir derrière un cerceau, je faisais les gros yeux : « Non ! Je ne te veux pas, reste avec maman ! » Ou bien, constatant qu'elle refusait de se laisser trimballer à ma guise, je lui disais méchamment : « Va-t'en ! Je ne t'aime plus ! »

Les galoches étant, cette année-là, un peu trop chères pour le porte-monnaie familial, ma mère avait acheté, pour la petite comme pour nous, une paire de mignons sabots montés sur des tiges de cuir. La bambine, à peine haute comme trois pommes mais si *escarabillée*[1] – elle avait marché à neuf mois –, dévalait la calade en faisant résonner ses sabots *bâtés*[2]. Les voisines, la regardant descendre sur ses gambettes encore malhabiles, le front mal protégé par ce bourrelet de paille tressée dont on coiffait alors les bébés, s'exclamaient avec inquiétude : « Mon Dieu ! Mais elle va se tuer ! »

1. Escarabillée : *éveillée.*
2. Bâté : *animal chargé du bast.*

Que non pas ! Elle marchait mieux dans ses raides sabots que bien des enfants de riches aux bottines de fin chevreau.

Et lorsque, des années plus tard, on rasa la vieille demeure jugée décidément trop inconfortable et que, dans un coin de la voûte, les maçons dénichèrent un de ces minuscules sabots à la sole lissée par la marche, au dessus festonné en forme de cœur et sculpté de fins feuillages, notre cœur se mit à battre. Je dis à Lucienne :

« Aucun doute, c'est un de tes sabots de ton enfance ! »

Alors, avec amour, elle le prit, le décapa, le vernit, afin de le conserver comme un petit dieu lare dans le nouveau foyer, dernier signe d'alliance entre des humains devenus oublieux et le bon humus dont ils se nourrissent.

Bientôt, viendrait le temps où des jeunes filles sentimentales, entre deux tours de danse exotique – jerk, sirtaki –, s'attendriraient devant un vieux *payrol*[1] cabossé, une pendule campagnarde définitivement muette, un antique coffre rongé des vers, une vis de pressoir, un joug devenu sans emploi et, usant sur eux leurs ongles de nacre, leur redonneraient vie en les installant à la place d'honneur, dans de vieux logis rénovés, essayant de rendre un sens aux vieux totems chassés par une civilisation technicienne…

---

1. Payrol : *chaudron.*

Catinou et le diable de la Cresse

DESCENDU DE SA CHAMBRETTE de gantier, là-haut sous les toits, M. Valacher discutait à n'en plus finir avec son voisin, M. Binel. Celui-ci, un ancien instituteur devenu maire, habitait tout en haut de la calade une maison à pigeonnier imbriquée comme elles l'étaient toutes dans ce quartier en pente, parmi celles des voisins.

Ah ! ce pigeonnier ! Même si on n'avait qu'une paire de pigeons à y loger, chacun mettait sa gloriole à coiffer sa demeure de cet appendice à allure de tour. Cela devait, je suppose, flatter un confus besoin de prééminence sociale. Plusieurs de ces constructions audacieuses, fissurées, branlantes, désaffectées depuis longtemps, menaçaient ruine. Qu'importe ! Chacun se sentait un peu comme le seigneur du coin dans son château à tourelles. Nous, nous n'avions pas de pigeonnier et nous nous sentions l'âme un peu complexée si, levant la tête, nous voyions la méchante ombre que projetait sur nos toits celui des voisins.

Si je me souviens bien, M. Binel avait fait toute sa carrière pédagogique ici et, une fois à la retraite, il l'avait vue couronnée par son élection triomphale au titre de premier magistrat du village.

« À part lui, qui voudriez-vous qu'on y mette ? disaient les villageois.

– Il a le temps de s'occuper de nos affaires, et puis il est savant, lui, il sait écrire une lettre, se présenter. »

Et en effet, ce « savant » apprécié de tous, car il ne semblait pas tirer d'orgueil de sa science, trouvait son plaisir à rendre service aux uns et aux autres.

Durant tant d'années, il avait vu ses concitoyens souffrir des eaux polluées. Devenu maire, il s'empressa de faire étudier et adopter un système de distribution d'eau plus hygiénique.

M. Binel avait une longue expérience des humains et de leurs petits d'hommes. Aussi ne se faisait-il guère d'illusions à leur sujet. Il professait que les réformes et les révolutions ne servent à rien si on n'arrive pas à changer, d'abord, le cœur des hommes ce qui n'était pas du tout de l'avis de M. Valacher et les jetait dans de tumultueuses controverses.

Le Millotin, ouvrier évolué, fier de sa condition de « maître gantier », à mi-chemin du prolétariat et de la bourgeoisie, apportait de la ville – avec des idées que beaucoup, ici, jugeaient bien hardies – une naïve, généreuse, inébranlable foi dans le progrès. En disciple – qui s'ignorait – de Jean-Jacques Rousseau, il affirmait avec une belle assurance :

« Changez d'abord les institutions, faites une société plus juste, et vous verrez du même coup s'améliorer le cœur des hommes. »

Vieux débat jamais conclu pour savoir qui, de l'œuf ou de la poule, a été le premier ; vif débat où ils se jetaient à la tête des arguments qu'ils croyaient décisifs, mais qui n'arrivaient à convaincre ni l'un ni l'autre.

Tout l'été, installé à la fraîche dans la haute chambrette qui jouxtait la maison du maire, Achille, tout chantant comme le savetier de la fable, découpait des gants dans des peaux rapportées de l'usine.

On entendait dans tout le quartier sa voix ample lancer par-dessus les toits les grandes mélodies et des airs d'opéras. Il chantait, dilatant ses poumons, heureux de vivre et de travailler, s'enchantant lui-même de la sûreté de son chant. Est-ce qu'il eût éprouvé le besoin de meubler sa solitude avec un de ces transistors qui, des années plus tard, rythmeraient sans effort et sans choix les rêveries de travailleurs moroses ?

Il chantait et son âme de bon artisan s'épanouissait dans son chant. Ah ! pour lui, les mots de conscience professionnelle, de savoir-faire, de chef-d'œuvre artisanal, avaient un sens quasi religieux !

Amoureux de *bel canto*, ce chant qui, disait-il, élève l'âme, il avait aussi cette touchante aspiration des autodidactes, un goût passionné pour la culture. Ah ! s'instruire ! Pour lui, le livre reprenait sa signification originelle : bible de l'humanité.

Et il citait Michelet : « La première partie de la politique, c'est l'éducation, la deuxième, l'éducation, la troisième, l'éducation. Oui, énonçait avec gravité Achille, le premier malheur des hommes vient de leur ignorance ! » Et s'il s'affirmait ardent républicain, c'était en reconnaissance pour cette République, la troisième qui, dans chaque village, avait ouvert des écoles et des cours d'adultes et des cours du soir pour les ouvriers des villes. « Instruisez les hommes et vous les rendrez meilleurs et vous les rendrez plus heureux. » À ces affirmations péremptoires, M. Binel répondait par un fin sourire un peu blasé :

« Regardez celui-là, qu'on dit si instruit : cela ne l'empêche pas d'être une fripouille.

– Ah ! ripostait Achille qui voyait rouge. Et cet autre, un parfait dévot, mais une plus grande fripouille encore… Et il a pris son savoir chez les jésuites… Ah ! les jésuites ! »

Sa tripe républicaine frémissait, évoquant cette noire mafia.

M. Valacher avait des abonnements à je ne sais combien de revues de vulgarisation scientifique et historique dont il conservait les fascicules dans les vieux bahuts de sa chambre haute. Il nous montrait pieusement ses trésors et, si vous aviez le malheur de lui demander quelque précision, tout heureux de dispenser son savoir, il entrait dans de confuses et verbeuses explications. Le plus beau fleuron de sa bibliothèque d'autodidacte était, sans conteste, l'œuvre monumentale de Michelet. Tous les jours, comme le curé le faisait avec son bréviaire, il en savourait, méditait quelques pages.

« Ah ! Michelet ! La bible du peuple ! Tout est enfermé là-dedans, la religion ! La morale ! Le travail ! La cité ! La République ! La patrie ! L'humanité ! En un mot, la VÉRITÉ, en grandes majuscules ! »

Oui, Achille, malgré ce prénom conquérant, était un tendre idéaliste : son œil candide voyait s'avancer le bonheur sur la terre, à grand renfort de science et de progrès technique. Et il considérait avec un mépris triomphant la religion, cet opium du peuple qui empêche les prolétaires de prendre conscience de leurs droits.

« Allez, ça ne peut pas durer bien longtemps encore, on les démasque peu à peu, les jésuites. On finira bien par comprendre que tout le mal vient d'eux... »

Alors M. Binel, son interlocuteur de choix, hochait la tête encore un coup.

Pour avoir instruit des générations de paysans, pour être instruit, lui, des astuces plus ou moins honnêtes de ses administrés, il savait bien que les choses n'étaient pas aussi simples que cela : les bons dans un camp, les méchants de l'autre. Ah ! non, il ne pouvait se satisfaire d'un manichéisme aussi sommaire ! Il savait que la nature humaine est bien plus complexe que ce que le croyait son naïf interlocuteur et que les bons, ou qui se disent tels, font souvent plus de mal que les méchants. Bien intégré dans cette communauté villageoise qu'il avait la charge officielle d'administrer, il gérait, vaille que vaille, les maigres finances de sa commune, hésitant toujours à en augmenter les impôts, répugnant aux emprunts et autres facilités sur lesquels s'équilibrent tant de budgets d'aujourd'hui.

Aussi, lorsqu'il entendait Achille déblatérer contre l'égoïsme des nantis et attaquer l'injustice sociale, il se sentait un peu visé, lui qui, parmi tous ces gagne-petit dont il avait la charge, faisait figure de « Monsieur », celui qui touche une retraite et peut vivre sans travailler.

Ah ! comme autour de lui on la lui enviait, cette retraite ! Et bien des villageois, lassés de s'échiner sur leurs maigres lopins, faisaient un seul rêve pour leurs enfants : les voir devenir fonctionnaires... instituteurs, facteurs, cantonniers ou employés des chemin de fer.

M. Valacher, lui, se sentait d'une caste privilégiée à considérer ces ruraux chez qui il venait passer l'été : lui, il était un citadin, un maître-ouvrier et l'égal des plus grands !

Ah ! ces cul-terreux ignorants et fanatisés pouvaient évoluer dans le même sens que ceux de la ville, s'ils consentaient à lire, s'instruire, réfléchir, comprendre, au lieu de rester sans ressort, entre les mains des... jésuites !

Alors M. Binel, à écouter les récriminations de ce doux anarchiste, se demandait si l'homme ne ferait pas mieux de rester chez lui, à la ville, parmi ses pareils, au lieu de venir porter le trouble et l'esprit de contestation parmi les paisibles populations dont il avait la charge.

Oh ! certes, les risques de subversion étaient fort minces ! Le paysan est par nature circonspect, méfiant, volontiers goguenard. Les voisins ne prenaient guère au sérieux cet incorrigible bavard : ils pouffaient dans son dos, l'entendant déclamer ses longues tirades. Ils savaient bien qu'il n'aurait pas, le cas échéant, fait de mal à une mouche... D'autant plus qu'on le voyait filer doux chez lui, sous la triple férule de femme, fille et belle-mère.

Ah ! cette belle-mère agressive ! Connaissant ses manies, elle n'arrêtait pas de le moquer, de le houspiller :

« *Te*, l'homme aux trois vestes ! »

Et Achille, tout confus, se défendait, expliquait :

« Que voulez-vous ? Je suis frileux et ce n'est pas en travaillant dedans, à l'ombre, devant une table, que je pourrai me réchauffer. Je ne suis pas un paysan, moi, je ne vais pas me cuire le dos, moi, du matin au soir dans les champs, au soleil de juillet ; je travaille dedans, moi, immobile, les mains à l'humide ! »

Et il y avait, dans le ton de sa voix, comme une fierté.

Somme toute, Binel et Valacher étaient, malgré leurs joutes oratoires, d'excellents amis. Que serait devenu Achille s'il n'avait eu pour l'écouter cet interlocuteur de choix qu'était l'ancien instituteur ? Parfois, pour faire plaisir à cet assoiffé de lecture, M. Binel exhumait de sa bibliothèque quelque classique de son temps d'école normale ou bien, des placards de la mairie, quelque document ancien dont ils faisaient ensemble de patients commentaires.

« Tenez, lisez ça que j'ai trouvé dans les archives, vous verrez qu'il y a cent ans, ça n'était pas tout rose dans nos villages. »

Achille feuilletait d'un doigt respectueux le vieux bouquin, humait la poussière des siècles.

« 1771 ! Fichtre ! Fichtre ! C'est bougrement intéressant ! Questionnaire aux curés sur la vie matérielle dans leurs paroisses. »

Il sentait déjà cette odeur de poudre et de balles par quoi, huit ans après, un 14 juillet 1789, débuta cette grande Révolution dont Michelet s'était fait le chantre enivré. Et déchiffrant malaisément, s'exclamant, Achille lisait :

« Les seigneurs, petits et gros, pullulent autour de la paroisse comme des rapaces. »

« Leurs droits sur le pauvre monde ? Injustes, innombrables ! »

« Des censives si considérables qu'il est étonnant que les gens puissent les acquitter toutes et payer encore les charges royales et les dîmes réclamées par le curé, ses vicaires, ses… »

Achille piaffait :

« Oh ! maintenant, ils leur demandent le pain bénit et du raisin aux vendanges et le denier du culte et les messes pour les morts. Des quêtes, des quêtes… à messe, vêpres et complies… ! »

M. Binel, sentant l'injustice de ces assertions, répliquait :

« Il faut bien qu'ils vivent, eux aussi !

– Et qu'ils travaillent ! » rétorquait l'autre, sans aménité.

Binel essayait une justification :

« Tenez compte du fait que le brave homme qui écrivait cela était justement un curé, conscient de l'injustice, qui souffrait sans doute autant que ses paroissiens, et non point le rapace que vous supposez. Il lui fallait d'autant plus de courage pour oser dire sans fard ce qu'il voyait autour de lui, ce qu'il pensait. »

La lecture, page après page, continuait :

« La misère est notre partage. Elle détermine au célibat un grand nombre de ceux qui ne veulent pas s'expatrier… Pas d'hôpital chez nous pour soigner tous nos malheureux, et Millau, dans le sien, entretenu en partie à nos frais, se refuse à recevoir nos infirmes. Pas de bouillon des pauvres… Leur seul soulagement est la distribution, le dimanche, à tous ceux qui se présenteraient, d'une demi-livre de pain fait par moitié d'orge et d'avoine. »

M. Binel commentait :

« Que ça vous console un peu : aujourd'hui, tout le monde mange à peu près à sa faim.

– À sa faim, peut-être ! répliquait l'irascible, mais en s'échinant comme des ânes, tandis que d'autres... ! »

Le « retraité » portait un regard furtif sur ses mains blanches d'intellectuel et croyait saisir là quelque allusion perfide. Et vite, il reprenait sa lecture :

« Le nombre des pauvres est si grand dans ma paroisse que je n'ose l'exprimer : on voit accourir 140 familles à la distribution du pain des pauvres, 170, même la quasi-totalité, car les héritiers de ceux qui ont cru bien faire de léguer leurs biens aux pauvres viennent aussi réclamer leur part. Tout le monde se dit pauvre et ne craint pas d'envoyer les enfants au-dessous de dix ans mendier, disputant ainsi ce que viennent quémander les mendiants étrangers.

– Comme la misère sur le pauvre monde, soupirait Binel. Ah ! jamais je n'ai mieux compris le sens de cette expression qu'en imaginant cette nuée de miséreux se disputant ce grossier pain d'orge du dimanche. »

Et M. Valacher sentait son cœur vibrer à l'unisson.

Il se penchait à son tour sur le vieux grimoire et, d'une voix un peu déclamatoire, reprenait le relais :

« Il est plus rare d'y voir des personnes, parmi celles qui travaillent la terre, parvenir à un âge avancé. L'air étant salubre et les eaux très bonnes, il ne paraît point que ce malheur ait d'autre cause que la mauvaise nourriture en quantité même insuffisante et le travail excessif dont mes paroissiens sont les infortunées victimes. »

Et devant cette préfiguration du curé de choc, Achille daignait sourire :

« Voilà un brave type qui comprenait les choses et ne craignait pas de les dire ! »

Et la lecture reprenait :

« La récolte des grains est souvent insuffisante, elle ne nourrit les habitants que pour la moitié, le tiers ou le quart de l'année.

« Alors ma foi ! on comprend ces abominations : les parents envoyaient mendier leurs gosses, quand tout simplement ils ne les abandonnaient pas au fond d'un bois. Et on laissait les vieux, devenus des bouches inutiles, mourir faute de soins. Et on n'avait d'autre ressource que d'aller faire la moisson pour les autres sur les causses d'alentour.

« Et souffrir beaucoup... »

Cette expression qui revenait de page en page, comme une complainte, laissait les deux hommes tout attendris devant ce vieux leitmotiv de la condition paysanne.

Et M. Binel épiloguait sur ces braves curés de campagne du temps jadis, ma foi ! bien sympathiques, se liguant avec leurs ouailles. Et M. Valacher, le moment d'émotion passé, retrouvait son goût de la contestation.

« Souffrir beaucoup, c'est facile à dire ! Jusqu'au jour où, lassés de toujours courber le dos, les croquants se révoltent. »

Puis, ayant réfléchi un moment :

« On leur a donné le droit de vote à ces ignorants. Si seulement ils savaient s'en servir pour défendre leurs intérêts, élire des gens bien décidés à améliorer leur sort ! Mais non ! À chaque fois, ils choisissent des “culs blancs”. Alors, moi, je me demande si ça vaut bien la peine d'essayer de les éclairer... »

M. Binel observait son interlocuteur, étonné de le prendre en flagrant délit de pessimisme :

« Pourtant, vous disiez que... »

Mais Achille, repris par sa boulimie de lecture, songeait déjà aux longues heures qu'il pourrait passer sur ces documents.

« Faudra me prêter ça, monsieur Binel, pour que j'étudie tout à mon aise. J'y chercherai ce qui se passait ailleurs, à Millau, Sévérac, Rodez… »

Ainsi, plus d'une fois, M. Valacher, tout heureux de nous montrer ses connaissances d'archiviste, nous rassemblait autour de lui sur les pierres en bordure du chemin, à l'ombre du mûrier, pour nous narrer ces événements de jadis qui, dans nos esprits enfantins, prenaient l'allure de contes.

Nous le considérions, nous, comme un vrai puits de science et, faute d'un auditoire d'adultes qui fuyaient ses verbeux commentaires, il nous contait longuement les tristes exploits des « seigneurs de Sévérac », les malices des « brigands du Bourg » et surtout, surtout, celles du « diable de la Cresse ».

Je le soupçonne bien un peu d'avoir sciemment mêlé dans ces histoires le fantastique au réel, afin de retenir l'attention d'auditeurs qu'il savait volages.

Ah ! ce diable facétieux ! Il s'en considérait un peu comme l'héritier, puisqu'il avait acheté en bordure du chemin la maison même de la naïve héroïne de cette ténébreuse histoire.

Il riait dans sa moustache, en évoquant les aventures de cette Catinou.

« Encore des histoires de curés ! bougonnait-il. Mais à celui-là, on lui a quand même administré une belle leçon… »

Donc, depuis quelque temps, on parlait à voix basse de l'étrange chose que rencontrait la Catinou, chaque fois qu'elle allait garder ses chèvres dans un mauvais ravin en pente raide sur le Tarn. Quelque chose ? Ou quelqu'un ? Une bête ? Un homme ? Une apparition céleste comme celle qui s'était montrée dans les temps anciens à Jeanne d'Arc et, tout récemment, à Bernadette de Lourdes ou aux petits enfants de la Salette ? Un diable peut-être ? Chaque époque a les soucoupes volantes qu'elle peut !

Quoi qu'il en soit, on avait l'impression, en écoutant les confidences confuses de la bergerette, que ce devait être une sorte de jeune enfant égaré. Il lui apparaissait au milieu des broussailles de ce vallon ténébreux, implorant du secours, puis disparaissait aussi mystérieusement. Le curé finit par avoir vent de cette étrange histoire. Les esprits étaient encore tout imprégnés de récits d'apparitions et, chaque fois, c'étaient de jeunes enfants, de petits bergers ignorants qui en étaient l'objet. Pourquoi son village n'aurait-il pas droit, lui aussi, à cette faveur ? Le brave curé – et ses paroissiens donc – se mit à rêver à de mirifiques pèlerinages qui apporteraient gloire et profit au pays. Il interrogea la Catinou :

« Un enfant ! Et comment était-il ?

– Tout petit ! Et joli, joli ! Avec des cheveux blonds qui lui faisaient comme un soleil autour de la tête. »

Le curé, déjà, ne doutait plus :

« Un soleil ! L'auréole divine, quoi ! Mais c'est l'Enfant Jésus ! Est-ce que la pauvre nigaude pouvait hésiter encore ? »

La naïve, se sentant déjà l'âme d'une miraculée, convint qu'en effet... Elle promit que le dimanche suivant, après la messe du matin, l'âme purifiée par la communion, elle essaierait de recueillir l'enfant sauvage, de le convaincre de se laisser amener jusqu'à l'église.

Et en effet, la voilà qui descend en bas, tout en bas, dans ce ravin quasi inaccessible, au risque de se rompre le cou et de rouler dans le courant. La voilà qui remonte avec, sur son visage, un sourire de béatitude, tenant dans son tablier relevé quelque chose qui paraissait vivant et remuait, remuait comme dans l'impatience de se révéler.

Là-haut, sur le chemin de l'Alauzet, le curé attendait en compagnie de ses clercs revêtus de leurs plus beaux atours, avec derrière les villageois attentifs, sidérés, les paroissiennes surtout, marmonnant des prières, en attente de l'apparition qui les ferait se jeter à genoux en chantant : « Gloire au plus haut des cieux ! »

Catinou, consciente de son importance, prend la tête du cortège, serrant contre son cœur ce trésor enfermé dans son tablier relevé. Et, tous la suivant, le cortège pénètre dans l'église en attente d'une proche révélation.

« Là, explique Levacher qui répugnait à donner raison à ces illuminés, là, il y avait eu quelque chose de pas bien clair... Chacun, voyez-vous, raconte l'histoire à sa façon. Certains vont jusqu'à dire qu'on avait promis tous les trésors du monde à cette simplette, si... On ? Le diable, rétorquaient certains... Les jésuites, répliquaient les autres.

« Quoi qu'il en soit, il semble que la Catinou soit allée jusqu'à l'autel puis, passant par-derrière, dans l'ombre propice, ait enfin consenti à ouvrir son tablier. »

Le visage du narrateur se dilatait de goguenardise.

« Alors, dans la confusion générale, on voit ou on croit voir une sorte de bête noire, longue et hérissée, un chat peut-être, qui se sauve dans l'église, crachant et soufflant de colère, bousculant chaises et gens, cherchant sans doute une issue. Le curé, le goupillon à la main, galopait à sa suite pour tâcher de l'exorciser et la pauvre fille, ahurie, prenait largement sa part de l'arrosage. Mauvaise fille ! Possédée du démon ! Quant au chat, si chat il y eut – mais le saura-t-on jamais ? –, personne ne put dire d'où il était venu, où il était parti... Était-il parti seulement ?

« Bouche bée, le regard paniqué, les assistants, à présent, entendaient une voix invisible, rauque et grinçante qui semblait sortir de l'autel. Une grande voix qui, au désespoir du curé resté là en attente, son aspergeoir levé, disait à chacun, lui compris, de désagréables vérités :

« “Toi, curé, tu gardes plus que ta part dans l'argent des quêtes ! Et vous, les biates, on sait bien que... Et toi, Jean le riche, tu as ajouté de l'eau au vin que tu vendais... Et toi, la Trebassoune, de l'eau dans le lait que tu portais à la laiterie. De l'eau ! Pire encore, tu pissais dedans, salope, parce qu'on t'avait dit que ça ne s'y connaissait pas !

« “Et toi, clerc, tu chipes l'argent dans le plat... Et tu bois le vin de messe à la sacristie.

« “Et toi, le Ratt, on t'a vu, un jour, ramasser un écu et le mettre dans ta poche, sans courir après celui qui venait de le perdre.

« “Et toi, Polite, tu as déplacé en labourant les *boules*[1] de ton champ.”

« Le curé, la pauvre Catinou, les paroissiens sidérés, cloués sur place comme par un maléfice, se bouchaient les oreilles devant ce déballage général. En fait de miracle, ah ! certes, ils étaient servis !

« Eh oui ! il fallait se rendre à l'évidence : c'était le diable, le diable en personne, qu'avait apporté dans son tablier la jeune *emmasquée*[2]. Un diable qui, à présent installé dans la maison de Dieu, s'en donnait à cœur joie.

« Le curé fit appel à tous les exorcismes qu'il connaissait : l'eau bénite, les signes de croix, le feu purificateur, les prières publiques. Rien n'y faisait. Le malin s'était emparé de son église et prétendait y faire la loi pour toujours.

« Alors le pauvre homme, tremblant que l'affaire ne vînt aux oreilles de son évêque, fit appel aux confrères des environs : ils arrivaient farauds, imploraient le facétieux personnage, le menaçaient. En vain ! Ils recevaient, dans un flot d'injures, le déballage de leurs quatre vérités et repartaient marris.

« Allait-il falloir informer Mgr l'évêque ? La paroisse devenait la fable, la risée de tout le canton. Alors vint, on ne sait trop de quelle paroisse ignorée, un pauvre

1. Boule : *borne.*
2. Emmasqué : *qui a attrapé un sort.*

vieux curé. Il était maigre, le regard humble, la soutane élimée. Un saint homme, murmurait-on, en l'écoutant adresser au diable des objurgations pathétiques. Le coquin se taisait : allait-il rester sans voix devant cet homme au cœur pur ?

« Pensez donc ! Le malin n'est jamais à cours d'inventions :

« “Je t'ai vu, curé, un jour où tu passais par le chemin ; il faisait chaud, tu avais soif ; de belles grappes pendaient aux ceps d'une vigne en bordure… Alors, criminel, tu en as pris une, la plus grosse, qui n'était pas à toi ! Et tu l'as dévorée sans remords !

« – Je sais, je sais, balbutiait le pauvre homme, mais, à la place, comme il se doit, j'ai, sur la souche, déposé une pièce… Une grosse encore !

« – Le propriétaire n'a rien trouvé.

« – Peut-être quelqu'un d'autre, m'ayant observé, a-t-il pris la pièce indûment.

« – Je me rends, fit le diable dont on entendait grincer les dents. Tu as raison, la pièce était tombée par terre et, sans doute y est-elle encore à ce jour.

« – Ah ! vous voyez ! Alors, il faut partir d'ici.”

« Et le diable, enfin maté par tant de sainteté, avait consenti à vider les lieux.

« On se demande, s'interrogeait Achille, mi-sérieux mi-goguenard, s'il a tout à fait disparu. Vous savez qu'on raconte que le diable, un jour de colique, passant par ici et sans doute pressé par le besoin, aurait “foiré” par petits tas, là-bas, plus haut, deçà delà, laissant ici une maison, plus loin tout un quartier, le Plô, le Barry, la Rue, et la Cressette, et le Puech… et notre Maillosque. Quant au pont, notre beau pont, tout neuf qu'il est, on se demande si le diable ne le surveille pas. Il prend pied, justement, tout près de ce maudit *valat*[1] où Catinou fit sa fâcheuse rencontre. Voilà le troisième qu'on met en place, les deux premiers ayant été l'un après l'autre emportés par une inondation, un petit matin de novembre, pff ! comme une paille ! À quand ce dernier ? »

Et il éclatait de rire, afin qu'on ne le prît pas trop au sérieux.

Mais nous, les enfants, étions parfaitement convaincus de la véracité de semblables sornettes. Oui, sans nul doute, il y avait une volonté démoniaque dans la disparition de ces ponts successifs : le diable se gaussait des pauvres villageois et hop ! comme un énorme dragon lové dans les eaux glauques, déglutissait l'un après l'autre nos ponts dérisoires. Nous connaissions l'histoire de ce diable qui, ayant conclu un marché avec un paysan impécunieux, attendait au bout du pont – pourquoi pas le nôtre ? –, un sac grand ouvert devant lui, pour happer l'âme du premier qui se présenterait.

Mais le croquant, plus malin que le malin, lui expédia comme premier passager de ce pont maléfique un vieux chat galeux. Déconfit, jurant de se venger, le diable n'eut d'autre ressource, dans sa colère, que de s'en prendre au pont et de le détruire. Et puisque nos

1. Valat : *ravin.*

parents nommaient « valat du diable » ce ravin escarpé où la Catinou avait fait sa fâcheuse rencontre, pourquoi notre pont n'eût-il pas eu droit à semblable appellation ?

Tarn ! Tarn ! Notre rivière était aux yeux de tous une sorte de personnage fabuleux doué de pouvoirs surnaturels. Bénéfique souvent lorsqu'il venait féconder en douceur ses rivierals, lorsqu'il livrait ses trésors poissonneux qu'on allait, les nuits sans lune, braconner un peu, beaucoup, à la barbe des gendarmes, ou quand il offrait ses grandes, belles grèves blanches aux lavandières de l'été, mais parfois aussi maléfique, chargé d'une agressivité quasi diabolique, balayant tout sur son passage, arbres et bêtes, barques à attache et baraques de jardiniers. De là à croire qu'il était de connivence avec le diable, il n'y avait qu'un pas vite franchi par les enfants aux cerceaux bourrés de fables et par des villageois assez enclins à voir dans les phénomènes naturels l'intervention de forces occultes.

Les vieux frémissaient toujours un peu en passant sur ce pont flambant neuf de toutes ses armatures métalliques, songeant qu'un jour, lui aussi, serait emporté comme les deux autres. Ils eussent de bon cœur pris, comme le faisaient leurs père avant eux, un de ces *naviols*, barques à fond plat qu'on mène à la perche et qui, deçà delà, dans les abicasses de la rive, attendaient qu'on les détachât pour un passage d'une rive à l'autre. Pas besoin de ce maudit pont du diable, songeaient-ils. Et puis, ils connaissaient tous les bons gués et il n'était pas rare de voir un homme monté sur son cheval le mettre à l'eau, pour le faire *gazer*[1] jusqu'à l'autre bord.

Et les soirs d'été, lorsque nos yeux d'enfants voyaient sur l'eau sombre se balancer de drôles de petites lumières, nous n'étions pas loin de croire notre « Tarn » hanté de *fadarelles*[2]. Ce n'étaient pourtant que des amateurs de *luminades*[3] interdites qui partaient à la brune, à quatre ou cinq, sur un naviol. Tandis que l'un des compères menait en silence la barque au-dessus des gouffres, un second alimentait un feu de torches résineuses installé sur une tôle à l'avant sur la pointe du bateau, et les trois autres, armés de longs harpons meurtriers, embrochaient les poissons médusés par ces lueurs insolites. Le lendemain, les braconniers racontaient à grands renforts de gestes et de jurons vigoureux leur équipée de la nuit : les pandores surgis des taillis de la rive, leurs injonctions, la riposte narquoise des loustics… Et ça se terminait par de longues poursuites où les gendarmes étaient toujours bernés. Heureux encore si les malheureux n'étaient pas gratifiés d'un bain involontaire par des costauds qui, traîtreusement, les balançaient par-dessus bord !

Huit jours durant, on se goinfrait de poisson dans certaines maisons braconnières et les oreilles nous tintaient de ces exploits mirifiques qui, pour nos cervelles

1. Gazer : *traverser un ruisseau.*
2. Fadarelles : *petites fées.*
3. Luminade : *pêche à la lumière pratiquée en barque sur le Tarn.*

d'enfants, prenaient des couleurs un peu sulfureuses.

Que de diableries narrées à voix basse dans les veillées et qui nous remplissaient d'une terreur délicieuse ! Fernande ensuite peuplait ses rêves de la nuit où, les yeux affolés, haletante, elle interpellait diables, dracs et trêves. Ah ! ces dracs et trêves ! Il y avait toujours quelque vieille loquace pour nous narrer leurs derniers exploits. Ma mère, sceptique, leur reprochait de nous bourrer le crâne de fariboles. Mais nous, ivres de merveilles comme tous les enfants de la terre et depuis que le monde est monde, nous réclamions la suite.

Encore ! Encore ! Le drac, méchamment, se couche sur votre poitrine lorsque vous dormez et vous serre, vous oppresse, jusqu'à ce que vous vous réveilliez à demi asphyxié. Ou bien il va taquiner le bétail dans les étables et on entend, au plus creux de la nuit, résonner le pied des chevaux énervés et Dieu sait quels étranges *tarabastaïres*[1]. Ou bien, plus malicieux encore, il se déguise sur le chemin en feuille sèche, en papier voletant : doués d'une vie étrange, ils palpitent, courent devant nous, et vous courez, courez derrière, jusqu'à ce que vous vous preniez dans une ronce et plouf ! tombiez dans un trou. Un mouchoir posé par terre, un couteau perdu, méfiez-vous ! Venus par le diable, ils repartent avec le diable, bientôt reperdus.

Quant aux trêves… Leur visage blafard fait tourner le sang des gens qui les rencontrent. Et ma foi, par les nuits brumeuses d'automne, on n'était jamais assuré

1. Tarabastaïre : *importun.*

de n'en point rencontrer quelqu'une embusquée sous quelque porche, drapée de blanc, les orbites vides, dans de grinçants bruits de chaînes secouées. Mes parents haussaient les épaules. Et Achille, le progressiste donc ! « Allons donc ! Les fantômes, on sait bien comment ça se fabrique : un loustic s'enveloppe dans un vieux drap et va faire peur à quelque copain éméché de retour vers son logis. » Et Achille n'était pas loin d'y voir quelque manigance des curés, intéressés à ce que les « revenants » revenaient réclamer des messes pour le repos de leur âme. Quant à nous, les enfants, la vie eût été si fade s'il n'y avait eu ni diables, ni anges voletants, ni fantômes et autres personnages farfelus.

L'explication matérialiste des grandes personnes ne nous satisfaisait point : réduire ces mirifiques évocations à quelques douteuses plaisanteries, non, vraiment, ça n'était pas si facile ! Et lorsque le soir, nous nous hasardions à la porte de la souillarde, devant les noires épaisseurs, nous frissonnions à la pensée de tout ce qu'elles devaient contenir.

Justement, un soir d'hiver, il s'en présenta une de ces trêves, à la fenêtre de notre cuisine. Nous étions là, devant le feu. Mon père, dans un coin, s'ingéniait à creuser au couteau une énorme noix pour, une ficelle enroulée à l'intérieur, la transformer en une sonore *bartabelle*[1]. Le pépé, pour ne pas être en reste, nous apprenait à changer les glands en minuscules toupies. Ma mère avait invité ses voisines à venir apprécier le

1. Bartabelle : *personne qui n'arrête pas de parler.*

bel éclairage qu'elle inaugurait ce soir-là : une lampe à pétrole munie par-derrière d'un réflecteur de métal poli qui, suspendue à un clou près de la cheminée, éclairait le cercle admiratif. Les femmes ne tarissaient pas sur les avantages de ce progrès qui permet d'utiliser des objets aussi pratiques. Nous, dans la douce chaleur, somnolions déjà un peu. Le reste de la pièce était dans la pénombre. Tout à coup, on toque à la fenêtre. Je me retourne, pousse un cri : une sorte de figure à la bouche et aux yeux flamboyants nous regardait derrière la vitre. Les femmes saisies s'interrogent. Mon père, plus courageux, se lève et va voir de plus près. Dehors, c'est la dégringolade, des jurons, des éclats de rire. Un lascar du voisinage, jaloux de n'être point invité, avait, avec quelque copain, monté la bonne farce : une énorme betterave évidée à l'intérieur, éclairée d'une bougie, fichée au bout d'une perche, figurait assez bien une grimaçante marionnette.

Alors, chacun mis en goût par la mésaventure se lança dans des histoires de feux follets. Les feux follets ! Oui, ça existait ! Ma mère pouvait en témoigner elle-même. Elle en avait aperçu, étant jeune fille. Sa mère venait de mourir. Les soirs d'hiver, revenant de la fabrique, elle devait passer devant le cimetière. Et chaque fois, arrivée à un certain endroit, immanquablement elle sentait ses cheveux se hérisser : une petite lumière surgissait devant elle, se mettait à courir à ras de sol comme une drôle de souris.

« Je me sens des sueurs froides dans le dos. Est-ce que je vais m'évanouir ? Le feu follet court toujours et moi, sans volonté, je me sens obligée de le suivre. Il fallait pourtant bien que je rentre chez moi. Et le cimetière dépassé, je sentais mon cœur s'apaiser peu à peu tandis que la maligne lueur s'éteignait. Tous les soirs, c'était la même appréhension, cette même lumière, au même endroit. Je n'osais en parler à personne… » Jusqu'au jour où, en proie à l'anémie et à un délabrement nerveux, la pauvre fille dut s'aliter, abandonnant à d'autres le feu follet et ses facéties.

Mon père haussait les épaules et ma mère, de bonne foi, reconnaissait sa sottise. M. Binel, M. Valacher et tous les gens instruits nous expliquaient les causes scientifiques de ces lueurs mystérieuses, mais nous trouvions, nous, à ces apparitions, une saveur singulière, et qu'elles fussent âmes en peine, comme le prétendaient les vieilles femmes, ou simples flammes méthaniques, nous n'eussions pour rien au monde voulu en être les témoins.

Mais un frisson plus horrible encore nous saisissait, lorsque ma marraine Léontine, jamais à court de narrations, nous contait l'histoire de ses trois gouttes de sang.

Elle avait eu trois filles, belles comme trois fleurs, mortes toutes trois et à peu d'intervalle. Elle en portait au cœur le dolent et toujours vivace souvenir.

« Je sors de chez moi et qu'est-ce que je vois sur la pierre du seuil ? Trois gouttes de sang !

« Je me dis : Léontine, un malheur se prépare. Trois, comme tes trois filles ! Et voilà ma Louisette, puis mon Angèle, seize ans, fraîche comme une rose, puis leur sœur Constancette, qui tombent malades. Toutes trois condamnées, comme si une peste passait sur la maison. On n'a rien pu faire pour les sauver. »

Elle restait pensive, toute à l'évocation des jeunes mortes, essuyait ses yeux, et ma mère, compatissante, s'efforçait de parler d'autre chose.

Ma marraine s'était fait une religion à sa mesure. Si elle négligeait d'assister aux offices dominicaux, elle avait un culte un peu fétichiste pour la Sainte Vierge, et pour rien au monde n'eût manqué son mois de Marie ou celui du Rosaire. Elle croyait fermement aux présages, à la transmission de pensée, aux rêves prémonitoires. Et à son exemple, je fus plus d'une fois, devant certaines coïncidences mystérieuses, encline à y croire aussi. Pourquoi pas, après tout ? Il y a, dans le vaste univers, tant de choses inexpliquées, tant de choses étranges que notre petite raison ne parvient pas encore à comprendre : sixième sens, atomes crochus, ondes telluriques et télépathie, tout un domaine mal circonscrit, suffisamment surréel pour peupler le monde et nos cerveaux de présences mal définies, de fables et de rêves grandioses, peut-être aussi vrais que le réel.

Quant aux revenants, ces âmes en peine venues de l'outre-tombe, chacun, dans le village, était censé admettre leur existence. Les hommes avaient beau ricaner, ils n'osaient contredire leurs femmes lorsqu'elles avouaient avoir donné une messe pour apaiser l'âme en peine de leurs morts.

Pauvres âmes du purgatoire ! C'étaient elles qui se plaignaient, les nuits de tempête, pour rappeler la longue quarantaine où les confinait l'oubli des vivants. Le curé, le dimanche, quêtait pour leur délivrance et, en toute candeur, se faisait une source supplémentaire de revenus, dans un pays où le denier du culte rapportait trop peu à son gré. Il ne dédaignait pas non plus d'extorquer aux vieux égrotants quelque argent qui paierait, assurait-il, les prières dites pour eux après leur mort.

Ma mère prit ainsi, un jour, une grande colère à ce propos. Grand-père était malade : il avait peur de mourir. Calixtou, averti, vint lui faire une visite de réconfort. Mais la bru méfiante écoutait derrière la porte mal refermée. Le visiteur patelin se faisait promettre les économies du pauvre vieux pour qu'après sa mort, on dise des messes à son intention. L'écouteuse outrée ne voulut pas en entendre davantage : elle ouvrit violemment la porte, prit à parti le curé étonné, l'accusant de captation d'héritage, et assura que ces quelques écus seraient bien plus utiles pour la subsistance des vivants. Calixtou, ulcéré, l'avait traitée de païenne et promis à notre maison un enfer généralisé. Et l'hérétique, de plusieurs semaines, avait refusé de mettre le pied à l'église.

Quant à moi, être privée de messe me parut la pire des punitions. J'avais déjà fait la communion privée, ayant atteint sept ans, cet âge fatidique dit « âge de raison ». Et je nous vois encore, pauvres petits anges du bon Dieu, trottinant sur les chemins blêmes du petit jour vers l'église où nous devions communier. Les yeux encore gonflés de sommeil, l'estomac vide – car il était prescrit de demeurer absolument à jeun –, nous entrions dans l'édifice humide et froid. Quelques cierges sur l'autel tremblotaient faiblement. Le banc était dur sous nos genoux pliés. La cérémonie n'en finissait pas. Et lorsque venait l'heure de quitter sa place pour aller communier, on voyait les pauvres petits anges aux joues blêmes vaciller en marchant et parfois s'affaisser sur le sol. Des cloches se mettaient à tinter drôlement dans vos oreilles, des mouches blanches voletaient comme une neige devant vos yeux et tout à coup, hop ! plus rien !

Nous nous sentions toutes pleines de notre importance, un peu comme des miraculées, lorsque quelque mère attentive, accourue à nos côtés, nous prenait sous les bras et nous amenait au dehors où l'air frais du matin nous faisait reprendre nos esprits.

Ces syncopes dominicales, nous en parlions entre nous, à la fois ravies et un peu effarées :

« Elle s'est trouvée mal... »

« Elle est tombée en allant à la sainte table... »

« On a dû l'allonger dehors, elle ne voulait pas revenir... »

C'était une sorte d'épreuve glorieuse, à mi-chemin de l'extase et du martyre. Je suppose que Jeanne la bergère et la petite sainte Thérèse et Bernadette de Lourdes, ces pâles filles anémiques, devaient puiser dans cet état d'absence le motif de leurs apparitions. Et sans doute accède-t-on par ces voies difficiles au mysticisme le plus éthéré.

Quant à l'hostie offerte par les mains du prêtre il nous était bien recommandé de la déglutir d'un seul coup, sans goinfrerie ni nausée. Sinon, si par inadvertance on s'avisait de la mastiquer – est-ce qu'on mâche le corps du Seigneur ? –, on risquait de la voir se changer en épines cruelles et langues de feu.

Somme toute, ces évanouissements vous mettaient en vedette et il y avait parfois, parmi ces ouailles défaillantes, des dames en « situation intéressante ».

Ma mère hochait la tête, l'air entendu :

« Oh ! j'ai bien compris que c'était “ça”. Deux dimanches de suite qu'elle s'est trouvée mal et, aujourd'hui, elle a préféré ne pas venir ! »

Ces allusions à « ça », ces clins d'œils complices, ces chuchotements qui cessaient brusquement devant nous qui jouions, l'air faussement indifférent, donnaient lieu, dans nos esprits en éveil, à toutes sortes de suppositions saugrenues.

« Elle est enceinte ! » Et moi qui, pendant longtemps, avais compris « en sainte », je trouvais cela tout à fait normal, la sainteté étant le propre des personnes avides de communion. Et lorsque la dame enceinte devait se coucher pour « accoucher », je trouvais que cela allait de soi. On nous disait : « Les petits enfants, c'est le bon Dieu qui les envoie ! » comme si nos géniteurs eussent été heureux de pouvoir se décharger sur Dieu ou le destin de leur insouciance. De là à croire que les bébés allaient se chercher à l'église, il n'y avait qu'un pas : parole d'Évangile ! La Sainte Vierge n'avait-elle pas reçu son fils Jésus comme un don du ciel par l'entremise d'un ange ? Et nos mères s'entêtaient à nous maintenir le plus longtemps possible dans cette foi puérile. Pourtant, ces naissances qui, soi-disant, se mitonnaient dans la maison de Dieu, à moins que cela ne fût une fabrication de grande série dans les magasins parisiens, nous finissions bien par nous douter qu'elles s'effectuaient différemment.

Lorsque l'oncle Léon venait nous voir, son franc-parler de vieux garçon nous faisait dresser l'oreille.

Évoquant quelque femme en gésine de son « pays bas », il commentait allègrement : « *Aïe ! Coucagno ! la fenno cridabo, cridabo, saï que fasio l'infant*[1] *!* »

Faire un enfant ! Eh oui ! comme la chatte ou la chienne faisaient leurs petits !

Ma mère, gênée pour nos chastes oreilles, remuait sur sa chaise, touchait le coude du narrateur, lui faisait les gros yeux. Mais lui, tout à son histoire, ne voyait rien, ne comprenait rien. Alors, elle commentait :

« Tiens, va me chercher un mouchoir dans l'armoire… »

Je saisissais l'astuce et obéissais en traînant les pieds. Faire un enfant ! Ma foi ! je commençais bien à me douter qu'un bébé, cela se faisait de la même manière que des petits lapins et des petits chevreaux. Les modalités m'intriguaient seulement. Et je

1. Aïe ! Cocagne ! La femme criait, criait, sans doute elle faisait l'enfant !

soupçonnais fortement que les papas devaient bien avoir quelque rôle aussi dans l'histoire.

Nous avions une chèvre et c'était même moi qui, l'année passée, avais été chargée de la conduire au bouc. Ah ! certes, ce n'était pas là une mince affaire ! Nous partions avec Marilou ou Margot, chacune notre bique au bout d'une corde et, par les chemins pierreux qui menaient au causse, nous allions les confier au berger du Sonnac.

Parmi les deux cents, trois cents brebis de son troupeau, il avait un bouc, une drôle de bête hirsute, cornue et barbichue, dont les yeux vairons vous dévisageaient drôlement avec, à ses trousses, tout un harem de naïves chevrettes mises là en pension pour quelques jours. Le bouc sentait horriblement fort et lorsque, l'opération accomplie, nous remontions là-haut pour ramener notre chèvre, elle aussi était imprégnée de la terrible odeur ; je suppose que nos vêtements aussi.

Voyons, tout le monde savait bien que pour avoir des chevreaux, il fallait mener la chèvre au bouc. Comme pour la lapine à qui ma mère, parfois, amenait un compagnon dans sa cage. Comme pour les poules dont les œufs, pour former des poussins, devaient avoir été *gaillés* par le coq. Et puis il y avait cette vision un peu extravagante sur laquelle nous tombions parfois au détour d'un chemin : deux chiens solidement arrimés par leurs queues et qui nous regardaient d'un œil vague. Moi, je passais vite, pudiquement détournée, essayant de tirer Fernande qui, elle, en toute candeur, voulait voir et savoir. Celle-ci, ayant un jour trouvé sa bonne chienne Bergère ainsi colonisée par un vilain toutou du voisinage, prit un bâton pour punir le méchant. Mais ma mère était intervenue : « Laisse-les, va ! Tu vas leur faire mal ! »

Ainsi, peu à peu, les années venant, commencions-nous à mépriser les songes de l'enfance. Mensonges que tout cela ! Mensonge, ce petit Jésus acrobate qui soi-disant descendait dans les cheminées pour porter des joujoux dans les souliers des enfants sages, et parfois aussi des bébés pleurnicheurs dans des berceaux dégarnis ! Mensonge aussi, ce magasin mythique où certaines mamans prétendaient commander leurs enfants ! La familiarité avec les bêtes, les conversations surprises entre grandes personnes, les sous-entendus savants vite explicites de nos mères, les allusions salaces des hommes nous tenaient lieu assez vite et sans grand heurt psychique, je suppose, d'éducation sexuelle.

Si nos poupons de celluloïd étaient sagement sexués, nos petits frères, eux, ne cachaient rien de leurs avantages. Et les grands, donc ! Dans leurs poursuites, ils n'y allaient pas de main morte et parfois, pour leur propre instruction, ils ne se faisaient pas faute de « toucher » furtivement au passage ce que nous cachions sous nos tabliers, dans la fente ouverte de nos longs pantalons à volants. Certes, nous fuyions, tendres brebis effarouchées. Et c'étaient, de loin, des joutes homériques où nous nous lancions des invectives sans finesse :

« Filles, p… à la chemise ! »

« Garçons, ch… au pantalon ! »

Dans le fond de notre cœur de petits anges, nous étions un peu écœurées de ces manières brutales et nous faisions parfois des détours imprévus pour éviter les horions, surtout quand nous étions en vue de cette bouche sombre du four communal, antre rempli de noirs démons.

Si parfois, ivre de colère, je ripostais, Margot, elle, ne voyait son salut que dans la fuite. Elle prenait ses jambes à son cou et galopait, galopait, sous les lazzi des polissons – et son frère avec eux – qui braillaient : « L'automobile ! L'automobile ! » ce nouveau moyen de locomotion faisant encore dans le pays figure de mythe.

Mais le samedi soir, à confesse, lorsque nous étions interrogés sur nos mauvaises pensées, nos regards, nos gestes impudiques, nous inscrivions tout cela en vrac dans le registre de nos péchés. Car, dans l'ombre moite de son confessionnal, Calixtou, l'œil dardé derrière le treillis de bois, s'y entendait dans l'art de sonder les reins et les cœurs.

« Vous irez vous confesser, ce soir, en montant de l'école », avaient dit nos mères.

Agenouillée sur le banc de bois dur, la tête dans les deux mains, je procédais avec méthode à ce ramonage hebdomadaire de mon âme d'enfant. Et chaque fois, me venait à l'esprit cette image terrible de mon catéchisme : une pendule fatidique, rythmant de son balancier les mots sans recours, toujours, jamais, sous un diable cornu et fourchu, à souhait. Toujours ! Toujours, tu y resteras, en enfer ! Jamais ! Jamais, tu n'en sortiras ! Le curé nous en avait donné l'explication à grand renfort de roulements d'yeux furibonds et de phrases tonitruantes. Comme il nous a appris à faire notre examen de conscience. Pour ma part, j'y procédais sans faiblesse, tous les commandements y passaient :

Tes père et mère honoreras...
Le bien d'autrui, tu ne prendras...

Jusqu'à celui qui eût dû être à l'usage exclusif des adultes :

L'œuvre de la chair, ne désireras,
Qu'en mariage seulement...

Menus mensonges, larcins infimes, gros mots et désobéissance, gestes indécents et tenues impudiques... Nous étions bien parfois un peu embarrassés pour comptabiliser tout cela.

« Combien de fois ? soufflait la bouche d'ombre, combien de fois ? »

Et il nous semblait qu'un regard justicier, embusqué derrière la grille, nous sondait jusqu'au tréfonds de l'âme. Alors, pour ne pas être prise en défaut, pour ne pas faire piètre pécheresse, un peu honteuse de ma médiocrité, je faisais bonne mesure, comptant plutôt deux fois qu'une mes peccadilles.

Et je sortais du confessionnal, ayant, pour pénitence, reçu le tarif habituel : dix *Pater* et dix *Ave*, avec bien entendu le ferme propos de ne pas recommencer.

Ne plus recommencer ? Certaines trouvaient le scrupule bien inutile. Celle-ci ou celle-là, parmi mes anciennes compagnes d'école libre, ne se mettaient pas martel en tête : l'une d'elles, avec le naïf cynisme des belles consciences, ne me répondit-elle pas un jour où je la prenais en flagrant délit de mensonge :

« Ça ne fait rien, va, puisque je m'en confesserai. »

Et elle partait se confesser, assurée que dans son âme à nouveau blanche comme lys, le vilain pêché, puisque avoué, ne devait laisser aucune cicatrice.

Ah ! ce mensonge ! Nous nous faisions entre enfants de grands serments, suivant des formules consacrées un peu magiques où le diable, qui sait depuis combien de siècles, insinuait son pied fourchu :

Croix de bois, croix de fer,
Si je mens, je vais en enfer.

Ma mère, à nous entendre, haussait les épaules, ayant, elle, un moyen infaillible de déceler nos supercheries :

« Ne mens pas, va, c'est écrit sur ton front ! »

Et cette mise en garde ne manquait pas de m'impressionner quand je sentais, en dépit de tous mes efforts, le rouge de la honte envahir mon visage…

L'intransigeance de la jeunesse

UN VENT DE FOLIE, tout à coup, soufflait dans les ruelles. Toute une jeunesse excitée se trouvait en émoi : par petits groupes, les jeunes se rencontraient, discutaient, complotaient à voix basse, les garçons lançant de grasses plaisanteries que les filles, sorties dans l'ombre des maisons, accueillaient avec des fous rires et des exclamations scandalisées. Que préparaient donc ces commandos déchaînés ?

Eh oui ! la nouvelle était bien exacte ! Le vieux Dumas se remariait donc ! Et avec une veuve encore ! D'un âge encore plus minable ! Est-ce qu'elle n'avait pas honte ? Ah ! ils allaient voir, ça ne se passerait pas comme ça ! On saurait bien leur en faire passer l'envie. Et s'ils croient qu'en se mariant ailleurs, sans avertir personne ! Faudra bien qu'ils paient ça ! En avant donc pour le charivari !

Le samedi suivant, à la nuit noire, les chemins, les ruelles, les impasses les plus inaccessibles retentissaient d'un brouhaha démoniaque : oui, les mariés étaient là, on les avait vus arriver, se faufiler à la brune dans leur demeure par une porte dérobée !

Agitant des crécelles, des grelots, jusqu'à ces grosses cloches qu'on suspend au cou des bœufs, s'époumonant dans des cornes en de lugubres mugissements, sifflant, hurlant comme des démons, sautant comme des fous, insaisissables et partout à la fois, au bord de l'hystérie collective – ah ! les Johnny d'aujourd'hui n'ont rien inventé –, garçons et filles se déchaînaient autour de la maison où, sans doute, devaient trembler les deux délinquants. Dans quels tréfonds obscurs prenaient donc racine cette rage justicière, ce délire de saturnales ? Qu'y avait-il donc de répréhensible dans ce remariage ? Le vieil instinct de chasseur du mâle lui souffle et le convainc que chaque femme est une proie à convoiter et à prendre, l'exclusive propriété de celui qui l'a conquise. Que l'homme chasse ici et là, porte sa graine en terrain libre ou réservé, peu importe. Mais, par une curieuse contradiction, on juge que la femme, elle, a le devoir de rester fidèle à celui qui l'a prise. Et ma foi, on trouverait tout naturel que la veuve se refusât à vivre encore après la mort de son époux, et pourquoi pas que, comme aux Indes, elle se jetât dans le bûcher funéraire pour suivre son défunt.

Glapissements, grasses plaisanteries, premiers cailloux lancés contre la façade close.

« Coucarou ! Coucut ! » Les allusions érotiques, les sifflements fusaient de tous côtés. Ces forcenés n'eussent pas agi différemment si on leur avait demandé de lyncher un parricide. Et les filles, pauvres inconscientes, faisaient chorus dans cette bacchanale. L'ombre était épaisse dans les ruelles où aucun éclairage public n'existait encore. On entendait des jurons, le bruit sourd de chutes dans les fossés, des exclamations justicières, comme si une meute de jeunes loups se pressait vers la curée. Toute une jeunesse – car dans le fond, la jeunesse est la même dans toutes les époques – ivre de sa jeune puissance, se défoulait.

Mais la maison assiégée, toutes lumières éteintes, restait silencieuse. Ah ! ils ne voulaient pas se montrer, sortir, négocier avec quelques billets de banque une paix honorable ? Eh bien ! on allait voir !

Alors, exaspérés par cette résistance passive, deux ou trois gars venaient d'avoir une inspiration : on entassait échelles et carrioles, bottes de paille et vieux cuveaux, pour grimper dessus, essayer de forcer les volets récalcitrants.

Un siège en règle commençait : le vieil instinct des barricades envahissait ces villageois qui, pourtant, n'avaient jamais connu l'ambiance citadine des combats de rues. Autour de la maison assiégée s'édifiaient des barrages derrière lesquels des furieux lançaient pierres et lazzi.

Un bruit de volet violemment rabattu ! Et voilà qu'au *fenestrou* du grenier, tout là-haut, sous le toit, une silhouette noire a surgi. Un coup de feu claque, tiré vers le ciel en guise de semonce. Une voix furieuse hurle :

« Bande de salauds ! Vous allez vous taire, à la fin ! Les gendarmes ont été avertis, ils arrivent ! »

Un bruit de dégringolade ! Et toute cette jeunesse prête à l'assaut mais déjà dégrisée s'éparpillait comme une volée de moineaux.

Certes, les sages du pays trouvaient excessives, hérétiques même, ces manifestations primitives ; le curé les flétrissait même du nom de saturnales. Mais quelle époque a pu empêcher ces explosions où la jeunesse exhale dans le bruit et la fureur un trop-plein de sève ? Et la *vox populi* qui se manifestait ainsi était particulièrement intransigeante. La femme infidèle sentait dans son dos, lorsqu'elle passait, les ricanements de gros lourdauds bien décidés, le cas échéant, à profiter d'une « vacance » dans l'emploi du temps de la dévergondée. Quant à la veuve joyeuse, folle de son corps, semant la perturbation dans la paix des ménages, n'avait-on pas le droit de la marquer au fer rouge par cette épithète infamante : « *Truejo* ! », « Sale truie ! »

Mal de pieds, mal de dents

JOURS NOIRS D'HIVER : je clopinais, dans mes galoches à semelles de bois consciencieusement cloutées, sur les chemins raidis de gel. Ah ! comme elles me faisaient mal ! Je sentais mes orteils tout endoloris dedans, sous les gros bas de laine tricotés par ma mère. Le matin, me voyant en sérieuse difficulté pour les chausser, elle avait soupiré :

« Ces galoches sont devenues trop petites. Il va falloir t'en acheter d'autres. »

Et mon cœur s'était réjoui.

Pourtant, en attendant les chaussures neuves, il fallait bien continuer à marcher. Le sol durci sonnait sous mes pas. Et je sentais à mes talons la démangeaison sournoise qui annonçait d'imminentes engelures. Chaque hiver, c'était le même drame pour la gent écolière : les pieds gonflaient dans les chaussures inconfortables et, un jour, vos orteils, vos talons, apparaissaient tuméfiés, crevassés, méconnaissables. Et si, encore par-dessus, appuyaient des galoches trop petites...

Dieu sait pourtant que, question chaussures, nos mères prévoyantes prenaient de sérieuses précautions. Lorsqu'elles allaient au marché du vendredi, avec le *cabillou*[1] de bois taillé à la mesure de nos petits pieds, elles avaient soin, en le lui présentant, d'avertir le marchand :

« Un peu plus grand que ça, s'il vous plaît, une ou deux pointures en dessus. »

Et les premiers temps, agrémentés de deux paires de chaussettes l'une sur l'autre, nos pieds traînaient d'énormes boulets qui nous faisaient trébucher. Puis venait la belle époque, celle où les souliers étaient approximativement à votre mesure. Mais ils résistaient diantrement, les bougres ! Une empeigne en gros cuir inusable que notre mère nous apprenait à noircir en passant, en guise de cirage, la brosse sur le cul noir et gras de la poêle ; des semelles dont notre père vérifiait régulièrement le cloutage.

Alors arrivait toujours le moment où la chaussure avait encore fort bonne mine, mais où les pieds, ayant trop vite grandi, se martyrisaient dedans.

Fernande, en sa qualité de « petite », savait fort bien se défendre contre l'agressivité de chaussures mal faites pour ses pieds. De même que pour ces vaillantes chaussettes de grosse laine suiffée qui, paraît-il, grattaient trop.

---

1. Cabillou : *petite cheville de bois.*

Mal de pieds, mal de dents

Elle pleurnichait : « Mes souliers me font mal ! »

Et j'avais parfois la chance de voir les miens finir leur carrière sur ses petons.

Et donc, à moi les brodequins neufs, les belles bottines qui craquaient si joliment, quand je remontais toute l'église pour retrouver notre banc de « laïques » !

Des années passèrent et vint le jour où, inspirée sans doute par l'histoire de Cendrillon promue princesse grâce à ses petits pieds, je me mis, comme toutes les filles d'alors, à tirer fierté de semblable avantage. Nos amazones d'aujourd'hui, casquées en cosmonautes, bottées à mi-cuisse dans un quarante-deux fillette qu'elles assument sans complexe, souriraient, je suppose, de ce snobisme désuet qui tirait gloire de chevilles d'oiseau et d'un trente-six devenu définitif.

Mais les engelures ! Nous soufflions dans nos doigts que l'onglée torturait. Il est vrai que, pressés de jouer comme tous les enfants du monde, nous omettions, au sortir de l'école, d'enfiler ces moufles incommodes que nos mères attentives nous avaient taillées, comme nos longues capes, dans de vieilles capotes rapportées des tranchées.

Et si, dans cette géhenne enfantine, il n'y avait eu que des engelures ! Il y avait aussi et en toute saison, la torture des maux de dents ! Je m'étais même, de cette misère, fait une spécialité : au temps où bambine mal détachée du giron familial, je n'aimais guère l'école, j'avais, au moment du départ, un bon prétexte qui, neuf fois sur dix, attendrissait ma mère. Je pleurnichais hypocritement : « J'ai mal aux dents ! » Et j'obtenais la permission de ne pas la quitter ce matin-là. On ne connaissait pas encore à cette époque les bienfaits de la Sécurité sociale qui, maintenant, incite les gens à se soigner et plutôt deux fois qu'une. Le dentiste était loin, ses soins coûteux ; alors on admettait cette fatalité là comme tant d'autres : souffrir et attendre que ça vous passe. Est-ce qu'il y avait là de quoi se compliquer encore une vie déjà assez difficile ? D'ailleurs, l'arracheur de dents n'était-il pas un personnage sur qui, depuis toujours, s'aiguisait la malice populaire ? Tout juste bon, comme dans les foires du temps jadis, à vous extirper vos dents – et souvent la bonne à la place de la mauvaise – à grand renfort de pinces, tenailles, marteaux et promesses mirobolantes ! Donc, mieux valait les conserver, ses dents, même cariées, même ébréchées.

Pour moi, je souffrais et, depuis mes premières quenottes, de mes dents gâtées. On me consolait en me disant que c'était là misère fort commune. Et lorsque je me plaignais trop, on me soignait avec les moyens du bord : un tampon de coton imbibé d'eau-de-vie, une pincée de sel ou de tabac à priser dans la cavité douloureuse. En dernier ressort, si ces médications s'avéraient inefficaces, on faisait appel à la terrible créosote qui, elle, vous soulageait, faisait bientôt tomber les dents en morceaux.

De vilains abcès tuméfiaient vos gencives. Vous criiez, larmoyiez, sans pouvoir ni manger, ni dormir. Jusqu'au jour où, vous sentant un drôle de goût dans la bouche, vous crachiez une salive mêlée de sang et de pus verdâtre. Alors on vous faisait rincer la bouche avec une gorgée d'eau-de-vie et chacun respirait : la crise était passée !

Aussi entendit-on des alléluias triomphants lorsque quelqu'un importa de la ville ce remède miracle découvert récemment : l'aspirine ! On allait pouvoir laisser s'exercer en paix la carie, puisqu'on avait une arme contre la douleur ! Ma mère me bourra d'aspirine jusqu'à ce que, assommée, je sombre dans un sommeil de narcose. Et pourtant, il fallut bien, une fois, se résoudre à rendre visite au dentiste pour la faire extirper, cette dent venimeuse qui refusait de déclarer forfait. J'avais reçu les plus beaux encouragements. On en profiterait, une fois à Millau, pour faire d'une pierre deux coups : j'aurai droit à une paire de chaussures neuves. Certes, j'étais alléchée : l'animation du marché, les beaux magasins, les hautes poupées dans leurs vitrines, le bazar peut-être et ses innombrables trésors ! Et sur le coup de midi, le jardin public où ma mère me mènerait faire un repas de gala sur un banc : des petits pains frais, du saucisson, un gâteau de pâtissier !

Ah ! si seulement il n'y avait pas eu, insérée dans cet emploi du temps prestigieux, la séance chez le dentiste ! C'était un petit vieux à barbiche blanche, l'œil goguenard. Je scrutais avec méfiance cette pièce claire aux tables encombrées d'instruments bizarres. Ma mère me tenait les mains, de peur que je m'agite dans ce grand fauteuil où l'homme, m'ayant empoignée sans douceur, m'avait assise. Il manipulait pensivement des pinces, des raclettes, de longues aiguilles. Il allumait une petite flamme, jetait sur moi un regard sardonique. Alors, malgré ma timidité, le cœur battant, je pris l'audace de l'interroger :

« Qu'est-ce que vous allez me faire ? »

L'homme eut un ricanement d'ogre et, montrant la fenêtre :

« Eh, foutre ! tu le vois bien ! Te pendre à l'espagnolette ! »

Quoique j'eusse vaguement compris que c'était là une plaisanterie, je me mis à me débattre en hurlant de terreur. Et je crois que mes deux tortionnaires, sidérés par la violence de ma réaction, préférèrent ne pas insister. Je ressortis de cet antre avec ma dent condamnée toujours en place et qui, par miracle, ne me faisait plus mal du tout !

Les poux

MA MÈRE TIRAIT UNE JUSTE GLOIRE – et nous donc – de nos beaux cheveux dorés. Mais quel souci, tous les jours, pour les coiffer ! Le démêloir tirait, se coinçait dans les mèches en désordre et nous grimacions de souffrance. Je suppliais : « Assez ! Assez ! »

« Si vous ne vous laissez pas peigner, vous aurez des poux, énonçait une voix sans réplique. Et un jour, les poux devenus innombrables, se tenant par la main, faisant la tire-longue, cramponnés à vos tresses, vous traîneront jusqu'à la rivière pour vous y noyer… »

Fernande, prenant au sérieux la menace, se laissait faire docilement. Pour moi, j'essayais de discuter :

« Puisque mes cheveux sont nattés, pourquoi les défaire chaque matin afin de les tresser à nouveau ? Laisse-les donc comme ça, maman ! »

Mais à quoi bon essayer d'éluder la corvée ? Peigne, démêloir pour le gros œuvre, un peu de vaseline à la violette écrasée entre les paumes pour lubrifier, le peigne fin pour lisser et, à l'occasion, cueillir quelque pellicule, et me voilà, le cheveu lisse et brillant, une grosse natte brinquebalante sur mon dos.

« Ah ! disaient les commères, vous avez bien de la chance que vos filles n'attrapent pas des poux ! »

Elle se redressait fièrement :

« C'est que je leur savonne les cheveux de temps à autre ! »

– Se laver les cheveux ! Quelle hérésie ! La vieille Fabrine s'était exclamée, horrifiée, un jour d'été où, dans la cour, nous séchions au soleil nos tignasses frais lavées. Mais vous allez leur faire prendre mal ! Se laver la tête ! Vous n'y pensez pas ! »

Voire ! Scandaleuse ou non, ma mère récidivait. Mais l'hiver, toutefois, c'était une besogne un peu plus délicate devant laquelle on pouvait hésiter.

Et voilà qu'un jour, nous peignant devant la fenêtre, notre mère dut se rendre à l'évidence comme nos camarades d'école, nous avions récolté… des poux !

Horreur ! Mon père essaya de la consoler en prenant la chose à la rigolade : des totos ! Les poilus en avaient récolté eux aussi dans les tranchées.

Ma mère réfléchissait : ses filles avaient des poux ! Comment les en débarrasser ? Les insecticides : nicotine, D.T.T., n'étaient pas encore connus, et je suppose que cette absence était responsable de la prolifération des vilains parasites sur nos têtes d'enfants. Ma mère, le cœur gros, fut bien obligée de demander conseil aux unes ou aux autres.

« Vous frictionnez la tête avec du pétrole, les poux n'aiment pas ça, alors ils se sauvent. »

Les poux n'aimaient pas le pétrole ! Et nous donc ! Plusieurs jours durant, leurs malheureuses victimes se promenaient dans un relent de pétroleuses qui les signalait, hélas ! à l'attention malicieuse de leurs compagnes. Elles reniflaient, pincées, en passant dans votre parage :

« Elle sent le pétrole, c'est qu'elle a des poux ! »

Ma mère, humiliée, préféra essayer une autre recette : badigeonner les cheveux avec une pâte faite d'huile battue avec un jaune d'œuf. Je ne sais si les poux appréciaient cette mayonnaise servie à domicile, mais nous rechignions en voyant nos tignasses transformées en casques d'or.

Sales poux ! À la rigueur, on pouvait les rechercher minutieusement et les occire l'un après l'autre en les éclatant entre deux ongles suivant une coutume immémoriale. Mais les lentes, ces sales œufs inexpugnables dans leur coque dure ! Elle essaya de les cueillir sur les cheveux où ils se cramponnaient. Elle passa, mèche par mèche, au peigne fin. Que ne tenta-t-elle pas ? La seule chose vraiment efficace, mais qui eût paru sacrilège à cette époque, eût été de nous raser à la tondeuse, comme on faisait aux garçons…

Durant plusieurs semaines, je portai l'opprobre d'héberger, dans ces cheveux dont j'étais si fière, des colonies toujours renaissantes de poux. Les voisines, devant le chagrin de ma mère, s'efforçaient de la consoler. L'une assurait : « C'est les gosses vigoureux qui ont ça ! » Et l'autre : « C'est la faiblesse ! Donnez-leur seulement, à vos filles, pour les fortifier, un peu d'huile de foie de morue ! »

Vigueur ou faiblesse, huile de foie de morue ou pétrole, un jour, ma mère soulagée constata que les sales parasites avaient disparu aussi mystérieusement qu'ils étaient apparus.

Heureusement pour nous car, nous avoua-t-elle par la suite, elle en était venue à accepter cette solution du désespoir qui nous eût fait mourir de honte : nous passer la tête au triple zéro !

Bourrel et sa Bourrelle

Bourrel et sa bourrelle descendaient chaque dimanche matin au pas hésitant de leur mule de cet amas de rochers chaotiques, sur la longue falaise en éperon où ils gîtaient. Ils vivaient là-haut, dans une vieille maison à la longue voûte couverte de lauzes grises. Tanière autant que demeure. Ils restaient les ultimes survivants du hameau féodal, construit il y a des siècles et des siècles autour du château de Caylus. Et ne se glorifiaient-ils pas, en affirmant que leur maison en était sans nul doute l'ancienne chapelle désaffectée ? Le vieux château abandonné depuis longtemps se délitait peu à peu au soleil et le site n'offrait guère plus de différence avec toutes ces roches ruiniformes qui, sur nos causses, témoignent de la longue érosion du temps, donnant au minéral l'aspect ambigu de vieilles cités oubliées.

Et ne soupçonnait-on pas plus d'un villageois, en bas dans la vallée, d'avoir transplanté dans sa nouvelle demeure plus d'une pierre sculptée, arrachée aux fenêtres à meneaux et aux portes en ogive ?

Les derniers vestiges dominaient superbement la vallée du Tarn avec, en vis-à-vis, aussi hautaines, les ruines fraternelles du château de Peyrelade.

Quelques pans de murs d'une épaisseur impressionnante, de fortes murailles d'enceinte aux trois quarts arasées et, parmi les éboulis, droit sur l'abîme, une grande salle à ciel ouvert où de hauts buissons crevaient les dalles, tout cela, plutôt informe, avec, dans les cervelles villageoises, le souvenir vivace d'un trésor caché au fond de quelque oubliette inaccessible et dont le Bourrel et sa Bourrelle devaient être les ultimes héritiers.

Cela donnait pour nos esprits d'enfants un étrange prestige aux deux bons vieux. Aucun doute ! Ils savaient où gîtait le trésor, et leurs petits-enfants : Jèpe, Marinou, Paulou, mes voisins, en hériteraient un jour…

Quant à leur patronyme de Bourrel, il avait de non moins étranges résonances. M. Valacher, qui nous narrait les aventures sanglantes des anciens châtelains, ne nous avait-il pas parlé de ces bourreaux qui, au temps jadis, vêtus de rouge, torturaient, décapitaient à la hache les bandits et aussi les manants indociles ? Bourrel, bourreau ? Le vieux couple n'était-il pas, dans sa fruste innocence, l'ultime survivant de cet exécuteur qu'entretenait à grands frais, comme tous les seigneurs, le sire de Caylus ? L'arrière-arrière-grand-père de la douce Marinou avait peut-être tiré la corde qui suspendait le condamné à l'arbre des pendus.

Et nous étions chaque fois un peu effrayés, nous les gosses, quand, à la poursuite de quelque chèvre récalcitrante, nous rencontrions l'un ou l'autre de ces bons vieux sur les sentiers de leur abrupt promontoire.

Aucune eau vive sur cet amas rocheux. Alors ils partaient chercher là-bas, à mi-pente de la falaise, l'eau nécessaire à leur subsistance, dans une source cachée dont l'obscur mystère nous fascinait. C'était, sous la faille rocheuse, l'affleurement de la nappe souterraine où se rassemblaient les eaux filtrées là-haut, à travers l'épaisseur des terres perméables. On y accédait par un escalier délabré, tout gluant de mousses et de limon, fleuri de scolopendres et qui semblait s'enfoncer dans les moites entrailles de la terre. Une marche, deux marches, dix, et qui sait combien encore à descendre dans l'obscurité grandissante, suivant qu'on était en période de basses ou hautes eaux.

Et tout à coup, là, devant vous, la noire fraîcheur d'une nappe dormante qui paraissait s'étendre à l'infini. Ces marches malaisées me semblaient le chemin même des royaumes infernaux et, tout là-bas, sous la voûte basse des roches suintantes, nous croyions entendre les échos de diaboliques débats. Parfois, une salamandre jaune et noire, être diabolique s'il en fut jamais en dépit de son doux nom de « blonde », se traînait à nos pieds. Ne racontait-on pas qu'elle pouvait résister à l'épreuve du feu ? Ou bien un crapaud informe nous dévisageait de ses yeux d'or, longuement, avec une sorte de préméditation, comme s'il avait été le gardien du sombre royaume. Bêtes trop savantes que nous n'osions frapper, craignant quelque affreuse vengeance.

Nous buvions dans le creux de nos paumes cette eau qui, nous semblait-il, avait un drôle de goût : vase et soufre mêlés.

Lorsque des années plus tard, de passage à Delphes, la tête toute sonore des fables que dispensent aux touristes des guides diserts, je me penchai sur cette faille des roches Phédriades d'où sourd l'eau glacée de la fontaine Kastalie, je songeai qu'il avait manqué fort peu de choses à notre fontaine de Caylus – qui sait, quelque aède fabulateur devant un auditoire à l'imagination aussi agile ? – pour que cette humble source caussenarde pût accéder à la grande, à l'universelle mythologie des fontaines sacrées. Car l'eau, dans les étendues stériles de nos causses, prenait bien, ici comme en Grèce, figure de divinité. Les oiseaux du ciel venaient boire dans des conques rocheuses les dernières gouttes d'un orage ancien ; on faisait, en été, des heures de marche pour mener boire les troupeaux dans des *lavognes*[1] colmatées d'argile où se rassemblent les eaux de pluie, ces mêmes eaux de pluie qui, des toits des fermes, passaient dans d'obscures citernes. Et les caussenards taciturnes, en proie chaque année aux sécheresses estivales, rêvaient à cet eldorado du pays d'en bas où coulent ruisseaux et rivières et où gazouillent des sources intarissables.

---

1. Lavogne : *mare.*

Les vers luisants

LULU, NOTRE PETITE DERNIÈRE, en dépit des lourds sabots qui meurtrissaient ses pieds d'enfant, Lucienne grandissait. Elle devenait, mois après mois, une drôle de petite bonne femme. Comme notre mère, elle avait l'œil agile et la répartie prompte. J'aimais l'avoir dans mes jupes, comme un petit chien dévoué, et docilement, elle acceptait de se prêter à mes jeux, mieux que Fernande qui, à présent, se prenait pour une grande et avait une fâcheuse tendance à s'émanciper. Un soir de la fin mai, nous revenions entre chien et loup du mois de Marie. La petite s'était fait une joie de nous accompagner, et maintenant, dans la nuit tombée, un peu craintive, elle serrait mes doigts dans sa menotte crispée. Belle nuit de mai, toute palpitante d'étoiles ! Alors, brusquement, la bambine s'arrête, regarde, me désigne dans l'herbe du fossé de petites lueurs :

« Oh ! tu vois les étoiles qui sont tombées dans l'herbe ! »

Fière de ma science neuve, je lui expliquai son erreur :

« Et non ! ce ne sont pas des étoiles, voyons ! Ce sont des vers luisants ! »

Pour mieux la convaincre, je me baissai et en cueillis un dans l'herbe, mou et froid, que je lui présentai dans ma paume. La larve phosphorescente tortilla un moment son ventre annelé puis, sans doute dérangée dans ses effusions lumineuses, s'éteignit. Nous étions déçues toutes les deux. Fernande, qui arrivait à la rescousse, fit un arrh ! dégoûté : « Mais jette donc cette sale chenille ! » Moi, j'hésitais, me demandant si, comme l'avait dit la bambine, je ne tenais pas dans mes mains un cadavre d'étoile. Plus tard, au mois d'août, lorsque explosent dans le ciel les radieux bataillons des étoiles filantes, Lulu, voulant me prouver qu'elle avait bien reçu la leçon, s'écriait, pointant son petit doigt, un éclair de malice dans les yeux :

« Oh ! regarde ! Encore un ver luisant qui s'envole ! »

Puechmargue et le Serrou

BON GRÉ MAL GRÉ, il avait bien fallu que ma mère se fît une raison. Maintenant, chaque été, lorsque juin tirait sur sa fin, toute la famille émigrait sur le causse pour faire la moisson, battre les gerbes et engranger la récolte. Bien maigres récoltes en vérité ! Car les gels de l'hiver, les longues sécheresses estivales ne favorisaient guère les pauvres céréales jetées à l'automne sur le mince humus truffé de cailloux de nos sotchs. Mais enfin, on ne se sentait pas le droit d'abandonner les épis nouveaux aux oiseaux du ciel. Donc, nous quittions l'école avant la date réglementaire, comme le faisaient d'ailleurs la plupart de nos camarades employés ici et là comme petits bergers ou apprenties servantes. Et c'était pour nous le grand événement de l'année. Grand-père, devenu peu ingambe, resterait ici pour garder la maison et surveiller les récoltes de nos champs, tandis que nous, père, mère, enfants, nous transhumerions au Serrou pour faire les sauvages sur les vastes espaces du plateau.

Des sauvages ? Guère moins ! Mais de cette bonne sauvagerie rustique dont je garde encore, au fond de mon être, un goût d'air vierge et le souvenir de la brûlure d'un immense soleil qu'on ne rencontrait que là ou, peut-être – je le sus plus tard –, sur les étendues infinies de nos plages languedociennes.

Le causse ! C'étaient nos vacances à nous, en un temps où n'existaient pas encore les congés payés et où seuls quelques privilégiés pouvaient y prétendre, vacances laborieuses certes, mais combien plus belles que celles qu'on se paie aujourd'hui à grands frais sur quelque Costa Brava ou quelque île fortunée !

Autant par pudeur que pour laisser tomber l'ardeur solaire, nous partions à la brune, le char débordant de tout un entassement hétéroclite : les matelas, les draps, les couvertures, des ustensiles de cuisine, des ballots de vêtements et les provisions indispensables : le pain, le lard et le jambon et les pommes de terre et le sucre et le café. Et les volailles liées deux à deux par les pattes, tout effarées et qui pourraient glaner leur provende là-haut, dans les champs moissonnés, et donneraient leurs œufs. La chèvre, avec son *cabridou* de l'année. La chienne Bergère, experte en dépit de son nom à débusquer les lapins et dont la vigilance nous rassurerait. La chatte avec son dernier chaton qu'on ne pouvait abandonner à la négligence du papé. Les bœufs, ahanant et bavant, tiraient le chargement le long de la côte malaisée ; derrière, tout le monde suivait à pied pour ne point fatiguer les pauvres bêtes. Arrivés sur le plateau, on soufflait un moment et nous

nous hissions tant bien que mal par là-dessus. Maintenant en terrain plat, la charge devait être plus légère. On se calait entre les matelas et, parfois, quelque ballot mal arrimé chavirant vous jetait sans douceur sur la rêche pelouse. L'attelage cahotait dangereusement sur des pistes mal dessinées où se creusaient d'énormes ornières et, parfois, les bœufs ensommeillés se trompant de carral, il fallait revenir en arrière pour retrouver le chemin. Erreur facile, d'autant plus que les heures passant, la nuit complètement tombée endormait la vigilance du conducteur. Par chance, c'était souvent une de ces claires, de ces lumineuses nuits d'été dont on peut dire qu'elles sont plus belles que les jours. Ma mère, l'œil aux aguets, nous montrait dans le ciel le blanc chemin de saint Jacques qui dessinait là-haut comme une longue et souple écharpe de lait. Elle s'essayait à découvrir ici et là quelque constellation : la Grande Ourse, l'étoile Polaire ou celle du berger. Un sursaut, des cris ! Quelque brillant météore traversait le ciel en flèche pour aller, semblait-il, se ficher sur la cime d'un pin. Ou bien, la lune s'étant levée, une sorte de brume laiteuse s'épandait sur toutes choses. Nos yeux d'enfants se fermaient peu à peu sous cette caresse amicale.

Alors, ma mère se mettait à chanter sa mélodie scandée par les « Ah ! » d'encouragements que lançait mon père aux bêtes fatiguées. La belle voix, ferme et juste, magnifiait le grand silence de cette nuit d'été. Nous voguions sur cette vague mélodieuse qui nous faisait prendre possession des vastes espaces endormis alentour. Elle chantait les beaux chants rustiques : *J'ai deux grands bœufs,* ou *La Voix des chênes,* ou *Les Blés d'or,* ou *Le Temps des cerises.* Mais celui que je ne me lassais pas d'entendre était cette *Étoile d'amour* qui résumait, pour moi, toute la splendeur, toute la poésie de la nuit.

Nous allions, nous allions sans trop nous interroger sur le but de cette errance. Et il me semblait que ce voyage n'aurait jamais de fin. Depuis longtemps, nous avions dépassé, le cœur battant, la « tombe du géant », ce dolmen qui, tapi sur ses pattes de pierre comme une bête d'un autre âge, semblait nous guetter parmi les genévriers. Je me promettais bien, quand je serais plus grande, de revenir en cachette le voir de plus près et, grattant dessous, découvrir les trésors qu'il devait receler.

On traversait un vaste bois de pins : le ciel d'été passait mal dessous et, dans l'ombre, mon cœur palpitait d'une angoisse délicieuse. Puis c'étaient à nouveau les landes nues, ponctuées çà et là de maigres buissons, encore un bois, encore une de ces jachères interminables où, dans les grands cairns de pierres blafardes, devaient s'embusquer trêves et dracs. Tout à coup, la chienne Bergère mise en émoi se lançait dans de grands aboiements à la poursuite de qui sait quoi. Elle s'égaillait au loin, à notre plus grande peur de ne plus jamais la voir reparaître.

On passait enfin au large d'une ferme endormie : Puechmargue, la seule qui se trouvât sur le parcours.

Les bêtes, ensommeillées dans leur *jasse*[1], agitaient vaguement leurs sonnailles qui faisaient s'enrager les mâtins. Et dans son lit de paille, entre quatre planches clouées, en un coin de la bergerie, le pâtre devait se retourner sur la route de quelque rêve. Nous passions… Tout le long de la piste se dressaient à présent de hautes formes rocheuses sculptées par des millénaires érosions. Rochers ou antiques ruines ? N'étions-nous pas justement dans cette ville étrange : Montpellier-le-Vieux où la roche souveraine évoque à s'y méprendre une antique cité ?

« Tiens, regarde, disait ma mère, un chameau ! Et là, le lion de Belfort ! » Je regardais les monstres accroupis… Il me semblait entendre des pas menus à droite et à gauche de notre attelage, comme si de petits animaux familiers – ou qui sait, les nains de la forêt – venaient nous faire escorte. Je me penchais pour voir, mais c'était cette brave Bergère qui nous rejoignait.

Nous étions là-dessus, enfoncés entre les ballots, à mi-chemin de l'engourdissement. La chanteuse s'était tue, mon père somnolait, mes sœurs dormaient à poings fermés et la chatte donc ! Et les poules !

Je serrais la main de ma mère : « Ah ! que ce beau rêve en forme de voyage ne s'achève jamais ! » C'était si bien ainsi ! Mais pourtant, il fallait bien arriver. Au sortir d'un dernier bois, au bord d'une ultime combe, apparaissait la forme obscure du Serrou : deux grises masures tapies à mi-pente d'une butte boisée. Mais,

1. Jasse : *bergerie.*

bien souvent, on ne le découvrait que lorsque nous étions dessus. Sans doute étais-je aussi aux marges du sommeil. Quelle heure était-il ? 11 heures ? Minuit ? Quelle importance ! Est-ce qu'on allait avoir à se préoccuper de l'heure ?

Pour cette première nuit déjà fort entamée, ma mère, à tâtons dans le fenil qui jouxtait la cuisine, étendait un drap sur le foin, un autre par-dessus avec la couverture et allongés côte à côte, nous dormions tous les cinq d'un sommeil sans histoires jusqu'au petit matin.

Quand je m'éveillais, le jour radieux passait par les planches disjointes du vantail mal refermé. Je sautais dehors de plain-pied sur la pelouse et il me semblait que je ne pourrais me rassasier de ce contact de l'herbe fraîche contre mes pieds nus, de cet air cru où passait la verdeur aromatique des pins. Mais déjà, mon père était parti à sa besogne et ma mère, de l'autre côté, dans un bruit de casseroles, aménageait l'unique pièce où nous devrions manger et dormir. Déjà, dans la cheminée, elle avait allumé le feu où le café se préparait. En face, dans le cadre de bois ajusté par grand-père, elle avait apporté de la paille fraîche et étalé dessus un matelas. Et nous, ce soir, dans le fenil contigu avec lequel la cuisine communiquait, nous dormirions sur l'autre matelas posé parmi le foin de la précédente récolte. C'étaient, chaque année, de longs débats pour savoir qui, des enfants ou des parents, dormirait au pailler. Nous aurions bien voulu utiliser, comme les années précédentes, le matelas posé au pied du lit de nos parents. Mais vraiment, la pièce était trop exigüe pour cinq personnes et ma mère s'efforçait de nous convaincre :

« Vous dormirez mieux à côté, toutes les trois, là, bien tranquillement, sans qu'on vienne vous réveiller le matin. »

Si encore il n'y avait pas eu les rats. Ils avaient, durant l'hiver, élu domicile dans la demeure abandonnée. Aussi fallait-il, à peine installés, organiser la chasse : pièges et chats étaient mis en branle. Mais Fernande, sujette aux cauchemars, se lamentait au réveil : elle avait entendu crier les sales bestioles, elle les avait senties qui se promenaient sur sa figure, qui lui mordillaient les doigts, le bout du nez. Horreur ! Moi qui avais dormi à poings fermés, je l'écoutais, un peu incrédule, débiter ses fables, mais je frémissais malgré moi à la pensée que les rats affamés pourraient bien une nuit, miam, miam, nous dévorer.

Alors ma mère, avec un bout de lard, appâtait les pièges et les embusquait çà et là : au matin, nous avions trois ou quatre prises qui servaient de jouets à la minette. Parfois, se laissant attendrir, elle consentait à dérouler le matelas au pied du sien.

J'aimais cette heure du petit matin où, levée sans bruit, accroupie devant le foyer, elle s'appliquait à cette primordiale besogne des journées paysannes : allumer le feu quotidien. Je sentais obscurément ce que cette tâche avait d'essentiel, de presque religieux : redonner une âme à la demeure. La veille, elle avait avec grand soin, avant de nous coucher, écarté les braises, jeté un peu d'eau par-dessus. À présent, sur la cendre refroidie, elle plaçait le papier – ah ! si rare à cette époque ! –, les brindilles piquantes de pin. Une allumette craquait et, dans les aiguilles sèches, une belle flamme s'insinuait qui, bientôt, dansait, haute et claire, contre la paroi luisante de suie. Là-dessus, elle disposait les branches résineuses de pin et de genévriers. Une odeur de fumée envahissait la pièce : ma mère ouvrait le fenestrou. Mais parfois, malgré ses soins attentifs, le feu s'obstinait à ne pas prendre : le vent était contraire, le bois humide ou de sève rétive. Elle soufflait à pleine bouche et toussait, comme avant elle l'avaient fait des générations de paysannes, depuis ces temps premiers où, ici, ailleurs, là, à Puechmargue, sous le surplomb d'une roche, des humains ingénieux apprivoisèrent le feu, l'emprisonnèrent dans des cages d'écorce et le veillèrent jour et nuit, comme un trésor.

Cependant, les braises commençaient à rougeoyer. Je regardais : il me semblait que c'était là notre messe rustique, à nous, dont notre mère était l'officiante. Une sorte de purification matinale, une exorcisation des mauvaises rencontres de la nuit, la vie redonnée à la maison, comme une communion intime avec le ciel et le soleil dispensateurs de chaleur et de vie.

La maison des causses, par cette fumée bleue qui sortait de sa cheminée, respirait à nouveau ; une âme lui était rendue… Les parois incrustées de suie, la voûte sur nos têtes prenaient de belles moirures qui se diapraient des lueurs de l'aube. Je regardais : ma mère suspendait la vieille « chambrière » de fer forgé au dernier crochet de la longue crémaillère, posait dessus une casserole d'eau, préparait le café, installait devant les braises le pot de lait. Je m'agitais sur mon matelas.

« Laisse dormir tes sœurs, soufflait-elle, déjeune et tu iras dehors ! »

Je descendais par l'abrupte échelle de bois qui, à travers la trappe, menait à l'étable en dessous, et je sortais devant la porte, sur cette pelouse à l'herbe feutrée où, bientôt, les petites venaient me rejoindre.

Un long été s'offrait à nous, un beau jour lumineux, inentamé, et semblait-il interminable. Mon père, lui, était déjà à sa moisson avant même le lever du soleil.

« Ce sont bien les meilleures heures, expliquait-il. L'air est encore frais et le travail plus facile. »

Un semblant de ménage fait, ma mère partait le rejoindre et lui porter le casse-croûte matinal. Nous la suivions, ils moissonnaient à la faucille, comme de temps immémorial on l'avait fait avant eux : rassemblant d'une main les épis, de l'autre ils les tranchaient avec le grand boulant courbe à la lame tranchante et effilée ; poignées sur poignées, alignées sur le sol, les gerbes se préparaient que, tout à l'heure, ils lieraient prestement d'un lien de paille noué sur leurs épis.

Ma mère, autrefois ouvrière fileuse, puis « bonne » chez des Parisiens, avait le mépris mal dissimulé de l'ouvrier évolué pour le paysan routinier. Elle répugnait à ces rudes besognes qui tannent la peau et meurtrissent les mains. Elle gémissait quand les chardons, parfois plus nombreux que les épis, lui piquaient les doigts et ses gerbes étaient toujours moins nettes, moins bien tassées que celles de son époux.

« C'est bien vrai qu'il faut avoir appris ça tout jeune, disait-elle en guise d'excuse.

– Et si j'essayais, moi ? » demandais-je à mon père…

Un éclair de joie s'allumait dans ses yeux, puis :

« Allons, tu es encore trop petite… Et puis, le boulant est trop dangereux pour toi, tu pourrais bien te couper le cou en le manœuvrant. Prends plutôt tes sœurs et allez derrière nous ramasser les épis oubliés. Ajoutés à nos tas, ça grossira les gerbes. »

Mais ce travail de glaneuses sur les chaumes piquants ne nous agréait guère. Bientôt, nous nous laissions entraîner à la poursuite des insectes. Nos pas faisaient lever des nuées de sauterelles qui s'envolaient dans un crépitement d'étincelles rouges et bleues. Si j'en prenais quelqu'une, je m'interrogeais sur les couleurs éclatantes de ses longues ailes et, sans méchanceté, je la relâchais aussitôt. Un si beau rouge ! Un si beau bleu ! « Comme le drapeau de la France ! » commentait Fernande, songeuse elle aussi.

Ou bien, penchées sur un de ces gros cousins au ventre annelé, nous le caressions du bout d'une paille et il répondait par un crissement de cigale : cousi, cousi ! À moins que, crachant sur le ventre d'un bousier renversé, nous ne lui fassions émettre, qui sait par quel réflexe de défense, une liqueur aussi rouge que du sang.

Parfois, là-bas, à grands signes silencieux, nos parents nous rappelaient. Et là, par terre, à demi caché par les longues tiges de blé, nous découvrions un nid d'alouettes. Quel émoi si, dedans, une couvée tardive pépiait, affolée, tandis que la mère, en alerte au-dessus dans le ciel, faisait entendre des tirelis désespérés !

« Si on les prenait à la maison, dis, maman !

– Mais non, ils mourraient sûrement. Laissez-les là, leur mère reviendra les soigner quand nous serons partis. »

Et pour protéger les innocents, elle arrangeait tout autour avec tendresse une fortification d'herbes et de chardons.

« Peut-être que Bergère ne les trouvera pas. Sinon, hop ! ça serait vite fait ! »

Il ne nous restait plus qu'à entraîner la chienne jusqu'à l'orée du champ et à la lancer sur la piste de quelque lapin. Le soleil, à présent, était haut dans le ciel. Ma mère, levant la tête, savait que midi approchait. Et nos estomacs donc !

Elle retournait au logis préparer le repas : la soupe de pommes de terre avec, pour donner goût, un jour des raves, un jour des choux ; une platée de riz ou de macaronis, du fromage formaient l'essentiel de nos menus. La viande ? Est-ce qu'il y avait des boucheries dans ce désert ? On y suppléait par des œufs et le jambon, la saucisse, les pots de fricandeau apportés du village.

C'était le grand beau temps de juillet. Alors ma mère nous descendait le repas dehors sur l'herbe, devant la porte, et nous mangions là nos assiettes posées à même le sol. Certes, l'ombre méridienne était courte, mais la pelouse, dans ce recoin, près de la citerne, conservait sa fraîcheur lisse et drue comme un tapis.

Et quel robuste appétit nous avions tous ! Et comme le fait de savourer ces nourritures simples était pour nous une joie essentielle !

Mon père, son café bu, allait s'allonger à l'ombre de quelque pin et faisait la sieste. Nous étions invitées – chut ! taisez-vous ! – à l'imiter, pendant que la ménagère, remontée en haut, ferait sa vaisselle et la rangerait, encore humide, sur un lit de buis frais, dans un vieux coffre à avoine qui tenait le rôle de vaisselier.

Dormir ! Allons donc ! Nous n'étions pas ici pour dormir ! Nous assemblions sous le couvert des pins des monceaux de pignes éparpillées et, parfois, d'une branche lointaine, un écureuil facétieux en laissait choir quelqu'une à moitié grignotée sur nos têtes.

Ou bien nous suivions sur leurs sentiers lilliputiens les évolutions des fourmis : c'étaient de grosses fourmis noires, agressives et parfaitement organisées. Elles élevaient à l'abri d'un genévrier de vastes constructions de grains de sable patiemment amassés, calfeutrées d'un chaume épais d'aiguilles de pins et où, enfouies en profondeur, elles pourraient supporter sans périr les longs hivers du causse. J'étais émerveillée par ces hautes cités surpeuplées, grouillantes et par tout le lacis de routes qui en rayonnait. Grain après grain, elles avaient creusé dans le sol meuble leurs sentes minuscules, contournant, là un trop gros caillou, là une racine, écartant les débris, damant le sol de leurs milliers de petites pattes, édifiant des ébauches de tunnels et de ponts avec une audace, une continuité dans le dessin que pourraient leur envier les ingénieurs des Ponts et Chaussées. Et là-dedans, l'une derrière l'autre, les mandibules serrées sur leur provende, graine ou insecte, elles allaient inlassables vers leurs greniers souterrains, tandis qu'en sens inverse, s'éloignaient les cohortes des chercheuses affairées, frottant leurs antennes contre celles de leurs compagnes, comme pour se renseigner sur la source de tant de richesses transportées. Parfois, par curiosité, nous leur jetions une petite sauterelle à moitié écrasée : elles la flairaient, s'en saisissaient, voraces, unissaient leurs efforts, tirant un peu à hue et à dia, mais réussissant enfin à acheminer une proie dix fois plus grosse qu'elles.

Carnassières, vindicatives, fort bien armées, leur morsure n'était point douce et, parfois, par vengeance ou par goût subit de la destruction, d'un coup de pied brutal en pleine fourmilière, nous portions la catastrophe parmi ces savantes architectures : quel émoi, alors, dans la cité bouleversée ! Les fourmis couraient en tous sens, affolées par le séisme et, des profondeurs, on voyait surgir les gardiennes alertées, les nourrices déménageant chacune, entre les mandibules, une grosse larve blanche, espoir de la race. Ma mère, qui avait pour les bêtes, pour toutes les bêtes, un don de sympathie presque maladif, nous grondait lorsqu'elle nous surprenait à ce passe-temps cruel :

« Est-ce que vous aimeriez qu'un géant, comme vous le faites pour ces pauvres bestioles, vienne, le vilain, d'un grand coup de pied, démolir votre maison ? Moi pas ! Je crierais, je pleurerais, je supplierais, pensant à mes petites filles qui vont mourir écrasées ! »

Cet argument péremptoire me surprenait et parfois me donnait quelque remords. Alors je m'apitoyais, à son exemple, sur ces malheureux oisillons exposés dans leur nid découvert, je compatissais à la peine de ces pauvres fourmis nourrices en souci de leur progéniture.

Mais ces réflexions ne nous ôtaient pas l'envie de prendre un plaisir un peu sadique à observer, tapi au fond de sa minuscule arène, les manœuvres du fourmilion. Il y avait, à quelques mètres derrière le Serrou, bien à l'abri sous une roche surplombante, creusés dans le sable fin, de curieux entonnoirs qui, parfois tout au fond, se mettaient à frissonner. C'étaient, d'une perfection de géomètre, les trappes-cratères où s'embusquaient les fourmis-lions. Nous grattions du bout de l'ongle et, tout à coup, apparaissait le minuscule fauve, larve pataude à grosses mandibules qui, au regard des pauvres fourmis égarées sur les pentes, devait bien faire figure de lion carnassier.

Nous attendions le drame, penchées autour, le cœur battant. Une fourmi se hasarderait-elle, pauvre ignorante, sur la pente friable de cette minuscule arène ? Empêtrée dans les grains de sable qui roulaient sous ses pattes, aveuglée par ce que, tapi en bas, lui lançait un guetteur astucieux, affolée, tentant de s'accrocher, irrémédiablement aspirée par l'abîme, elle finissait par dégringoler au fond où le fauve, à l'affût, la dévorait.

Plaisir équivoque de ces jeux d'enfants ? Hélas ! la nature n'enseigne pas la pitié et les espèces se dévorent allègrement l'une l'autre, quand elles ne se détruisent pas au sein de la même espèce. Oh ! ces vilains matous, dévoreurs sournois de leurs chatons mal gardés ! Oh ! ces méchants humains, acharnés à détruire, guerre après guerre, une progéniture qui leur pèse peut-être ! Pour quelle finalité, quel supérieur équilibre dont les cœurs sensibles distinguent mal et refusent l'inéluctable et atroce nécessité ?

Quant au fourmi-lion, s'il nous dégoûtait un peu, mou et gras au fond de sa trappe, nous ne pouvions nous empêcher d'apprécier son adresse et sa ruse. Et puis, sur le sol de la grotte, il dessinait de si jolis ronds, plus parfaits que s'ils eussent été dessinés au compas. D'aussi beaux dessins que ces toiles hexagonales perlées de rosée, tendues entre deux branches par des araignées aussi carnassières, ces toiles transparentes qui méritent si bien le nom d'« étoiles » que leur donnent les enfants.

Mais nous avions toutefois des jeux moins agressifs : nous collectionnions les *cardouls, cardabelles,* ces chardons-brosses qui, en fin d'été, se détachent de leur réceptacle et voguent au gré des vents sur les landes desséchées, ces brosses rondes que nous nous essayions de passer dans les poils de Bergère pour un semblant de toilette. Des jouets aussi bien faits que la brosse à chaussures, un peu plus fragiles seulement.

Nous cueillions, sur les tapis de busseroles, ces graines rondes et rouges qu'on nomme aussi « raisins d'ours » : alignées sur un fil, elles nous tiendraient lieu de somptueux colliers. Nous collectionnions les galles, celles de l'églantier, hirsutes et poilues que, malgré leur couleur verte, on pourrait prendre pour des bêtes ; celles qui, à l'envers des feuilles de chêne, formaient de drôles de boules dont nous ne savions trop que penser. Certaine, une fois, me laissa muette d'étonnement : elle imitait à s'y méprendre, toute grenue, verte et déjà rose, une grosse fraise des bois presque mûre. Soucieuse d'explications, je la partageai en deux, pour bien montrer que ce n'était point un fruit mais la mystérieuse transmutation d'une larve, et les petites me regardaient faire, un peu scandalisées. Ou bien, dans les ravins plantés de térébinthes, nous cherchions ces sortes de gousses oblongues, elles aussi à apparence de fruit : on les déchirait et, dedans, grouillait toute une colonie de larves qui avait, dans quelle intention préconçue, suscité sur la branche cette bizarre excroissance.

Bêtes qu'un mimétisme étrange, telle la mante religieuse, invente en forme de feuilles ou de brindilles ou de fruits, champignons-oreillettes vivant en symbiose sur la racine du panicaut, semblables à un caillou plat ou une feuille sèche sur les étendues pierreuses, comme si la vie, par jeu, nécessité, réflexe, défense ou à court d'invention, s'ingéniait au déguisement ; graines intelligentes des bardanes s'accrochant par mille petites griffes aux toisons des brebis pour s'essaimer au loin, et celles de l'érable en forme d'ailes, et celles du pissenlit, délicats parachutes ; insectes plus astucieux que des fauves, plus savants que les plus savants géomètres et jusqu'à ces fils de la Vierge qu'on voyait dériver mollement à la brise d'été et dont chacun n'était que le frêle gréement d'une araignée aéronaute, tout, dans cette nature saisie de tout près sur le vif, prenait à nos yeux d'enfants le prestige d'un miracle permanent.

Plus tard, de savants commentateurs me firent de péremptoires démonstrations pour me persuader qu'il n'y a pas de commune mesure entre l'aveugle instinct animal et la clairvoyante, inventive, intelligence humaine. Ils m'apprirent que ce mimétisme animal ou végétal n'était pas une astuce d'espèces menacées, mais simple illusion de nos esprits abusés : la ressemblance que notre œil croit apercevoir entre les ailes ocellées du paon de nuit et le masque aux aguets de quelque hibou en chasse ne serait pas, disent-ils, perçue par les espèces en jeu. Voire ! Pourquoi une béate vanité humaine nous ferait-elle attribuer à notre seule espèce l'invention, la ruse et une intelligente faculté d'adaptation aux éléments extérieurs ? Et l'homme-robot travaillant à la chaîne et accomplissant, de minute en minute, un geste mécanique dont il a oublié le sens, peut-il se dire tellement différent de l'abeille architecte et de l'araignée dessinatrice ?

Il est vrai qu'à cette époque, trois petites filles un peu sauvages ne s'interrogeaient pas si avant. Nous cueillions à brassées, pour les bouquets secs de l'hiver, les cheveux de la Vierge, ces longues graminées plumeuses qui, en juillet, sur les landes dévorées de soif, mettaient comme un duvet d'argent.

« Mais surtout, recommandait notre mère, ne vous éloignez pas... Surtout pas de ce côté : il y a un aven ! »

L'aven ! Il figurait, pour nous, la porte même de l'enfer. Lorsque nous accompagnions nos parents à ce champ près duquel il ouvrait sa bouche ténébreuse, nous suppliions :

« Papa, mène-nous à l'aven ! »

Dans un des angles de ce cratère humide formé par l'effondrement des terres, un grand pin accrochait en porte-à-faux ses racines aux lèvres de la faille et, dessous, on distinguait une obscure dépression à demi comblée d'éboulis. À quatre pattes sur le bord, penchées dangereusement, nous interrogions cet antre prestigieux : un souffle froid sortait de la bouche d'ombre ; une odeur de charogne aussi, car c'est là-dedans que les bergers avaient coutume de faire disparaître leurs bêtes crevées. Alors, mon père armait sa main d'un gros caillou : « Et maintenant, écoutez ! » Il le lançait dans l'ouverture et, le souffle arrêté, nous écoutions la longue dégringolade dont les échos allaient s'amplifiant contre les parois irrégulières de ce puits naturel. Et tout à coup, nous parvenant de très bas, un plouf mouillé : la pierre venait de rencontrer la nappe des eaux souterraines tout au fond, à plusieurs centaines de mètres peut-être. Un frisson s'insinuait entre nos épaules : que recelait cet abîme vertigineux ? Mon père, l'œil allumé, nous narrait que, ici et là, ces derniers temps, des hommes courageux descendaient le long d'échelles de corde au fond des avens. Eh oui, c'était le début de cet engouement pour cet alpinisme à l'envers : la spéléologie. Il commentait : on trouvait, paraît-il, dans ces profondeurs inexplorées, de vraies merveilles : des grottes lumineuses peuplées de formes blanches pétrifiées, le royaume même des fées. Il tournait son regard vers ma mère et, moitié sérieux, moitié hilare, il ajoutait : « Un de ces jours, il faudra que je prenne la grosse corde du char et que j'aille y voir aussi. Mon père l'a bien essayé, lui ! » Notre mère haussait les épaules. Et comme il feignait de vouloir descendre, nous nous accrochions à ses basques : « Non, papa, non ! Reste avec nous ! » Mais nos esprits se mettaient à rêver : des grottes pleines de diamants et de fées endormies !

Surtout lorsque, un jour, circula dans le pays cette nouvelle sensationnelle : sur le causse voisin, dans un aven tout pareil au nôtre, des explorateurs, Martel et son aide Armand, avaient découvert un de ces gîtes étincelants, tout peuplé de cristallines, d'arborescentes stalagmites ; on envisageait de l'aménager pour la visite des touristes.

Des rêves de richesses inattendues visitèrent nos cervelles : peut-être que sous nos pas, dans nos terres à nous, dans ce causse plus troué qu'une éponge, l'aven non pareil dormait, tout prêt à nous ouvrir les routes de l'eldorado.

Mon père, lui, ne descendit jamais dans notre aven – du moins ne s'en vanta-t-il pas –, mais un jour, il nous annonça qu'il avait trouvé une grotte et que si nous voulions, il pourrait nous y conduire. Mon Dieu ! comme nos cœurs d'enfants battaient ! Dans l'étroite faille des hauts rochers déchirés par quelque cataclysme, il s'insinua tant bien que mal, puis disparu de l'autre côté, il nous héla, nous tira l'une après l'autre. Comme déjà il faisait sombre là-dedans ! Mon père craqua une allumette et mit le feu à la torche résineuse dont il était muni. Nous tenant par la main, nous avancions un peu anxieux, à la vague lueur de la flamme fuligineuse : où nous menait-il ? L'excavation continuait et déjà, derrière nous, l'entrée n'était plus qu'une mince brèche lumineuse. Fernande serrait dans ma main sa menotte tremblante. Et si nous allions nous perdre dans ce labyrinthe ? Ne plus retrouver le chemin de sortie ? Autour de nous, la roche était suintante, tout enfumée de précédentes investigations. Sur le sol, d'informes débris sur lesquels butaient nos pas. J'étais déçue : ce n'était pas ça, une grotte ! Pas de draperies de cristal, pas de belles dames à voiles blancs, pas de dessins étranges et d'outils d'avant l'histoire !

Mon père, déçu de notre déception, fit demi-tour et, par les mêmes passages malaisés, nous ramena vers la sortie. Mais une lueur de triomphe brillait dans nos yeux lorsque, de retour au Serrou, nous contâmes notre escapade à notre mère.

Les premiers « touristes » au Maubert

CETTE APRÈS-MIDI-LÀ, les pieds pendants sur la trappe, je m'apprêtais à descendre le long de l'échelle pour aller jouer dehors sur la pelouse. Il me sembla entendre comme un bruit de voix inconnues. Je me penchai et vis un groupe de gens étrangers dont le parler chantant me surprit un peu : non, ce n'étaient pas des gens d'ici ! Mon premier réflexe de sauvageonne fut de me retirer en arrière. Mais la dame, une bonne femme bizarrement harnachée, m'avait aperçue et me faisait signe de descendre. J'obéis, un peu affolée, ne sachant trop ce qu'ils me voulaient. Mes sœurs m'avaient suivies et, là, sur la pelouse, toutes trois plantées comme des quilles au milieu de ces étrangers, nous faisions figure de veaux à cinq pattes.

Ces dames s'extasiaient, nous tournaient, nous retournaient, nous palpaient, nous flairaient, comme si elles eussent découvert en un coin perdu de forêt amazonienne les ultimes spécimens de quelque tribu non encore cataloguée. Je me laissais faire sans bonne grâce, l'œil en dessous, un peu offusquée dans ma dignité d'insulaire. Que diable me voulaient ces inconnus ?

Je crus comprendre, en écoutant leurs répliques, et mon père, le soir, me le confirma, que c'étaient là, des « touristes », espèce fort rare à cette époque, des vacanciers un peu farfelus qui, chaque été, montaient de Montpellier jusqu'à une maisonnette récemment acquise au Maubert, afin de pouvoir respirer l'air vivifiant de la « montagne ».

Des vacanciers ! Une espèce exotique dont les autochtones, qui trimaient dur toute l'année et ne prenaient jamais de vacances, se méfiaient un peu à cette époque. Un peu comme le colonisé sans défense se méfie des bonnes intentions de ses colonisateurs...

Des fainéants, quoi ! qui pouvaient vivre sans travailler. Et des originaux de toute manière : originale, certes, elle l'était, la dame qui m'interrogeait ! Elle arborait sur ses cheveux ébouriffés un drôle de chapeau de toile qui devait avoir rétréci au lavage et des vêtements aux vives couleurs flottaient sur son corps. À la main, elle tenait une ombrelle et toute la troupe s'appuyait sur de solides cannes. Les hommes faisaient les coquets, entre canotiers et pantalons blancs. Mais ils étaient bien décidés à s'étonner de tout : les vaches qui ruminaient dans l'ombre de l'étable et l'échelle rustique pour accéder en haut... et nos tignasses, couleur de blé mûr... et quoi encore ? Ils fouinèrent ici et là et finirent par découvrir notre grotte aux fourmislions.

« Voyez, voyez, s'exclamait la dame fouinant le sable de la pointe de son ombrelle, ce sable fin, sans aucun doute, c'est bien du Tripoli, celui-là même qu'on me vend pour récurer mon argenterie. Et cette pierre légère, douce au toucher, mais c'est de la pierre ponce, celle-là même qui… »

La voilà qui se met à bourrer son sac de Tripoli et de pierres ponces, avec cette assurance du citadin qui pense que ce qui est dans les champs appartient à tous. Nous la regardions faire, un peu ahuries. Diable ! Un trésor gîtait donc là, tout près de nous, et nous l'ignorions !

Je nous vis déjà devenus riches par l'exploitation de nos « mines ». Ma mère, dans l'intervalle, était descendue, attirée par le remue-ménage. Elle les regardait, perplexe.

« Ah ! ma brave femme, dit la pimbêche avec cette voix apprêtée qu'attribue la comtesse de Ségur aux nobles dames s'adressant à leurs fermiers, brave femme, est-ce que vous n'auriez pas un verre de lait à nous offrir, trait tout chaud à votre vache ? Nous mourons de soif après cette longue marche… »

Ma mère alla rincer les quelques verres dépareillés de notre vaisselier et apporta à toute la troupe ce lait tiède et mousseux dont elle rêvait.

Et moi, pour la paie, je reçus, tombant de haut d'une main généreuse dans ma patte sale, une belle pièce d'argent.

« Dites merci à la dame », commanda ma mère en remontant. Et il me sembla que, détournée, elle haussait imperceptiblement les épaules.

Le coup d'aiguillon

C'ÉTAIT, DANS L'ÉTÉ, le tournant le plus dangereux : il n'avait peut-être pas plu depuis trois mois. De brusques incendies s'allumaient sur les landes toutes duveteuses de gramens d'argent. La toison sèche flambait en un éclair et les flammes, poussées par le vent, s'en allaient attaquer les pinèdes qui brasillaient dans un grand crépitement d'étincelles. Dans le fond des lavognes, une eau bourbeuse s'évaporait jour après jour tandis que la citerne donnait ses derniers seaux. Ah ! ces ultimes seaux ! Ma mère les remontait à moitié remplis et les posait sur le plancher de la cuisine avec une moue dégoûtée. Et quelle drôle de saveur on lui trouvait à cette eau ! Mieux valait la faire bouillir longuement pour la débarrasser de ses miasmes.

Mon père observait le ciel avec ce regard sérieux des paysans qui, mieux que les météorologues patentés, devinent à d'imperceptibles indices – goût de l'air, forme des nuages, rougeurs de l'aurore et du couchant, halo sur la lune ou les étoiles – le temps qu'il fera sans doute demain. Il diagnostiquait :

« Non, le “marin” n'est pas encore là. Toute une lunaison à attendre encore. Eh oui ! la sécheresse est bien installée et la pluie ne viendra ni demain ni après-demain ! »

Est-ce qu'on serait obligé de partir sans avoir terminé la récolte ?

Et les bêtes ? Elles aussi, mufle baveux et pelage poussiéreux, elles avaient soif.

« Eh bien ! énonça mon père comme nous achevions de dîner, les filles iront faire boire les bêtes à la lavogne de Puechmargue matin et soir, jusqu'à ce qu'il pleuve de nouveau ! »

C'était là, pour nos jambes d'enfants, une redoutable expédition. Dans un creux circulaire ombragé de vieux ormes et colmaté de lourdes argiles, la lavogne offrait ses eaux bourbeuses aux bêtes assoiffées, et on n'était jamais sûr de n'y pas rencontrer quelque sanglier exténué… ou, qui sait ? quelque loup ! Et ne parlons pas de ces horribles « rates panades » qui, à la brune, sortaient on ne sait d'où et, tourbillonnant autour de nos têtes, venaient emmêler leurs griffes et leurs ailes flasques dans vos cheveux !

À chaque fois, je tremblais de me perdre à l'aller ou au retour sur ces pistes charretières mal définies. Et ma sœur donc, encline à faire passer dans la réalité les figures terrifiantes de ses cauchemars.

Ce soir-là, donc, je reniflai, pleurnichai et d'autant plus fort que la petite masque, par ses cajoleries, paraissait décidée à se faire exempter de la corvée :

« Eh bien ! non ! Et encore non ! Je n'irai jamais seule mener les bœufs à la lavogne ! »

Fernande, un sourire narquois aux lèvres, triomphait déjà. Je la regardais avec hargne, avec une sourde rancune ; car, depuis quelque temps, une rogne diffuse, animale m'empoisonnait le cœur à son égard. Oui ! Elle était la préférée ! On lui passait tous ses caprices. On la chouchoutait à tort et à travers. Moi, on ne m'aimait pas ; moi, j'étais bonne pour toutes les corvées ! L'œil mauvais, je remâchais en silence ma vilaine rancune. Inconsciente jalousie d'enfant ? Ou bien cette haine viscérale, cette malignité obtuse, envers malfaisant de l'amour qui, un jour, fait les frères ennemis agressivement dressés l'un contre l'autre ?

Aller seule à la lavogne ! Jamais de la vie ! Je tapai du pied avec une rage puérile, regardant sans aménité ce père tyran. Et d'un poing rageur, je jetai l'aiguillon qu'il venait de me confier.

Alors, Fernande, sentant venir l'orage et de futures représailles, impressionnée sans doute par mon ton sans réplique, jugea plus sage de m'accompagner.

Nous allions, traînant les savates derrière les bœufs harassés, en silence, un silence lourd de mauvaises pensées. La chèvre butinait de droite à gauche dans les buissons épineux. Ce chemin creux où le passage des lourdes bêtes soulevait une âcre poussière me paraissait interminable. Je nous imaginais déjà perdues, irrémédiablement condamnées à mourir de soif comme dans le désert.

Fernande, par-derrière, suivait sans enthousiasme et, lorsque je me retournais, me lançait des regards sans aménité.

« Marche, carogne ! criai-je, la gorge contractée de rage. Dépêche-toi ! fainéante !

– Je le dirai à maman que tu dis des gros mots. »

Et chantonnant narquoisement, elle s'affala sur le talus, bien décidée, semblait-il, à attendre là mon retour...

Alors, ivre d'une rage meurtrière, je revins sur mes pas et, brandissant vers elle le long aiguillon, je l'en frappai à la tête.

La petite poussa un cri qui me glaça le cœur. Elle avait instinctivement porté ses mains sur son visage. Est-ce que je venais de l'éborgner ? La pointe aigüe, fichée au bout de la longue gaule, avait balafré la joue de ma victime au moment où elle esquivait le coup. Et le sang qui coulait en abondance barbouillait déjà la pauvre figure effarée.

Les bœufs, sentant l'eau proche, étaient partis au galop. La chèvre, prise de contagion, cabriolait derrière eux, comme devenue folle.

Tout à coup, il me sembla que le monde venait de basculer dans l'horreur. Nous restions là, l'une en face de l'autre, atterrées. Fernande, stupéfaite par la violence de mon geste, ne trouvait plus la force de pleurer ; peut-être sentait-elle que, elle aussi, avait quelque responsabilité dans le drame ?

Je pris la petite dans mes bras, la caressai, la consolai. D'un mouchoir plutôt sale, je tamponnai la déchirure, essuyant de mon mieux le sang qui continuait à suinter.

En mouillant un coin avec ma salive, comme font les mères avec leurs bébés, je m'efforçai de débarbouiller la petite. Elle se laissait faire, sérieuse, l'air indifférent d'une reine outragée qui jouit de sa victoire. Je me sentais le cœur gros de remords et candidement, je la suppliai de n'en rien dire à personne...

Le retour fut morose... et c'était moi, à présent, qui traînais les pieds, tandis que les bœufs, ayant bu tout leur saoul, s'en retournaient allègrement vers l'étable.

Je tenais maintenant la petite par la main. Comme elle était faible et désarmée ! Comme elle était soumise ! Ce vieil abcès greffé sur notre entente fraternelle venait soudainement de crever, et sans doute éprouvait-elle la confuse satisfaction d'en avoir été la cause, de nous avoir contraintes à ce coup de bistouri libérateur.

Soumise, oui, presque tendre, sa petite main encore poisseuse du sang répandu pelotonnée dans la mienne, comme pour un nouveau pacte d'alliance. Mais moi, il me semblait entendre dans le fond de l'oreille la terrible voix qui, dans mon histoire sainte, à l'épisode d'Abel et Caïn, prononce, invisible et justicière : « Caïn, qu'as-tu fait de ton frère ? » Est-ce qu'un œil tapi derrière les buissons ne me jugeait pas, me condamnant à jamais ?

Au bout de mon bras se balançait mollement l'aiguillon meurtrier. Anxieuse, je regardais les ombres du soir envahir les combes environnantes. Seules au monde au milieu du causse hostile ! Une chauve-souris passa à ras du sol, emmêlant presque ses ailes molles dans nos cheveux révulsés. Tapi au creux de quelque rocher, un hibou poussa son cri lugubre :

« Caïn, qu'as-tu fait de ton frère ? »

Je remâchais ma misère : oui, j'étais malheureuse !

Mais aussi, pourquoi nos parents s'entêtaient-ils à nous imposer cette corvée périlleuse ? Oui ! C'était leur faute à eux, à mon père, à ma mère, et moi, j'avais bien raison de refuser de telles expéditions semées de tant d'embûches.

Et lorsqu'à l'arrivée, ma mère, voyant l'estafilade, eut vite compris ce qui s'était passé et qu'elle tourna ses reproches contre… mon père, je dis, toute gonflée d'un orgueil puéril :

« Ça ne fait rien, papa, j'irai seule à la lavogne à partir de maintenant… »

L'indispensable chapeau

Mon père, ayant enfoncé jusqu'au front son vieux chapeau de paille cuit et recuit par les feux de juillet, partait achever la récolte. Ma mère riait vaguement, le regardant partir ainsi harnaché : pour son compte, elle méprisait un peu cette fruste coutume du couvre-chef jugé indispensable été comme hiver. Mais toutefois, elle veillait à ce que nous, ses enfants chéries, ne nous exposions pas imprudemment aux ardeurs meurtrières du soleil.

« Au moins, n'oubliez pas votre chapeau ! » criait-elle, nous voyant partir sur les chemins blancs de poussière.

Nos chapeaux ! C'étaient des coiffures vite fatiguées et pour cause, puisque soumises à de rudes épreuves : pailloles légères achetées à bon compte dans les déballages de la foire du 6 mai ou vieux bobs défraîchis qui ne convenaient plus aux fastes dominicaux. C'était la loi du pays qu'il fallait bien accepter et les femmes, les jeunes surtout, avaient un préjugé contre ce hâle champêtre qui vous recuit le teint. On les voyait partir aux champs, un grand mouchoir noué sous la pointe du menton, une pointe pendant sur le front, l'autre sur la nuque, ou bien le visage masqué par d'immenses capelines qui les maintenaient dans une ombre agreste et leur donnaient l'illusion d'appartenir à ce clan supérieur des dames oisives de la ville, au teint de rose et de lys. Certaines, économes jusqu'au bout, arboraient ainsi, en semaine, le chapeau des dimanches, vraiment trop défraîchi, avec ses fleurs, cocardes, rubans et cerises artificielles, ce qui ne manquait pas d'être parfois cocasse.

Le paysan sait ce qu'il doit au soleil, mais il sait aussi ce qu'il peut en redouter. Il vit intégré dans cet ordre naturel où les éléments commandent en maîtres. Il sait qu'il est salutaire pour un organisme desséché par la canicule de s'allonger à l'ombre des arbres pour de lourdes méridiennes, bêtes et gens mêlés ; mais il sait aussi, par une science ancestrale, que certaines ombres, celle du noyer par exemple, sont néfastes et qu'on peut y prendre, à dormir dessous, des chauds et froids pernicieux. Il sait que le travail de 3 heures de l'après-midi, dans l'haleine de feu qui descend sur les glèbes desséchées, peut être plus nocif encore. Et il se gausse doucement en voyant passer ces hordes estivantes qui, après les longs mois d'ombre citadine, se réjouissent, les imprudents, de pouvoir boire le soleil, allongés sur les plages incendiées et acquérir, à grand renfort d'huiles solaires et de grillades immobiles en plein soleil, ce hâle qui, aux yeux de leurs congénères restés dans la pénombre des villes, leur confère le titre envié de « vacanciers ». Ah ! pour lui, cul-terreux, ça dure tout l'été, cet ensoleillement ! Et il s'en passerait fort bien, allez ! Et de son hâle, donc !

Quant à ma mère, citadine mal intégrée chez les paysans, qui prétendait pour sa part mépriser les feux du soleil, elle n'osait pas toutefois nous astreindre à semblable traitement. Et comme tous les enfants du village, nous allions en chapeau, nous mangions avec et, plus d'une fois même, il nous arrivait d'aller dormir avec le béret de feutre bien vissé sur nos caboches depuis l'heure de notre lever.

Je me souviens de cet hiver où ma mère avait porté pour les petites de jolis bobs de velours bleu marine, genre marins américains. Je suppose que ce devait être la mode cette année-là. À moins que, ménagère de son maigre pécule, elle les eût obtenus au rabais de quelque modiste compréhensive.

Voilà donc les deux bambines rentrant toutes fiérotes à la messe avec, sur la tête, le nouveau couvre-chef. Et les voilà, une heure après, revenant de leur place, tout là-haut près du chœur, la mine plus fière encore. Mais les galopins avaient, eux, de leur banc en face, aperçu les deux coiffures flambant neuves ; et les deux gosses n'eurent pas plus tôt franchi le porche de l'église qu'une horde glapissante se jetait à leurs trousses comme chiens de chasse après le gibier, hurlant à l'envie :

« Les soldats de l'an II, les soldats de l'an II ! »

Mon Dieu ! Moi qui marchais sagement à côté de ma mère avec, sur le crâne, mon vieux chapeau de l'autre hiver, je me sentais défaillir de honte.

Les soldats de l'an II ! Sans doute, les garçons, ayant appris la veille dans leur livre d'histoire les prouesses de ces armées glorieuses vêtues de bric et de broc, avaient trouvé quelque similitude entre leurs couvre-chefs martiaux et ceux qu'étrennaient les pauvrettes. Fernande, arrivée à la maison, fit pour son compte sa petite révolution, jetant violemment le bob sur le lit et disant d'une voix sans réplique :

« Non ! Je ne le mettrai jamais plus ! »

Les bâtisseurs magnifiques

Bêtes et gens tiraient un peu la langue, leurs pelages incrustés de la poussière des terres desséchées. Tant bien que mal, la moisson s'achevait. Sur les vastes landes couleur de cendre et d'ocre pâle, notre Serrou, vu de loin, ne faisait guère plus d'effet que les clapas disséminés ici et là : un amas de pierres grises parmi les autres, un peu mieux structuré seulement. Des pierres ! Toujours des pierres ! Dans ce pays de mince humus où les pinèdes, été après été, disparaissaient, dévorées par ces furieux incendies qui ne laissaient après eux que souches noircies et cailloux calcinés à blanc. Des pierres ! C'est à elles seules qu'on pouvait faire confiance pour la construction, sachant les troncs résineux désastreusement inflammables et les ressources en eau si dérisoires. Voûtes basses comme de longues bêtes accroupies des immenses jasses où s'entassent les troupeaux, voûtes encore des habitations, comme celles en berceau de nos églises romanes, abondamment jointoyées au mortier de chaux, cette chaux que l'on calcinait sur place dans des fours rudimentaires. Et les clapas eux-mêmes, évidés en loge à l'intérieur par des bergers industrieux, étaient à mi-chemin du gîte rustique et de l'autel funéraire : les ramasseurs de pierres, génération après génération, les avaient rassemblés, travaillant pour l'éternité dans leur rêve naïf qu'un jour enfin, sous l'humus retrouvé, cesserait la pierraille. Naïf, ô combien ! sans se douter que de leurs mains nues, défrichant, épierrant, écobuant les vastes espaces, ils allaient préparer le terrain à ces cités monstrueuses d'une civilisation technicienne qui les nierait.

Mais aujourd'hui, sur ces hautes terres, le courage paysan semblait s'essouffler. Les hommes s'interrogeaient : est-ce que ça valait encore la peine de gratter un sol ingrat, d'ajouter encore un amas à ceux qu'avaient édifiés leurs anciens ? Les fermes délaissées retournaient peu à peu à l'état de nature : pierres et buissons alliés. Est-ce que notre Serrou pourrait tenir longtemps encore, les oncles sans enfants partis comme tâcherons dans le Midi, mon père sans garçon pour lui succéder ? Un terrier humain, voilà ce qu'il resterait, un peu plus spacieux que ce clapas-ci ou cet autre, adoptés comme gîtes par les lapins sauvages.

Pauvres lapins ! Ces clapas étaient leur suprême refuge lorsque les chiens les pourchassaient et notre Bergère, bien qu'elle n'eût rien d'un chien de chasse et surtout pas son nom, se montrait une sacrée luronne quand elle se lançait à leurs trousses. En arrêt devant le clapas où s'était enfoncé le fugitif, le museau frémissant, elle se tournait vers nous et jappait pour que nous l'aidions dans sa recherche.

Dans le fond de mon cœur, je souhaitais son échec et que la vaillante bestiole pût rester là, tapie sous le monceau de pierrailles jusqu'à notre départ. Mais la chienne était tenace, nous suppliant d'un œil vif, grattant les rocailles d'une patte impatiente, comme pour nous dire : « Eh ! vous autres, si vous m'aidiez un peu ! »

Alors, Fernande enlevait une pierre, deux, trois, passait sa menotte dans la galerie et s'exclamait, le cœur battant :

« Il est là ! Je le touche ! Je le touche ! »

Je haussais les épaules :

« Penses-tu ! Il est bien plus loin. Dans le fond de la terre ! Ou de l'autre côté de la montagne ! »

Mais bientôt, prise par le jeu moi aussi, encouragées par les jappements de la chienne, nous unissions nos efforts : une pierre, dix, cent, et pas de lapin, évidemment !

Comme elle était jolie, cette rocaille ! Légère à la main, sculptée de formes bizarres, évidée comme une éponge, veinée de sillons, colorée d'oxydes, grise et rousse et rose par endroits ! Nous oubliions le but de notre besogne et, à côté, pierre à pierre, retrouvant le geste ancestral des rustiques bâtisseurs, nous élevions un petit édifice.

Nous ne nous doutions certes pas que, des années plus tard, ces frustes amas, confondus dans une même curiosité, figureraient les restes émouvants d'une civilisation dépassée, celle, archaïque et semi-pastorale, base sans doute de toute civilisation, mais que les temps nouveaux poussaient peu à peu dans l'oubli. Bientôt viendrait l'époque où des planificateurs sans racines terriennes, nés de robots, nourris de chiffres et de statistiques, rêveraient d'installer dans ces vastes étendues désertées des sortes de « réserves », des parcs nationaux où on vous montrerait, devant des demeures folkloriques importées, préfabriquées, « made in U.S.A. », des paysans d'opérette en faux costumes du temps jadis, qu'appointeraient les syndicats d'initiative. Et ces étranges tumulus émoustilleraient l'envie de jeunes archéologues frais émoulus de leurs écoles et qui, devant le mystère de leur profondeur, rêveraient aux hommes néo-paléolithiques. Comme exciteraient l'envie des promeneurs du dimanche ces rocailles multiformes qui, à leurs yeux de citadins frustrés, seraient symboles d'authentique. On les verrait alors, été après été, rapporter dévotement dans la malle arrière de leur voiture ces humbles pierres pour en façonner les bordures baroques de leurs jardinets.

Pauvres cairns démantelés ! Monuments sans art de l'opiniâtreté paysanne, vous voici ainsi promus à la dignité de trésors, signes diffus – et si touchants – d'une religiosité sans emploi.

Les citadins, parqués dans leurs H.L.M. tout confort, se croyaient coupés à tout jamais de leurs assises paysannes, qui pensaient qu'on peut jeter comme une insulte le terme de « paysan » à des gens moins bien débarbouillés qu'eux, prennent soudain conscience qu'ils souffrent, sans bien se l'expliquer, de n'avoir plus le chaleureux point d'appui de la terre maternelle. Alors ils se mettent à choyer naïvement ces humbles signes d'alliance entre l'homme et l'humus dont il est issu. Ils encombrent leurs demeures, leurs terrasses, leurs cours et jardins de cailloux étranges, de racines bizarres et de branches flottées. Et ils sentent, au fond de leur cœur, s'émouvoir quelque fibre oubliée : besoin de s'appuyer sur du solide, du réel, besoin d'être vraiment, de posséder des biens authentiques et non ces faux-semblants encombrants et périssables que nous apporte une société de consommation effrénée. L'argent ? Des chiffons de papier passant de main en main sans rien laisser de durable. Ce qu'il nous procure passe aussi entre nos mains insensibles, se détériore, se « démode » aussitôt, bientôt remplacé par autre chose d'aussi dérisoire. Sur quoi étayer notre désir d'éternité ? L'assiette en plastique, en attendant celle en papier qu'on jette après emploi, est bien jolie, bien pratique, mais vaudra-t-elle jamais l'increvable plat d'étain de jadis, sanctifié par une lente, une tendre fabrication artisanale, patiné par un long et prudent usage ?

Ceux qui crèvent d'une sorte de faim spirituelle au milieu de l'abondance viennent dans les villages abandonnés, regardent avec une convoitise amoureuse la masure ruinée rendue à la nature et proposent au propriétaire survivant – quand ils le trouvent ! – de la lui acheter. Et plus étonnant encore, ils lui en offrent un prix exorbitant, comme si, tout à coup, ils comprenaient cette belle évidence : un monceau de billets de banque représente fort peu au regard de ces choses tangibles, indestructibles, que sont la terre, la pierre, l'herbe et l'arbre qui poussent par-dessus. Alors, devenus « propriétaires » – et si fiers de l'être –, ils emploient leurs week-ends et leurs congés payés à relever les murs éboulés, redresser les barrières et couper les épines, retrouvant d'instinct les gestes éternels des ramasseurs de pierres et des rassembleurs d'humus. Ils courent alerter le maçon, le couvreur, s'il en reste encore quelqu'un d'assez au courant des vieilles techniques, et lui demandent de remettre les voûtes, la toiture en état, avec le même tuf, les mêmes lauzes du temps jadis : « Je vous en prie, ce doit être encore possible ? » Ils s'attendrissent devant la cheminée rustique ou ce qu'il en reste, grattant le vieux crépi pour retrouver la pierre nue, de la vraie pierre, je vous prie de le croire ! Ils fouillent dans les greniers branlants, dans l'obscure moiteur des caves oubliées et en exhument un *crémal*[1] rongé de rouille, de vieux chenets démantibulés, un tournebroche abandonné et, décapant, ponçant, peignant avec ardeur, redonnent à ces humbles vestiges la place d'honneur dans le foyer ranimé. Ils s'installent avec ferveur dans « l'antiquomanie », proies consentantes pour les chevaliers de l'industrie « rustiquante » et les faiseurs sans vergogne de vieux avec du neuf.

1. Crémal : *crémaillère.*

« Cette ancienne table paysanne en vrai bois d'arbre, piquée de vers, toute balafrée des encoches qu'y firent, jadis, les couteaux des bergers, vendez-la-moi, je vous en prie ! »

Et l'on voit des jeunesses ravies lessiver, cirer, rafistoler la pauvre épave avec une si touchante bonne foi ! Alors qu'avec le même prix – et bien moins de peine –, elles pourraient en avoir une de table, idéalement fonctionnelle et flambant neuve de ses chromes et Formica.

La cheminée

Mais nous, à l'époque de notre enfance – et notre mère donc –, comme nous les maudissions, cette table archaïque et cet âtre noirci sous son manteau de pierre ! Pour une claire et haute flambée toute dansante dans la cheminée, que de bouffées de fumée rabattues hargneusement sur nos visages, piquant les yeux, salissant nos fronts et nos mains ! Que de casseroles de lait, de tasses de café, poivrées de grains de suie, que de pauvres fricots renversés par une bûche rétive sur cette « chambrière » cabossée, toujours pendue un peu de guingois au dernier crochet de la crémaillère !

Une odeur de suie, d'âcre fumée, de résines habitait la cuisine, patinait les murs, s'insinuait dans nos cheveux et nos vêtements. L'eau était trop pénible à acheminer jusqu'à l'évier pour qu'on la gaspillât en toilettes abusives. Et plus d'une fois, notre mère, ayant soufflé une fois, deux fois sur le feu récalcitrant, se relevait vaincue, les reins douloureux, des mèches de cheveux pendant sur ses yeux larmoyants et de larges traces noires maculant ses joues. Les enfants sont sans pitié. Nous riions de la voir ainsi et lui chantions le refrain :

Et vaï vaï, camaillado
Et vaï vaï te leva…

Elle prenait le parti d'en rire, elle aussi, et nous faisait ce commentaire désabusé :

« Dire que mes père et mère ont eu l'idée saugrenue de m'appeler Blanche à mon baptême ! »

Ainsi, pendant des années, elle dut s'accommoder – et plutôt mal que bien – d'un âtre malaisé, rêvant au jour où elle aurait assez d'argent pour s'acheter un fourneau à trois pieds ou, qui sait, luxe suprême, une vraie cuisinière avec four ! Ce poêle, ce ne fut pas elle qui le posséda en premier, mais le papé. Houspillé par ma mère qui lui reprochait chaque hiver de prendre toute la place devant le feu avec ses osiers et ses corbeilles, devenu plus frileux aussi, il décida de se cantonner dans sa chambre. Et comme il n'y avait pas là de cheminée, il installa un petit poêle rond dont le tuyau s'enfonçait dans une des vitres de la fenêtre. Il enfournait dedans des rondins de bois de pin ; et ça tirait, ça tirait ! À rendre jalouse sa bru qui eût donné son âme pour en avoir un semblable dans sa cuisine.

Mais, grondait mon père, n'était-ce pas là une dépense inutile, quand on avait à sa disposition une grande et bonne cheminée ?

Et la pauvre continua à s'époumoner. Maudit hiver ! C'était justement dans les jours les plus noirs que cette cheminée se montrait la plus récalcitrante. Alors, de guerre lasse, un jour, nos parents se résolvaient à la ramoner. Avec les moyens du bord, cela va sans dire : l'un en haut sur le toit, l'autre en bas, la tête et les épaules protégées par un vieux sac troussé en capuchon. Ce dernier rôle était réservé à ma mère dont les poumons supportaient mieux l'âcre poussière. Un gros buisson d'épines fourré là-haut dans la gaine de la cheminée, et je te pousse de là, et je te tire d'ici, et je te racle et je te gratte. La malheureuse ressortait de là-dessous haletante, hagarde, dépeignée, noircie, méconnaissable. Mais le moyen de faire autrement ? Il n'y avait pas de ramoneur dans le pays et chaque famille se débrouillait comme elle pouvait.

La corvée achevée, ma mère quittait les vieux habits souillés, se débarbouillait généreusement et trouvait encore le courage de plaisanter :

« La garce ! La prochaine fois, j'y mettrai le feu à cette cheminée ! Ça vaut tous les ramonages ! »

Nous l'écoutions, horrifiés : le feu à la cheminée ! Tout plutôt que cette vision de flammes démoniaques s'échappant du toit, dansant dessus comme des furieuses, prêtes à tout dévorer, prêtes à s'envoler dans un grand crépitement d'étincelles, tandis qu'en bas, dans la cuisine en émoi, s'amplifiait un ronflement de forge. Quand ce malheur se produisait chez celui-ci ou celui-là, il y avait dans tout le quartier une angoisse panique. Dans ces pays pauvres en eau et presque autant dans la vallée que sur le causse, la peur du feu était ancrée dans les âmes, congénitale, invétérée, depuis combien de millénaires. Je me souviens du jour où la petite, ayant pris la lampe Pigeon pour aller chercher je ne sais trop quoi sur l'étagère de la chambre, en revint bouleversée, une lueur de folie dans le regard, traversa d'un trait la cuisine, dégringola l'escalier malgré sa peur de l'ombre en criant d'une voix blanche :

« Le feu ! Il y a le feu ! »

Nous nous étions sauvées derrière elle, fuyant la catastrophe. Alors, notre mère, conservant son sang-froid, pénétra dans la chambre et comprit l'émoi de la bambine : la flamme de la petite lampe à pétrole avait mis le feu, là, sur l'étagère, à un des deux bouquets de plumets, ces fines graminées du causse qu'on nomme « cheveux de la Vierge ». Voyant, en un éclair, les herbes s'embraser, la gosse avait laissé tomber son luminaire sur le carreau et déjà le pétrole répandu commençait à brûler. Sans s'émouvoir davantage, notre mère écrasa les flammes sous un vieux sac et remit tout en place sur l'étagère où les dieux lares avaient été quelque peu bousculés : le porte-couronne où, sous un globe de verre, la couronne de mariée paradait, étalée sur un fond de velours rouge avec la mèche de cheveux, souvenir du petit frère mort ; de chaque côté, les chandeliers d'étain, les vases de cuivre ciselés par l'oncle Clément dans deux douilles d'obus, la petite croix de bois noir qu'on met près des morts et, devant le grand rosaire de buis sculpté drapé sur le mur, une statue de Notre-Dame de Lourdes. Mais comprenant l'imprudence, ma mère arracha du second vase l'autre bouquet de plumets et s'en alla le jeter dans la cheminée.

Attention au feu ! On se méfiait du mendiant qui demandait à passer la nuit dans la paille. On se méfiait du chat endormi dans la cendre qui s'enfuyait en hurlant, une étincelle vive prise dans sa fourrure, et s'en allait porter le feu au fenil.

Certains soirs d'été, brusquement, le tocsin donnait l'alarme : un grand nuage roux stagnait sur la montagne. Les hommes rassemblés se concertaient, prenaient une hache, un pic, une fourche, des gourdins avec, dans la musette, la bouteille de vin et, sans grande conviction, partaient vers le causse afin de protéger bois et moissons. Hélas ! la route est longue quand on part à pied, même si on emprunte les plus raides raccourcis ! Et le feu, lui, est véloce et se rit des efforts dérisoires de villageois armés de leur seul courage. Quand ils étaient de retour le lendemain, mains noires, cheveux et poils roussis, vêtements en lambeaux, ils expliquaient avec ce fatalisme paysan :

« Ah oui ! Le feu ! Mais c'est plus fort que tout ! Et sans eau ! Qu'est-ce que vous croyez qu'on puisse faire ? On a beau le battre avec des branches vertes, creuser ici, abattre là pour des coupe-feu, allumer des contre-feux, il saute, le diable ! Il se moque de tous les obstacles ! Surtout avec le vent qui souffle toujours par là-haut ! »

Et chaque année, une nouvelle portion de verdure disparaissait sous les dents rouges du fauve. À voix basse, on supputait les causes du désastre. Le feu du ciel ! Pourquoi pas ? Cela remplissait nos âmes d'enfants d'une terreur sacrée, le ciel voulant sans doute punir les humains de leurs fautes. Aussi, comme aux premiers coups de tonnerre, on s'empressait, dans chaque foyer, d'aller au fond des armoires chercher le cierge bénit de la Chandeleur pour l'allumer et invoquer l'aide du saint préposé : « Sainte Barbe, sainte Claire, préservez-nous du feu, du tonnerre ! » afin que, par ce geste propitiatoire, fût désarmé le courroux céleste. On nous montrait ici et là de grands arbres crucifiés que la foudre avait pourfendus de haut en bas. Mais on accusait le plus souvent – et, sans doute, avec juste raison – l'insouciance d'un berger qui, allumant un feu, néglige ensuite de l'éteindre, ou l'inconscience d'un chasseur amateur de grillades en plein air, mais aussi la maladresse d'apprentis écobueurs qui, pour brûler une lande sèche afin que ses cendres fertilisent leurs prochains labours, mettaient le feu à tout le canton, sans parler de ceux qui, plus coupables encore, se réjouissaient de voir partir en fumée les biens d'un voisin ennemi.

Pauvres bois ! Ces belles pinèdes qui, l'automne, fleuraient bon le champignon et la résine, rien au monde ne pourrait les faire repousser ! Sur les vastes brûlades, le feu ne laissait après lui que moignons noircis et roches réduites à la blancheur d'ossements ! Plus jamais rien ne reverdoierait là-dessus. Dans cinq ans, dans dix ans, les villageois désabusés iraient arracher les arbres morts dont les tronçons *camailleraient*[1] les ménagères, hargneuses des feux médiocres qu'elles en obtiendraient.

Et le causse, été après été, s'installait peu à peu dans la morne rectitude des hamadas.

---

1. Camailler : *tacher ou barbouiller.*

La tristesse de vieillir

Décidément, le grand-père vieillissait. Retiré dans sa chambre, il n'avait plus goût à tresser ses paniers d'amarines, à coudre avec des lanières de ronces les tortillons de paille de ses paillasses. Il restait de longues heures, somnolant sur sa chaise devant ce poêle rond mal installé, songeur, la tête prise dans ses mains remâchant d'obscurs griefs. Parfois, il tirait de sa poche quelque monnaie et nous demandait, à l'une ou l'autre, d'aller lui acheter une livre de biscotins ou deux sous de tabac à priser.

Lorsque le repas était prêt, notre mère disait :

« Allez appeler le papé ! »

Il venait, clopinant dans ses gros sabots bourrés de paille, regardant ma mère par en dessous d'un œil vindicatif. Il y avait, entre eux depuis quelque temps, d'obscurs démêlés dont on devinait mal la cause. Malheur de vieillir ! Le papé mangeait mal, autant par malice que par maladresse, et des brins de fricot se prenaient dans sa grande barbe qu'il oubliait d'essuyer. Et c'était bien pis s'il s'avisait de sortir son mouchoir immense et rouge tout maculé de la morve noire du tabac à priser. Ma mère ne pouvait retenir son dégoût :

« Essuyez-vous donc et rentrez ce sale mouchoir ! Vous voyez bien que les petites vous regardent ! Et puis, faites un peu attention en vous servant : elles n'ont encore rien mangé ! »

Cette boulimie inexplicable, qui souvent prend les vieillards, l'exaspérait. Mon père, un peu honteux de l'algarade, n'osait intervenir. Le grand-père le regardait d'un air ulcéré, se levait, passait vaguement sa main dans nos cheveux d'enfants et retournait dans sa chambre.

Moi, je ressentais la triste injustice de tout cela : je me remémorais l'histoire que nous contait en leçon de morale Mme Landès, notre « dame ». Ce pauvre vieux à qui ses enfants avaient réservé une écuelle en bois parce qu'il avait des mains maladroites. Alors, un jour, le père voit son jeune fils occupé à creuser, dans un billot de bois, une sorte d'écuelle :

« Et que fais-tu là, mon fils ?

– Eh, papa, répond l'innocent, je te prépare une écuelle pour quand tu seras vieux. »

Mais ma mère, intransigeante, en avait gros sur le cœur. Elle prenait son époux à partie :

« Donne-lui raison, une fois de plus ! Il m'a encore reproché ce matin de lui mettre de l'eau dans son café au lait ! S'il n'était pas si gourmand et si goinfre ! Et si sale, le cochon ! Ce vice qu'il a pris maintenant ! »

Mon père haussait les épaules, prenait un sourire entendu, comme si « ce vice » lui paraissait bien anodin, et disait pour l'excuser :

« Il est vieux !

– Peut-être, rétorquait l'épouse, mais ce n'est pas une raison pour aller fouiner dans mon armoire et... N'y compte pas ! Je ne me laisserai pas mettre le pied dessus ! »

Ce soir-là, grand-père, sensible à la douceur de l'automne, était sorti prendre le soleil sur le chemin. On était en pleines vendanges et les charrettes lourdes de comportes passaient des vignes aux caves. Voilà le papé qui s'assied sur le perron de la Portalière. Je le regardais, intriguée, bientôt honteuse : grand-père avait trouvé un moyen sûr de faire enrager sa bru et de mettre les rieurs de son côté. Chaque fois que passait un attelage, il tendait la main et implorait d'une voix humble :

« Un petit raisin s'il vous plaît, par charité, un petit raisin ! Pour l'amour de Dieu ! »

J'alertai ma mère qui, là-haut, dans la cour, un balai d'*amélencs*[1] à la main, rassemblait les feuilles mortes de la treille. Prise d'une colère véhémente, elle alla vers le vieux, le secoua, l'entraîna et, prenant les passants à témoin :

« Si ça n'est pas honteux ! Comme si on le laissait crever de faim à la maison ! Demander l'aumône comme un mendiant ! Et des raisins encore ! Alors que vous en avez une pleine vigne à Cabanelles ! Vous mériteriez que... »

---

1. Amélenc : *amélanchier.*

Elle le prit par le bras et, sans s'arrêter aux regards vindicatifs du vieux, elle le tira jusqu'à sa chambre où elle l'enferma jusqu'au soir.

Mais le grand-père avait la rancune tenace. Quand il reprit sa place à table pour le repas du soir, il grommela d'une voix menaçante :

« Allez, ça ne se passera pas comme ça, je vous le promets ! Je vous déshériterai tous tant que vous êtes ! Je donnerai tout, oui, tout mon argent au curé !

– Il serait bien incapable de faire comme il dit ! » murmura ma mère, regardant son mari d'un œil accusateur.

Et le repas, tant bien que mal, continua dans un silence de mauvais augure. Jamais la pascade ne me parut aussi lourde à avaler ; jamais le résiné, cette confiture des vendanges où pommes, noix, figues, carottes et coings avaient mijoté dans le moût de raisin, ne me parut aussi insipide. Je fis de mauvais rêves cette nuit-là.

Le lendemain, quand l'heure de se mettre à table pour midi arriva, il fallut bien se rendre à l'évidence : grand-père n'était plus dans sa chambre ! Grand-père avait disparu ! On le chercha partout : au fournil, par-derrière dans la « double », cette étroite impasse par où, parfois, il s'en allait sur les chemins à la vigne, au jardin. On le héla ici et là dans les caves, les écuries. Personne ! Serait-il parti pour le causse avec ses jambes gourdes ? Ou bien à la ville pour cet hôpital, tentation et terreur des vieux démunis ?

De sombres pensées roulaient dans la tête de mes parents : si souvent il avait dit, comme pour les narguer : « Allez, un de ces jours, je vous débarrasserai de moi ! » Et si pour une fois, il avait…

Tout à coup, une voisine arrive, le visage en émoi : « J'ai entendu gémir en passant devant le puits. Ça venait du fond, il me semble. Vous savez, ce puits au tournant de la côte, en bordure du chemin ! »

Tout le quartier se précipite. Mon père se penche sur la margelle, appelle, interroge d'une voix rassurante. Eh oui, on se lamentait par là-bas et il semblait bien que c'était la voix du grand-père. On apporte une corde, mon père se l'attache autour des reins et s'apprête à descendre. C'est alors qu'il s'aperçoit d'une chose étonnante : tout le long de la paroi circulaire du puits, de place en place, une pierre plate fichée dans la maçonnerie servait de marche. Eh oui ! La descente n'était pas aussi périlleuse qu'on aurait pu l'imaginer ! Grand-père devait connaître cette particularité depuis longtemps : il avait voulu jouer un bon tour à ses héritiers !

Cependant, là-bas, dans le noir et l'humide, ayant sans doute trop présumé de ses forces, le vieux continuait à appeler au secours. Mon père arrive auprès de lui et trouve là le malheureux grelottant, de l'eau jusqu'à la taille et qui se cramponne à lui en pleurnichant. Il ne restait qu'une chose à faire : réclamer une seconde corde et remonter le pépé qui, épuisé, dépassé par son rôle de suicidé-comédien, eût été bien incapable de reprendre seul le chemin du retour.

« Il a voulu se suicider », expliquaient aux passants les commères horrifiées. Le vieux, maintenant trempé comme un rat, restait là, affalé contre la margelle du puits, au milieu de l'attroupement. Mais ma mère, impitoyable, triomphait :

« Se suicider ? Allons donc ! Est-ce qu'on a vraiment envie de se noyer quand on choisit, pour le faire, justement un puits où on peut descendre marche après marche ? Il n'avait qu'à s'y jeter la tête la première. Alors, oui, là ! il ne se serait pas manqué ! Mais ce que vous vouliez seulement ? Nous ficher une belle frousse ! »

Nous jetions sur le rescapé des regards perplexes. Quelles sombres pensées roulaient donc dans cette pauvre tête au bord du gâtisme ? Quelles malices de vieil enfant vindicatif ?

La leçon servit-elle ? Pour quelque temps, je suppose, mes parents mettant de leur côté assez de bonne volonté pour ne pas le pousser à d'aussi fâcheuses extrémités. Un soir, il voulut à nouveau faire trembler ses héritiers : penché dangereusement à la fenêtre de sa chambre, il menaçait de se laisser choir en bas, dans cette basse fosse où finissaient les pots cassés et les verres brisés. Ma mère, inquiète malgré tout, avait appelé Max à la rescousse : celui-ci, vigoureux, prit le papé à bras-le-corps et, le basculant tête en bas dans le vide le plus sérieusement du monde :

« Alors, vous voulez que je vous aide ? Dites oui ! Allez, je vous lâche et ce sera vite fait ! »

Le départ en train de la gare de Quézaguet

CETTE ANNÉE-LÀ, ma mère nous annonça que le dimanche suivant, s'il faisait beau, nous irions à la fête du Monna. Les cousins attendaient notre venue. Quel émoi dans nos cervelles d'enfants ! C'était la première fois que nous étions invités à une fête votive. Et sans doute était-ce la première fête dans tous les environs. Les dures années de guerre et d'après-guerre n'avaient pas encore permis le retour de ces joyeuses frairies paysannes. L'absence des hommes, les deuils, les restrictions, est-ce qu'on avait pu jusque-là songer à s'amuser ? Mais voilà que, ici et là, l'émulation aidant, on reprenait le goût de vivre et on se remettait une fois l'an à danser sous l'orme aux sons maladroits d'un accordéon bénévole. Et surtout, surtout, on bâfrait, bâfrait avec une conviction jamais prise en défaut.

Donc, ce matin-là, nous fûmes sorties du lit au petit jour. Dûment débarbouillées et frisottées, harnachées de nos plus beaux atours, nous voilà dans l'humide fraîcheur de l'aube gravissant la côte qui, de l'autre côté de la vallée, nous mènerait jusqu'à Quézaguet où, faisant halte, le train nous emporterait.

C'était, pour nos petits pieds, une véritable expédition et nos yeux encore ensommeillés voyaient toutes choses dans une sorte d'ivresse laiteuse.

Et ces dix kilomètres dans un train poussif, ce noir tunnel à traverser, ce haut viaduc enjambant le bourg d'Aguessac, ainsi dominé à vol d'oiseau, quelle aventure ! Bientôt, la locomotive chuintante ralentissait : on entrait en gare de Millau.

Là, le cousin Louis nous attendait avec sa grande charrette d'un bleu rutilant attelée à l'ânesse. Nous nous juchions dedans, sur des planches posées sur les ridelles. Et fouette cocher ! Par la route étroite et ombreuse qui suivait les méandres de la Dourbie, le cousin nous acheminait jusqu'au Monna où, dans une des premières maisons du village, sa femme Julie nous recevait.

Les cousins, sans enfants, formaient le couple le mieux désassorti qu'on pût imaginer : lui, maigre et long, de longues mains au bout de bras qui n'en finissaient pas, une tête étonnée fichée au bout d'un cou interminable ; elle, petite, presque nabote, avec des bras mal finis, des jambes courtes, un peu arquées, soutenant un buste trop tassé. Après une enfance orpheline et de pénibles démêlés avec un tuteur indigne – ce qui faisait hocher tristement la tête à ma mère lorsqu'elle les lui narrait à mots couverts –, elle avait été confiée au couvent de la Miséricorde où des sœurs, un peu gardes-chiourmes menaient tambour battant toute une ribambelle pitoyable de pauvres orphelines et d'enfants mal aimés. Elle y avait appris à obéir sans discuter, à trimer dur et vivre en silence, et surtout, à ne pas se montrer difficile sur le chapitre nourriture. Et lorsqu'elle nous voyait chipoter dans nos assiettes devant un mets nouveau pour nous, elle haussait les épaules et se prononçait, l'œil sévère : « Un peu de Miséricorde et vous verrez ! »

Mais elle y avait aussi appris, durant les longues heures de méditation silencieuse, à confectionner de patients tableaux au point de canevas, dont le plus beau spécimen – un pur chef-d'œuvre à mon avis – trônait, dûment encadré, dans une chambre qui nous était réservée.

Cela représentait un autel d'église, avec vases dorés et fleurs multicolores encadrant la croix et l'ostensoir plus rutilants encore. Chaque fois, ma mère, la porte de la chambre ouverte sur cette pièce de musée, ne manquait pas de pousser des exclamations admiratives où, nous semblait-il, nous croyions discerner un rien d'amusement.

En dehors de ces travaux d'inspiration sulpicienne, mais où Julie enfermait tout l'art du monde, la cousine avait appris là l'essentiel des tâches ménagères, en prévision du jour où, tirée du couvent, elle serait mise au service chez quelque bourgeois de la région.

Bonne à tout faire ! Chaque famille aisée de la ville avait à cœur, pour « tenir son rang », d'entretenir une « bonne ». Et les couvents, les familles rurales des villages voisins en fournissaient un choix abondant à bon compte. Toutes les jeunes écolières de la campagne, à douze ou treize ans, leur temps d'école achevé, rêvaient d'aller se placer comme servante à la ville. C'était pour elles une sorte de libération, le premier contact avec une caste sociale mieux pourvue et plus évoluée. La servitude de ces tâches ménagères sous la férule d'une « dame » plus ou moins maniaque leur paraissait préférable aux durs travaux des champs où, sans grand espoir de salaire, s'abîme le teint et se durcissent les mains.

Pouvoir travailler à l'ombre ! Réaliser ce vieux rêve paysan ! Les parents renâclaient bien un peu, ayant certes le plus grand besoin de cette jeune main-d'œuvre bénévole, mais la perspective d'un gain supplémentaire les faisait accepter. Les mères, elles, voyaient là pour leurs filles une façon pratique d'acquérir à bon compte ce que l'on désignerait plus tard sous le vocable d'enseignement ménager : savoir cirer les meubles, préparer les paupiettes de veau, des truffes au chocolat et de coûteux petits fours, apprendre surtout à faire de fines reprises et de délicates broderies, assise à côté de « Madame » – on ne sait jamais, ça peut un jour servir !

Souvent les patrons, compréhensifs, acceptaient de rendre à leur famille pour les travaux d'été leurs jeunes servantes. Celles-ci revenaient au village toutes fiérotes, vêtues, nous semblait-il, à la dernière mode. Les vieilles femmes, le curé aussi, regardaient, avec suspicion ces nouveaux corsages un peu trop transparents et ces bottines haut lacées. Ils y voyaient le premier pas sur le chemin de la perdition : on prenait là des habitudes de riches, l'envie de se déclasser par des moyens plus ou moins honnêtes, et tant soit peu qu'un patron un peu trop hardi ou son fils vous serrait entre deux portes, on en venait à « faire la peau ».

Car ma mère elle aussi avait, comme tant d'autres, connu dans sa jeunesse cette condition subalterne et, ma foi, les fatigues de la vie aidant, elle n'en avait pas conservé un trop mauvais souvenir. Elle nous narrait son temps passé à Paris chez des patrons qui, pour la convaincre, lui avaient promis monts et merveilles :

« Chaque soir, je déroulais mon lit-cage poussé dans le couloir d'entrée et je dormais là, entre deux portes. Et comme je me couchais la dernière et me levais la première, ça n'avait pas d'importance : la première chose à faire le matin, au saut du lit, était de le replier, le recouvrir d'une housse, le pousser contre le mur, une potiche dessus, et les messieurs dames en visite ne se doutaient de rien. Monsieur occupait je ne sais quelle fonction administrative dans une grande école de la capitale. Madame, elle, ne travaillait pas et le contraire eût été, à cette époque, un scandale. Alors, elle avait tout le temps de se pomponner, de s'adonner à ses crises de nerfs et de passer sa mauvaise humeur sur sa bonne ou sur son frère, pauvre vieux garçon un peu demeuré dont elle avait fait son souffre-douleur. Heureusement, nous nous liguions tous les deux contre elle. Il venait à la cuisine me conter ses malheurs. “Je lui ai dit : *Méchante, tu n'as pas honte de traiter ainsi un pauvre orphelin ?"* Moi, lasse d'écouter les jérémiades du vieil orphelin, j'aimais mieux sortir et aller promener le chien de madame, une espèce de fox-terrier toujours un peu hargneux. Nous partions dans quelque rue tranquille, dans quelque square oublié, et là, assise sur un banc, je pouvais goûter un peu de repos : il fallait bien que le chouchou eût tout le loisir de faire ses besoins et de se détendre un moment. Le dimanche après-midi, ma vaisselle faite, j'avais droit, avant le repas du soir, à quelques heures de liberté. Je mettais ma robe à tournure, le faux-cul sur les fesses comme je le voyais faire à madame, la chemise remontée dans le cache-corset pour m'étoffer un peu la poitrine et j'allais au Jardin des plantes tout proche, voir les bêtes sauvages et rire des malices des singes. Parfois, en semaine, si ma patronne s'ennuyait, elle m'emmenait avec elle et nous allions visiter le musée Grévin. Prise d'une envie facétieuse, elle me disait : "Retire-toi un peu, Blanche, je vais m'asseoir là, immobile sur une chaise, et tu verras si quelque visiteur ne se plante pas devant moi en s'exclamant : *Mais elle ressemble à quelqu'un que je connais ! Mais est-ce qu'elle est vivante ou mannequin de cire ?"* Innocentes plaisanteries qui nous ravissaient l'une et l'autre. Souvent, l'après-midi, madame recevait. Alors, je mettais mon tablier blanc à dentelles et je portais à ces dames le café et les petits fours. »

À ce sujet, le plus beau souvenir de ma mère avait nom : Marie Curie, qui venait parfois rendre visite à ses patrons. Une dame aux traits fins, le regard songeur et si simple, si gentille. Et elle s'extasiait encore à la pensée d'avoir connu quelqu'un dont le nom figurait à présent sur nos livres de sciences, sur nos manuels d'histoire, dans la rubrique des grands savants et des bienfaiteurs de l'humanité.

Quant à la cousine Julie, de servitude en servitude, elle avait vu, comme ma mère d'ailleurs, une libération dans la condition de femme mariée. De cette relative liberté, elle appréciait chaque jour un peu plus la valeur.

À notre arrivée de Millau, un plantureux petit déjeuner nous attendait : le lever matinal, la promenade à pied, le long voyage en train puis en carriole dans l'air frais du matin nous avaient aiguisé l'appétit. Nous dévorions sans nous faire prier jambon cru et saucisse sèche, pâté de foie et œufs sur le plat, humant déjà les effluves du succulent repas de midi qui commençait à mijoter.

Car c'était ce repas de midi qui devait nous révéler Julie dans toute sa gloire. Oh ! pas de surprise ! Chaque année, nous savions à peu près d'avance ce qui paraîtrait ce jour sur la table : les diverses charcuteries paysannes, le macaroni au gratin mis à dorer dans le four d'une vraie cuisinière, luxe envié des ménagères d'alors. Ensuite, ah ! cette mystérieuse merveille que Julie nommait : alouettes sans tête, et qu'elle posait avec une glorieuse componction sur la table, au milieu d'un silence respectueux. Enfin, un monumental gâteau de riz accompagné de la traditionnelle fouace. Alors les grandes personnes, le café bu, ayant siroté le marc du pays ou les cerises à l'eau-de-vie, se carraient sur leur chaise, jugeant que la vie était belle. Et ma foi, elles eussent jugé agréable de couronner ça par une longue sieste. Dormir ! N'est-ce pas la meilleure manière d'employer un jour de loisir, lorsqu'on s'échine à longueur de semaine, à longueur d'année ?

Mais nous, les jeunes, nos jambes s'impatientaient : assez de table ! Nous avions envie de sortir. Les cousins nous menaient rendre visite à la chèvre et ses cabris dans leur étable, au beau cochon dans sa soue. Puis Louis entraînait mon père dans son atelier. Il était charron à ses moments perdus, et de belles charrettes peinturlurées de vert et de bleu, des lioujos aux longues ferrures étincelantes, prenaient forme entre ses mains adroites. Parfois la cousine, péremptoire, décidait que nous irions à vêpres. Nous faisions la grimace et ma mère, d'un regard complice, semblait nous approuver. Certes, le matin, nous étions allées sans déplaisir à la messe, fières de nos robes à fanfreluches et de nos chapeaux neufs. Mais vêpres, là alors, il y avait de l'abus ! Et d'autant plus que, cette année, on chuchotait qu'il y aurait bal sur la place. J'eusse préféré aller au bal, non point tant pour y danser comme une grande que pour me plonger dans cette bruyante ambiance de fête populaire. Hélas ! les adultes que la danse n'intéressait guère en décidaient autrement ! Le cousin, tout fier, nous menait en bande dans ses champs, au bord de la rivière, voir l'état des récoltes. Ah ! ça non plus ne nous agréait guère ! Nous traînions les pieds avec une nonchalance étudiée. Et, tout à coup, une idée me venait : « Dis, maman, si on allait voir les poissons ! » Une entreprise piscicole achevait à peine de s'installer. Le cousin se grattait la tête, hésitait un peu, puis consentait à aller déranger le gardien et nous allions nous pencher avec un étonnement jamais blasé sur les bassins où frétillaient des légions de minuscules alevins.

Et la nuit venue, « la fête » continuait. Le plus sensationnel était de coucher dans cette chambre étrangère qui sentait la cire et la naphtaline, avec la superbe tapisserie au point de canevas dont la vue, avant de nous endormir, nous incitait à la prière et emplissait notre sommeil de rêves célestes. Le lendemain, au petit matin, le cousin nous ramenait dans sa carriole pour rejoindre le premier train qui, avec les mêmes péripéties que la veille, nous déposerait à notre « halte » de départ.

Quelle journée, grand Dieu ! Nous en savourions d'avance les épisodes bien prévisibles, escomptant chaque fois que quelque événement exceptionnel ferait battre nos cœurs d'enfants. Et ma mère, embrassant avec chaleur la cousine Julie, lui recommandait :

« Donc, c'est bien entendu, à votre tour maintenant, vous viendrez le mois prochain à notre fête ! »

La fête votive de la Cresse

Comme prévu à la fin mai, nous voyions arriver les cousins Calvi pour les réjouissances de notre fête votive. Ils avaient l'un et l'autre dernièrement fait l'acquisition – pour nous fabuleuse – d'une bicyclette ! Celle de Julie surtout, flambant de tous ses chromes neufs, représentait pour moi un luxe inouï : un beau filet de soie multicolore gainait la roue arrière, mis là pour empêcher les longues jupes féminines de s'insinuer entre les rayons. Julie arrivait dans ses plus beaux atours avec, sur le porte-bagages, emballé dans un grand carton rond, son chapeau neuf. C'était, chaque fois, un pur chef-d'œuvre artisanal que nous nous devions d'admirer sans réticences. Julie, toute fière, nous contait comment elle l'avait confectionné elle-même : une sorte de haute tiare, ornée de plusieurs étages de rubans bouillonnés. Ma mère, par politesse, par malice aussi, demandait à le voir mis en place. Julie expliquait :

« Vous comprenez, comme je ne suis pas grande, ça me rehausse un peu. »

Et, le chapeau coiffé, elle lançait un regard vers son mari dont la tête, là-haut, très haut, l'approuvait placidement.

Ma mère avait du mal à conserver son sérieux. Et nous donc ! Mais nous n'aurions voulu pour rien au monde indisposer la cousine. Alors elle remettait le chapeau dans sa boîte et se dirigeait vers le vélo de Louis pour en retirer le paquet de gâteaux. Des gâteaux de pâtissier, achetés en passant à la ville, mets rarissimes que nous lorgnions d'un œil gourmand : des millefeuilles moelleux, des choux à la crème, des croissants et ces « jésuites » hypocritement énormes, soufflés de vent et dont la sèche pâte feuilletée se délitait sous les dents. Ah ! ce délice ! Nous eussions, pour ces gâteries citadines, donné toutes les fouaces de la maison.

Ma mère, ce jour-là, en l'honneur de ses invités, avait préparé un repas choisi. Nous, nous attendions impatiemment la salade d'oranges et surtout, surtout, la distribution des fameux gâteaux. Et d'autant plus qu'au moment du dessert était prévu un événement sensationnel : les conscrits de l'année et leurs copains, juchés sur le plus beau break du village avec, à la place d'honneur, l'accordéoniste tonitruant, passaient de rue en rue, de maison en maison, pour la présentation de la pomme. La pomme – ou plus souvent, une énorme orange – était installée au centre d'un large plateau, tout incrusté d'écus d'argent et de pièces d'or.

Autour, des cigarettes pour les hommes, des bonbons pour les dames et les enfants. Les garçons farauds, déjà un peu éméchés, chahutaient un brin les demoiselles, demandant la permission de les embrasser et quêtaient autour de la table pièces et billets. Et en bas, sous les fenêtres, l'accordéoniste remerciait en jouant sa plus belle mazurka. Nous écoutions s'éloigner le bruyant équipage, espérant que l'après-midi, on nous mènerait faire un tour de bal.

Mais les dames bavardaient interminablement en faisant la vaisselle. Ma mère, enfin, ses mains essuyées, mi-figue mi-raisin, proposait à Julie :

« Vous mettez votre chapeau, je m'habille et nous descendons. »

La cousine hésitait un peu, puis voyant son hôtesse partir tête nue, se résolvait à remettre dans son étui le beau couvre-chef, objet de tant de soins inutiles. Et la comédie du chapeau inemployé se renouvelait chaque année, sorte de rite cocasse que nous n'avions garde d'oublier.

Alors, comme aimantées par ces bruits de musique et par les « ohuc ! » des danseurs de bourrées, par les bruits de pétards et les cris des filles émoustillées, nous nous approchions de la place. Oh ! chance ! Il restait encore quelques places disponibles : nous nous asseyions sur les bancs rustiques devant quelque table mal équilibrée sur ses tréteaux. Le cousin, soucieux de ses devoirs d'invité, commandait « des panachés ». Nous, nous buvions la limonade seule qui chatouille le nez mais qui, pour nos palais d'enfants, prenait la saveur de l'orgie.

Mazurkas, matchiches et scottishs à contexte exotique, nouvelles javas plus exotiques encore, sans parler de ces tangos trop langoureux que les mères regardaient, scandalisées, toute une jeunesse frais débarbouillée tournait bruyamment. Mais la danse reine était la valse, cette valse qui donne aux danseurs tourbillonnants une griserie proche du vertige. Un silence ! Et pour plaire aux anciens, l'accordéoniste partait sur un air de bourrée, entraînant jeunes et vieux dans de retentissants quadrilles.

Le soir, les cousins repartis en vélo, il nous était bien difficile d'entraîner nos parents vers le bal de nuit. D'ailleurs, nous aurions eu droit le lendemain, à l'heure du catéchisme, aux semonces de Calixtou. Notre sommeil, cette nuit-là, était peuplé d'étranges musiques et, le matin, l'estomac barbouillé, sans grands scrupules de conscience, nous nous donnions congé, comme le faisaient à peu près tous les écoliers du village.

Marthe du Pastrou

Marthe du Pastrou occupait un emploi de garde-barrière, quelque part en bordure de la voie ferrée. Elle était « dans les chemins de fer » ainsi que son mari, cantonnier. Cette situation de fonctionnaire représentait aux yeux des villageois un bel avancement social. Ma mère avait de l'amitié pour cette jeune femme qui s'était délié l'esprit et les mœurs au contact des citadins chez qui, il y a peu, encore jeune fille, elle travaillait comme « bonne ».

Nous, de notre côté, l'aimions bien, d'autant plus qu'elle nous faisait parfois de somptueux cadeaux : jouets un peu fatigués des enfants de ses patrons et surtout, surtout, de magnifiques albums sur les pages desquels on avait collé des reproductions de tableaux célèbres, de gravures instructives, comiques ou tendrement lyriques, à grand renfort d'oiseaux, de fleurs, de belles dames au teint suave et de douces jeunes fillettes enrubannées.

Parfois, les dimanches d'été, nous allions lui rendre visite l'après-midi. Elle habitait une jolie maisonnette fournie par l'administration, coiffée de tuiles rouges et dont les fenêtres à larges carreaux nous paraissaient le comble du luxe et du confort. On montait là-haut par une longue côte poussiéreuse, on traversait avec précaution la voie, on continuait plus loin encore. Marthe nous attendait, heureuse de ces visites dominicales qui égayaient un peu la monotonie de sa vie solitaire. Ensuite, après un bon goûter, nous regagnions le chemin du retour sur un sentier parallèle à la voie que nous devions suivre, à la queue leu leu. Suivre la voie ! C'était certes une expédition hasardeuse et, je suppose, à peine tolérée. Quel émoi lorsque notre mère, pressentant l'approche d'un train à quelque noire fumée, là-bas, derrière la butte, nous rassemblait dans ses jupes en nous recommandant de nous éloigner des rails ! Et le convoi passait dans un grondement de bête fabuleuse avec, aux portières, des têtes étonnées. Nous devions traverser, le cœur battant, le dos rasant les murs noircis, un long tunnel ombreux et suintant où, le jour d'été à l'autre extrémité n'avait guère plus de réalité qu'une grise lucarne. Nous nous penchions sur les rails pour, l'oreille aux aguets, percevoir de très loin l'approche de quelque train et vérifier ainsi les savantes assertions de mon livre de sciences. Nous observions, l'œil médusé, ces drôles de fils télégraphiques le long desquels, suspendus dans d'invisibles enveloppes, glissent, nous assurait-on, de mystérieux, redoutables messages. Et puis, entre les rails, sur le ballast, on découvrait de si drôles de choses : vis ou écrous abandonnés là par des cantonniers négligents, lourdes pièces de fonte réservées à qui sait quel usage, que sais-je encore ?

Un jour que je traînais en queue de l'expédition, une idée saugrenue me prit : soulever une de ces lourdes masses en forme de buttoir et la poser en équilibre sur un rail. Goût inconscient de la catastrophe ? Désir enfantin de faire du mal, de détruire ? Curiosité malsaine de ce qu'allait sans doute déclencher mon « expérience » ? Qui saura jamais ce qui grouille d'inquiétant dans le fond obscur des âmes d'enfants ?

Mon méfait accompli, sans rien dire à personne, ayant sans doute déjà oublié ma douteuse initiative, je rejoignis le gros de la troupe et le retour s'accomplit sans autre incident.

Mais, deux jours après, revenant de l'école, je fus reçue par une mère catastrophée. Elle m'interrogea et, sans insister beaucoup, me fit avouer mon crime. Eh oui ! C'était bien moi la coupable, moi qui avais voulu faire dérailler un train ! Et elle conta aux voisines horrifiées la terrible aventure. Peu après notre passage, l'œil vigilant d'un mécanicien qui conduisait un convoi sur la voie parallèle avait aperçu le funeste engin, bien en évidence sur le rail où je l'avais posé ; il alerta aussitôt la garde-barrière et les chefs de gare des stations les plus proches. On parla de sabotage, on dépêcha sur les lieux une équipe de cantonniers pour plus ample vérification. Marthe du Pastrou, longuement interrogée, s'était souvenue de notre passage ce jour-là, et avait supposé que l'une ou l'autre de ses visiteuses pouvait bien être l'auteur du méfait. De proche en proche, ma mère venait d'être mise au courant et, à présent, c'était sur moi que planaient les pires menaces : la prison ! Pas moins ! Je discernais mal pourquoi on faisait tant de bruit pour si peu de chose : un bout de fer ramassé presque sans le savoir – et pourquoi diable l'avait-on abandonné là ? –, posé par des mains oisives sur un rail sans emploi ? Finalement, l'affaire en resta là, mais il fut dorénavant interdit de suivre sans autorisation ce sentier dangereux. Et moi, pauvre sotte, j'en venais à me sentir toute glorieuse d'avoir ainsi tenu pendant plusieurs jours la vedette, sans toutefois que l'envie me prît de recommencer. D'ailleurs, ma mère, l'été finissant, jugea plus sage de renoncer pour quelque temps à ces expéditions hasardeuses.

Les contes de ma mère

NOUS RÊVIONS LONGUEMENT sur les images suavement désuètes des albums de Marthe du Pastrou, mais nous aimions bien mieux encore les histoires que notre mère nous contait. Les petites réclamaient : « Maman, raconte-nous Planpougnet ! » Elles raffolaient de ces contes où le vieux fonds de la malice paysanne s'allie à la savoureuse gauloiserie.

Planpougnet ! Mitat de Gal ! Des histoires qui avaient fort peu à voir avec les délicates bergeries de Mme d'Aulnoy. Pour ma part, je ne pouvais m'empêcher de trouver un peu grossières ces histoires de culs, de pets et de ventres éclatés. Déjà petite demoiselle, mon goût allait plutôt à ces contes gracieux où des princesses belles comme le jour dialoguent avec des oiseaux bleus, s'endorment dans des palais de légende et se font réveiller par des princes charmants aussi gracieux qu'elles.

Mais enfin, sans en avoir l'air, je tendais l'oreille quand ma mère narrait aux deux petites les multiples péripéties des vieux contes paysans.

Planpougnet était une sorte de Tom Pouce villageois, tout juste assez gros pour remplir le poing fermé de sa mère, roublard et facétieux comme un singe. C'étaient surtout les circonstances de sa venue au monde qui remplissaient d'aise les deux gosses et moi d'une bizarre perplexité. La boulangère était affairée à pétrir son pain dans le pétrin. Courbée sur la *mach*, à grands coups de poing, elle battait la lourde pâte, la soulevait, la tordait, la laissait retomber en ahanant. Et voici qu'ainsi penchée sur le pétrin, dans un effort mal contenu, elle fait un pet sonore. Pouf ! Et qu'est-ce qui tombe par terre entre ses jambes, empêtré dans les longues jupes ? Un amour de petit garçon, l'œil futé, la bouche fendue, le nez impertinent, pas plus gros que le poing, regardant la boulangère ahurie, d'un air rigolard : « Je m'appelle Planpougnet », dit-il pour toute présentation.

Mais Planpougnet, agile comme un singe, se mettait toujours dans des situations impossibles, et chaque fois, il s'en tirait à son avantage, le lascar ! Hélas ! ayant voulu s'abriter de la pluie sous la feuille d'un gros chou, la vache qui passait par là, hop ! d'un coup de langue avalait le tout… jusqu'à ce que le boucher alerté ayant d'un large coup de couteau ouvert le ventre de la receleuse tout sonore d'appels angoissés, ait retrouvé le pauvre petit un peu froissé, tout gluant de salive verte, mais encore bien en vie.

L'affaire ne s'arrêtait pas là : encore mal dépêtré des entrailles laissées sur le chemin, il était avalé par un loup maraudeur. Ah ! ça ne se passerait pas comme ça ! S'agitant à coups de pied, à coups de poing dans la sale bête, il donnait à celle-ci de terribles maux de ventre. Quelqu'un suggère au loup de s'insinuer entre deux grosses pierres pour avoir soulagement. Le loup se faufile dans l'étroit passage, et je te frotte et je te serre et je te gratte, jusqu'à ce que le ventre éclate, libérant le petit prisonnier qui se sauve avec un grand pied de nez. Il se réfugie sur un arbre et, au moment où passe un lièvre, hop ! il se laisse tomber sur son dos. Et cramponné des deux mains aux longues oreilles de sa monture, le voilà parti en ce singulier équipage. Il rencontre le curé qui, monté sur une mule poussive, admire et envie une telle vélocité. « Oh ! fait l'astucieux Planpougnet, on peut changer si vous le voulez ! » Le gros naïf accepte le marché, il s'installe sur le lièvre mais, comme il est grand et lourd, il a vite fait d'*esclaffer*[1] sa monture, regardant Planpougnet qui, léger comme un farfadet, excite la mule complaisante et se sauve. « *Arresto* ! *Arresto* ! Planpougnet ! » crie le curé déconfit. Mais le coquin rit de la déconvenue du lourdaud et court, court toujours... Sans doute court-il encore !

Quant à Mitat de Gal, ce conte était, lui aussi, bizarrement assorti de détails scatologiques. Moitié de coq ! Cette appellation saugrenue me laissait songeuse. Pourquoi une moitié seulement ? Je m'imaginais ce coq fendu en deux, plumage dessous, chair et viscères dégoulinants offerts par-dessus. Comment pouvait-il

1. Esclaffer : *écraser.*

vivre et pérégriner, ainsi réduit à la moitié de sa personne ? N'était-ce pas plutôt un de ces mâles mal affirmés, comme la nature en suscite ici et là, une sorte de *cabribouc*, comme nos chèvres et nos brebis en faisaient parfois ? Quoi qu'il en soit, c'était un drôle d'individu que ce Mitat de Gal. D'autant plus qu'au cours de multiples mésaventures, serviable et bon enfant, il proposait à ceux qu'il voyait dans l'embarras :

« *Dintro aqui din moun cuoulet,*
Aqui séras pla caldet[1] . »

Il a trouvé en grattant, tout fiérot, une boursette bien garnie – de pièces d'or, je suppose. Un malin qui passe la lui emprunte, sans jamais songer à venir la rendre. Alors voilà Mitat de Gal qui part récupérer son bien. Il rencontre le loup, ils marchent côte à côte un bon moment puis, comme celui-ci s'essouffle, il lui dit gentiment :

« *Dintro aqui din moun cuoulet*
Aqui séras pla caldet. »

Et ainsi successivement, il enfourne dans le cuoulet extensible le renard, l'eau de la rivière, le feu, et quoi encore ?

Tout ce monde disparate faisait bon ménage dans cette arche d'un nouveau genre, mis en réserve là –

1. Entre ici dans mon petit cul, là tu seras au chaud.

qui aurait pu s'en douter ? – par un Mitat de Gal prévoyant. En effet, arrivé chez son voleur, le pauvret veut réclamer son dû, mais l'autre, plein de mauvaise foi, se débarrasse de l'importun en l'envoyant coucher dans la bergerie avec l'espoir que les moutons le piétineront, l'étoufferont. Bousculé, affolé, le malheureux se souvient qu'il a un loup en réserve : il l'appelle à la rescousse. Le loup surgit de sa cachette et miam, miam, dévore le troupeau.

Le voleur ne se reconnaît pas vaincu et mène Mitat de Gal chez les poules. Celles-ci, peu impressionnées par le pauvret, le serrent de près, lui grimpent dessus à qui mieux mieux, mais cette fois, apparaît le renard reconnaissant qui, crac ! crac ! les croque jusqu'à la dernière.

Alors, le voleur imagine de le fourrer dans le four brûlant, mais l'eau, dans le cuoulet, arrive à l'aide, vient éteindre le feu et tirer d'affaire, une fois de plus, le malheureux. D'épisode en épisode, l'histoire semblait ne jamais devoir finir.

Quant à Ali Baba, le conte oriental revu et corrigé par la tradition paysanne, il n'était pas, lui non plus, avare de gaillardise. Les quarante voleurs, sans se douter de rien, se sont rassemblés sous un arbre et installent leur marmite. Mais voilà que d'en haut, le coquin réfugié parmi les branches se tait et les observe. Tout à coup, un besoin urgent le prend. Que faire ? Il ouvre sa braguette et... se soulage le plus discrètement qu'il peut dans l'ombre propice des feuillages. Et les naïfs voleurs, ravis de cette pluie qui leur tombe dans la marmite, se congratulent à plaisir :

« *Réméno, réméno, Michel,*
Que l'aïgo tombo del ciel[1]*!* »

Mais un moment après, c'est un autre besoin, plus pressant encore. Alors, accroupi entre deux branches, le polisson se déculotte et… se soulage copieusement. Ce que voyant, devant cette manne qui tombe dans leur soupe, les voleurs s'extasient :

« *Réméno, réméno, Michel,*
Qué la graïsso tombo del ciel[1]*!* »

Pour moi, déjà grandette, je jugeais ces détails assez incongrus. Mais les petites, le cœur et l'esprit sans complexes, se délectaient à la bonne grosse farce et en redemandaient. « Encore ! Encore ! »

Barbe-Bleue nous remplissait d'une terreur délicieuse et, malgré l'horreur de ce noir cabinet rempli de viandailles humaines et tout dégoulinant de sang, nous n'eussions pour rien au monde voulu que la narratrice en escamotât les détails où un lourd contexte sadique en dit long sur le tréfonds des cœurs humains et des pures âmes enfantines.

La nième femme de Barbe-Bleue, agenouillée dans sa chambre haute, attend l'heure de mourir. Elle a

1. Remue, remue, Michel, que l'eau tombe du ciel.

beau interroger sa sœur Anne, celle-ci ne voit toujours pas venir le secours. Et d'en bas montent l'horrible chanson du coutelas qu'on aiguise et l'affreuse voix du vampire répétant, de minute en minute :

« *Aguso, aguso, coutèlas,*
Al col dé ma fennopassaras[1]*!*
Êtes-vous prête, madame ? »

Ah ! ce placard de boucher, avec toutes ces douces épouses pendues à des crocs, côte à côte, il n'avait rien à envier à Belphégor et autres films d'épouvante les plus atroces.

Ces contes, ma mère nous les narrait en français, étant peu experte en langue d'oc, sauf ces formules rituelles à relent de magie, dont la répétition en patois faisait passer un frisson primitif entre nos épaules. Et lorsque la narratrice était lasse de conter, d'inventer encore, encore, elle énonçait la formule finale qui coupait court pour un jour à notre curiosité.

« *Et cric et crac*
Lou conté es din lou sac[2]... »

De jour en jour, même ici, la langue d'oc tombait un peu plus en désuétude, passant de l'usage aux simples formules rituelles et, dans un domaine tout proche,

1. Aiguise, aiguise les coutelas, au cou de ma femme tu passeras.
2. Le conte est dans le sac.

aux lourds jurons qu'on n'eût pas osé énoncer en français. Si les parents conversaient encore entre eux en patois, s'ils employaient avec leurs bêtes les injonctions de routine transmises de génération en génération, en revanche ils eussent eu scrupule à employer ce langage archaïque avec leurs enfants. Ceux-ci, usagers de l'école nationale obligatoire et laïque, se devaient d'apprendre le français, langue aristocratique, et le français seulement. Certains maîtres même, dans l'excès de leur zèle et pour mieux assurer cette prépondérance, pénalisaient les gosses qui, en récréation, étaient surpris à converser en patois.

Le français, langue noble ! Et même, voilà qu'on entendit un jour Édouard, qui pourtant parlait toujours en patois en famille, entretenir sa jument, sa fille, sa seule amie, en un français délicat. Sa jument, bête noble entre toutes et à qui, mari déçu par une femme un peu fruste, il réservait dans son étable fleurie un sort de princesse.

Et le Petit Chaperon rouge qui ne se méfiait pas assez des grands méchants loups déguisés en bonnes grands-mères ? Et le Petit Poucet, pauvre bougre abandonné avec ses frères par des parents indignes ? Ce n'est pas à nous que pourrait arriver semblable disgrâce. Nous interrogions : « Est-ce que de telles horreurs avaient pu se produire ? » Ma mère hochait la tête : M. Binel, dans ses vieux grimoires du temps jadis, avait trouvé la narration de semblables malheurs. À cette époque, mon Dieu, pas tellement lointaine, disait ma mère, puisque le père de son père aurait pu en être le contemporain, il arrivait que les parents, trop pauvres pour nourrir leurs dix, douze enfants, en abandonnaient quelqu'un au détour d'un chemin, avec le vague espoir qu'une personne charitable le recueillerait ou que… les loups le mangeraient. À moins que le bébé, coriace, réussisse à vivre avec les bêtes des bois, comme cet enfant sauvage qu'on avait découvert nu au plus épais d'une forêt aveyronnaise, incapable de parler, hurlant et marchant à la manière des loups. Et les mamans en peine, découragées par ces ribambelles d'enfants sortant de leurs entrailles, venaient parfois au petit jour abandonner leur dernier-né devant le portail de l'église.

Mon Dieu ! je voyais les yeux de Fernande s'embuer à cette triste évocation et nous restions songeuses devant le sort qui nous eût été réservé si…

Mais, déjà raisonneuse, j'interrogeais ma mère :

« Mais enfin, pourquoi ils en achetaient tant des enfants, puisqu'ils ne pouvaient pas les nourrir ? »

Elle hochait la tête, un sourire triste sur les lèvres :

« Eh oui, c'est comme ça, on ne fait pas toujours comme on voudrait. »

Je la regardais, le cœur gros de sympathie. Ah ! est-ce qu'elle aurait le courage, elle, de nous perdre, de nous donner aux loups ? Ah ! certes, j'étais bien sûre que non ! Lorsque notre chatte avait fait ses petits, c'était chaque fois pour elle le même embarras, le même drame : comment anéantir ces nichées abusives ? On ne pouvait tout de même pas garder ces chapelets de chatons ! Un seul, à la rigueur, en implorant ? Regarde, maman, celui-là, il est si petit, si mignon ! Mais les autres ! Alors elle demandait à mon père ou au grand-père de faire disparaître le surplus. Les hommes, de tout temps – et sans doute est-ce dans la nature des choses ? –, ont été moins ménagers de la vie que leurs femmes. Pour eux, c'était là une formalité sans importance : ils empoignaient les petites larves encore aveugles et plouf ! d'une main ferme, les écrasaient contre le mur de la cour. Il n'y avait plus alors qu'à les enfouir, démantibulées, sous une large fourchée de fumier. Parfois, les hommes n'étaient pas décidés à l'exécution. Alors, ma mère hélait quelque garçon du voisinage :

« Tiens, va-t'en me les tuer ! »

Les polissons exultaient et se livraient à de sadiques tortures qui nous donnaient un haut-le-cœur lorsque, ensuite, avec une complaisance diabolique, ils nous les narraient. Les puits des jardins gardaient souvent, dans leurs glauques entrailles, des portées de chatons ou de chiots qu'on y avait fait disparaître et, les jours d'été, lorsqu'on allait y puiser un seau pour mettre à rafraîchir, on en remontait parfois un mou et gluant comme un informe remords.

Le cochon et la soupe de gruau

AH ! CERTES OUI, ma mère avait pour ses bêtes un attachement maladif ! Fallait-il saigner un lapin, un poulet pour le repas du dimanche ? Dès la veille, elle déployait des trésors d'ingéniosité pour trouver celui ou celle qui procéderait à sa place à l'exécution. Les voisines se moquaient :

« Ça ne vous empêchera pas de les manger quand même, alors ? »

L'une ou l'autre, compatissante, acceptait en général d'assumer la responsabilité de l'assassinat :

« Tenez-moi au moins les pattes bien serrées », ordonnait-elle, excédée, tandis que, le couteau à la main, elle s'apprêtait au sacrifice.

Ma mère prenait les pattes dans ses doigts crispés, serrait les dents et, détournant la tête pour ne point voir, souffrait, dans sa chair révulsée, les spasmes de la bête agonisante. Mais c'était bien un autre drame quand venait le tour du cochon.

Gentil pourceau ! Pendant des mois, elle l'avait nourri avec amour, lui réservant les eaux grasses de la vaisselle et des chaudronnées de pommes de terre. Elle l'avait chouchouté, elle avait étudié son caractère. Il s'était attaché à elle comme un nourrisson. Nous le voyions parfois passer une hure quémandeuse par la porte entrebâillée de sa soue. Le cochon ! Ah ! oui ! c'était plus qu'une bête ordinaire, le symbole même des dieux bénéfiques exorcisant le spectre de la faim ! On l'installait royalement dans une loge obscure, bien au sec, bien au chaud, sous l'escalier, avec d'un côté, sa bauge de paille fraîche, et de l'autre, la grande auge de pierre où on lui versait sa bouillie.

Oui ! allez ! il ne mérite pas son nom : c'est une bête propre ; pour rien au monde il ne souillerait le coin où il dort, et encore moins celui où il mange. Et affectueux avec ça, intelligent, malicieux. On l'avait enfermé là-dedans, tout petit, frais amené de la foire. Et dans le cours de sa brève existence, on lui faisait subir diverses opérations : l'une qui consistait à lui incruster deux gros anneaux de laiton dans le nez – pour qu'il ne *bousinât*[1] pas partout dans la cour, lorsqu'on le lâchait pour une promenade hygiénique –, l'autre, plus mystérieuse, à laquelle le saigneur, en même temps *sanaïre*[2], venait procéder : il le coupait afin qu'il engraissât mieux.

1. Bousiner : *remuer la terre à la façon des sangliers.*
2. Sanaïre : *celui qui châtre le cochon, la brebis, l'agneau, pour qu'ils n'aient pas le goût de suif.*

Ce saigneur-hongreur était, avec le forgeron-maréchal-ferrant, une des personnalités du cru. Un peu sourcier-sorcier-rebouteux, il faisait surtout office de vétérinaire bénévole. Il accouchait les vaches en difficulté, tailladait l'oreille des bœufs que menaçait un coup de sang, introduisait sous la peau de tel autre un fragment de plante bénéfique : le *marsouïre.*

Chacun s'inclinait devant sa dextérité et les pouvoirs occultes que sans nul doute il détenait : on contait qu'il avait, d'un rapide coup de couteau bien ajusté, refait un anus à un pauvre agnelet qui en était dépourvu. Mais si naissait une de ces créatures bizarrement conformées qu'on nommait cabribouc, il hochait la tête en riant, sachant qu'il n'offrirait d'autre ressource que d'être porté au boucher, les quatre pattes liées en anse de panier après quelques jours de tétée. « De toute manière, expliquait-il, ça pourra toujours vous faire une bonne blanquette. »

Nous observions l'homme, un peu intriguées par l'ambigüité de ce nom : « saigneur ».

Certes oui, c'était un vrai seigneur de village, moitié sorcier, moitié prêtre-sacrificateur.

Et voilà qu'arrivait le jour où notre mère, le cœur lourd, devait bien se résoudre à faire appel à ses services : le cochon était gros et gras, si replet qu'il ne pouvait plus se déplacer sur ses faibles pattes.

Alors, elle s'ingéniait pour que les voisins et voisines, convoqués, vinssent officier à sa place et aider à maintenir l'énorme bête.

« J'aurais bien assez à faire, moi, à m'occuper du feu et à faire bouillir l'eau ! »

Les autres ne demandaient pas mieux que de rendre service, les hommes surtout qui voyaient là l'occasion d'occuper une matinée d'hiver avec, en récompense, un solide *bafral*[1] entre copains.

Ce jour-là, dans le sommeil brumeux d'une aube d'hiver, nous étions tirées du lit par des cris affreux. Ah oui ! on tuait le cochon ! En bas, sous la fenêtre, dans la cour mal éclairée, c'était l'atmosphère équivoque d'une exécution capitale. Des ombres étranges allaient deçà delà. Quatre hommes avaient été convoqués pour tirer le cochon de sa soue, le traîner, l'entraver, le renverser brutalement sur le traîneau de bois jonché de paille. Chacun empoignant une patte, l'égorgeur, tel un exécuteur des hautes œuvres, donnait ses consignes.

Près de la tête hurlante, la « charcutière » attendait, son grand chaudron de cuivre en place, prête à recueillir le sang chaud.

Alors, l'homme tirait de la gaine de cuir un grand coutelas ; il en essayait le fil au plat de sa main. Un signe, et les quatre hommes raidissaient leurs muscles pour immobiliser la victime. Le saigneur se penchait sur la gorge grasse, tâtait et crac ! enfonçait en tournant la longue lame. Le cochon poussait un cri horrible et, penchées là-haut, haletantes, nous nous bouchions les oreilles pour ne pas en entendre les modulations

1. Bafral : *repas copieux.*

décroissantes. La femme, telle une sorcière, un petit balai à la main, battait le sang qui sortait à gros bouillons de la déchirure. Elle remuait, remuait pour en empêcher la coagulation. Dans l'air froid de décembre, une louche buée montait de cette cuisine infernale, avec les derniers râles de la bête. Ma mère, le dos obstinément tourné, les yeux larmoyants – mais n'était-ce pas la faute de cette maudite fumée ? –, feignait d'être fort occupée à activer le feu sous la grande couïre d'eau bouillante. La victime, à présent sans voix, était prestement ébouillantée, lavée, raclée, épilée et, enfin rose et lisse, dépecée avec art.

Nous descendions voir de plus près, petites bêtes sauvages en quête de curée, maintenant que le cochon n'était plus qu'un monceau de viandaille. Ma mère, retrouvant ses esprits, s'approchait elle aussi. Les entrailles fumantes se déroulaient, s'enroulaient, posées dans une vaste corbeille. Les chairs, par tas distincts, allaient dans d'autres. Et bientôt, il ne restait plus sur la lioujo du sacrifice qu'une tête décollée et sanguinolente dont les yeux brumeux vous fixaient comme un remords.

Le saigneur, à la demande de ma mère, découpait dans les viandes encore pantelantes quelque morceau friand qu'aussitôt elle allait mettre à la poêle pour le déjeuner des hommes. Tous remords oubliés, nous nous approchions de la table pour en savourer notre part. Et pendant qu'ils mangeaient avec force commentaires verbeux sur le comportement du disparu, l'excellence de sa chair et la dextérité de l'exécuteur, la charcutière vidait les boyaux sur le fumier et, aidée de la voisine, partait les laver à la rivière.

« Mais enfin, insistait ma mère, vous pourriez tout aussi bien les apprêter ici, j'irais vous chercher toute l'eau qu'il vous faudrait ! »

La vieille femme refusait, au nom d'une tradition immuable qui veut que les boyaux ne soient bien nettoyés que dans l'eau courante de la rivière. C'était là d'ailleurs minutieuse besogne : il fallait savoir tronçonner les tripes au bon endroit, les racler, les retourner, vérifier si elles étaient nettes et fines et solides à point. Et alors, offrande pieuse au Dieu de l'abondance, dans une ambiance d'affairement presque sacrée, commençait le conditionnement de toute cette grasse viandaille dont l'odeur fade imprégnerait la cuisine durant deux ou trois jours.

Grands et petits, tout le monde se mettait à l'œuvre. Comme il se doit, la charcutière était promue seule maîtresse à bord. D'une voix sans réplique, elle donnait ses consignes :

« Ceci et encore ceci, vous le désosserez pour la saucisse, et ces viandes tendres, vous les réserverez pour les saucissons. Ces morceaux gras, aux fritons, avec le saindoux. Et le cœur et les poumons à faire blanchir dans l'eau bouillante. Et la queue et les oreilles à flamber minutieusement. Et la langue à racler. Et la vessie à gonfler pour que pendue à quelque clou, elle sèche lentement et puisse, le cas échéant, *boutarigue*[1] en

1. Boutarigue : *vessie.*

forme de ballon, servir de poire à lavement pour quelque bête mal en point.

On tirait parti de tout et même les soies étaient récupérées par l'égorgeur qui en toucherait bénéfice.

« Dans le cochon, tout est bon », chantonnait le papé en clopinant d'un coin à l'autre, lui qui était exclu de l'équipe des travailleurs et venait émoustiller le cœur dans cette rouge ambiance.

On conservait avec respect le foie, partie noble dont ma mère ajouterait une longue tranche sur chaque assiette de « présent », comme cadeau minutieusement dosé à offrir aux voisins et parents : un morceau de fin filet, un carré de panne fraîche, un « pli » de saucisse, un autre de boudin.

Et justement, parlons-en de ce boudin ! Comme le foie – et pour d'obscures raisons qui s'enracinaient très loin dans le passé à l'époque des sacrifices d'animaux, ce sang gras et tiède était matière noble et son conditionnement, objet des soins les plus attentifs : c'est au boudin qu'on reconnaissait le mieux l'art de la parfaite charcutière. Elle ajoutait au sang encore fluide des œufs battus, des herbes finement hachées, des bribes de panne fraîche à moitié frite et tout un assortiment d'épices. Ces aromates, ç'avait été, la veille, tout un branle-bas pour les rassembler, les sécher, les piler, les moudre : du clou de girofle et du poivre, du thym cueilli sur les collines, un brin de laurier, du basilic, ce « basilic » prestigieux dont chaque ménagère cultivait un pied ou deux sur les murettes.

Penchée sur son chaudron odorant, la femme, sérieuse, officiait comme la prêtresse de quelque culte très ancien. Nous faisions cercle, attentives comme ses servants, chacune une boîte ouverte à la main. L'air pénétré, le regard vague d'une pythie sur son trépied, elle commandait, dosait minutieusement par pincées ici et là. Elle remuait, remuait, goûtait d'un revers de l'index trempé dans l'épaisse sauce, s'interrogeait, rectifiait l'assaisonnement.

« Ah ! j'allais oublier, intervenait ma mère, j'ai là deux ou trois truffes qu'on m'a données ! »

La femme s'insurgeait :

« Qu'est-ce que cette nouvelle mode ? Des truffes dans le boudin ! Gardez-les plutôt pour les fricandeaux ! »

Alors elle entonnait le gras liquide noirâtre dans les gros boyaux qui, ficelés à chaque bout, partaient faire un stage dans l'eau bouillante où il se coagulerait. Et le soir, portée sur la table en grande cérémonie, la vaste platée de boudin frit nageant dans sa graisse faisait s'exclamer les convives. Chacun appréciait en connaisseur : « Juste à point ! Un peu trop cuit ! Pas assez salé ! » Et des comparaisons circonstanciées suivaient sur celui de la voisine qui, la semaine d'avant, se trouvait… Sur celui de l'an passé qui était…

Alors, la soirée achevée, la saucisse enguirlandée sur la longue latte avec, à chaque bout, les saucissons dodus, alignés au garde-à-vous, les fritons dans leurs pots, la graisse dans ses toupines, toute la famille avait enfin le droit de respirer. Les mains luisantes de graisse, le ventre repu, les narines emplies de l'odeur graillonneuse, nous contemplions notre œuvre : on allait avoir à manger pour des semaines, des mois !

Grasses nourritures s'il en fût. Mais les rigueurs de l'hiver dans d'inconfortables demeures, le travail manuel, les incessantes marches à pied les rendaient fort digestibles. Désormais, tous les jours, nous allions avoir du cochon à tous les repas : le boudin d'abord, puis les grasses assiettées de fritons et d'« oreillettes ». Ensuite, les os incomplètement décharnés qui, portés du saloir pour être mis à la soupe, seraient si délicieux à décortiquer. Plus tard, il y aurait la saucisse séchée, les tranches de filet conservées dans la graisse et qui, l'été venant, prenaient un fâcheux goût de rance.

Et les saucissons ? La plus noble des friandises ! Ma mère les gardait au plus secret de ses placards pour, disait-elle, le cas où viendrait à l'improviste quelque visiteur. Alors, pour cet hôte de marque, elle dénichait le trésor du lit de cendres où il dormait, le frottait soigneusement et le présentait avec respect sur une assiette. Et nous, l'intrus reparti, nous réclamions le morceau qui restait.

Nos « collations » alors, durant plusieurs semaines, ne devaient guère varier : larges tartines de fritons ou de fricandeaux, belles tranches roses de jambon jusqu'au jour où, mélancolique, notre mère annonçait à table qu'il ne lui resterait bientôt plus rien que son bel « habillé de soie ».

Rien ? Ou si peu ! Deux ou trois *murses,* ces andouillettes perdues au fond du saloir, toutes ratatinées et fleuries de sel et qui, vraiment, avec leur relent de tripaille, nous paraissaient incomestibles. Nous les abandonnions à nos père et grand-père qui, eux, alors oui, avaient l'air de se régaler ! Ma mère, de son pays bas, avait apporté une singulière recette : les fouaces pétries à la graisse de porc. Mieux même, elle nous contait que des réfugiés venus du Nord, au moment de l'invasion de 1914, trempaient dans leur café ou ce qui en tenait lieu des tartines de cette même graisse. Alors, elle essaya quelque chose de mieux : des fritons, viande et graisse mêlées, tartinés tout chauds sur des tranches de pain grillées devant le feu. Elle trempait ça dans son café, et nous invitait à l'imiter. J'essayai et, ma foi, je trouvai que l'innovation n'était pas si déplaisante. Les petites, devant la singularité d'un pareil déjeuner, poussaient des exclamations dégoûtées et préféraient leur bolée de café au lait bourré de pain.

Mais une nourriture que nous abhorrions unanimement, c'était la soupe de gruau. Ce gruau, fait par le meunier du pays avec l'orge qu'on lui apportait, était un mets peu coûteux et si nourrissant ! Des générations et des générations s'en étaient nourries avant nous et elle avait, cette grosse soupe, sauvé de la famine bien des familles paysannes au temps ancien où on ne connaissait pas la pomme de terre. Le grand-père, notre père aussi, respectueux de la tradition, la réclamaient de temps à autre.

Alors, on ne pouvait éluder la corvée. « Cet *ourdiat*[1], disait mon père péremptoire, nous l'avons, alors on ne peut pas tout de même le jeter. » Et pour l'exemple, il s'en versait une assiette à ras bord, d'une de ces vastes assiettes-calottes dont on n'arrivait pas à épuiser le fond.

Nous rechignions, criions : « Assez ! Assez ! » devant la demi-louchée servie par notre mère. Les grains, à demi éclatés, sommairement décortiqués, rêches d'écorce, chatouillaient la luette en descendant. Et ce bouillon laiteux, farineux, dont la saveur douceâtre vous donnait envie de vomir !

« Pas de l'ourdiat, pas de l'ourdiat ! » imploraient les petites quand elles voyaient notre mère ouvrir sur la table certain gros sac. Et je suppose qu'en fin de saison, discrètement, l'orge perlé allait finir sa carrière dans l'auge du cochon.

Somme toute, nous préférions les *castagnous*[2] : cuits dans la marmite, ils donnaient un brouet couleur chocolat, que nous éclaircissions avec du lait. L'apparence aidant, nous avalions cette potée douceâtre sans rechigner.

---

1. Ourdiat : *orge perlé pour la soupe d'été quand il n'y a pas de pommes de terre.*
2. Castagnou : *châtaigne sèche.*

Le lièvre

FIN JUIN. MON PÈRE, depuis quelques jours, se doutait qu'un lièvre venait chaque nuit du bois proche du Serrou, brouter les pousses encore tendres de son seigle. Et le matin, il se désolait devant le pillage :

« Le gourmand ! Vous verrez qu'il ne nous laissera rien ! »

Alors un soir, il installa, soigneusement camouflé dans de longues tiges, le grand piège à dents de fer qui eût tout aussi bien étranglé un loup. Le lendemain, il nous réveilla triomphant avec, au bout de son bras levé, un lièvre magnifique.

Un lièvre ! C'était bien la première fois qu'on nous montrait un animal aussi gigantesque. Une vraie mine d'or ! Un gibier si rare à une époque où chasse et braconnage en étaient encore au stade artisanal.

Ma mère le suspendit dans la resserre, près de la citerne et, négligeant la grimace déçue de mon père, proposa qu'on le vendît à quelque riche amateur, là-bas, dans la vallée.

Le lendemain, le seigle était encore dévasté. Ayant pris goût à l'aventure, papa décida de tendre les fers à nouveau. Un second lièvre plus lourd que le premier se trouva pris, à peine retenu par une patte que la pauvre bête avait, avec ses dents, à demi sectionnée, pensant qu'à ce prix douloureux elle retrouverait la liberté. Il fut prestement assommé et ma mère le suspendit à côté du premier, roulant dans sa tête les rêves magnifiques de Perrette au pot au lait.

Troisième nuit d'attente, troisième lièvre plus somptueux encore. Nous voguions en pleine fable, éprouvant cette évidence que la poule aux œufs d'or avait sans nul doute bel et bien existé. Eh oui ! les contes de fées se réalisaient parfois ! On avait donc le droit de rêver, de bâtir des châteaux en Espagne !

Ma mère partit pieusement suspendre la troisième prise à côté des deux autres. Mais cette fois, mon père se rebella : il jugeait que, tout de même, il avait bien gagné sa récompense et que, sur trois lièvres, on avait acquis le droit d'en consommer un !

Justement, c'était samedi : nous devions descendre le lendemain matin pour la messe et les achats du dimanche. Et ce soir-là, il y eut bombance dans le quartier car il sied, en pareille occasion, de faire participer tous les hommes du voisinage à la dégustation de cette bête un peu mythique, dans une sorte de communion virile.

Un lièvre à l'*aste*[1] ! C'était certes pour nous événement rarissime, et notre cheminée n'avait de long temps assisté à pareille frairie.

Il fallut se mettre en quête du tournebroche. La voisine nous prêta le sien, flambant neuf de tous ses cuivres et dont le délicat mécanisme déclenchait à point nommé une merveilleuse sonnerie. Ce mets seigneurial, les hommes s'en adjugeaient avec un plaisir évident la savante préparation. L'un, mobilisé devant l'âtre, veillait à donner aux braises leur aliment de branches sèches pour entretenir de hautes flammes claires ; l'autre, ayant embroché le lièvre, en surveillait la cuisson, le dorant, le redorant devant le feu. Ma mère, à côté, sur le potager garni de braises, donnait la dernière main à son saupiquet longuement mijoté : une sauce épaisse et grasse, mélange du foie de la bête et d'oignons hachés, relevée de vinaigre et de violentes épices.

Tout à l'heure, au moment de servir, elle parachèverait sa préparation en la liant avec le sang noir suintant du thorax de la bête. Une odeur de sauvagine et d'herbes aromatiques embaumait toute la pièce.

Alors, un des cuisiniers improvisés empoignait le capucin rougi au feu et, dans son cône de fer renversé, enfournait de longues tranches de lard qui grésillaient au contact du métal brûlant, s'enflammaient et tombaient en larges gouttes de feu sur la chair fumante. À table ! car il eût été hérétique de servir le lièvre trop

1. Aste : *broche.*

cuit. Les hommes, une énorme portion de viande saignante dans leur assiette, dépeçaient, arrachant des bribes avec leurs doigts, mastiquaient avec bruit, bâfrant sans dégoût poumons et cœur à peine tiédis et presque pantelants. Leur menton et leurs doigts se maculaient de sang noir, d'autant plus que, d'assiette à assiette, circulait, pour manger avec, le saupiquet virulent. Ma mère, debout, s'en tenait à son seul rôle d'hôtesse et de servante, attentive aux désirs des convives.

Quant à nous, les filles, reléguées en bout de table, nous regardions un peu effarées ces hommes farouches que l'odeur de sang et de sauvagine rendait à leur ancestrale vocation de pourchasseurs-piégeurs de bêtes sauvages. Nous mastiquions du bout des lèvres des viandes demi-crues et comprenions mal la volupté de ce festin de barbares. Somme toute, nous aimions autant licher du pain, encore du pain, dans le saupiquet bourré d'oignons et d'épices.

Les hommes, eux, salivaient de plaisir, se repassaient l'immense plat avec une convoitise toujours en éveil. Il ne restait bientôt plus, perdues au fond, que la tête racornie et les pattes encore garnies de leurs poils. Une vaste salade « pour laver la bouche », du fromage, les biscotins dans une assiette et, à présent, les hommes *sadouls*[1], l'haleine pesante de vin et de venaison, se carraient sur leur chaise, rotant sans honte, satisfaits, en attendant l'heure du café et de la goutte.

---

1. Sadoul : *rassasié.*

Le lundi matin, ayant renouvelé nos provisions de pain, de macaroni, de sucre et de café, on remontait vers le Serrou.

Comme, au petit jour, nous arrivions en vue de la maison, ma mère, son attention de ménagère en éveil, s'étonna d'un silence inusité. Oui, on n'entendait pas le coq chanter, comme il avait coutume de le faire chaque matin pour inviter au réveil et le soleil et son harem de tendres poulettes. Un pressentiment la tira, aussitôt descendue du char, vers la resserre où les volailles passaient la nuit. La chienne Bergère à ses trousses grognait sourdement. Hélas ! des plumes éparpillées jonchaient le sol, le fenestrou était grand ouvert et, dans un coin, gisait une poule assassinée. Malédiction ! le renard, mettant à profit notre absence et qui, je suppose, préméditait son coup depuis plusieurs jours, avait pénétré dans le poulailler et étranglé ses locataires.

Les jours suivants, à quelques mètres autour du Serrou, nous devions découvrir, ici et là, cachés sous les broussailles, les cadavres de ses victimes saignées à blanc ou déjà à demi dévorées. Triste retour des choses ! Pendant qu'en bas, nous engloutissions sans remords un tendre lièvre innocent, le renard, lui, avait trouvé juste de faire aussi bombance. Il s'était empli la panse sans remords, ne négligeant pas de garnir les réserves de ses garde-manger. Que faire ? Le punir ? Mon père, une fois encore, alla prendre le fameux piège, le garnit de quelque lambeau de poule morte et s'en alla le tendre derrière le poulailler. Mais goupil-le-malin se moquait bien de nos pièges : son méfait accompli, sachant qu'il n'avait plus rien à faire dans nos parages, il changea, je suppose, de tènement…

Le Négouciant et la Négouciande

NOUS ÉTIONS À NOUVEAU EN AUTOMNE. Les feuillages rougis des vignes annonçaient l'approche des vendanges. Là-haut, les vignerons, dans leurs caves-terriers, transvasaient le vin ancien de leurs cuves. En bas, sur les pentes, nous nous barbouillions de raisin noir tandis que les grands, armés de paniers et de comportes, recueillaient ces grappes aigrelettes qui, transportées là-haut dans les celliers-troglodytes, donneraient vin et piquette. On s'aidait entre voisins et, en prévision de grands repas communautaires, on égorgeait sans remords brebis quinteuses et chèvres barbichues. Ce matin-là, sans doute avais-je eu une de ces rages de dents intempestives qui m'autorisaient à manquer l'école. Je vis, à 11 heures, arriver Fernande, seulette, essoufflée, les joues rouges, le cœur en émoi, avec, dans ses yeux effarés, le reflet de quelque insolite vision. Sans même reprendre haleine, elle expliquait :

« Maman ! Oh ! maman ! j'ai vu, pendues à un clou, chez Carnac, là, devant la porte, deux ouïres, une de chèvre et puis une autre, je ne sais pas de quoi !

– Des ouïres ! Ma mère sourit : On dit des outres », expliqua-t-elle sans autre souci.

Mais la bambine restait encore toute saisie. Sans doute seraient-ce les premières et les dernières qu'elle verrait. Pourtant, les vignerons prétendaient qu'il n'y avait rien de plus commode que ces outre pour le transport du vin, dans nos pays escarpés à *bast*[1], dans les chemins tortueux, sur le dos des chevaux et des mules. Une vieille chèvre, devenue bréhaigne, en fournissait la matière première : sa peau ! Cette peau était patiemment vidée de ses chairs et de ses os démantibulés et, je ne sais par quelle prouesse, retournée. Ce devait être une savante et triste boucherie, car toute la masse intérieure devait passer, je pense, par l'étroite ouverture d'un cou décapité. Alors, mise sur son envers, débarrassée de toute bribe graisseuse, gonflée, tendue comme un tambour, lisse, blême, fantomatique, tous poils dedans, la peau était suspendue à sécher au soleil.

On enfermait le vin là-dedans, et les ouvertures en étaient si savamment ligaturées qu'aucune goutte ne pouvait s'en échapper. Une pure merveille artisanale dont notre âge de plastique-papier ne peut avoir aucune idée et qui remplissait l'innocente bambine d'un effroi admiratif. Je me souviens d'ailleurs de ma propre perplexité lorsque j'en rencontrais quelqu'une lourdement ballant et, me semblait-il, douée d'une

1. Bast : *expression pour dire qu'il y en a assez.*

étrange vie, posée en travers du dos de quelque mule en route vers le causse.

Le vin devait prendre, là-dedans, une drôle de saveur boucanée. Pas plus singulière, somme toute, que ce goût résiné qu'il acquérait au temps jadis – et même encore aujourd'hui en Grèce – où on le conservait dans de grandes jarres calfatées intérieurement de résine ou de goudron fondu dont, sur nos causses, la charrue déterre parfois de frustes fragments, témoignages de l'occupation romaine.

Mais peu à peu, les outres étaient rangées parmi les vieilles lunes : les tonneaux, quoique plus coûteux, étant d'emploi plus facile, on oublia la façon de confectionner des « ouïres » inusables avec la peau des vieilles chèvres assassinées dont, toutefois, on ne dédaignait pas de consommer en bonnes daubes odorantes les chairs mortifiées. Et leurs peaux, tendues à plat sur un grand osier retourné, séchées au soleil, pouvaient un jour constituer de somptueuses descentes de lit, orgueil des ménagères !

Cependant, les hommes, en dépit du progrès, restèrent encore fidèles à cette minuscule outre faite en peau de chèvre minutieusement cousue, la gourde si pratique pour se rendre au travail. Comme ils restèrent longtemps encore fidèles au barral, ce tonnelet étroitement cerclé pour le transport depuis la cave jusqu'à la maison du vin de la journée. Ainsi voyait-on, chaque soir, la Négouciande revenir de sa cave le barral à la main. Elle avait l'œil noir sous d'épais sourcils, la lèvre moustachue, le menton barbu et les joues toujours un peu *mascarées* tant par la faute de la fumée des branches de pin que par un oubli tranquille du débarbouillage quotidien. Et dans ce pays de vignes où son mariage l'avait transplantée, elle s'était mise à aimer le vin, la coquine, elle qui venait d'un pays montagneux qui n'en produisait point.

Sous le prétexte que ses hommes, revenant des champs en fin de journée, aimaient à boire frais, elle allait chaque soir emplir son barral à la cave. Hélas ! Dans cette cave solitaire où nul ne viendrait la surprendre, elle jugeait plus sage de faire aussi le plein pour son propre compte. Et lorsqu'elle la rencontrait, chaloupant lourdement sur le chemin du retour, ma mère ne manquait pas d'énoncer, dégoûtée :

« Elle est encore pleine comme une ouïre ! »

Nous regardions l'ivrognesse déraper sur les pierres du sentier, se raccrocher malaisément aux branches, l'autre main cramponnée au précieux tonnelet, heureux encore si on ne butait pas sur les deux, écroulés l'un contre l'autre et tout dégoûtant de vinasse. Mais grâce au ciel, ledit tonnelet était peu fragile et résistait mieux qu'une bonbonne à d'aussi périlleuses expéditions.

La Négouciande et son mari le Négouciant, comme on les désignait, aimaient d'ailleurs le vin autant l'un que l'autre. Mais s'il était admis que, pour l'homme, l'ivrognerie est un vice honorable, c'était pour la femme une tare abominable. Alors nous éprouvions un dégoût narquois pour cette vieille femme bonne comme le bon pain, disait ma mère, et celle qui faisait les meilleurs farçuns de tout le quartier, qui, toute dépeignée, la bouche pâteuse, avec des gestes insensés, nous tenait de longs discours incohérents. Nous nous étonnions : ses pèlerines en lambeaux, ses gros jupons de laine tricotée et rapiécés de bric et de broc, tout y était pour un portrait type de la poivrote villageoise. Et si encore elle avait été la seule ! Plus d'un avait le goût de ce vin verdelet bu à la cave, frais coulé du robinet, dans la tasse de métal culottée à souhait.

Lorsque, les soirs d'été, nous allions souper à la cave et que notre père, taquin, nous proposait de tremper nos lèvres dans sa tasse, nous nous récriions, horrifiées : « Non ! » La dame de l'école l'avait défendu : pour rien au monde nous ne voulions devenir alcooliques !

Le curé lui-même, on le comprenait, n'eût pas osé contrarier ces amateurs de vin frais, ni essayé de les convertir à des breuvages plus inoffensifs. Pas de bistrot dans le village ! Belle singularité pour un village français ! Alors, à quoi voulait-on qu'ils les occupent, les hommes, leurs moments de loisir ? Et ne valait-il pas mieux, somme toute, qu'ils restent là les dimanches soir, sagement rassemblés sur le seuil de leurs caves, à consommer leur propre vin, plutôt que d'aller, comme commençaient à le faire les jeunes, sur leurs bicyclettes, ingurgiter dans les auberges des environs ces meurtriers pastis importés du Midi ?

Et puis, répétait l'un ou l'autre de ces joyeux lurons :

« Il n'a rien à dire, lui, Calixtou, lui qui boit chaque matin à la messe son petit vin blanc, et pas de la piquette, *vaï,* du bon vin d'œillats, le plus fin du pays ! »

Pauvre Calixtou ! Il serait resté sans voix, en effet, se contentant, dans un envol de jupes noires, de châtier d'un grand coup de pied au c... quelqu'un de ces fils d'ivrognes surpris à lui lamper le contenu des burettes.

Certes, la dîme n'existait plus, mais une tradition unanimement respectée voulait que le curé, grand intendant du village, ordonnateur et juge, morigénant les uns, taxant les autres, bénéficiât sans scrupule des dons en nature de ses paroissiens. Beaux paniers d'œillats à la vendange, copieux « présent » de cochon, un panier de cerises par-ci, un sac de pommes de terre par-là. Sans oublier le pain bénit ! Chaque dimanche, montant en chaire pour le prône, il désignait la famille qui serait mise à contribution pour le pain bénit du dimanche suivant. De ces miches, il faisait trois parts après les avoir sanctifiées : l'une pour lui, l'autre pour les « sœurs » qui vivaient chichement de parcimonieux écolages ; la troisième, découpée en multiples tranches, était offerte dans une grande corbeille à la sortie de la grand-messe.

La matinée s'achevait, le café au lait du matin était bien bas à cette heure tardive et la tranche de gros pain de ménage avait, pour nous, la saveur ineffable du pain des anges. Sur le chemin de retour, nous la dévorions sans plus attendre. Plus tard, les restrictions des temps de guerre effacées, la tradition continua, mais les quignons prirent une minceur symbolique. Et encore beaucoup, à la sortie, négligeaient-ils de mettre la main dans le corbillon.

« Si vous devez le gâcher, ne le prenez pas ! » recommandait notre mère qui avait conservé l'ancestral respect du pain, nourriture sacrée par excellence, puisque le « donnez-nous notre pain quotidien » était inséré dans le *Pater* comme la prière primordiale.

Nous nous rattrapions les mois d'été lorsque revenait en villégiature Mme M…, riche vacancière qui, pour se distinguer du commun, avait inauguré de remplacer sa tournée de pain bénit… par une distribution de brioches ! Imaginez un peu ! Même Calixtou se sentait plein de respect devant cette dispendieuse fantaisie qui avait l'avantage de faire le plein dans son église ces dimanches-là.

Mais ce que nous n'eussions eu garde de refuser, même quand l'abondance fut revenue, c'était le « poids », ce morceau de pain de supplément que le boulanger de passage ajoutait à la pile de vos miches.

« Et faites surtout attention qu'il ne nous l'oublie pas ! recommandaient les mères aux enfants commissionnaires. Il nous le doit, ce morceau, et plutôt deux fois qu'une : ses pains sont loin de faire le poids ! »

Et tout en revenant de la carriole, nous dévorions ce *tatou* moelleux, taillé dans une de ces vastes miches bien délaissées aujourd'hui où nos estomacs désabusés ne savent plus se satisfaire que de maigres « flûtes » et d'évanescentes « ficelles ».

On ne payait pas son pain au moment de l'achat. Vous présentiez votre *taille*, une mince planchette de bois. Le boulanger l'ajustait étroitement sur une autre, l'exacte réplique tirée de tout un assortiment enfilé sur un cordon. Hop ! un trait, deux traits, un demi-trait de lime, et il cochait les deux en même temps. C'était là son registre de comptes, sans papier ni crayon ni coûteuse comptabilité, et il était bien rare qu'il y eût contestation d'un côté ou de l'autre. À la fin du mois ou de la saison d'été, le boulanger équilibrait le nombre de miches ainsi cochées avec la quantité de farine apportée du moulin ou les charretées de gargnes fournies par ses clients. Faute de farine ou de bois, ceux-ci, un peu marris, se résolvaient à payer.

L'étonnement de Fernande, en voyant les outres pendues chez Carnac, égalait presque celui qui s'empara de moi la première fois où, traversant en carriole le bourg d'Aguessac, je vis deux hommes occupés en pleine route à une singulière besogne. L'un d'eux, à reculons, sans se soucier d'entraver la circulation, allait à même la chaussée à cet endroit rectiligne. Il déroulait entre ses doigts un écheveau ou un peloton, je ne sais trop. Son aide, à l'autre extrémité, manœuvrait une sorte de tourniquet, et on voyait entre les deux compagnons naître une longue corde de deux ou trois cents mètres qui, à chaque va-et-vient, se tordait, s'épaississait. C'étaient les cordiers, les derniers, je suppose, d'une corporation bien disparue aujourd'hui. Leur atelier ? La route elle-même ; et nul n'aurait songé à leur en contester l'utilisation à une époque où, il est vrai, ne circulaient que de paisibles attelages et quelques rares autos, ces bêtes fabuleuses que chacun considérait en intruses dont on n'avait pas, toutefois, à trop se soucier.

Cordier en plein vent ! La matière première lui était fournie sur place : c'était le chanvre, encore cultivé çà et là dans les dernières canebières de la vallée. Travail artisanal, aujourd'hui tombé en désuétude, comme l'étaient déjà la filature à la quenouille de ce même chanvre et son tissage pour la confection de draps de lit plus résistants que des bâches. Et si j'en crois mes souvenirs, le cordier, la guerre terminée, n'eut guère longtemps encore la possibilité d'exercer son artisanat rustique.

Ma mère était ingénieuse et comme elle avait, avec les gros draps de chanvre laissés par la tante, confectionné d'inusables essuie-mains, elle entreprit de faire elle aussi œuvre de cordière. Il y avait, abandonné dans un coin du grenier, à côté d'un vieux rouet démantibulé, un immense tas de filasse et d'écheveaux d'un chanvre mal roui, mal filé et que les fumées de la pièce d'en dessous, s'infiltrant dans les fentes d'un plancher disjoint, avaient depuis longtemps imprégné de suie. Ces écheveaux, elle entreprit d'en faire quelque chose d'utilisable : elle lessiva, pelotonna tout cela et nous annonça qu'elle allait le transformer… en cordes. Déroulant son fil d'un bout à l'autre de la cuisine, l'accrochant à nos petites mains, allant et venant, elle réussit à fabriquer de vraies ficelles, rêches, dures… et bien solides ! Nous étions dans l'émerveillement. Presque aussi enchantées que lorsque, d'un coup adroit de ses ciseaux dans du papier replié, elle nous découpait de ces ribambelles de fines silhouettes qui, se tenant par leurs mains soudées, tournaient d'interminables rondes.

Humbles besognes, inventions cocasses et maladroites, nos esprits et nos mains s'ingéniaient à façonner, à transformer une matière fruste afin qu'elle ne demeurât pas sans emploi. Et l'instinct primitif de l'*Homo faber* trouvait encore, dans ces milieux rustiques, mille occasions de l'exercer. La technique n'avait pas encore, avec toutes les facilités qu'elle offre aujourd'hui aux spécialistes, trouvé le moyen de dispenser nos esprits d'inventer, nos mains de fabriquer. Frustes créations qui occupaient les doigts et comblaient les esprits et les cœurs du plaisir de la chose bien faite et de la participation complète qu'elles demandaient.

Le berger redescendait de son causse avec des salières, des cuillères sculptées patiemment au couteau dans des souches de buis, avec ces belles cannes de bois d'épine façonnées à même la branche, assouplies au feu, savamment torsadées et où s'enroulaient de longs serpents à mille écailles. Les filles, dans le papier, inventaient pour les fastes des premières communions de délicates couronnes de roses rouges ou blanches. Elles tricotaient jour après jour des entre-deux de dentelles pour leurs trousseaux et d'impressionnants couvre-lits ajourés. Nos mères savaient, de longue expérience, que les chaussettes ne sont pas introuables et elles nous apprenaient à les repriser. Elles nous cousaient de belles pantoufles en piquant avec art des semelles taillées dans ce même vieux drap dont les carrés multicolores, bien ajustés avec des laines de couleur, donnaient un jour naissance à de somptueuses descentes de lit. La nécessité, le manque d'argent, le goût d'utiliser les restes et de ne rien laisser perdre rendaient ingénieux et donnaient à l'esprit une vigueur créatrice que l'abondance, la facilité d'aujourd'hui nous font perdre, jour après jour. Les paysans, les artisans sont des races en voie d'extinction. Est-ce que l'art d'inventer va devoir se perdre avec eux ? Bêtes aveugles rivées à la noria, nous travaillerons à la chaîne dans des usines, dans des exploitations agricoles rationalisées. Nous vivrons au milieu de monceaux d'objets inutiles qu'il faudra bientôt jeter ou oublier, dans ces meubles de « rangement » proposés par des « ensembliers » astucieux. Chaque jour, nous devons gagner plus d'argent pour consommer, gaspiller davantage. Déjà, nos villes se ceinturent de montagnes d'épluchures, emballages « ni repris ni échangés », mécaniques démantibulées ; serviettes de papier, assiettes à jeter après emploi ; bas qui ne servent qu'un matin, robes déjà démodées avant qu'on ait songé à en consolider le boutonnage.

Époque de loisirs où on n'a plus le temps ni le goût de rien faire. Nos mères, elles, nous apprenaient que « l'oisiveté est la mère de tous les vices » ; ni les mains ni les esprits ne restaient oisifs, ignorant cette vacuité dramatique où prennent naissance tant de névroses de notre temps. À notre siècle de conserves et d'extraits culinaires, de transistors et de télévision, de communications ultrarapides, nous ne savons plus – ou pour si peu de temps encore – ce que sont un plat longuement cuisiné, avec des ingrédients rassemblés avec amour, une chanson alertement troussée, et ce rude et doux contact avec la terre que procure une lente, patiente marche à travers champs et forêts.

Les enfants d'aujourd'hui écoutent, moroses, leurs mâchoires crispées sur quelque chewing-gum, les pauvres airs en conserve que leur dispense un électrophone cent pour cent automatique. Nous, nous chantions ; nous avions le goût et la joie d'apprendre à chanter. On chantait à l'église, on chantait dans les champs, on chantait en « gardant », d'une pente à l'autre, en écho, ainsi que font les oiseaux à la saison des amours ; on chantait les soirs de moisson, on chantait dans les vignes au temps des vendanges… et surtout, surtout, on chantait à tue-tête, juchés sur les *escaras*[1] dans les hauts cerisiers tout rutilants de fruits.

Ces cerisiers, les villageois les avaient longtemps considérés sans grande attention comme un luxe un peu inutile, un maigre appoint : quelques paniers qu'en juin on apportait au marché du vendredi, à une époque où les fruits étaient nourriture assez peu prisée.

Un jour, les Pinetols, au hameau voisin, s'avisèrent que leurs grands cerisiers pourraient bien représenter une source imprévue de beaux revenus. Les anciens les avaient plantés ici et là en bordure des champs, afin que nulle place n'en fût perdue, et on s'apercevait

1. Escaras : *échelle de perroquet pour cueillir les cerises.*

dix ans après que le sol, le climat leur convenant, ils avaient prospéré. Leurs fruits, énormes, lisses et juteux, trouvaient de plus en plus d'amateurs. Alors on vit arriver, avec leurs camionnettes, les premiers ramasseurs-expéditeurs.

Et ce fut un rush général. Chacun se mit avec ardeur à planter, à greffer, enviant les veinards dont les arbres étaient déjà en place depuis des années. On en vint à négliger ces deux productions de base : le pain et le vin. De nouveaux soucis vinrent hanter les cervelles paysannes : ces gelées tardives d'avril qui poignardaient au cœur les fleurs blanches, ce *soulèdre* infernal, le vent maudit qui tourne avec le soleil, se lève et se couche avec lui et, durant des jours et des jours, emporte corolles et jeunes fruits, et les insectes déprédateurs, et les grêles meurtrières de juin qui viennent anéantir une récolte si longuement choyée !

Juin ! Entre deux fauchaisons, des hommes, des jeunes filles plus lestes que des singes, grimpaient sur l'escaras, cette longue échelle de perroquet dont les barreaux meurtrissent les pieds et, pénétrant dans l'épaisseur des feuillages, montaient plus haut, encore plus haut, jusqu'à cette mince branche faîtière où, narguant le danger, ils se balançaient comme de gros oiseaux. Ils reparaissaient en bas, ramenant avec eux le panier plein à ras bord d'alzonnaises ou de bigarreaux rutilants.

D'arbre en arbre, de verger en verger, on chantait, on s'interpellait, on se défiait.

Ainsi, à chaque automne, à chaque printemps nouveau, le pays se reconvertissait à la nouvelle culture. Les hommes en venaient même à oublier, à sacrifier les vignes ancestrales, orgueil de leurs pères. Il n'y eut bientôt plus, dans les laïsses pierreuses, assez de *pudisses*, ces sauvageons malingres et coriaces, pour greffer dessus de nouvelles variétés. Les champs de blé, les maigres fourrages se métamorphosaient peu à peu en vergers ombreux. Une nouvelle ère commençait où les vieux vignerons, désabusés, contempleraient avec mélancolie leurs vignes négligées que supplantaient, jour après jour, les ceriseraies.

Et dans les arbres taillés, fumés, minutieusement surveillés, bleuis d'insecticides au printemps, bruissants de transistors à l'époque de la cueillette, les derniers merles, condamnés eux aussi, regardent avec étonnement s'ébaucher une nouvelle civilisation rurale où ni abeilles ni oiseaux n'auront sans doute plus droit de cité.

L'arrivée d'une grande famille dans le quartier

Toute une tribu dotée de prénoms un peu excentriques est venue s'installer dans notre quartier : les oncles César, Édouard, la tante Honorine, le père Hilarion et la douce Louise avec, dans ses jupes, la ribambelle de ses turbulents et blonds rejetons : Hilarion, l'aîné, et Célestin et Gabriel, grands garçons dont je craignais les facéties du temps où ils habitaient l'autre quartier, puis les filles plus paisibles : Juliette, Yvonne. Tout ce petit monde qui, chaque année, s'augmentait d'une unité, s'installa, les uns ici au bout de la calade, les autres là-haut dans une ancienne maison de maître dont ils avaient affermé les terres. Une haute demeure qui, certes, avait encore belle apparence : beau crépi sur façade et, à l'intérieur, cette pièce de luxe : une salle à manger. Dieu ! que je la leur enviais, cette salle à manger ! Dès lors, c'est tous les jours que nous nous retrouvions sur les chemins de l'école, et si les garçons hésitaient à nous prendre en course à grand renfort d'injures homériques, les filles, clientes de l'école libre, nous regardaient, nous, pauvres mécréantes, d'un air un peu protecteur. Moi, je me vengeais, faisant des gorges chaudes de leur naïveté, le jour surtout où, étant allée rendre visite dans leur ancien quartier aux dames Raynal, Juliette en revint dotée de cet accessoire aussi inutile que nos sacs marocains : un sac à main un peu défraîchi. Malicieuse, j'interrogeai :

« Qu'est-ce que tu y mettras dans ton sacramen ? »

Et elle, touchante de bonne foi :

« Mais mon livre de messe et mon chapelet. »

Par la suite, les premières préventions vaincues, nous devînmes d'excellentes camarades, et c'est avec les filles plus blondes encore que nous, plus indépendantes aussi, que nous partions désormais garder dans les bois et que, les soirs d'été, assises sur la murette du chemin à l'ombre des mûriers, nous apprîmes plus tard à coudre des gants, lorsque la vogue du piqué main, appoint sérieux dans l'escarcelle familiale, se fut propagée dans nos vallées.

Les Trévassous

À TRÉVASSOUNE, elle, ne cousait pas des gants, pas plus que son fils Mariuzou, lui qui pourtant avait des doigts et des goûts de fille. Les Trévassou vivaient pêlemêle, tête-bêche, dans une maison en retrait, au fond d'une cour en contrebas. Je ne sais plus quel était leur patronyme officiel : c'étaient, depuis des générations, les « Trévassous », familiers des trêves, un peu trêves eux-mêmes, toujours dehors à des heures indues, à l'heure où les honnêtes gens se resserrent en cercle autour du feu.

Pêlemêle ai-je dit : la fille couchant indistinctement avec la mère ou avec le père... jusqu'à ce qu'un fils sorte de son giron, fils de personne, fruit d'amours incestueuses sans doute. Et le rejeton était, lui, le symbole même de cette famille tête-bêche. Sa mère l'avait sauvagement couvé, dans son amour passionné de fille-mère en butte au mépris non déguisé des bien-pensants. Alors, laissé en marge, le bambin suivit la pente naturelle à cette lignée excentrique.

L'adolescence venue, il couchait encore avec sa mère qui persistait à voir en lui la huitième merveille du monde. Comme il avait du goût pour le chant – et il chantait d'une voix de fausset –, sa mère se saigna aux quatre veines pour lui payer… des leçons de musique.

Ne se refusant pas, pour préserver son teint de jeune fille, à user de tout un arsenal de crèmes et de fards, s'informant auprès de celle-ci et de celle-là qui pouffaient en l'écoutant, le garçon découvrait, et sans aucune sollicitation étrangère, le chemin qui le conduirait sans doute à l'inversion sexuelle. De jour en jour, le fada révélait et encourageait ingénument son âme d'artiste, comme s'il y avait dans la vocation artistique le résultat d'une mystérieuse aberration physiologique, peut-être un enrichissement par quelque caractéristique féminoïde. Quelque chromosome de plus ou de moins, quelque hormone en supplément, et il eût peut-être pu faire figure de génie.

Il se fit offrir par une mère extasiée cette machine encore rare : un vélo tout flambant de ses chromes neufs et qu'aussitôt il harnacha de fleurs de papier et de plumes multicolores.

Il sortait à la brune pour voler sur les fils de fer des jardins les pantalons à volants mis à sécher là par les lavandières : peut-être s'en affublait-il dans son théâtre secret. Et ce fut pis encore le jour où, familier du cimetière sur les tombes duquel il goûtait quelques plaisirs équivoques de nécrophage inconscient, il se fit chapardeur de ces fleurs de perles multicolores dont on composait alors les couronnes mortuaires. Voleur, non pas par appât du gain, mais par attirance d'artiste pour ces jolies choses que sont dentelles et verroteries.

Quant à la mère, amoureuse inconsciente de ce garçon prestigieux dont elle espérait bien faire une célébrité, elle le couvait, le cajolait, lui permettait de grasses matinées dans la moiteur du lit maternel tandis que, pour faire bouillir la marmite et pouvoir payer des leçons au cher ange, elle, matin et soir partait aux champs, son lourd *bigos*[1] sur l'épaule, à la vigne, la pesante sulfateuse arrimée sur ses maigres épaules.

La malignité villageoise s'en mêla : on rencontrait un peu trop souvent le Trévassou, la nuit, dans des chemins solitaires, visage blafard d'une « trêve », corps flottant dans quelque accoutrement fantomatique. Trouvait-on une bête blessée, un chien empoisonné, les lapins disparaissaient-ils du clapier, les choux du jardin, on trouvait tout naturel d'accuser le guitariste. On mit le maire, les gendarmes en demeure d'intervenir : ils fouillèrent la masure et, sous les meubles, sous les lits, on trouva d'invraisemblables trésors rapinés par le farfelu. Les parents morts, la mère, à son tour, disparut, usée par de trop lourdes tâches, et le jeune *musicâstre*, amoureux de bel canto et d'émotions funéraires, s'en alla continuer son existence dans quelque maison de fous.

---

1. Bigos : *pioche à deux dents pour piocher les vignes.*

Les ruches de Caylus

CHEZ LES VOISINS, on est allé ce matin extraire le miel des ruches. Ils possèdent, installés là-haut près de Caylus, bien abrités contre une murette, trois ou quatre troncs évidés, couverts d'une vaste lauze où nichent leurs abeilles.

Au printemps, quand les essaims abandonnent la ruche mère surpeuplée, on en signalait ici et là, suspendus comme de grosses grappes frémissantes à quelque branche ou sur la fissure de quelque roche accueillante. Ou bien, comme une nuée rousse, ils traversaient l'air en bourdonnant. Alors, dans le village, on partait à la capture des essaims. Cela tenait un peu de la sorcellerie : on tapait du poing sur des casseroles, on entrechoquait des couvercles en scandant d'une voix monotone : « *Paouso belle, paousobello*[1] *!* » Il y avait connivence mystérieuse, amitié peut-être

1. *« Pose-toi belle, pose-toi belle. » Cela se criait en tapant sur des ferrailles pour faire chuter un essaim d'abeilles ; le bruit les désorientait car elles n'entendaient plus la reine.*

entre les humains et les abeilles. Ne disait-on pas que les blondes mouches à miel ne piquaient jamais celui qui s'occupait d'elles ? Ne racontait-on pas que certains paysans avaient coutume, lorsque survenait un décès dans leur demeure, d'en avertir aussitôt les abeilles, attachant un ruban de crêpe à leur ruche afin qu'elles soient associées au deuil familial ? « *Paouso belle ! Paouso bello !* » Les blondes *avettes*[1] finissaient par se laisser convaincre : un grand sac tenu ouvert sous l'essaim assoupi et hop ! le voilà prisonnier dedans. On le ramenait en triomphe et on le logeait dans une ruche vide prête à le recevoir. À la fin de l'été, on irait visiter les ruches et ôter la provision de miel rassemblée par les prévoyantes, leur laissant juste le nécessaire pour passer l'hiver.

Ce midi-là donc, au retour de l'école, sur la table, une grande assiettée apportée par Louise offrait son miel doré à notre convoitise. Une vaste tranche de gâteau, toute rayonnante de blondeur avec ses mille cellules hexagonales poisseuses de sirop. Ce serait notre dessert de tout à l'heure, notre collation de ce soir. Il y avait, dans ce rayon de miel volé aux abeilles à demi sauvages, comme un concentré de soleil et de parfums champêtres : une chose belle et bonne toute gonflée de vie, toute radieuse de ces éléments divins qu'on répertorierait plus tard sous le nom de vitamines.

1. Avette : *petite abeille.*

Moi, si j'appréciais assez une tartine de miel, j'aimais moins sentir craquer sous mes dents les minces cloisons cireuses. « Pourquoi les manger, expliquais-je à ma mère, puisque, récupérée, cette cire pouvait faire de si beaux cierges ? »

Interrogation oiseuse. La voisine jugeait que tout était bon à consommer dans cette belle provende : le doux pollen bourré de principes vitaux et ce nectar sucré, quintessence de fleurs et de lumière. Et sans doute n'avait-elle pas tout à fait tort.

Aujourd'hui, nous allons à prix d'or acheter ces rayons de miel, production d'abeilles stakhanovistes dans les magasins diététiques. Hélas ! chez nous, les ruches et leurs gentilles locataires ont pratiquement disparu, délaissées par des villageois négligents, empoisonnées aussi par les insecticides qu'évaporent chaque printemps les atomiseurs chargés de défendre les cerisiers contre les prédateurs. Les derniers papillons voguent, mélancoliques, aux jours tièdes de l'été revenu. Où sont les nuées de ces papillons bleus qui remplissaient d'une buée d'azur l'ombre de nos ravins ? Pourront-ils subsister encore longtemps ? Et les oiseaux eux-mêmes s'interrogent, anxieux, sur cette folie des hommes qui, dans l'espoir de gains prodigieux, leur fait condamner toute cette joie aérienne dont ils sont l'incarnation.

Le battage rustique

DANS LA BRÛLANTE ATMOSPHÈRE DE JUILLET, ma mère, le balai d'amélanchiers à la main, nettoyait la grande aire poussiéreuse. Tout à l'heure, avec mon père, ils aligneraient les gerbes aux liens tranchés en orbes réguliers, suivant une méthode ancestrale qui transformerait l'aire-sol en beau soleil crissant. Puis les bœufs viendraient, tournant en rond durant des heures pour fouler, piétiner encore, les gerbes sèches, afin que pailles et épis triturés laissent échapper la blonde semence. Parfois, notre père nous installait derrière les bêtes, leur longue queue agrippée dans nos petites mains, et nous tournions, tournions avec elles, bêtes et gens assommés de chaleur. Un arrêt : les bœufs – et nous donc ! – avaient droit à un moment de repos. Durant cette pause, nos parents, armés de fourches de bois, retournaient la *calcade*[1], secouaient haut les jonchées de paille, défaisant d'ultimes gerbes

1. Calcade : *jonchée de gerbes, sur l'aire, pour faire piétiner par les bêtes.*

récalcitrantes dans un envol de poussière et de grains soulevés. Alors, sur ce lit désagrégé, le manège reprenait, harassant, dispensateur de vertige. Les bêtes tournaient, tournaient, à demi somnolentes, leurs gros sabots alourdis de fatigue réagissant à peine aux piqûres des gros taons jaunes collés à leurs paupières.

Le cœur tendre de ma mère ne manquait pas de s'émouvoir : elle prenait une branche feuillue et, au passage, émouchait les bêtes résignées.

Aah ! Ooh ! Oh ! Nous poussions des exclamations dégoûtées. Les bœufs harassés, à bout de résistance, là, presque sur nos mains, venaient de laisser tomber des bouses molles et vertes et larges comme des assiettes. Ma mère riait de nos mines piteuses ; mon père, sans s'émouvoir davantage, ramassait prestement la paille souillée et l'expédiait au loin. Encore un coup, ils secouaient le chaume froissé pour en faire tomber les derniers grains et l'emportaient à grosses fourchées vers la grange en contrebas. Alors, le tri achevé, ils balayaient soigneusement l'aire et rassemblaient au milieu balles et grains qu'en prévision de la rosée nocturne, ils protégeaient d'un vaste *coubertin*[1].

Demain, on procèderait à l'ultime opération de ce battage rustique, avec l'appoint d'une mécanique dont la singularité faisait notre étonnement : le tarare était sorti de l'étable des vaches où on le rangeait. Nous ne nous lassions pas de voir la manivelle, tournée à la main, déclencher dans le *ventaïre* un vigoureux

1. Coubertin : *fardeau.*

cyclone qui séparait les grains de leur balle. Le beau tas doré coulait en dessous, tandis qu'au loin, volaient les « pousses » douces et jaunes dont le monticule moelleux serait mis en réserve en prévision des prochaines litières. Des litières ? Et pourquoi, aussi bien, ne pas remplir les paillasses de nos lits d'enfants avec cette douce balle d'avoine ? Et pourquoi, au temps des vaches maigres, ne pas en épaissir de trop claires pâtées des cochons ?

La naissance du veau

C'ÉTAIT L'ANNÉE où les bœufs étant sans doute trop âgés, grand-père avait dû se résoudre à les vendre. Il en avait pleuré de chagrin, d'autant plus qu'il comprenait bien qu'avec la maigre somme offerte par un boucher inhumain, il ne pourrait jamais en acquérir de nouveaux.

Alors le conseil de famille se réunit, calcula, discuta ; on songea à une solution moins onéreuse. Pourquoi, à la place, n'achèterait-on pas deux génisses encore jeunettes et qu'avec un peu de patience, on arriverait bien à dresser au joug et à l'attelage ?

Des vaches au travail ! On n'avait jamais vu ça dans le pays ! Nos hommes baissaient la tête, ayant le sentiment d'une déchéance. Ma mère se réjouissait : ces vachettes, devenues adultes, nous donneraient de bons gros veaux, et ensuite du lait, du lait en veux-tu en voilà !

Mais les génisses étaient de sang vif et l'idée d'avoir les cornes liées ne leur agréait guère : il y eut de rudes batailles, dans le meilleur style western, des chars versés dans les chemins et des escapades comiques à travers chestres avant que mon père, tenace, ait eu le dernier mot.

Et ce fut, pour nos yeux d'enfants, cet émerveillement : un petit veau tout mouillé, les jambes flageolantes, était sorti du ventre de sa mère. Et celle-ci, dans l'ombre de l'étable, nous observait avec gravité, le léchant d'une langue tranquille. Puis, lorsque le veau était devenu une sorte de gros chevreau caracolant, on le vendait au boucher et une source intarissable de lait mousseux coulait des immenses mamelles.

Notre mère, experte à la traite des chèvres, se vit bien obligée d'apprendre aussi à traire les vaches, au début, non sans un peu d'appréhension lorsque, assise derrière l'énorme croupe, elle surveillait les mouvements rageurs de la longue queue impatiente.

Un jour, au Serrou, juste devant la porte, sur la pelouse où elle pâturait, la vache en mal d'enfant, pressée par la nature, venait de se coucher. Ma mère, prise de court, s'affolait : elle essayait de persuader la bête qu'elle serait bien mieux dans l'étable et l'engageait à se lever. En vain ! Que faire ? Mon père était parti moissonner là-bas, et justement dans le champ le plus éloigné. Inconscientes du danger, nous faisions cercle autour de la parturiente qui, affalée sur l'herbe, mugissait lugubrement et semblait nous supplier d'un gros œil effaré.

Et tout à coup se produisit cet événement fabuleux auquel nous n'avions encore jamais assisté. Dans sa croupe, d'un orifice monstrueusement dilaté, après de gluantes contractions qui nous donnaient envie de vomir, plouf ! venait de tomber sur l'herbe, tout engluée d'humeurs sanguinolentes, une masse vagissante et qui remuait faiblement. Le veau était né ! Ma mère, se rapprochant encore, toute à ses soins d'accoucheuse, essayait d'écarter le nouveau-né afin que la vache ne l'étouffât pas sous sa masse.

Mais la bête, déroutée par ce geste, venait de se dresser furieuse et fonçait sur l'ennemi. Ce fut une horrible charge : « Tirez-vous ! Tirez-vous ! » eut le temps de crier la pauvre femme en lançant le plus loin possible, dans les orties, la petite dernière qui traînait dans ses jupons. De loin, nous regardions cette lutte atroce et nos cris de frayeur devaient affoler encore davantage l'animal.

À coups de cornes baissées, à coups de sabots rageurs, dans son inconscience de bête obtuse, la vache s'acharnait sur celle qui, par sympathie féminine, s'était mêlée de trop près à cette naissance.

Nos hurlements avaient cependant alerté notre père qui accourait. Il maîtrisa l'animal, mais sa femme gisait sur l'herbe souillée, gémissante, comprimant à deux mains son ventre martyrisé. Il la releva, réussit à la hisser le long de l'échelle pour la mener au lit rustique où elle resta de longues heures, somnolente, les chairs moulues.

Quelques mois plus tard, on comprit mieux l'étendue de son malheur. Si je me souviens bien, un jour, elle donna naissance à un bébé qui, ses pauvres yeux à peine ouverts sur la vie, les referma aussitôt. À moins qu'il n'y ait eu un de ces événements mystérieux dont les mères ne parlaient qu'à mots couverts : une fausse couche, ratage souvent inexpliqué et dont elles ressentaient pourtant l'amer soulagement.

Cette corrida sanglante devait rester un des événements fabuleux de notre enfance, dans ce Serrou au sauvage environnement. Mais il y en eut un autre qui, lui, remplit nos têtes d'enfants d'un durable émerveillement.

Ce juillet-là, tandis que, sur l'aire, la calcade achevait de se déliter au soleil dans l'oppressante touffeur de 3 heures, mon père et ma mère, harassés, faisaient la sieste, allongés à même l'herbe sous un bouquet de pins. Nous, à l'ombre des murs du Serrou, à quelques mètres d'eux, nous jouions sans bruit à un de ces jeux paisibles de l'été. Tout à coup, dans un bruit de fuite et de grognements insolites, je vis mon père dressé en sursaut qui se précipitait à la poursuite de drôles de bêtes au dos hirsute zébré de bandes grises. Ma mère, derrière lui, à son appel, s'était mise à courir aussi. Et les voilà qui reviennent essoufflés, ahuris, les yeux émerveillés, tenant chacun entre leurs bras une de ces étranges bêtes qui grouinait en se débattant. Alors, nous ayant tous ramenés à l'abri derrière la porte close, ils nous contèrent l'aventure. Mon père avait été réveillé par un bruit étrange derrière lui : ouvrant les yeux, il avait aperçu une énorme laie qui menait à ses trousses toute une portée de jeunes *sangliots.* La bête, consciente du danger que représentait cet homme dressé devant elle, l'homme, l'éternel pourchasseur de bêtes sauvages, avait promptement fait demi-tour afin de mettre à l'abri sa petite famille. Alors mon père, oubliant sa fatigue, oubliant la crise d'asthme imminente, avec promptitude s'était jeté à sa poursuite, invitant ma mère à l'imiter. Et chacun revenait triomphant, tenant, captif, un joli marcassin de quelques semaines. Ma mère, encore haletante, commentait :

« Nous pouvions trouver la mort dans cette aventure ! Pensez donc ! Un sanglier blessé, une laie qu'on attaque sont des animaux terribles. On dit que leurs longues défenses peuvent découdre de haut en bas le ventre d'un chasseur trop téméraire. Et je me demande ce que nous aurions fait si la mère courageuse s'était retournée contre nous pour défendre ses deux petits ! »

Maintenant, dans une grande caisse à claire-voie, les deux marcassins grouinaient en poussant une hure hargneuse contre les planches. Qu'allait-on pouvoir en faire ? Mon père, lui, était d'avis qu'on les mangeât l'un après l'autre, tout tendres et dodus, enfilés sur une broche et grillés à feu vif, comme on faisait, paraît-il, pour les cochons de lait. Mais nous et notre mère donc ! nous les avions déjà adoptés. Pauvres orphelins ! Les tuer ! Jamais de la vie ! Est-ce qu'on ne pourrait pas essayer de leur donner à boire le lait de la vache ? Oui, nous allions les élever au biberon ! Ah ! ce ne fut pas sans difficulté ! Mais enfin, les deux nourrissons eurent vite compris que ce goulot de bouteille enfoncé dans leur gueule était dispensateur de vie. Et ils prirent l'habitude de téter leur ration comme tous les enfançons du monde, vouant à leur mère nourrice une touchante affection. Les vieilles tétines des biberons finirent leur existence entre les dents des goinfres qui réclamaient : encore ! encore !

Je me souviens de notre fierté lorsque, la moisson finie, nous reprîmes le chemin de la Cresse. Ah ! le roi n'était pas notre cousin ! Les sangliots, dans leur caisse, couronnaient dignement l'équipage. Arrivés en vue du village, comment résister au plaisir de montrer nos pensionnaires, de conter leur capture aux passants rencontrés ? Ah ! nous nous sentions les héros d'une fabuleuse aventure ! Pensez un peu ! deux marcassins déjà apprivoisés ! Un boucher qui passait par là les regarda avec convoitise : il offrit, pour leur achat, une somme extravagante. Mais nous poussions des exclamations de déni : jamais de la vie ! Se séparer de si gentilles bêtes ! Et qui plus est en les abandonnant aux mains d'un boucher ! Ma mère n'était pas la dernière à défendre ses nourrissons. Alors, durant quelques semaines, on la vit avec tantôt l'un, tantôt l'autre vautré dans son giron, et la contemplant avec des yeux pleins d'une filiale tendresse. Lorsqu'elle partait au jardin ou à la vigne, elle appelait : « *Tessou ! Tessou !* » Et aussitôt les deux marcassins trottaient gentiment à sa suite comme deux petits chiens.

Hélas ! les plus belles histoires ont souvent une triste fin. Suivant ma mère dans le chemin, les sangliots avaient pris goût à manger ces mûres blanchâtres qui tombaient à foison des mûriers de bordure. Ils dévorèrent tant et tant de ces fruits émollients qu'une pernicieuse dysenterie les prit l'un après l'autre, ils moururent. Nous versâmes de grosses larmes à la disparition de nos tessous et je ne jurerais pas que ma mère, pudiquement retournée, n'essuya pas elle aussi ses yeux humides au coin de son tablier.

Quant à mon père – et son père donc –, ils triomphèrent hargneusement : « On vous l'avait bien dit ! » Quel regret qu'on ne se fût pas rangé à leur première suggestion : faire griller à la broche les deux cochons sauvages !

Les colporteurs

CHIFFONNIERS, RACCOMMODEURS de parapluies et de porcelaine, clarisses quémandeuses et gitanes à l'œil et aux doigts prompts amenaient, certains jours, un peu d'animation dans les rues du village. Je me souviens aussi, mais bien plus vaguement, du « planteur de Caïffa » et de son charreton de café, mais aussi de ceux qui, je suppose, devaient représenter les derniers colporteurs. Ils passaient, offrant dans une caisse de bois suspendue en bandoulière quelques menus objets : du fil au « chinois » aussi exotique que le planteur de Caïffa, des *courrejous*[1] pour les souliers, des aiguilles et de l'élastique, des boîtes de vaseline à la violette pour lustrer les cheveux des demoiselles, des peignes gros et fins… et des almanachs et des livres. C'est, je suppose, par l'intermédiaire d'un de ces colporteurs qu'était arrivé, dans notre grenier, un ouvrage singulier dont la lecture semi-clandestine me plongea

1. Courrejou : *lacet de cuir.*

dans d'extravagantes rêveries : *L'Apocalypse selon saint Jean* ! Et si nous en croyions le curé Calixtou, un livre un peu hérétique dont la lecture était interdite aux catholiques, au même titre que la Bible laissée à l'usage des seuls protestants ou que ces traités, encore plus suspects, dont nos mères parlaient à mots couverts : *Le Grand Albert* et *Le Petit Albert*.

C'est donc un peu avec le sentiment du fruit défendu que je m'installais sous la voûte basse du grenier pour lire ces histoires à la fois terrifiantes et merveilleuses. Il était là-dedans question d'étranges visions : un homme au visage de feu tenant entre ses mains étoiles et épées en bouquets flamboyants, des trônes dans le ciel balayé d'éclairs et de tonnerres et sept torches de feu et toute une cohorte d'étranges animaux couverts d'yeux de toutes parts, avec des ailes multiples. Et des anges aux voix tonitruantes, et un agneau ayant sept cornes et sept yeux, et des chevaux, l'un blanc, l'autre rouge, l'autre noir, l autre vert, tous montés d'affreux cavaliers dont le plus atroce de tous avait nom la Peste ! Et puis, au milieu de ce tintamarre d'êtres apocalyptiques, venait dans un grand flamboiement la fin du monde : le soleil noir comme un sac de crin et la lune couleur de sang et les étoiles tombant comme figues mûres et les roches branlantes, les montagnes éboulées, une rage de destruction d'un monde condamné, pour la plus grande gloire d'un Dieu imperturbable sur son trône céleste.

« Vous ne devriez pas leur laisser lire ça », disaient à ma mère les voisines scandalisées.

Moi, je rêvais, le cœur crispé devant d'aussi fuligineuses imaginations. Et fouillant dans la vieille malle au couvercle gainé de peau de truie, j'espérais bien en exhumer un de ces traités de démonologie, un *Albert* petit ou grand, tout rempli de sorcières et de messes noires. Mais je mis la main sur une tout autre merveille : *Les Métamorphoses* d'Ovide ! Là, je pénétrais abruptement dans une mythologie païenne gorgée de miracles et d'étranges accouplements. Dieux changés en aigles ou en taureaux en visite chez des mortelles, déesses éplorées transformées en pintades, hercules fabuleux, nourrissons gigantesques et que sais-je encore ? Ah ! je n'avais plus aucun goût pour ces contes simplets qui avaient nom : Mitat de Gal ou Planpougnet.

Je venais, avec ces deux bouquins insolites, de découvrir une mine autrement plus riche que les histoires de ma « Mère Grand ». Plus tard, j'appris qu'il y avait eu, dans la famille de mon père, un oncle colporteur qui, lassé de traîner ses savates de gagne-petit sur les routes de France, s'en était allé tenter fortune aux Amériques. L'oncle, marchand d'aiguilles dont on était resté depuis lors sans nouvelles, prit une place de choix dans la saga familiale : n'était-il pas devenu, qui sait, un des magnats de l'industrie américaine ? Certains soirs gris d'hiver, notre potée de châtaignes avalée, nous nous laissions aller tous un peu à rêver à cette destinée fabuleuse... et à cet héritage qui, un jour, nous serait annoncé d'outre-Atlantique. En attendant, c'était sans doute lui, le pauvre colporteur, qui nous avait légué, abandonnés dans l'ombre du grenier, ces deux ou trois livres bourrés de merveilles. À moins que ce ne fût cet autre curé parti, lui, on ne savait où, effacé, peut-être condamné par ses supérieurs pour ses lectures ou ses croyances peu orthodoxes.

Mon père restait songeur, hochait la tête et ma mère ne manquait pas de nous narrer la visite, dans sa famille à elle, de l'oncle capucin. Un « chaud lapin » celui-là, qui s'installait comme chez lui, jouissant sans remords de la meilleure place à table ou devant le feu, s'octroyant la plus belle chambre et le meilleur lit, se goinfrant des meilleurs morceaux, regardant les femmes avec concupiscence et la nuit... Ah ! la nuit, on entendait un drôle de tarabastaïre dans sa chambre. À croire qu'il y avait convoqué tous les diables de l'enfer ! Des coups ! des gémissements ! des ahanements ! des invectives ! Que se passait-il ? Le paillard capucin était-il, comme saint Antoine, en butte aux démons de la tentation ? Et un jour que le grand-père Jean-Baptiste, excédé, lui demandait quelque explication, l'autre avait montré une extraordinaire ceinture de crin hérissée de pointes avec laquelle, chaque nuit, le lascar se fustigeait à grand bruit, en mortification des coupables pensées, des mauvaises actions de sa journée.

Les grandes personnes ricanaient, le regard allumé de sous-entendus salaces. Nous, les enfants, nous ouvrions de grands yeux. Certes, recevoir une taloche bien appliquée n'était pas chose rare, le fouet du père claquant parfois sans douceur sur les mollets d'un gamin récalcitrant, oui, cela allait de soi ! Mais se punir soi-même, là alors, il y avait de quoi rêver !

Et pourtant, nous savions bien, pour l'avoir appris sur les bancs du catéchisme, ce qu'étaient la mortification et les noires jouissances d'un martyre joyeusement accepté. Notre histoire sainte était emplie des exploits héroïques de ces persécutés qui marchaient en chantant vers le grill ou les fauves du cirque, entrant ainsi de plain-pied dans la gloire du paradis.

Le crâne bourré de ces sanglantes histoires, je m'avisai, un jour, d'en connaître moi aussi les étranges délices. Le curé, patelin, nous donnait le conseil de veiller à nous endormir le soir après nous être recommandés aux bons soins de notre ange gardien, cet ange clairvoyant qui sonde les reins et les cœurs, bien allongés dans notre lit, les mains pieusement croisées sur notre poitrine. Moi, je pensai qu'il serait peut-être bien de surenchérir. Et pourquoi pas, à l'imitation de Jésus crucifié, dormir les bras en croix, les pieds liés ? J'essayai, plusieurs soirs, ivre de mortification, cette position incommode. Mais Fernande qui dormait en s'agitant à mes côtés eut tôt fait de contrarier ces velléités saugrenues.

Les petits métiers

LES DERNIERS COLPORTEURS DISPARUS, on voyait passer encore, de temps à autre, quelqu'un de ces gagne-petit qui, installé dans un coin de la place, se livrait à de singulières besognes. À la sortie de l'école, nous faisions cercle autour du rétameur. La veille, de passage chez les ménagères, il avait emporté leurs couverts de fer-blanc terni et, avec les cuillères d'étain données en surplus, il promettait de leur rapporter du matériel flambant neuf. Nous regardions disparaître les cuillères tordues dans ce bain scintillant : il trempait les couverts usagés et les ressortait plus brillants que l'argent.

Ou bien c'était le chaudronnier. On l'entendait chanter sa complainte d'un quartier à l'autre. Il réparait, en les battant d'un marteau expert, les payrols troués ou cabossés. Et comme il était souvent, en même temps, raccommodeur de faïence et de porcelaine, il avait tôt fait de recoller les morceaux d'une jatte ou d'une toupine brisées, les fixant entre eux par de grosses agrafes de métal. Et nos mères, en lui donnant pour sa peine quelque monnaie, se félicitaient :

« Ça fera du temps encore, et peut-être mieux qu'une *grasala*[1] neuve ! »

Même les bohémiennes, l'émulation aidant, se mettaient à ces besognes ambulantes, raccommodant les parapluies, rempaillant les chaises, colportant aiguilles et dentelles, quêtant vieilles robes et rebuts de lard, aguichant nos convoitises d'enfants avec de délicats ouvrages de paille ou d'osiers tressés.

Car on était encore à l'époque où le moindre objet – du fait du manque d'argent – conservait une valeur inestimable. On le ménageait jusqu'à son dernier jour, on se résolvait mal à le jeter, on se sentait pour lui une sorte d'attachement. Chaudrons réparés, chaises et meubles maladroitement rafistolés passaient, sans dommage ni mépris, de génération à génération, tandis que les faitouts et les cuvettes irrémédiablement troués pouvaient encore, emplis de terreau, faire sur les murettes de très convenables pots de fleurs.

1. Grasala : *plat creux en terre.*

L'inondation du siècle

VOILÀ QUE L'EAU se mettait à nouveau à manquer dans le village.

« Pourtant, commentait le maire excédé de récriminations, nous avons fait royalement les choses : une adduction d'eau que bien des villes pourraient nous envier ! »

Mais dans cette agglomération en pente où l'eau descendait par gravitation des hautes Fontanelles où on l'avait captée, les quartiers hauts, par je ne sais quelle inconséquence que je m'expliquais mal alors, étaient toujours les derniers servis. Ceux d'en bas usaient et abusaient de leur part tandis que les autres, dont nous étions, tiraient la langue devant le robinet à sec. Les matins d'été, lorsque persistait la sécheresse, on se levait au petit jour et, avec des ruses de Sioux, on allait prendre à la borne-fontaine sa provision de la journée sans oublier un ou deux seaux de supplément qu'on distribuait aux fleurs assoiffées.

« Et pourtant, soliloquait le chœur des ménagères, de l'eau, il y en a autant qu'on veut, paraît-il, là-haut ! Suffit seulement de se donner la peine d'aller la chercher ! »

Le maire, excédé de ces jérémiades, se décida enfin. Il fit appeler… un sourcier ! On faisait toute confiance au sourcier, plus sans doute qu'au plus savant hydrologue-géologue envoyé par quelque coûteuse administration. Mais je suppose que ce sourcier-sorcier, dont on vantait ici et là les réussites, devait être avant tout un bon observateur. Il arpenta les terres hautes, étudiant la couleur du sol, l'aspect des roches, tâtant le goût de l'air, interrogeant telle plante, telle brindille. Et sa baguette de noisetier ou sa montre balancée en pendule promenées ici et là par des mains attentives, après de silencieuses cogitations, il annonça que le lendemain on creuserait là, en bordure de cette faille, en pleine pente. Tous les hommes furent mis à contribution. Les villageois en avaient d'ailleurs une vieille habitude : la saison des gros travaux achevée, ils allaient fournir pour la réfection des chemins cette main-d'œuvre gratuite des journées de « prestations », nom nouveau donné à l'ancienne corvée seigneuriale. Ils vinrent donc avec leurs pics, leurs pioches, leurs pelles, pleins d'espérance et de bonne volonté : ce travail en équipe leur agréait assez, où on plaisante, où on boit à la pause de bons coups de vin. Sans désemparer donc, ils fouillèrent, creusèrent trous, galeries et puisards : un mètre… deux mètres… dix mètres ! La pente se tacha d'éboulis rougeâtres et une longue crevasse ouvrit ses lèvres suintantes dans les profondeurs du plateau. Mais l'eau, l'inépuisable nappe qu'on escomptait, ne se montrait point.

Encore un jour de labeur, un autre encore ! Les défections commencèrent. Les esprits forts, ceux qui ne croyaient ni aux miracles ni au pouvoir des sorciers, ricanaient sans vergogne :

« On vous l'avait toujours dit. Nous, on suivait pour faire comme les autres, mais on se doutait déjà ! Ah ! Ah ! Nous faire chercher l'eau où elle n'est pas ! »

Mais le sorcier, marri, ne voulait pas s'avouer vaincu. Cramponné à sa fourche de coudrier, l'œil fixe, le nez au vent, il murmurait :

« Et pourtant, elle y est. Là ! Tenez ! »

Et les rigoleurs d'approuver :

« Oui ! là ! dessous ! en face ! Mais à combien de mètres ? »

Peu à peu, les travaux cessèrent sur la pente bouleversée. Et l'eau continua à demeurer denrée précieuse jusqu'à ces grandes pluies d'automne où…

Eh oui ! Il se mit enfin à pleuvoir. Sans arrêt. Un jour, deux jours. La troisième nuit, ce furent, durant des heures et des heures, de véritables cataractes. On entendait, en bas, le ravin, si souvent à sec, mugir comme un monstre déchaîné. Chacun, dans les ténèbres, écoutait, anxieux, ce vaste ruissellement, se demandant quelle catastrophe se préparait. Quand le jour se leva, un petit jour blême des matins de déluge, hommes et femmes, sortis de leurs demeures comme des fourmis affolées, se pressaient, s'interrogeaient, se congratulaient. Dans le vallon étroit, le ravin énorme, charriant pierres dérochées et arbres déracinés, avait tout recouvert : les champs, les jardins, les chemins. Au Puech, une eau furieuse et malfaisante, bousculant les murs, envahissait les cours, les écuries.

Et là-haut, entre terre et ciel, sur la pente opposée où, durant l'été, s'étaient échinés les puisatiers bénévoles, à quelques mètres seulement à vol d'oiseau, tout un pan de montagne, miné par le brusque afflux des eaux souterraines s'éboulait lentement, laissant, sur les deux lèvres d'une profonde déchirure, dans une trouble odeur d'argile à relents sulfureux, des arbres pantelants, racines en l'air, parmi de grands carrés d'herbages qui basculaient peu à peu comme les fragiles éléments d'un château de cartes.

Sidonie : une vie de « biate »

SIDONIE, UNE PETITE BONNE FEMME aux pieds interminables, menait une vie parfaitement réglée dans sa jolie maison à toit de tuiles fanées, un peu à l'écart entre champs et jardin. Elle aussi, en bordure du ravin, avait un peu à redouter les exactions de ce furieux. Mais Dieu aidant ! Dieu était, en effet, le souci principal de sa vie de biate. On la voyait, trottinant chaque matin et quel que fût le temps ou la saison vers sa messe quotidienne. Quelques bavardages inoffensifs à la sortie avec les saintes femmes pour qui cette cérémonie matinale constituait l'armature essentielle d'une vie sans histoires, quelques commissions avant de rentrer, et la voilà retirée chez elle pour la journée.

Sidonie était une vieille fille dont l'élan naturel avait été frustré par un oncle sans enfants, tuteur farouche qui, l'ayant adoptée, ne voulut point de second homme dans sa maison et contraria, chez la pauvre petite, toute velléité de mariage.

Sidonie ne s'en était jamais consolée et, si elle avait reporté sur un dieu invisible les élans d'un cœur inoccupé, il lui arrivait encore parfois de soupirer naïvement :

« Ah ! s'il m'avait laissé faire ! Je serais mariée aujourd'hui, et mère de famille ! Des enfants joueraient dans cette maison trop grande pour moi. Et lui, l'égoïste – paix à son âme ! – en aurait été heureux. Mais allez comprendre l'entêtement de ces vieilles personnes ! »

Et elle laissait couler doucettement sa vie, n'ayant jamais vu plus loin que le clocher de son village, illustrant son jardin de lys et de roses trémières, confiante en Dieu qu'elle servait fidèlement et qui, là-haut, dans ce paradis merveilleux où elle était bien certaine d'accéder, devait lui réserver une place de choix.

Messes du petit jour et vêpres du dimanche soir, prières du mois de Joseph et du mois de Marie et du mois du Rosaire, processions par-ci, adorations par-là, elle faisait partie de ce troupeau touchant sur qui comptent les prêtres pour meubler leur église et se fortifier dans l'illusion qu'ils ne sont pas seuls à dialoguer avec Dieu.

Et Sidonie regardait avec envie et une secrète hargne cette sœur de Calixtou qui, attachée à lui comme son ombre fidèle, était promue au redoutable honneur de gouvernante et de bonne à tout faire. Ah ! comme elle eût, avec joie, accepté cette fonction éminente de servante de curé ! Avec quel amour elle eût veillé sur la propreté de ses soutanes et la blancheur de ses aubes !

Hélas ! l'autre était coriace ! Et si hargneuse ! Mais on ne pouvait tout de même pas souhaiter sa mort !

Alors Sidonie allait, sans rancune, lui prêter son aide pour le nettoyage de l'église et la préparation des reposoirs.

Sézou ou les ravages de l'alcool

MAIS LÀ-HAUT, chez la Portalière, Sézou, cuit par la boisson, le cerveau allumé par l'alcool, interpellait d'autres dieux et participait à des visions moins émollientes. Nous le regardions passer avec effroi, comme on contemple quelque possédé du démon titubant lourdement sur des jambes mal assurées, le regard noyé, la voix pâteuse, les mains agitées de tremblements pitoyables.

La veille, il avait eu sa première crise de *delirium tremens*. Toute la nuit, il s'était battu avec des visions effarantes : des pigeons, là, dans sa chambre, sur la corniche de l'armoire, des nichées de pigeons sans cesse renaissantes. Il les appelait, tentait de les apprivoiser, puis, avec colère, de les chasser ; un instant, ils s'effaçaient, mais bientôt, ils reparaissaient à nouveau, importuns, envahissants. Ou bien c'étaient des rats, des légions de rats qu'il voyait grouiller dans ses mains, sur son corps, dans les plis de sa couverture. Affolé, il réclamait un bâton pour les exterminer. Sa femme, plus inquiète encore, avait fait appeler le médecin. Le vieux Olier, sans illusions, avait, de lassitude, laissé tomber des épaules découragées :

« Trop tard ! diagnostiqua-t-il, tous les mêmes ! Ils ne veulent pas y croire. Et maintenant, ça lui passera peut-être, mais ça le reprendra ! C'est son cerveau ! Déréglé par l'alcool, complètement noyé ! Et plus grand-chose à faire ! On lui supprimerait le vin et ce serait encore pire ! »

Le journal et son feuilleton

Ce matin-là, je devais, remontant de la messe, prendre le journal à l'épicerie et le rapporter à ma mère qui attendait avec impatience... son feuilleton ! Était-ce Clément, le libre-penseur, qui avait incité mon père à cette dépense somptuaire ? Ou bien la vie devenue un peu moins difficile à la maison, nous était-il permis cet achat quotidien que beaucoup, dans le pays, jugeaient abusif ? D'autant plus scandaleux que c'était un de ces quotidiens subversifs mis à l'index par Calixtou, parmi tout un lot de publications anticléricales : *Le Petit Méridional* ou *La Dépêche* peut-être ! Envoyer ses enfants à l'école laïque passe encore, mais lire de telles horreurs !

Donc, mon journal à la main, je ne me sentais pas très bonne conscience. Pire encore : j'avais pris goût à sa lecture ! Mais ce n'étaient ni les invectives politiques des leaders radicaux, ni les tribulations tragi-comiques de ce pauvre Deschanel tombé en pleine nuit, vêtu de son seul et anonyme pyjama du train présidentiel, ni les horribles méfaits de Landru ou de quelque autre vampire de l'époque qui m'intéressaient. Je lisais… le feuilleton.

Un jour, au cours d'une conversation avec ma mère, j'y fis sans m'en rendre compte une vague allusion. La pauvre me regarda, horrifiée :

« Tu lis le feuilleton ! À ton âge ! »

Ce n'était pourtant là, si je m'en souviens bien, qu'une lecture très anodine : un roman de Delly, je suppose, où il n'était question que de belles jeunes filles captives, de grottes splendides bourrées de trésors, pièces d'or, perles et diamants, une sorte de conte de fées pour adultes, rien en tout cas, me semblait-il, qui fût susceptible de ternir une âme d'enfant. Mais nos mères avaient, plus qu'aujourd'hui où le sexe, le sang et les plus troubles violences sont monnaie courante et à tous les étalages, le souci de préserver notre innocence. Le feuilleton, quel qu'il fût, était lecture subversive, de même que les commentaires virulents de cette *Dépêche* anticléricale n'étaient pas un bon enseignement pour des villageois soumis à la férule de l'autorité religieuse.

Le certificat d'études à Peyreleau

CEPENDANT L'HEURE DU CERTIFICAT, cette consécration de la réussite enfantine, à meilleur titre que la communion solennelle accessible à tous, le certificat d'études primaires était en vue, à l'horizon.

Mme Landès se déclarait satisfaite de mon travail, très satisfaite, et j'étais moi-même heureuse du succès de notre collaboration. Je faisais partie de ce mince lot d'écoliers appliqués et assidus qu'on jugeait dignes d'être présentés au certificat. Mieux encore ! il était question, entre mes parents et l'institutrice, de me présenter aux « bourses ». Ces « bourses », d'institution encore récente, devaient récompenser et encourager le goût du savoir chez les enfants des travailleurs, et leur permettre d'accéder par leurs études à quelque fonction de cadre dans cette République dont j'étais, à double titre, l'enfant chérie, puisque promue, comme mes sœurs, « pupille de la nation ».

« Travaille bien, me recommandait ma mère, et tu seras un jour institutrice… Mon frère Durantou l'était aussi, lui, maître d'école. »

Un héros, cet oncle Jean-Baptiste, mort d'une pleurésie pour avoir, conscient de son devoir, voulu sauver un de ses élèves qui se noyait.

Je me sentais toute pénétrée de mon importance : une mission à continuer ! J'irais en pension ! J'irais étudier au collège, côte à côte avec les filles riches de la ville. Je me sentais ivre d'une boulimie de savoir : que de choses j'allais pouvoir emmagasiner dans ma cervelle avide : le latin ! l'algèbre et l'anglais ! et la littérature ! et la science ! Beaux substantifs à majuscules où s'incarnait cette soif d'infini que chacun porte en soi ! Silencieusement, je caressais ce rêve : devenir institutrice ! Était-ce vraiment chez moi une vocation ? Combien de petites filles studieuses, assises sagement sur leur banc d'écolières, ont ingénument rêvé ainsi de passer un jour de l'autre côté de la barrière, derrière ce bureau où une maîtresse débordante de savoir et d'assurance régente un troupeau d'enfants respectueux ? À mes yeux, mon institutrice incarnait le plus bel idéal du monde, le plus bel idéal féminin. Non point par sa beauté : elle était maigre, haute, la bouche sévère. Mais elle personnifiait le Savoir, la « Science », avec de grands S. En sa personne étaient rassemblés les plus hauts attributs maternels : aimer, soigner, éduquer. Corriger ! Régenter ! Et puis elle disposait d'une si belle maison, presque la plus belle du village ! En tout cas, une des plus neuves ! Aussi enviable que celle des dames Raynal qui possédait pigeonnier, chenil en forme de tourelle, salle à manger et salon… ou que l'orgueilleux château de Mlle Athénie !

La maison d'école, en effet, était de construction toute récente : encore un beau cadeau de la République – troisième du nom – à ses enfants ! Et on n'avait pas regardé à la dépense ! Un vrai toit d'ardoises, et non point de grises lauzes colmatées de mousse comme la plupart des maisons du village. De hautes fenêtres à vastes carreaux, avec des volets luisants de peinture, un escalier intérieur, les deux classes en bas, les appartements des maîtres au-dessus et, entre les deux, la salle de la mairie. Deux parterres jumeaux par-devant, deux jardins potagers symétriques sur les côtés, deux préaux pour les jours de pluie et derrière, une vaste cour, au fond les cabinets divisés en deux par un mur infranchissable, car on avait à la laïque de strictes consignes sur la séparation des sexes et les risques de la mixité.

Oui ! Cette maison d'école était pour moi le plus beau lieu du monde, symbole évident d'une élévation sociale à base de savoir, de travail et d'honnêteté. Oui ! Il n'y avait pas à hésiter : je serais institutrice à mon tour. J'apprendrais ! J'emmagasinerais des monceaux de connaissances qu'ensuite j'ingurgiterais patiemment, tendrement, dans de petites cervelles avides. Ah ! certes, y avait-il avenir plus enviable ?

Ainsi, dans les classes laborieuses, à la ville et déjà un peu dans les campagnes, commençait à se recruter une humble élite honnête et scrupuleuse, respectant le travail et la propriété d'autrui qui, de génération en génération, en dépit de quelques ratés de parcours, allait fournir les cadres d'une nation républicaine.

Oh ! ceci n'était pas une innovation de la République ! De leur côté, les curés faisaient – et depuis bien longtemps – un effort parallèle de sélection. Un petit clerc paraissait-il l'esprit vif, pieux et malléable, on s'arrangeait, même si ses parents n'en avaient pas les moyens, pour l'envoyer au séminaire. Ces régions pauvres où la terre nourrit mal ses hôtes ont, de tout temps, été des pépinières pour la foi. Et le clergeon, bourré de latin, devenu prêtre à son tour, irait un jour régenter quelque village et répandre autour de lui les saines doctrines : « Travail, Famille, Patrie », sur lesquelles repose la stabilité des sociétés. Ou bien il partirait missionnaire, père blanc en Afrique ou en Chine, évangéliser les païens et implanter avec la foi chrétienne les éléments essentiels du colonialisme occidental. S'il était très intelligent ou très habile, il deviendrait chanoine, évêque, cardinal, saint glorieux et, pourquoi pas, le pape en personne !

Quant aux filles, leur tête bourrée par les bonnes sœurs d'histoires de miracles et de mortifications, on les dirigeait vers quelque couvent où, renonçant au monde et priant jour et nuit pour les hérétiques, elles feraient leur salut éternel.

Et ainsi, dans ce contexte encore à demi médiéval, étaient résolus plusieurs problèmes sociaux : celui du recrutement au meilleur compte d'éducatrices dans les ordres enseignants ou d'infirmières peu onéreuses dans les hôpitaux, à moins qu'on n'en fît, elles aussi, des missionnaires en pays lointain. Du même coup, était résolu ce problème du célibat féminin dans ces campagnes où les mâles, chaque vingt ans, sont décimés par des guerres dont la paysannerie constitua toujours les troupes de choc. Saintes filles ayant fait vœu de chasteté et de pauvreté et qui, ici et là, dans l'ombre quiète des carmels, comme sainte Thérèse aux mains chargées de roses, priaient jour et nuit pour tous les mécréants du monde, sauvant ainsi l'humanité d'une damnation générale.

Oh ! dans les familles paysannes, on ne décourageait pas ces « vocations » ! Bien au contraire ! Et le curé aidant, on s'efforçait même de les susciter. Une fille au couvent, un garçon au séminaire, cela simplifiait du même coup les questions épineuses d'héritages et de morcellement des terres. Et bien des saintes mères de famille priaient Dieu pour qu'il manifestât son appel dans le cœur d'un de leurs enfants. Avoir un fils curé ! Elles rêvaient au jour béni où, leur progéniture casée, elles iraient dans quelque cure douillette servir de servante au meilleur de leurs enfants promu à la première des dignités villageoises.

La mer à Port-la-Nouvelle

Mais, dans ma famille, on ne concevait pas l'avenir sous cet aspect. Il y avait belle lurette que les bonnes sœurs ne me glissaient plus à l'oreille ces conseils de béatitude et de renoncement.

Je passai donc mon certificat d'études. Brillamment ! C'était au chef-lieu de canton, à Peyreleau, par une belle journée de juin. Je me vois, enfant silencieuse et un peu effarée, serrée dans les jupons de ma maîtresse qui compatissait sereinement, entre deux épreuves, aux angoisses de ses collègues moins assurées qu'elle.

« Oh ! vous ! disait l'une ou l'autre, on sait bien que vous n'avez rien à craindre. C'est du tout cuit d'avance ! »

Cette phrase imagée, je comprenais bien qu'elle me concernait et je n'en tirais pas une mince fierté. Ah ! certes, je me sentais fort satisfaite : j'avais écrit une si belle « rédaction » ! Les troupeaux rentrant lentement à la brune, les cloches du soir et l'étoile du berger dans le ciel et le chien attentif derrière les bêtes et le pâtre à cape de bure : tous les lieux communs patiemment inculqués par une maîtresse consciencieuse ou *broutillés*, ici et là, dans mes « morceaux choisis ». Pauvrette ! Je me croyais le centre du monde et ne me doutais guère qu'on peut fort bien être le premier au village et le dernier à Rome. Ne me doutant surtout pas – et l'ai-je jamais réellement constaté ? – que belle plume ne vaudra jamais, pour une fille surtout, beau bec et grand caquet.

Je passai donc haut la main ce premier barrage. « Mention très bien » calligraphié sur mon diplôme. Livret de caisse d'épargne offert gracieusement, avec un premier versement substantiel par une administration soucieuse d'inculquer chez les petits des habitudes d'économie.

Mais étant de complexion désastreusement émotive, je réussis moins bien l'examen des « bourses » où je me trouvai confrontée à tout un petit peuple de cracks aussi bien pourvus de science que moi, mais tout remplis, eux, de faconde et d'assurance. Malgré cet échec et étant donné mon titre tout neuf de « pupille de la nation », une subvention exceptionnelle m'était accordée, et la perspective de mon envol hors du nid familial se dessina à l'horizon.

Irais-je en pension dans ce collège de filles, hier encore aristocratique cours secondaire où fréquentait la fine fleur millavoise ? Non, ce n'était pas possible ! J'étais si jeune, si menue, si peu adaptée aux finesses, aux roueries citadines ! Nous étions si humbles et si conscients de notre médiocrité sociale !

Et ce trousseau ? Ce trousseau dont l'interminable nomenclature fit, de découragement, tomber les bras de ma mère. Elle réalisa tout à coup combien ces ambitions étaient démesurées.

Il y eut, je suppose, de laborieuses discussions entre mes parents. Alors, ma marraine consultée – et qui traînait dans son cœur de mère frustrée le long regret d'avoir perdu toutes ses filles – offrit de me prendre chez elle, à Narbonne. Je vivrais cette première année en compagnie d'un cousin que je connaissais fort bien déjà et qui, élève de l'école pratique, se préparait à devenir mécanicien. Moi, je fréquenterais le cours complémentaire, établissement plus démocratique que le collège, et je mangerais et coucherais dans ce nouveau foyer. C'était là une solution moyenne qui, si elle me séparait de ma famille, m'en faisait retrouver une autre aussi chaleureuse et sans doute plus aisée.

Léontine, ma marraine, tenait dans la vieille ville une petite épicerie au rez-de-chaussée d'une maison qu'elle venait d'acquérir à force de travail et d'économie. Et comme elle était affable et douée du sens du commerce, l'affaire prospérait. Quant à l'oncle Joseph, son mari, à la fois têtu comme une mule et docile aux volontés de son épouse, il coltinait sur son charreton à bras les denrées épicières et, entre-temps, s'occupait de l'entretien d'une ou deux vignettes dans la proche banlieue.

Ma tante avait, au second étage de la maison, aménagé un minuscule appartement qui, à mes yeux de campagnarde, symbolisait tout le confort citadin, avec ce signe indubitable de la promotion bourgeoise : une salle à manger ! Une vraie salle à manger achetée d'occasion il est vrai, en même temps que la maison, avec tous les meubles assortis : le buffet Henri II et sa galerie à balustres, la table à rallonges, six chaises à hauts dossiers ouvragés, tout cela minutieusement poncé, ciré, lustré à tour de bras et maintenu, en semaine, dans la pénombre des volets clos. Car il eût été malséant de manger tous les jours dans ce saint des saints dont les murs s'ornaient des immenses portraits de la trinité familiale : celui de Léontine la mère, celui de Joseph le père et surtout, surtout, celui de Maurice le fils unique et triplement chéri.

Les premiers temps, je regrettai bien un peu mon ancien nid, plus fruste, mais certes aussi chaleureux... et Fernande, ma compagne de jeux... et Lulu, la petite dernière que j'avais dorlotée comme une petite mère. Mais les nouveautés, les découvertes de cette vie citadine m'occupaient suffisamment l'esprit. Et les leçons à apprendre et les devoirs à rédiger ! Et le patronage du jeudi, les promenades à pied dans les chemins de vigne, les dimanches après-midi ! J'avais assez à faire pour ne point trop me retourner vers le temps d'autrefois. D'autant plus que mon amour-propre d'écolière studieuse était en jeu, dans cette classe de demoiselles plus occupées de leur visage et de leurs premières amourettes que des subtilités de la règle de trois et des accords des participes. La maîtresse de français, lorsque la majorité de ses ouailles constellait allègrement ses dictées de multiples fautes, ne manquait pas de me citer en exemple. Et moi, pitchounette que les garçons ne préoccupaient guère, je me rengorgeais bêtement. Les garçons ? Est-ce qu'ils pouvaient, eux, s'intéresser à moi ? Je restais menue, le corps impubère, avec ce visage rond de l'enfance que je devais conserver si longtemps, les sens encore endormis, ingénument blessée par la grossièreté garçonnière. Alors j'étudiais sans faillir grammaire et littérature, histoire et sciences naturelles, géographie et mathématiques… sans songer à rien voir au-delà, sans m'interroger sur ce que devait être la primordiale, l'essentielle destination des filles. Allais-je devenir une bête à concours ?

Mon cousin, lui, déjà grand garçon, menait dans son cercle de copains les investigations que requerrait sa formation de jeune homme. Sournoisement, maladroitement, il essayait de s'émouvoir, de m'émouvoir, dans notre cohabitation. Mais mon absence de réactions n'était guère encourageante. Comme chaque jour, revenant de l'école, je devais passer devant un certain kiosque à journaux, il s'avisa de me charger d'une commission qu'en toute bonne foi, j'accomplissais ponctuellement : une fois par semaine, lui acheter *Froufrou,* journal polisson de l'époque, où des dames demi-nues se pâmaient sur les genoux de messieurs à l'œil égrillard. Pourquoi ne procédait-il pas lui-même à cet achat insolite ? Sans doute hésitait-il un peu à aller réclamer, les joues en feu, à une marchande goguenarde, ce magazine ingénument pervers. Peut-être, obscurément, espérait-il me troubler par la vue de ces images libertines. Moi, le cœur léger, l'esprit serein, la chair imperturbable, j'apportais l'hebdomadaire *Froufrou.* Jusqu'au jour, un jour de printemps sans doute, où, moins pressée de rentrer, tout en marchant, je m'avisai de le déplier, de le feuilleter, de le lire. Étonnement ! Longue liste de petites annonces où, parmi l'indication de voyantes spécialisées dans les retours d'affection, de subtils aphrodisiaques, de remèdes miracles contre les maladies vénériennes et l'offre de divers objets aux noms sibyllins, figurait la vente, à l'usage des dames pressées, d'une « robe d'adultère » affriolante se boutonnant de haut en bas – on ne connaissait pas encore les fermetures Éclair – et pouvant être ôtée en un clin d'œil ! Fichtre ! Cela ouvrait à ma candeur de singuliers horizons ! Une robe se défaisant de haut en bas, ce devait être, à cette époque de strictes vêtures et de corsets durement lacés, le comble du vêtement luxurieux dont la description minutieuse était susceptible d'attiser les rêveries de jeunes mâles en émoi. Depuis, il en faut bien plus pour émouvoir les garçons : les bikinis des plages, les slips mini-mini sous les minijupes, offerts au tout-venant, retroussés à tout vent, les baisers longue durée, les scènes érotiques d'écrans grande largeur ont singulièrement rétréci, il faut bien le dire, le champ des rêveries libertines de garçons en mal de puberté.

Je couchais dans la chambre de ma tante au pied du lit conjugal. Maurice dormait dans la chambre à côté et, ma foi, je pense que nous eussions jugé malséant de jeter un regard indiscret de l'autre côté de la cloison qui nous séparait.

Et moi, je commençais candidement à me griser de ces grandes orgues poétiques qui avaient nom : Chateaubriand, Victor Hugo, Alfred de Musset et Paul Verlaine.

Ma tante m'avait promis, les beaux jours revenus, de m'offrir une sortie sensationnelle : s'il fait beau, un de ces dimanches, nous irions à La Nouvelle, chez Mme Bereille. « Tu verras la mer ! »

La mer ! Mot magique dans lequel étaient enfermées toute la beauté, toute la poésie du monde ! Dans le train qui, entre les vignobles, s'avançait vers ce plat pays de sable et de marennes, je ne quittais pas la portière. Et tout à coup, devant moi, là, à droite, là, à gauche, de vastes étendues lisses et miroitantes tout irisées de lumière liquide. La mer ! J'attendais cet instant d'une âme si attentive que la brusque révélation me tira les larmes des yeux. Nous avancions toujours. Je voguais au milieu de ce fluide élément, extasiée, soulevée de ferveur poétique. Et je n'osais pas reprendre ma place auprès de ma tante de peur que, me retournant, elle vît dans mes yeux ces larmes insolites et ne m'en demandât la cause. Elle, d'ailleurs coutumière de tels paysages, n'y prêtait guère attention. Tout à coup, tendant le doigt vers une barre plus miroitante, là-bas, à l'horizon, au-delà des sables et des mauves saladelles, elle dit :

« Regarde ! C'est la mer ! Là-bas ! Au fond ! »

Je ne répondis rien : la mer ! La mienne, plus proche, plus humaine, plus étroite, je l'avais déjà reconnue dans ces vastes étangs tout scintillants de sel le long desquels, depuis un bon moment, nous naviguions. Étais-je déçue ? Honteuse de m'être trompée ? Qu'importe ! Vraie ou mensongère, immense ou limitée, la mer venait d'entrer, multiple et radieuse, dans un cœur tout préparé à en recevoir la révélation.

Ainsi, sans que nul songeât à la mettre en garde, une petite fille au cœur exigeant, aux sens endormis, entrait dans la vie, toute tournée vers ce monde de lumière : la mer, le soleil, la nature, la rêverie, la poésie, se refusant à en voir l'envers, cet envers un peu ténébreux, souvent mesquin ou sordide, mais si chaleureux, ce gras humus où l'humanité nourrit ses plus vitales racines. L'esprit ne vient aux filles pas toujours là et quand il le faudrait. Et n'en est-il pas de même, périlleusement, pour les garçons, à cette difficile croisée des chemins de l'adolescence ?

Les cheveux courts

Je passai donc à Narbonne cette première année étudiante. Ma tante, habile à la couture, me cousait sur sa machine des robes et des manteaux taillés avec art dans ses vieilles affaires ou dans des coupons achetés en solde. Elle prenait plaisir à m'attifer comme si j'eusse été sa propre fille. Et moi, peu à peu, je me sentais grandir ; peu à peu, la chrysalide se défaisait de son cocon ; dans ce milieu citadin plus déluré, la fillette s'essayait à devenir demoiselle. Une mode scandaleuse commençait à se répandre dans les villes : c'était l'époque de la garçonne, nuque rasée, robe courte sur buste plat. Et un jour, sur ma propre tête, le sacrilège s'accomplit. Ma marraine, cédant à l'ambiance, confia ma longue chevelure aux ciseaux de la coiffeuse d'occasion qui était sa locataire du premier étage. Je sortis du sacrifice, ahurie, un peu honteuse et fiérote pourtant, gênée cependant de ne plus sentir brinquebaler dans mon dos cette lourde natte qui gisait maintenant sur le sol. Me voyant au bord des larmes, ces dames me rassurèrent :

« Va, ça sera bien plus commode pour te peigner. Et puis, tu ne risqueras pas d'attraper des poux ! »

Moi, songeant aux vacances proches, je ne me sentais pas l'âme tranquille : qu'allaient dire mes parents devant ce massacre ?

Hélas ! ce fut, lorsque je débarquai au village, une consternation générale. Les vieilles femmes se retournaient sidérées sur mon passage. Les voisines gémissaient :

« De si beaux cheveux ! Si ce n'est pas dommage ! Elle a tout l'air d'un garçon à présent ! »

Ma mère elle-même, pourtant encline à approuver les yeux fermés les initiatives de sa sœur aînée, paraissait désolée. Je me sentais une âme pécheresse : j'avais contrevenu aux lois de la tribu. La première, au village, à oser montrer une nuque rasée ! Est-ce qu'on me le pardonnerait jamais ?

Et j'aggravai même mon cas le jour où, comme je l'avais vu faire à celles de la ville, assise sur ma chaise, je m'avisai de lever hardiment une jambe pour l'appuyer, à la manière des hommes, sur mon genou plié. Promptement, ma mère, gardienne ici de la pureté des mœurs, rabaissa la jambe indiscrète et me fit honte de ces nouvelles manières dévergondées.

Pauvre mère poule, inquiète de voir le poussin obéissant se muer en canard sauvage ! Eût-elle, si elle avait vécu assez longtemps, pu supporter la honte et l'inquiétude de voir ses petites filles en short et slips exigus, exposer leurs appâts sur le sable des plages aux regards désabusés des garçons ?

Le complexe d'Œdipe

Si, jusque-là, j'avais été étroitement liée à ma mère, un morceau de sa chair encore mal détaché du sein maternel, si aujourd'hui, le fleuve de ma vie coulant vers l'embouchure retrouve le goût de ces eaux-mères et la saveur primordiale de cette commune source où le fils retrouve le visage fraternel de son père, la fille celui plus jumeau encore de sa mère, vint le jour de la déchirure, celui où je me mis à regarder ma mère, avec des yeux lucides et durs, à voir aussi mon père avec ce regard neuf qui, par je ne sais quelle mystérieuse attirance des sexes, le revalorisait. L'esprit de contestation, presque de concurrence, me jetait aux aguets de cette femme dont j'avais été jusqu'alors partie intégrante. Sans indulgence, je trouvais agressifs ses aigreurs, ses plaintes, ses reproches, ses mouvements de nervosité que je prenais pour des caprices. Je ne savais pas encore que vient un jour, dans la vie des ménages, où chacun accuse l'autre de ses propres défaites et lui reproche volontiers de lui avoir « fait rater sa vie ».

Et lorsqu'une crise de larmes – inexpliquée pour moi – la faisait brusquement se lever de table pour se réfugier dans sa chambre et y bouder tout son saoul, je haussais les épaules, lui donnant tort à tout coup, accordant spontanément ma sympathie à ce malheureux en butte aux crises de nerfs d'une épouse sottement irritable. Elle était injuste, me semblait-il. À moins que, au plus profond d'une vie besogneuse, elle fût tout simplement à bout de souffle, au bord de l'asphyxie.

Jour après jour, mère et fille se jetaient dans de redoutables, de futiles contestations. À tout coup, je la contredisais bêtement, méchamment. Je l'observais sans indulgence : je m'en serais presque voulue qu'elle fût ma mère. Ah ! ce moment dramatique où la fille reconnaît, sur le visage usé d'une mère vieillie, l'image de ce qu'elle sera elle-même, inéluctablement, un jour bientôt, demain peut-être !

Nous nous heurtions durement pour des vétilles. Peut-être de ma part pour éprouver simplement mes forces neuves, avec cette alacrité de la jeunesse qui met en contestation ses géniteurs. Elle me reprochait mes cheveux de garçon, ces genoux offerts abusivement à la vue, sous les jupes en cachette un peu plus raccourcies, et cette façon désinvolte encore de moquer les mœurs rustiques de ce village dont je me sentais à présent séparée. Je m'insurgeais, je refusais de me plier aux us et coutumes de la tribu. Victime d'un inéluctable déclassement, j'eusse volontiers lancé, comme une injure aux miens, le titre méprisant de « paysans » ! Plus grave encore : je refusais les contraintes religieuses, la prière, la messe, la communion qui, jusqu'alors, m'avaient été familières. Certes, mes parents n'avaient jamais été très dévots et ma mère, la première, ne se gênait guère pour juger lucidement les « mangeurs d'hosties » et les « diseurs de patenôtres » mais, jour après jour, dans ce milieu conservateur, elle avait appris à respecter la tradition. Et moi qui, avec l'intransigeance de mon âge, prétendais tout remettre en question !

Et lorsque, après une de nos longues disputes où je la laissais épuisée, elle se plaignait tristement d'être la mère d'une si mauvaise fille, je lui assénais cet argument sans réplique :

« Je suis ta fille, c'est toi qui m'as faite ainsi. À qui la faute ? Sûrement pas à moi ! Et puis, est-ce que je t'ai demandé à vivre ? Tu devais me laisser où j'étais ! Nous sommes quittes ! »

Que pouvait-elle me répondre ? Qu'elle avait travaillé pour moi ? Qu'elle m'avait nourrie jusqu'à ce jour et qu'elle pensait avoir droit à ma reconnaissance ? Pour s'entendre peut-être dire, comme telle fille d'aujourd'hui répliquant à sa mère :

« Après tout, tu dois me nourrir jusqu'à vingt et un ans ! »

Paroles sacrilèges que chaque génération de parents a entendues sortir de la bouche impudente d'enfants avides de voler de leurs propres ailes, avides de s'échapper du nid qui leur semble une prison, pressés d'essayer leurs propres forces, presque fiers de rompre le lien qui les attache à leurs géniteurs. Affirmer sa personnalité en s'opposant agressivement, secouer le cocotier, renier ce lien d'allégeance ou d'esclavage avec la génération qui vous a formé : est-ce une loi de la nature ou un vice nourri par la méchanceté humaine ?

On n'arrête pas le progrès

CES PREMIÈRES GRANDES VACANCES achevées tant bien que mal à la maison, ayant cette fois passé avec succès mon examen des « bourses », il devint évident que j'entrerais, en octobre, comme pensionnaire au cours secondaire de Millau, devenu récemment collège.

Ce cours secondaire que, de tout temps disait-on, avait fréquenté la fine fleur de la bourgeoisie gantière ! En dépit de ma nuque rasée et de mes jupes raccourcies, je me sentais quelque inquiétude à la pensée d'aller vivre dans ce milieu fermé, parmi des citadines enclines à la raillerie. Je me heurtais à ce premier drame de l'existence : la pension, avec ce qu'à l'époque cela représentait d'esclavage, de déchirements intimes et de communions fraternelles ! Les pensionnaires, de milieux très divers, boursières pour la plupart, formaient un clan qui, en maintes circonstances, se sentait en opposition à celui des externes.

Premières nuits, mouillées de larmes, premières amitiés, plus dramatiques que des amours, désespoirs sans causes, vastes serments et futiles querelles ; vie communautaire : le dortoir, les lavabos, le réfectoire, les études et les cours où je n'allais jamais sans beaucoup d'appréhension. Certes, je restais imbattable en orthographe, mais ici, justement, on méprisait un peu l'orthographe, cette « science des ânes ». Certes, j'appliquais imperturbablement les règles de la grammaire et récitais avec aisance mes leçons d'histoire et de géographie. Certes, je donnais sans erreur et dates et détails biographiques des grands auteurs ! Mais restait un point noir, deux mêmes ! Dans la classe où j'entrais en quatrième, si je me souviens bien, toutes mes compagnes avaient déjà acquis quelques notions d'algèbre et d'anglais et ne se faisaient pas faute d'en tirer gloire et de prendre leur revanche sur moi, forte en français et minable élève de cours complémentaire. Cet âge sans pitié ! « Du calcul ! Peuh ! Ici, ce sont les mathématiques ! Tu n'y arriveras jamais ! À moins de prendre des leçons particulières ! » J'écoutais ces pécores avec anxiété. Pour l'anglais, passe encore ! On me laissait la possibilité de le remplacer par l'espagnol de moindre difficulté. Mais cette maudite algèbre dont j'ignorais les indispensables rudiments ! Demander à mes parents de me payer des leçons particulières, alors que je savais l'argent si rare à la maison ? Est-ce que j'oserais jamais ? Eh bien, non ! J'allais me débrouiller seule ! Avec cette obstination, cet acharnement que peut donner une enfance difficile. Je me vois, la tête dans les mains, essayant de comprendre, sans aide, ces premières leçons d'initiation. Des lettres à la place de chiffres ! Quelle révolution ! x + y = z, a – b = c... Toutes ces équations mystérieuses et les inégalités plus traîtresses encore ! Et le jour vint où, comme les autres, mieux que certaines même, je sus, au tableau noir, faire de lumineuses démonstrations, je sus mener à bien de périlleux exercices.

Quant aux externes, elles nous venaient de la ville, pour la plupart sûres d'elles, sûres des atouts qu'elles avaient en main : la situation sociale de leurs parents, l'argent, de beaux atours, la perspective d'un avenir où le savoir et la réussite scolaire ne représentaient qu'un élément secondaire dont, on le sentait bien, elles se souciaient fort peu. Je les voyais avec étonnement croquer pour leur goûter un, deux, dix biscuits, de ces biscuits qui, à ma maison, représentaient presque le fruit défendu, en tout cas le dispendieux dessert des jours fastes ! Je les regardais tirer de leur poche de luxueuses pochettes de fin linon orné de dentelles et s'y moucher dedans sans remords. Moi, des pochettes comme cela, je n'en avais possédé qu'une dans ma vie : celle qu'on m'avait offerte pour ma première communion et que je conservais intacte, soigneusement pliée dans sa boîte.

Jour après jour, j'apprenais la dure loi de la vie. À certains qui n'ont que la peine de naître, tout est donné d'avance d'un seul coup. Pour d'autres, tout est à conquérir, à mains nues, par le travail, l'audace ou l'astuce. Fille de paysans, j'optais naïvement pour la solution la plus respectable, la plus aléatoire aussi : s'élever par le travail. Option méritoire, quand on songe que tant de petits terriens sans ambitions ont depuis des siècles opté pour la médiocrité résignée.

Mais lorsque mon père ou ma mère me faisaient appeler au parloir pour une courte visite, j'avais chaque fois davantage le sentiment poignant de nos différences : moi, bien lavée, les mains blanches ; eux, rustiques, les chaussures boueuses et cette odeur de vache et de sueur mal séchée imprégnant leurs vêtements. Qui, dans des circonstances analogues, n'a pas ressenti ce vilain malaise me jette la première pierre ? À une époque où l'instruction n'était pas, comme aujourd'hui, l'apanage de tous les adolescents riches ou pauvres, je prenais tous les jours un peu plus conscience de cette séparation qui fait les insatisfaits et les révolutionnaires. À la maison où je ne revenais que pour les grandes sorties, je retrouvais un père toujours haletant, une mère dolente et préoccupée et deux petites sœurs qui me contemplaient avec un étonnement ingénu.

Une mère dolente ? Hélas ! j'en compris bientôt la cause ! Une fois encore, une fois de plus, elle était enceinte.

Moi, alentour de mes quinze ans, j'étais dégoûtée, offusquée. Avec l'intransigeance de cet âge, j'en voulais presque à mes parents de cette obstination à faire des enfants dont ils n'avaient nul besoin. Le bébé naquit un matin de février. Et lorsque, en l'honneur de cette naissance qu'on m'avait fait annoncer au collège, je sortis du train pour aller là-bas, descendant et remontant la vallée, faire connaissance avec la nouvelle venue, à peine sur le quai, un voyageur compatissant m'apprit notre malheur : la petite Marcelle était passée de vie à trépas.

Je pleurai, pleurai tout le long du chemin, saoule de colère, de pitié et de désespoir. Je revoyais encore ma mère, l'été précédent, prise à partie par une vache furieuse, là-haut, sur notre causse. Je la voyais renversée, piétinée, sanglante, la face tuméfiée, le ventre douloureux. Ma mère avait payé alors durement et, aujourd'hui, le bébé mal venu payait lui aussi de sa brève existence les aléas, les malchances, les injustices qui assombrissent le sort des besogneux.

Premières grandes vacances de collégienne : il fallait bien que j'aide un peu mes parents aux travaux des champs, à la Pomarède, à Cannabelles et, là-haut, au Serrou, lorsque nous y transhumions pour les mois d'été. Je le faisais sans trop rechigner, consciente cependant de la faiblesse de mes moyens.

Mais parallèlement à cette révolution culturale qui, peu à peu, dans notre vallée malaisée, transformait les vignes, les maigres luzernes et les vastes jachères en magnifiques cerisaies, un autre bouleversement ouvrait aux femmes et aux filles du pays des perspectives plus riantes que celles où elles s'étiolaient jusqu'alors. Les patrons gantiers, adoptant une mode nouvelle – ou peut-être la suscitant – lançaient sur le marché un article de luxe bien plus apprécié d'une clientèle choisie, à côté du gant de grande série cousu à la machine : le gant piqué main.

Bientôt, la main-d'œuvre millavoise se révéla insuffisante pour ce travail artisanal. Des patrons avisés songèrent à celle qui restait inemployée dans les campagnes avoisinantes. Ils se dirent que cela porterait un salaire d'appoint à toutes ces bergères dont les doigts oisifs ne savaient s'employer qu'à d'inutiles dentelles et de moroses chaussettes. Ils auraient là, du même coup, une main-d'œuvre docile que ne troublerait pas l'esprit revendicatif des citadins. Paternalisme éclairé qui, d'une seule pierre, faisait deux coups : apporter un peu d'aisance à ces campagnes que les éléments les plus actifs commençaient à déserter tout en gagnant eux-mêmes et la conscience en paix de substantiels profits.

Ainsi feraient-ils œuvre sociale : on freinerait cet exode rural qui déjà paraissait inéluctable, mais que des doctrines de tout repos : le retour à la terre, les vertus de l'enracinement et de la tradition, essayaient de condamner. À tout prix surtout, arrêter l'afflux vers les villes d'un tas de besogneux qui venaient grossir le tas des déclassés sociaux, ces éléments flottants, humus des futures révolutions.

Dans les villages, chaque mère de famille, chaque jeune fille rêva de coudre de ces gants luxueux, symboles d'abondance, l'été tout en gardant les troupeaux, l'hiver à la veillée, à la chiche lumière des lampes à pétrole. Elles rêvèrent à cette paie dont elles pourraient disposer à leur gré.

On vit des « contre-maîtresses », toutes férues de leur nouvelle promotion, faire le va-et-vient de la ville au village, livrant à l'atelier les gants cousus par leurs ouvrières, rapportant de nouveaux ballots à coudre, transmettant consignes et reproches, préparant de nouvelles générations de couseuses toutes disposées à fournir un travail impeccable pour des salaires qui, tout insuffisants qu'ils fussent, les comblaient d'aise.

Ma mère qui, jadis, avait été dévideuse de cocons et fileuse de soie, jugea qu'il ne fallait pas laisser passer l'occasion : elle se vit déjà gantière et, préalablement, elle décida d'y initier promptement ses filles. Mais comme il lui était difficile de quitter sa maison pour aller apprendre un métier assez délicat, elle nous délégua, Fernande et moi, nous qui étions encore aisément malléables pour cet apprentissage que nous lui transmettrions ensuite. Ainsi, le repas de midi achevé, nous partions à pied le long de la rive droite du Tarn pour, à Rivière, chez mes cousines, apprendre à leur côté à ajuster d'un point régulier pouces, carabins et fourchettes.

C'était là, pour nous, une véritable expédition : entre les taillis de saules et les longs peupliers de la berge, l'ombre était fraîche et perfide. Que cachaient toutes ces touffes buissonnantes ? Et le beau gazon, là, en surplomb sur le bord, quel piège liquide nous masquait-il ? Notre mère, au départ, nous faisait mille recommandations :

« Ne suivez pas de trop près le bord de l'eau, ne vous attardez pas à la brune en revenant ! Et surtout, surtout, fuyez la route ! »

Cette route meurtrière où folâtraient les premières autos.

Henriette et Jeanne, nos deux cousines, cousaient des gants assises près de leur mère. Elles étaient frêles, jolies, de délicates fleurs de l'ombre, orphelines de guerre, boursières comme moi. En pension le reste de l'année, elles mettaient à profit leurs vacances pour gagner ce salaire d'appoint qui aiderait à faire bouillir la marmite familiale.

Nos vacances étudiantes ! Certes, il n'eût pas été question de les passer à flemmarder ! Est-ce que nous en aurions eu seulement l'idée ? Plus d'une fois, j'accompagnais mes parents pour les aider à rentrer la moisson ou les regains de fin d'été. Et le reste du temps, assise à l'ombre du mûrier sur cette murette du chemin qui figurait pour nous le jardin public, j'allais tenir compagnie aux autres gantières qui, l'ouvrage dans leur giron, cousaient, cousaient la peau à beaux points rapides et réguliers. Jeunes têtes rêvant à quelque colifichet, rêvant surtout à la machine à coudre, au vélo flambant neuf qu'elles pourraient peut-être s'acheter bientôt.

Ainsi, une nouvelle époque débutait pour nous, pour nos villages aussi. L'ère industrielle refluait jusqu'à nous, condamnant sans recours cette agriculture archaïque où nous vivotions. On évoquait mécanisation, engrais chimiques, en produisant beaucoup, en vendant beaucoup, en se spécialisant. L'eldorado se dessinait à l'horizon et chacun s'avançait vers lui d'un pas assuré. Nous entrions dans l'ère de l'argent-roi.

Non sans difficultés car, dans ces vallées de petites propriétés morcelées à l'extrême et de polyculture endémique, les grandes mécaniques ne pourraient jamais être rentables. Individualistes depuis toujours, les villageois voudraient avoir chacun sa faucheuse, sa moissonneuse, son tracteur, comme leurs femmes rêveraient de posséder chacune sa gazinière, son Frigidaire, sa machine à laver.

Mais nous n'en étions pas encore là ! Pour l'instant, le rêve de ma mère était de pouvoir faire installer l'électricité. Quand on apprit que des équipes, ici et là, commençaient à électrifier les campagnes, mes parents hésitèrent beaucoup. Est-ce que leur maigre budget pourrait supporter cette lourde dépense ? Une seule lampe pour commencer à la cuisine, disait ma mère. Cela serait largement suffisant. Pour les chambres, on verrait plus tard. Et d'ailleurs, est-ce qu'on avait tellement besoin d'éclairage pour aller dormir ? La bougie ou la petite lampe Pigeon n'étaient-elles pas suffisantes ?

On vit, dans les champs des plus riches, rutiler de bourdonnantes mécaniques. Charlou, qui avait l'âme mécanicienne, fit l'acquisition d'une immense batteuse-locomotive dont le lourd halètement, au mois d'août, emplissait l'air d'une fiévreuse animation. Des expéditeurs étrangers venaient avec d'imposantes camionnettes collecter les cageots de cerises.

Les filles partaient sur les routes avec de flamboyantes bicyclettes aussi belles que celle de notre cousine Julie. Les garçons, eux, pour émouvoir leurs cœurs craintifs de tourterelles, cavalcadaient dangereusement sur de pétaradantes motos. Le temps de vivre en circuit fermé était bien révolu. Des monceaux d'argent deviendraient nécessaires qui passeraient de main en main, ne laissant que de trompeuses satisfactions. Les règles de la morale, patiemment inculquées par notre maîtresse, deviendraient désuètes, pire : immorales. Une société de consommation effrénée nous dirait : puisque nous produisons beaucoup, vous devez consommer beaucoup, gaspiller même. L'économie paraîtrait presque un crime et l'axiome patiemment calligraphié sur nos cahiers d'écolières : qui paie ses dettes s'enrichit, deviendrait, nouvelle base des sociétés modernes : qui fait des dettes s'enrichit…

Ainsi verrait-on le Crédit agricole figurer une institution respectable où les paysans puiseraient année après année pour combler ce gouffre des besoins nécessités par la modernisation des exploitations agricoles. Jusqu'au jour où, emprunt après emprunt, le petit paysan, éberlué, se verrait à la tête d'une propriété fictive de terres hypothéquées à cent pour cent.

Et les grands cairns pierreux, ces longs clapas blafards qui, sur les pentes, limitaient de pauvres terres morcelées à l'infini, serviraient un jour à empierrer les chemins nouveaux de vastes propriétés collectives imaginées par des technocrates sans entrailles et sans patrie.

Et qu'importe ! Pourquoi faire du sentiment ? Pourquoi vouloir à tout prix arrêter les vertus de l'enracinement et du retour à la terre comme un remède à tous nos maux. On nous fait à présent une invitation inverse : un paysan sur deux est invité à quitter l'exploitation de cette même terre patiemment rassemblée par ses aïeux. Une classe sociale se meurt, condamnée sans pitié au nom de l'efficience. Une autre, lentement, se forme : celle d'un prolétariat agricole qui ne possède rien en propre et qui, à l'image du prolétariat industriel des villes, aura droit, avec ses huit heures de travail quotidien et sa paie mensuelle, à une maisonnette bâtie à crédit, à l'allocation chômage, aux week-ends hebdomadaires et aux congés payés annuels.

Qu'importe ! Le potentiel de bonheur, immense ou dérisoire, reste peut-être, pour tout humain jeune et bien portant, le même depuis que le monde est monde.

Les anciens pleureront sans doute sur ce déclin pathétique d'un monde condamné. Certains, férocement, devant les inconséquences et les gaspillages d'une société de consommation frénétique, lanceront peut-être l'horrible défi : vivement une guerre pour apprendre aux gens les vertus de l'enracinement, de l'économie et de l'obéissance.

Et les technocrates, venant à la rescousse, envisageront dans cette ultime possibilité la seule façon de résoudre les problèmes insolubles de nos sociétés occidentales qui, tel le catoblépas, se dévorent les pieds. Mais la sagesse des nations ne le dit-elle pas ? Est-ce qu'on peut arrêter le progrès ?

Qu'on me laisse seulement, sur ce cairn d'une enfance évanouie, d'un monde condamné, déposer cet humble bouquet de fleurs champêtres et assemblées sans art.

Table des matières

Dans la même collection

Les textes de la collection Terre de poche nourrissent la mémoire collective à travers des histoires fortes, des récits de voyage, des documents historiques ou des chroniques intimes.

AGUILLON Arlette
La Maîtresse du moulin
Le Puits aux frelons

AMOUROUX Henri
La Vie des Français sous l'Occupation

ANGLADE Jean
Le Chien du Seigneur
Le Pain de Lamirand

AUBARBIER Jean-Luc
Les Démons de sœur Philomène

AUDIDIER Robert
Les Sentiers de traverse

AUDOUX Marguerite
Marie-Claire

AUJOULAT Noël
Le Village perdu

BATUT Maryse
Les Monvalan

BELARD Paul
Moissons d'enfance

BESSON André
Folle avoine
La Grotte aux loups

BOBECHE Adrien
La Fille de la meunière

BORDES Gilbert
Le Chat derrière la vitre

BOUDOU Josette
La Maison d'école
Les Grillons du fournil

BOURRET Johan
Dans la gueule du loup

BOUSSUGE Micheline
La Maison d'Anaïs

BRIAND Charles
Le Seigneur de Farguevieille

CABROL Laurent
L'Enfant de la Montagne noire

CAPPEAU Marie-Nicole
Chantemerle
La Mule blanche

CASTELAIN Anne-Marie
Le Loup du marais
Les Amours de Louise

CLEMENT-MAINARD Michelle
La Foire aux mules
La Fourche à loup

COMBE Rose
Le Mile des Garret

CORNAILLE Didier
Le Forgeron d'Eden
Le Vent des libertés soulevait la terre
Le Vol de la buse
Les Gens du pays

COSMOS Jean
La Dictée

DE MAXIMY Hubert
Le Bâtard du Bois noir

DE MAXIMY René
La Ferme des neuf chemins
Le Puits aux corbeaux

DE PALET Marie
Amandine
La Tondue
Les Terres bleues
Retour à la terre

DECK Olivier
Cancans
L'Auberge des Charmilles
La Neige éternelle
Les Chopines
Les Rumeurs du Gave

DELPASTRE Marcelle
Cinq heures du soir
Les Chemins creux

DODANE Michel
Les Enfants de la Vouivre

Les Enfants de la Vouivre
- Les Herbes noires
Les Enfants de la Vouivre
- La Malédiction
des Mouthier

DOURIAUX Hugues
Gens de la Paulée
- La Saison des vendanges
Gens de la Paulée
- Le Bois des Auriotes
Gens de la Paulée
- Les Temps d'orage
Le Temps des loups

DUBOIS Yvonne
Couleur de terroir
La Vallée des cyclamens

DUFOUR Hortense
Au vent fou de l'esprit
Ce que l'océan ne dit pas
La Fille du saulnier
Le Bois des abeilles

DUPUY Daniel
Fontcouverte
Les quatre Jeudis

DUTRONC Robert
La Maison des Chailloux

FABRE Jean-Luc
L'Eté des Fontanilles

FRONTENAC Yvette
Les Années châtaignes
La Soupe des autres

GAGNON-THIBAUDEAU
Marthe
La Boiteuse

GAMARRA Pierre
Le Maître d'école

GERAUD Roger
Le Pré derrière la grange
Les Vaches rouges

GIMBERT Yveline
L'Ombre des chênes

GLEIZE Georges-Patrick
Le Chemin de Peyreblanque
Le Destin de Marthe
Rivière
Le Temps en héritage

GRIFFON Robert
Au bonheur du pain
Le Bedeau de la République
Le dernier Forgeron

HEURTE Yves
Le Pas du loup

JAILLER Isabelle
La Ferme des hautes terres

JEURY Michel
La Classe du brevet
Le Crêt de Fonbelle

JUDENNE Roger
Drôle de moisson
La Maison d'en face
Les bons Jours

LABORIE Christian
L'Appel des drailles
L'Arbre à pain
Le Brouillard de l'aube

LAFAYE Claude
La Maison de l'espoir

LARDREAU Suzanne
Orgueilleuse

LAURENT Jean-Paul
L'autre Montagne
La Ferme aux loups

LEMAIRE Philippe
Le Chemin de poussière
Les Vendanges de Lison

LOUTY Pierre
Les Fiancés de la Briance

MALROUX Antonin
La Noisetière
Le Soleil de Monédière

MAMERE Noël
Gens de Garonne
- Les Forçats de la mer
Gens de Garonne
- Le Combat des humbles
Gens de Garonne
- La Malédiction des justes

MAZEAU Jacques
La Malédiction de Bellary
La Rumeur du soir
Le Pré aux corbeaux
Le Retour de Jean

PELISSIER Patrice
L'Ange et le loup

PERREVE Paul
La Burle

PEYRAMAURE Michel
Le Château de la chimère
Les Flammes du Paradis

PINCE Jacques
Les Blouses grises
Tustou et Marie

PLAIT Annie
Les longues Saisons

POURRAT Henri,
L'OLAGNE Jean
Sur la colline ronde

PRORIOL René
Antoinette, une vie de femme en 1900

QUEREILLAHC Jean-Louis
Trois sillons de terre rouge - La Moiss-batt
Trois sillons de terre rouge - Rouge est ma terre

RABUTEAU Pascal
Les Faveurs de Sophie

ROSSET Jean
Les Porteurs de terre

ROUQUET Jean
L'Enfant de la borie

ROYER Roger
La Colombière

SABOURIN Pierre
La Terre des coteaux

SOURY André
Le Pain blanc

SOYEZ Jean-Marc
Au café de l'église
Julia
La Tuile à loups
Les Galoches de Julia

TAMAIN Louis
L'Encre violette

Le Temps de l'école
Médecin de campagne

THIROLLE Jérôme
Les Doigts d'or d'Elise

TISSERAND Pierre
L'Arbre au pendu

TOUATI Claude-Rose
et Lucien-Guy
Une maison dans les herbes

VALETTE Paule
Les Jours derrière la montagne

VENTRE Julien
Julien, berger des collines

VERRIER Michel
La Ferme des Pitaval
Le Chien qui faisait peur au diable
Le Mystère de Millepertuis

VINCENT Claude
Les Roses de l'hiver
Quatre pieds de terreau

VITTE Louis-Olivier
La Vallée des illusions